TANT QU'IL Y AURA DES ÉLÈVES

Hervé Hamon, écrivain et éditeur, est l'auteur de nombreux ouvrages, notamment *Tant qu'il y aura des profs*, *Génération*, *Tu vois, je n'ai pas oublié* (avec Patrick Rotman), *Nos médecins* et récemment *Besoin de mer*, *L'Abeille d'Ouessant* et *Le Vent du plaisir* (Seuil, 1997, 1999 et 2001).

Hervé Hamon

TANT QU'IL Y AURA DES ÉLÈVES

Éditions du Seuil

herve.hamon@yahoo.fr

TEXTE INTÉGRAL

ISBN 2-7578-0082-5
(ISBN 2-02-057071-8, 1re publication)

Pour Athène

Nec te faillit item quid corporis auferat et quid
detrahat ex hominum neruis ac uiribus ipsis
perpetuus sermo nigrai noctis ad umbram
aurorae perductus ab exoriente nitore,
praesertim si cum summost clamore profusus.

Tu n'ignores pas non plus quelle vigueur nous enlève,
quel affaiblissement des nerfs et des forces produit
une conversation menée sans relâche depuis la clarté naissante
de l'aurore jusqu'aux ombres de la nuit noire ;
surtout si nous nous répandons en éclats de voix.

LUCRÈCE, *De la Nature*, Livre IV.

Préface pour l'édition de poche

Deux ans après la première parution de ce livre, le sentiment spontané que je suis tenté de transmettre à mes lecteurs est fort abrupt : un tel travail ne sert à rien sinon à convaincre les convaincus.

Bien sûr, l'ouvrage a trouvé de nombreux lecteurs et l'écrivain, là-dessus, ne boudera pas son plaisir : c'est son objectif premier. Bien sûr, la critique a été accueillante et les spécialistes élogieux : l'amateur passionné en est évidemment touché. Bien sûr, dans la quarantaine de villes françaises ou étrangères que j'ai visitées, le public était au rendez-vous et, s'il ne partageait pas nécessairement mes conclusions, il les entendait avec générosité. Nulle blessure narcissique, donc. Tout au contraire. Mon nombril se porte à merveille, merci.

Reste l'essentiel : le débat sur la question scolaire, lui, se porte très mal. La décision publique, en la matière, est incohérente. La versatilité de l'information est confondante. L'opinion se règle sur la rumeur, jamais sur l'examen. La calomnie ou le trémolo l'emportent sur le souci de la connaissance, de la critique scrupuleuse. Les chercheurs ne sont guère écoutés. Les professionnels de terrain non plus. Et nombre d'intellectuels généralistes s'alignent sur les polémistes les plus médiocres.

Si le niveau des connaissances transmises à nos enfants a progressé (inégalement) au cours des vingt dernières années, le niveau de la réflexion des citoyens français sur leur école s'effondre lamentablement. Chaque rentrée nous vaut le même lot de jérémiades enseignantes (mes élèves sont indignes de moi), de fantasmagories lambertistes (la mort programmée de l'école méritocratique est ourdie par le capitalisme mondialisé), de haine contre les pédagogues (haro sur Philippe Meirieu), d'essayisme mondain (et voilà pourquoi j'inscris ma fille à Sainte-Marie-du-doux-sourire), et de nostalgie dégoulinante (qu'il était beau, le temps des « surgés », des blouses grises, des coups de pied au cul et du certificat d'études).

Pour avoir abondamment fréquenté, ces dernières années, les experts et décideurs étrangers qui réfléchissent aux questions d'éducation – toutes les nations développées rencontrent des difficultés analogues –, je puis attester qu'ils portent sur nous, à bon droit, un regard assez effaré.

Eh oui, le pays qui s'est si magnifiquement identifié à son école, qui en a fait l'âme de la République, qui a nourri une ambition démocratique exceptionnelle, ce pays est totalement incapable, non pas de résoudre les problèmes – ce qui n'est jamais simple –, mais de valider les constats qui permettraient, au moins, de les poser. En démocratie, il est hautement légitime (et souhaitable) qu'on diverge sur les politiques à suivre, mais il est incompréhensible qu'on ne soit pas en état intellectuel et idéologique de s'accorder sur les faits, les études, les réalités. Qu'il s'agisse du droit du travail, de la défense, de l'Europe, ou de l'organisation du baccalauréat, la France, en pleine déréliction sociale, se révèle inapte à passer au réel.

La faute à la presse ? C'est l'argument commode. Je

pourrais, moi aussi, me contenter de si peu. Je pourrais révéler, par exemple, qu'après la parution de *Tant qu'il y aura des élèves*, j'ai reçu trente sept demandes d'interview au sujet du *Pensionnat de Chavagnes*, fiction roublarde en carton pâte, dont on imagine bien qu'elle est au cœur de mes préoccupations. Je répondais donc aimablement que mille autres sujets mobilisaient mon énergie. Ce qui est plus remarquable, c'est que la quasi-totalité des journalistes qui me contactaient exprimaient sans détour leur propre désolation, s'excusaient en quelque sorte des insuffisances de leur rédaction en chef dont le réflexe pavlovien est « On en parle, parlons-en ». J'ai d'ailleurs eu l'occasion de vérifier que la plupart des journalistes d'éducation sont compétents, beaucoup plus « pointus » qu'il y a deux décennies, mais navrés d'être, souvent, utilisés à dix pour cent de leur potentiel.

La faute aux hommes politiques ? Oui, mille fois oui. L'espace de cette enquête, j'ai vu défiler trois ministres.

Le premier, Luc Ferry, a démontré avec brio ce que Platon, en son temps, avait déjà établi à Syracuse : dès lors qu'il s'agit de gouverner *in situ*, la philosophie n'est plus d'aucune aide. Se fiant aux simulacres et se gardant soigneusement de toute excursion hors de la caverne à laquelle ses yeux étaient habitués, il s'est demandé sans rire s'il fallait *conserver* l'élève « au centre du système scolaire ». Quiconque a passé deux jours au fond d'une classe de cinquième est, sur ce point, définitivement averti. Il n'avait pas pris la peine d'un tel voyage, le but du jeu n'étant ni la connaissance ni l'action, mais le ministère.

Le deuxième, François Fillon, a eu pour première préoccupation d'expédier *ad patres* les conclusions du « grand débat » dont sa propre majorité politique avait pourtant pris l'initiative. Car son problème était de réformer sans toucher à rien et d'innover en donnant un maximum de gages aux réactionnaires. Il est presque parvenu au but, malgré les remous que l'on sait : sa non réforme n'a effectivement rien réformé et il a barré d'un trait le seul exercice pluridisciplinaire qui était en train de montrer sa pertinence – les travaux personnels encadrés. Étalant son ignorance tout en brandissant le Savoir, il a multiplié les redoublements à l'instant même où un rapport lui était remis, rapport qui pour une fois met d'accord tous les chercheurs et praticiens de la planète, établissant que cette manie française est la moins efficace et la plus coûteuse humainement, socialement et financièrement. Mais qu'avons-nous besoin de l'expérience des autres ? Dans la France du ministre Fillon, on crée des « heures de soutien » avant de s'apercevoir que les professeurs, chez nous, ne savent généralement soutenir que les bons élèves.

Le dernier ministre (au moment où j'écris, car ces choses sont fluctuantes), Gilles de Robien, sera le seul des trois à entrer dans l'histoire. Non parce qu'il aura multiplié les effets d'annonce, pourfendu la méthode globale déjà enterrée, esquissé une petite remise à plat des ZEP. Mais parce qu'il aura réussi l'exploit d'entamer très officiellement le choix de garder au collège les jeunes qui entrent au collège. Tant pis si l'apprentissage bas de gamme ne résout rien, tant pis si les entreprises ne veulent pas de stagiaires aussi précoces et fragiles. Tant pis si, en France, le « droit au retour », constamment brandi, reste un vœu pieux. C'est désormais fait : le « collège unique » est mis à mal, la pierre angulaire est fragmentée. Cela, on le sentait venir. Ce qui était moins prévisible, c'était que l'affaire se déroulerait sans anicroche, presque sans protestation, sinon rituelle. Quand le contrat d'embauche des rejetons issus des classes moyennes est insatisfaisant, c'est l'émeute.

Quand on chasse de la sphère scolaire les « irréductibles » qui sont aussi les plus pauvres, c'est l'indifférence.

Le phénomène révèle que la critique du monde politique, de son inaptitude à penser long, à viser le bien public par-delà les alternances, est à son tour insuffisante. Après tout, l'abandon du collège unique ne gêne en rien les couches moyennes et supérieures qui contournent la plus élémentaire mixité sociale, gavent leurs enfants de cours du soir défiscalisés, et sont d'accord pour transformer les examens en concours. Il ne gêne pas non plus les enseignants qui préfèrent inscrire les carences des élèves au compte de ces derniers plutôt qu'à celui de l'institution. On aura vraiment tout tenté, dans ce pays, pour ne rien changer des sacro-saintes habitudes, voire pour théoriser cette inertie – la chasse aux pédagogues ouverte par les plus corporatistes des professeurs et les plus réactionnaires des intellectuels est si violente et absurde qu'on ne lui voit qu'une fonction : inventer quelque justification au *statu quo*, quand bien même il est avéré que ce *statu quo* est scolairement meurtrier.

Parce que mon livre a souligné que tout n'est pas noir, que l'enseignement professionnel a opéré un grand bond en avant, que j'ai (aussi) rencontré des maîtres remarquables, justes et inventifs, on m'a dit que j'étais « optimiste ». Comme s'il fallait s'inscrire dans une pensée binaire, une pensée du tout ou rien. Ma foi non, je ne suis guère optimiste. Pas parce que la réforme est impensable. Mais parce que nous détenons les instruments pour la penser, et que nous ne voulons pas nous en servir.

H. H., juin 2006.

Préambule

Des faits pour quoi faire ?

Parlez-vous le grenellois, idiome propre à l'Éducation nationale ? Si oui, nous pourrions débuter de cette manière.

C'est un collège de ZEP, enfin, soyons à jour, de REP, un collège classé « sensible » où le GPLI a du souci à revendre malgré la manne de la DDEC, où le nombre d'HTS accordées aux enseignants – TR inclus – n'est pas mince, et tant mieux parce que le RASED encourt la mobilisation impromptue, où l'on ne saurait plus à quel saint se vouer sans SEGPA, CLIS et CLAD. Bref, un de ces collèges dont maints éditorialistes traitent beaucoup, se gardant toutefois d'y laisser l'empreinte d'une semelle, les communiqués de la DESCO suffisant à leurs analyses péremptoires, dans le meilleur des cas [1].

Mais je m'arrête là. J'ai l'intuition que vous préférez le français, langue, il est vrai, assez éloignée du grenellois. En ce cas, poursuivons autrement.

1. ZEP : zone d'éducation prioritaire. REP : réseau d'éducation prioritaire (créé en 1999). GPLI : Groupe permanent de lutte contre l'illettrisme. DDEC : Direction départementale de l'équipement des collèges. HTS : heure à taux spécifique. TR : titulaire remplaçant. RASED : réseau d'aides spécialisées aux enfants en difficulté. SEGPA : section d'enseignement général et professionnel adapté. CLIS : classe d'intégration scolaire. CLAD : classe d'adaptation. DESCO : Direction de l'enseignement scolaire (au Ministère).

C'est un collège « difficile », un collège « de banlieue » – ainsi parlent avec une compassion équivoque ceux qui nagent dans les eaux tièdes et ne quitteraient ces dernières, fût-ce le temps d'une escale, pour rien au monde. Ordinairement, le fouineur y est bien reçu. Un soupçon d'étonnement courtois : quel est donc ce visiteur qui n'émarge à nulle administration, institution ? Ce visiteur « hors corps » ? J'explique mon histoire. Je recommence un livre écrit voilà presque vingt ans [1], avec mon ami Patrick Rotman, sur l'enseignement secondaire public et le métier de professeur. Je retrouve mes traces anciennes, obstinément, plus vieux, plus libre aussi. Mes enfants sont adultes, ma petite-fille commence à marcher, le temps où j'enseignais moi-même (la philosophie, du moins quelque chose de cérémonieux et boursouflé qu'on désignait alors sous ce terme) est forclos et m'a laissé des souvenirs aimables. Je n'ai pas de querelle à vider, de contentieux à solder, je ne subis que l'aiguillon d'une curiosité civique.

Deux décennies plus tôt, il était aisé de pénétrer dans un établissement scolaire. Il suffisait de pousser la porte et de faire irruption en salle des profs pendant la récréation de dix heures, quand les chères collègues préparaient le café Melitta, quand l'îlot blanc des scientifiques serrait les coudes, quand les délégués syndicaux battaient le rappel. Aujourd'hui, on n'entre plus ainsi, du moins dans les secteurs « chauds ». Télésurveillance, sonnette filtrante, concierge aux aguets, examen de passage dans le bureau du patron qui, c'est selon, ouvre son cœur, son parapluie, sa boîte de petits-fours, ou les trois. C'est fini, l'ère du palais des courants d'air, et c'est sans doute prudent. Mais une fois le sas franchi, l'entreprise demeure simple. Le café est

1. *Tant qu'il y aura des profs*, Paris, Éd. du Seuil, 1984.

moins sexiste (et meilleur), l'îlot blanc s'est métissé, les délégués syndicaux sont fort discrets – le délitage des « repères » n'épargne personne. Pour le reste, il suffit d'attendre et d'entendre.

J'énonce mes requêtes. Des entretiens individuels, qui seront enregistrés et décryptés par mes soins [1] – artisanat intégral. Des discussions de groupe, suivant l'affinité ou la spécialité. Et puis je vais au-delà, je demande parfois à m'installer au fond de la classe, à vivre un temps d'élève, *in situ*, le cul sur une de ces chaises dont le design évolue mais la raideur perdure, loin du radiateur car la tradition des derniers rangs douillets, comme celle des portes battantes, s'est effilochée. Somnolence et mal de reins sont ma seule pénitence.

Ce jour-là, donc, j'interroge à la cantonade : voudriez-vous me montrer une classe que vous considérez comme franchement bonne, et une autre que vous considérez comme franchement désastreuse ? Mon voisin me toise. Il est vêtu d'un jean et d'un polo bleu et, pour un professeur de collège « difficile », il ne tardera pas à faire figure d'ancêtre – sa quarantaine est enta-

1. Comme en 1983-1984, un peu plus de 300 interlocuteurs de l'enseignement secondaire public (professeurs ou membres de l'encadrement des collèges, lycées d'enseignement général et technologique, lycées professionnels) ont bien voulu me faire confiance. Sauf demande contraire ou nécessité liée à l'information même, un pseudonyme leur a été attribué et les noms de lieux ont été changés quand la précision ne s'imposait pas. L'enseignement supérieur ne se trouvant pas dans le champ de l'étude, les classes préparatoires aux grandes écoles n'ont pas été visitées. A cela s'ajoutent divers acteurs qui participent au « pilotage » de l'Éducation nationale, à l'échelon ministériel, rectoral ou académique. Enfin, nombre de syndicalistes, de responsables d'associations de parents d'élèves ou de pédagogues, d'experts et de chercheurs ont accepté d'éclairer ma lanterne.

mée. Il hésite à peine (héberger en classe un quidam, ni inspecteur ni stagiaire, est culturellement licencieux), et décide que j'ai bonne réputation.

– J'ai cours en quatrième, venez donc avec moi : dans le genre, ce sont des as.

Au mélange d'humour et d'ironie, je devine que nous allons commencer par le commencement, au bas de l'échelle. Stéphane Aubry enseigne la musique. La salle vers laquelle il m'entraîne comporte chaîne hi-fi et piano, plus quelques autres instruments, percussions africaines notamment. Les élèves se bousculent longuement, agités en tous sens, s'interpellant à pleine voix. Comme d'habitude, certaines filles ont un culot d'enfer. Elles sont drôles, effrontées. Elles ont des peaux de toutes les couleurs, de tous les grains. Elles se cambrent devant vous (« vous » c'est moi, en l'occurrence, un adulte inconnu, un vieillard aux cheveux blancs), plantent leurs prunelles dans les vôtres, rient et questionnent à la fois, se chevauchant :

– Vous êtes qui, m'sieur ?

– Qu'est-ce que vous venez faire ici, m'sieur ?

– C'est vous le prof aujourd'hui, m'sieur ?

– Vous allez chanter avec nous, m'sieur ?

Les meneuses n'ont peur de rien ni de personne. Leur danse chaotique, leur trépidation joviale occultent l'ankylose des autres, les effarouchées, qui ne hasardent pas un mot, le corps absent, gommé sous les éclats du regard humide. Depuis que je fréquente assidûment les collèges « difficiles », le retour chez les petits Blancs me coûte – un peu pâlot, ce monde-là, monotone monochrome.

Stéphane Aubry est un professionnel. Il patiente, tranquille comme un âne crétois à l'ombre du platane. Il sait pertinemment que rien ne sert de houspiller la troupe, de mordre ses mollets en aboyant, de l'agacer, de déraper dans les aigus. Il s'installe, ce qui est l'unique manière d'inciter ses ouailles à s'installer elles-mêmes. Le moindre signe d'exaspération serait une bévue, il s'en garde, tout en souplesse.

Et ça marche. Au bout de sept ou huit minutes, tout le monde est assis, on sent que quelque chose va commencer, le brouhaha décline, les cahiers sortent. Les effarouchées, paume en œillère, me lancent, clignotant de la paupière, des flashes étonnés. Stéphane Aubry prend sa respiration comme un danseur.

Aziz a compris que c'est maintenant ou jamais : s'il laisse le cours démarrer sereinement, le prof a gagné. Allah permettant, Aziz fréquentera peut-être un jour Sigmund Freud et Jacques Lacan, et découvrira que son professeur de musique, à cet instant précis, se trouve détenteur symbolique du phallus, le Nom du père garant de l'ordre du langage. En attendant de meilleures bases théoriques, au pur *feeling*, l'intuition d'Aziz est excellente. Il n'est pas plus vieux que les autres, ce garçon, mais un peu plus grand, un peu plus large d'épaules, et, surtout, il est propriétaire d'une moustache précoce. Il fonce, brandissant une flûte vert tendre :

– Moi, je préviens, moi. Aujourd'hui je joue pas de flûte. C'est le ramadan.

Stéphane Aubry ne se démonte guère. Toujours paisible, il accepte la joute.

– Je ne pense pas que le Prophète interdise d'étudier la musique pendant le ramadan, Aziz.

– C'est pas ça. On n'a pas le droit de mettre quelque chose dans la bouche.

– Mais une flûte n'est pas un aliment…

– Quand même, on avale de l'air.

– La religion ne défend pas de respirer pendant le ramadan !

– On m'a dit de ne pas jouer.

– Qui ça, on ? Moi j'ai consulté des imams, il n'y a pas de problème.

Quelques rires sur les bancs maghrébins. Aziz encaisse le choc. Il s'enferre.

– Je demanderai ce soir.

Stéphane Aubry évite le piège. Aziz est en mauvaise posture, il a perdu la partie, il ne doit pas perdre la face.

– Très bien, demande à l'imam. Tu verras. En attendant, puisque tu es bon en flûte, je te propose de mettre les doigts sur les touches, sans souffler. Ça ira comme ça ?

– Comme ça c'est d'accord.

Et le cours commence. En fait, il avait commencé, toute la question est là : pour instruire, le professeur a pris le temps d'éduquer, et pour instruire et éduquer, il a pris la peine de négocier. Quiconque veut bien se déplacer jusqu'au théâtre des opérations apprendra très vite que le « maître » ne devient pas maître quand la porte est fermée derrière lui et le livre ouvert sur son bureau. Maître, s'il l'est jamais, il l'est déjà dans le couloir, il l'est dans la rumeur qui précède le cours, et il l'est encore dans la façon dont il prend congé. Un cliché veut que le silence précédant et suivant un concerto de Mozart soit également signé Mozart. Si l'on file la métaphore, il y a du Mozart chez maints profs de collège que j'ai fréquentés – au silence près.

Je ne raconte pas l'anecdote « exotique » (les connaisseurs y verront la banalité même) de la flûte vert tendre à seule fin d'épicer mes préliminaires. J'aimerais justifier ma démarche, justifier le déplacement. Deux ans, c'est vite écoulé. En beaucoup d'endroits je suis passé trop vite, me jurant de revenir et ne revenant pas car la route était longue. Je n'ai pas tout vu, loin s'en faut. Mais j'ai rencontré plus d'enseignants, et plus divers, qu'aucun d'entre eux n'en croisera probablement l'espace d'une carrière, et traversé les cloisons trop étanches des disciplines, des types d'établissement, des statuts, des générations, bref de cette « armée » (voilà vingt ans, on la comparait à l'Armée rouge, mais la roue tourne) que le public s'imagine soudée, marchant du même pas, et qui n'est qu'un conglomérat de bataillons juxtaposés, éventuellement rivaux.

A quoi bon le déplacement ? Ceci. Quand le hasard m'a mis en face de Stéphane Aubry, quand un hasard supplémentaire a voulu qu'il m'invite à son cours, j'avais derrière moi une bonne vingtaine de collèges. Si je n'avais possédé ce bagage, j'aurais, comme tout un chacun, été distrait par ce qui ressemble si peu à l'école que j'ai moi-même fréquentée ou à celle des zones qui ne sont ni « sensibles » ni « prioritaires ». Le garçon qui jette de l'encre sur une fille. La fille qui va se laver mais s'arrête en chemin, tandis que le professeur parle, pour emprunter bruyamment des mouchoirs à ses copines. L'intenable lascar qui, sommé de présenter son carnet de liaison, le jette sur le bureau d'une main désinvolte. Et ainsi de suite.

Je ne soutiens pas que ces comportements sont anodins, nul ne le pense. Je soutiens que leur irruption spectaculaire fausse le regard et le jugement – comme le sang m'a troublé, naguère, lorsque j'ai travaillé en salle d'opération ou au SAMU, avant que j'apprenne à contrôler ce frisson viscéral. Au fil de mon enquête, des enseignants de lycée « tranquille », des parents d'élèves de secteur « convenable », sachant que je rentrais de ce *no man's land* inquiétant où le journal de vingt heures s'en va picorer des « séquences vérité », ont fréquemment utilisé la même expression pour évoquer ce qui se passe, imaginent-ils, outre-monde civilisé : « Mais là-bas, on n'enseigne plus, on ne fait que de la garderie, n'est-ce pas ? »

Je relis les notes prises durant le cours de Stéphane Aubry. L'espace d'une heure (moins douze bonnes minutes de mouvements divers), les élèves ont écouté un extrait musical de *Sugar Daddy*, appris à situer Trinidad, comparé le morceau initial avec une seconde interprétation, *Sweet Soca Music*, marqué le tempo ensemble, repris le thème à la flûte, noté ce même thème – *fa* dièse *la fa sol mi sol* – sur une partition, lu, traduit, compris et chanté les paroles anglaises. Enfin, trois garçons ravis et soudain timides ont eu accès au djembé, instrument qu'il convient d'incliner vers l'avant tout en le frappant du plat de la main, sur lequel ils ont reproduit, pour conclure, le rythme de l'œuvre. Chaque étape était pensée, voulue, dosée. Et aux amateurs d'idées courtes qui s'en vont répétant qu'on se contente, en nos écoles, de rabâcher une « culture jeune » sous-produit de l'autre, la vraie, je préciserai que Stéphane Aubry – je ne l'ai su qu'ensuite – est docteur d'État, auteur d'une thèse sur Erik Satie.

– Ça doit être votre présence, me dit-il à l'issue de la séance, pendant que nous regagnons la salle des professeurs, ils étaient un peu ternes, cet après-midi. Je croyais vous offrir un spectacle plus grandiose.

Je lui demande pourquoi il travaille en ces lieux. Il répond qu'enseigner à l'université l'attirait, mais que les gosses, au collège, sont attachants. Et qu'il mène, en parallèle, sa vie d'artiste et de chercheur. Je songe que les parallèles, quelquefois, se rencontrent.

Incidemment, quand il s'est agi de jouer de la flûte, Aziz a oublié qu'il était défendu de respirer. Il a soufflé, plutôt bien, et y a pris plaisir.

Les faits, me dit-on, ne sont plus à la mode. Les faits sont coriaces, dérangeants, imprévisibles, rugueux, contradictoires. Les faits ne sont pas vendeurs. On ne gagne pas une élection avec des faits. On ne *booste* pas l'audience avec des faits. Les faits ne sont pas brillants, ils sont blafards, triviaux. Ils ne valent pas un clou contre un témoignage pathétique. Le public, paraît-il, aime vibrer, veut des essais, des *talk shows*, de la chicane, du panache. Il goûte les sermons sur la montagne, les déplorations souveraines. Il lui faut Stalingrad, Pearl Harbor, Dutroux et mère Teresa. La grande histoire, le grand format, 16/9e Dolby Stéréo avec écran plat et coins carrés. Ou alors l'histoire incroyable de ce type tout seul, dans son trou perdu dont personne, absolument personne n'a jamais entendu parler, et qui, juré craché, complètement isolé, sur une île, ou alors blotti dans la neige, a réussi l'exploit bouleversant de...

Voilà le mot. Les faits sont-ils *bouleversants* ? Je gage que oui, l'épreuve des faits est une expérience qui vous retourne, qui vous met sens dessus dessous. A une condition : que l'on accepte l'étape critique où il faut se prémunir contre les palpitations spontanées, les élans nés de rumeurs ou d'approximations. La tentation est si vive de courir, tout de suite, au dénouement supposé.

Jouant les pédagogues, je prendrai un exemple qui n'a rien à voir avec la question scolaire. Celui du réchauffement de notre planète. Il est admis par tous, semble-t-il, lorsqu'on écoute les ministres de l'Environnement, les présentateurs de journaux télévisés, les associations écologistes, que nous sommes entrés dans une phase climatique nouvelle dont l'élévation des températures moyennes est le symptôme et l'effet de serre l'explication première. Il se trouve qu'à deux pas de chez moi un Institut du pôle rassemble des spécialistes. Je les écoute. Il se trouve également que, transitant par Copenhague (où sont préparées les campagnes de carottages glaciaires, en Arctique, qui nous ouvrent les archives météorologiques de la Terre), j'ai eu l'occasion d'y questionner des experts. A chaque fois, le même discours m'est adressé, en substance : oui, nous vivons un réchauffement, mais rien ne nous permet de conclure qu'il s'agit d'une mutation et non d'une variation conjoncturelle portant sur vingt, trente ou cinquante années, comme il s'en est tant produit par le passé.

Je n'y connais rien, je suis incompétent, aussi préoccupé qu'un autre par les trous dans la couche d'ozone, je m'étonne seulement que la chose soit donnée pour acquise alors qu'elle ne l'est pas, et que les gens érudits taisent leur doute. « Que voulez-vous ? rétorquent mes interlocuteurs, nous avons besoin d'argent pour nos laboratoires. Si nous n'entrons pas dans les programmes associés à l'hypothèse de la mutation, si nous ne récitons pas la *vulgate* "porteuse", personne ne nous financera… » Du coup, je ne puis éviter de me demander si tout et le reste ne fonctionnent pas à la même aune. Je me rappelle cette nuit, sur le remorqueur *Abeille Flandre*, où nous rentrions du golfe de Gascogne, dans la tempête, après avoir stoppé la dérive du pétrolier *Erika* avant son naufrage, et entendions France Info répéter, à chaque bulletin, que ce dernier avait sombré « au large de Brest ». Les « informations » sont-elles à ce point périssables ?

Certes, la canicule a sévi durant l'été 2003. Et Pointe-à-Pitre se trouve, si l'on veut, « au large de Brest ». Mais ce doit être mon côté Droopy : les faits continuent de me sembler intéressants et nourriciers quand on s'applique à les isoler, à les bombarder d'objections. Et je doute que le public y soit insensible, dès lors qu'on sollicite, cartes sur table, son libre arbitre.

Transposées dans l'ordre scolaire, mes perplexités climatiques ou maritimes se déclineraient, par exemple, ainsi. Il est fort question d'abandonner ou de garder le collège unique, mais le collège public est-il réellement « unique » ? Il est également question de conserver ou non l'enfant « au cœur du système », mais l'enfant est-il vraiment au cœur de notre système ? On se demande si telle ou telle mesure – un transfert de compétences depuis Paris vers le département ou la région – ne faciliterait pas l'éclosion d'une école « à plusieurs vitesses », mais notre école est-elle si homogène qu'elle avance, partout, du même pas ? On réclame « des moyens » pour alléger encore les effectifs des classes, mais ces allégements sont-ils profitables aux élèves ? Etc.

Je ne suis pas dupe de ce qu'on baptise un « fait ». Je sais qu'il n'est pas donné, qu'il est lui-même construit, sujet à caution, diversement perçu et calibré suivant l'instrument de mesure. Je ne prends pas une statistique pour un article du droit canon. Ni une excursion pour le tour du monde. Et moins encore mon œil pour un enregistreur infaillible, d'autant que je n'ai nullement l'intention ni le pouvoir de concurrencer les chercheurs patentés. Il n'empêche. Le voyageur, tout abusé qu'il soit par ses sens, ses habitudes, ses préjugés et ses coliques, me semble plus instruit que le sédentaire. Et l'on ne me fera pas avouer, la tête sur le billot, que le baccalauréat est plus facile à décrocher parce qu'un nombre croissant de candidats l'obtient. Du moins avant examen, même empirique.

Le problème – et aussi la gratification – d'un travail sur l'école est que l'émotion, en la matière, se trouve toujours portée à son comble. C'est d'abord le fruit de l'anomalie française. Est-il un autre pays, de par le globe, qui s'identifie pareillement à son système scolaire ? Qui ne le regarde pas comme un outil d'éducation et d'instruction, mais comme le creuset matriciel de son âme propre ? Au rang des « passions françaises », pour parodier Theodore Zeldin, celles qui sont liées à l'enseignement sont fondatrices, et constamment à vif. La charge idéologique sous-jacente n'est jamais déminée.

Je me souviens qu'en 1984, quand Patrick Rotman et moi avons publié *Tant qu'il y aura des profs*, Jean-Pierre Elkabbach, sur Europe 1, est brillamment parvenu à nous déstabiliser. C'était très tôt le matin, dans le studio ouaté, et il nous a cueillis d'un crochet perspicace :

– Alors, Hamon et Rotman, expliquez-moi pourquoi vous avez écrit le livre que personne, à droite, n'avait osé écrire…

Tactiquement, le coup était parfait. Notre inclination pour une gauche (enfin) réformiste était déclarée. Et voilà que notre démarche était, sinon qualifiée de droitière, du moins assez suspecte de l'être pour que nous fussions mis en demeure de nous justifier. Petit tour de passe-passe de l'intervieweur provocant ? C'était plus subtil. Nous nous étions autorisés à explorer le maquis des faits, à fouler la terre sacrée comme s'il s'agissait d'un sol profane. Nous avions établi que la massification des effectifs et la démocratisation de l'école publique étaient des réalités fort distinctes, que le jacobinisme brandi comme table de la Loi produisait du désordre, que le conservatisme statutaire se retournait contre ses intentions affichées. Elkabbach n'avait pas tort : nous étions « objectivement » en rupture de ban, en rupture d'orthodoxie – ni plus ni moins que le courageux ministre d'alors, Alain Savary. Il osa soutenir très officiellement, le premier, que pour introduire un peu plus d'égalité dans l'école de la République, il convenait de dissoudre la fiction que cette école était cohérente et juste, donc de répartir inégalement les moyens disponibles, en faveur des plus démunis. Savary fut poignardé, conjointement, par la droite et par la gauche, par ses adversaires et par sa propre famille…

En cours de route, Rotman et moi avions été très étonnés de découvrir combien la violence était un souci lancinant dans nombre de collèges, pas n'importe lesquels, et de lycées professionnels. Nous avions même appris que le rectorat de Versailles avait investi un million de francs pour équiper tel établissement de vitres à l'épreuve des balles – nous y sommes allés, les vitres étaient là, et les balles de 22 long rifle sifflaient depuis les balcons des barres environnantes (ce collège a brûlé depuis). Au Ministère, le doyen de l'Inspection générale, qui ne mâchait pas ses mots tout distingué qu'il fût, nous communiqua un rapport confidentiel montrant que le phénomène, quoique minoritaire, devenait préoccupant. Nous en fîmes état. Et une volée de bois vert accueillit cet étalage de « sensationnel ». Un soir, dans la banlieue rouennaise, nous animions un débat devant plusieurs centaines de personnes, enseignantes pour beaucoup. La salle était houleuse. Plusieurs intervenants, de bonne foi, nous prirent à partie, disant que nous salissions l'école pour vendre du papier. D'autres, alors, se levèrent, et, nous oubliant complètement, se mirent à insulter leurs collègues, hurlèrent que nous avions par trop minimisé les choses, que c'était pire, au point qu'ils n'en parlaient à personne…

Depuis, la violence, tue comme on taisait le harcèlement sexuel ou les agressions pédophiles, est devenue objet de conversation courante et de titraille spectaculaire. Un peu trop, d'ailleurs. La péripétie est coutumière : ceux qui l'instrumentalisent le plus, cette violence, sont fréquemment ceux qui la vivent le moins. Et nombre de téléspectateurs s'imaginent l'école comme un fort Chabrol, ce qui n'entretient, avec les faits, qu'un rapport éloigné. Mais la question scolaire fonctionne ainsi. Elle engendre des mouvements de balancier si exorbitants que l'examen n'est plus permis. Les professeurs s'estiment mal aimés de leurs concitoyens (et ils se trompent : les enquêtes vont dans l'autre sens). Reste qu'on peut comprendre leurs flottements. La même semaine, un hebdomadaire les décrivait comme des héros (*Le courage des profs*), un autre comme des planqués (*Enseignants : le corporatisme dans tous ses états*)... Ainsi va l'hystérie française, instable et démesurée.

Il est une autre explication de la résistance aux faits, en la matière. Dès qu'on parle d'école, tout le monde est concerné, tout le monde est « compétent ». C'est la rançon de l'instruction obligatoire. Tout le monde a un enfant, un neveu à l'école. Et tout le monde est allé à l'école. Donc tout le monde a un point de vue sur tout.

La situation présente – les difficultés de l'enfant ou du neveu – est anxiogène. Nul n'ignore, hormis peut-être ceux qu'on appelle, dans les ZEP, les « primo-arrivants », combien les résultats scolaires sont déterminants pour l'avenir d'un jeune. Beaucoup de parents, dès le cours préparatoire, estiment, et ils n'ont pas forcément tort, hélas !, qu'un retard précoce est un handicap éternel, ce qui est effrayant. Quand le chômage, les plans sociaux font la Une, les familles consentent un investissement exceptionnel, et en espèrent les retombées – qui n'ont rien d'automatique par les temps qui courent. Difficile d'attendre du géniteur d'un adolescent redoublant qu'il participe sereinement à quelque « grand débat ». Il en va de l'école comme de l'hôpital : chacun y séjourne, chacun y vit une histoire forte, singulière, lourde de conséquences, heureuse ou dramatique, et ramène de son aventure, de son morceau de bravoure personnel, un jugement qu'il étendra plus ou moins indûment.

Et à supposer que ce ne soit pas le cas, restent le

bagage des souvenirs, le poids lourd ou léger des années de formation, du temps révolu. Non seulement ces années sont cruciales, qu'elles se soient avérées fécondes ou traumatisantes, mais leurs vestiges, leur rémanence se sont à la fois enkystés et reconstruits. Nous – je m'adresse aux moins jeunes – serions très étonnés de relire nos œuvres écolières, de reparcourir nos dissertations, de constater nos bourdes, nos ignorances, nos ratures. Les travaux des chercheurs révèlent combien nous sommes généralement portés à surestimer nos performances de jadis, à minimiser nos lacunes, à enjoliver la complexité de ce que nous devions maîtriser. Ajoutons à cela l'environnement affectif, les liens familiaux et amicaux, la couleur du temps, toute cette chaîne et cette trame qui se sont peu à peu tissées et que chacun emporte sans distance, ou faible, sans échelle, à la manière dont nous sommes incapables de conserver en nos cervelles la juste proportion de la maison première. Les retours sur les lieux de petite enfance s'avèrent gorgés de surprises ou de déconvenues : je le croyais moins étriqué, décidément, le château de mon père…

Si l'on croise ces deux facteurs, on admet volontiers que l'opinion, quand il s'agit d'enseignement, ne soit d'emblée ni raisonnable ni raisonnante. Il y a de la tripe, là-dedans, de l'obscur, du rêve, de l'amertume, de la revanche, de l'humiliation, de la vaillance. C'est toute la beauté du sujet, c'est, d'une certaine façon, légitime. Rien n'est moins littéraire que le *Bulletin officiel de l'Éducation nationale*, mais il s'écrit, derrière les murs de papier et de béton où s'abrite l'école, un feuilleton rebondissant.

Voilà pourquoi, interrompant la rédaction d'autres livres, récits et romans, j'y suis retourné, pourquoi j'ai rassemblé les faits que j'avais consignés, vingt ans plus tôt, et tenté de les mettre à jour, de les tester ou de les invalider. Il en est qui résistent, d'autres non. Il en est de nouveaux, que je n'avais nullement vus poindre. Certaines de mes indignations antérieures sont tombées, mais d'autres ont surgi, vigoureuses. J'ai conservé le même itinéraire, visité les mêmes lieux, recherché, quand c'était possible, les mêmes interlocuteurs – et leurs remplaçants. Autant le dire tout net, je ne suis pas déçu du voyage. Ou, plus exactement, ce qui m'a déçu ou enthousiasmé, choqué ou réjoui n'est pas ce que j'escomptais. Les voyages ne servent à rien d'autre.

Le monde enseignant se donne beaucoup de mal pour offrir à l'œil extérieur l'apparence d'une homogénéité un peu terne, assez routinière, l'image d'une confrérie sur ses gardes. C'est bien ce que l'on aperçoit à la longue-vue, ou ce que l'on *capte* (voilà un des mots préférés des adolescents, sous les préaux) les soirs où la rue conspue son ministre. A la jumelle, cette image varie déjà amplement. Le groupe se fragmente, est agité de mouvements browniens, difficiles à comprendre, voire même à décrire. De près, le tableau a complètement changé, s'enrichit de nuances, de contrastes, de larmes et d'humour. Chassez l'émotion, elle revient au galop. Parce que les professeurs ont en charge – mélange de grandeur et de cauchemar – une mission spéciale, exorbitante à plus d'un titre : leur matériau, c'est de la chair humaine, c'est le destin des enfants.

Aziz jouera-t-il de la flûte ou se contentera-t-il de feindre l'exercice pour avoir la paix, deviendra-t-il musicien ou aura-t-il tué le temps parce que c'est la loi, découvrira-t-il d'autres mondes ou s'enfermera-t-il dans la zone où le sort l'a cantonné ? Je ne connais pas de plus *bouleversante* affaire.

1

Retrouvailles

(le pire n'est pas toujours sûr)

Ça commence par un coup de vieux. En plein dans le miroir. Le lecteur s'imaginant qu'il est doux de reparcourir le chemin déjà balisé commettrait un féroce contresens. L'âge en est la cause, bien sûr, et, là-dessus, Alexandre Dumas père a été définitif. Vingt ans après, d'Artagnan, Porthos et Aramis ne sont plus exactement ce qu'ils étaient : le premier a de l'arthrose, le deuxième est riche, le troisième intrigue. Dont acte. Le choc fut parfois sévère.

Mais il y a pire. Les enseignants ne vieillissent pas comme tout un chacun. Nombre de Français ont souri ou se sont indignés au spectacle assez burlesque de ces malheureux maîtres d'école – leur santé, si j'en crois la MGEN[1], est éminemment florissante, supérieure à celle de toutes les autres catégories confondues – verser des larmes chaudes parce qu'on leur demandait de travailler quelques mois supplémentaires, ce que la majorité de leurs concitoyens est bien obligée d'accepter, ne serait-ce que pour financer la retraite des salariés statutaires et d'abord des employés de l'État. J'ai même de mes yeux vu, au journal télévisé, sur France 2, des gré-

1. Mutuelle générale de l'Éducation nationale, la sécurité sociale des enseignants. Elle détient le privilège de ponctionner directement les cotisations à la source.

vistes chevrotant d'émoi expliquer qu'ils réservaient au plus chenu d'entre eux, un patriarche de cinquante-neuf ans, la salle de classe voisine, et de plain-pied, afin que ses pas fussent économisés…

Il n'empêche. Le propre des enseignants n'est pas d'avoir vingt ans de plus quand je les retrouve vingt ans plus tard, et donc de me rappeler que, moi aussi, je dévale le grand toboggan. Le propre des enseignants est de vieillir devant un public éternellement jeune, constamment renouvelé. Marguerite Gentzbittel, qui dirigea naguère le lycée Fénelon[1], à Paris, et qui avait la dent dure quand elle entendait les récriminations de son corps professoral hautement pistonné contre des élèves hautement sélectionnés, disait crûment : « Nous avons la chance de travailler avec des êtres beaux et neufs. Si ça ne leur plaît pas, aux profs, qu'ils aillent laver les petits vieux, on y manque de bras… » Je serai plus nuancé. A la longue, à l'usure, il est vrai que l'expérience n'est pas banale. Le docteur Faust et Méphisto auraient pu, là-dessus, négocier sans fin : l'éternelle jouvence et l'éternelle décrépitude amorcent, dans la relation pédagogique, un tango ambigu, tantôt roboratif, tantôt exténuant.

Il y a pire encore. Les fruits de la sociologie politique. Voilà vingt ans, les enseignants que j'interrogeais étaient presque tous jeunes, comme moi. On serait tenté, à leur propos (comme au mien), de pasticher un légendaire slogan de l'après-1968 : *Nous sommes jeunes, nous sommes nombreux, et nous nous reconnaissons entre nous*. Ce n'était pas un hasard. Ils avaient poussé comme les champignons de la République et des Trente Glorieuses, comme les émanations de la démocratie et de la démographie conjuguées. Si l'on retient le seul

1. Cf. *Madame le proviseur*, Paris, Éd. du Seuil, 1988.

second degré (collèges, lycées d'enseignement général, sections techniques et professionnelles), ils étaient 66 300 quand Charles de Gaulle revint au pouvoir, le double à la veille des « événements » qui agitèrent le pavé parisien, et non loin de 300 000 lorsque François Mitterrand conquit l'Élysée.

La France entière, malgré ses fièvres et ses archaïsmes, était d'accord sur au moins une chose : tous les élèves doivent avoir accès au second degré. D'accord pour la création, en 1963, Christian Fouchet occupant la rue de Grenelle, des CES (collèges d'enseignement secondaire, qui rassemblaient au même endroit les enfants d'une classe d'âge mais les répartissaient dans des filières distinctes). D'accord pour franchir une étape supplémentaire, en 1975, sous l'impulsion de René Haby, père du « collège unique ». C'est la droite qui légiférait, mais c'est la gauche qui poussait, notamment la gauche enseignante dont le plan Langevin-Wallon de 1946 constituait la boussole[1]. Les Français ne se sont pas contentés de faire beaucoup d'enfants, au lendemain de la guerre mondiale (le phénomène s'est amorcé dès 1943). Ils ont massivement réclamé la massification scolaire. Ils l'ont obtenue. Et ils ont obtenu, à grands cris, les postes d'enseignants qui accompagnaient la courbe, râlant que ce n'était jamais assez. Entre 1958 et 1970, le nombre de ces derniers a augmenté de 10 % l'an, 14 % durant la seule année 1965.

Telle est la raison pour laquelle, deux décennies plus tôt, mes interlocuteurs paraissaient tous avoir le même âge – le mien. 83 % d'entre eux avaient été recrutés

1. Avec plus ou moins d'enthousiasme et de constance. Claude Lelièvre le souligne opportunément dans *L'École obligatoire pour quoi faire ?*, Paris, Retz, 2004.

après 1960. Les portes s'étaient ouvertes brutalement (puis s'étaient refermées avec la même sécheresse). Il y avait alors deux fois plus de maîtres au collège qu'en lycée, et dans ces collèges, six enseignants sur dix étaient des femmes, une de ces femmes sur deux ayant moins de trente-cinq ans. Roulez jeunesse ! comme on dit dans les fêtes foraines.

Cette fois, il m'a fallu affronter non seulement le miroir de mes contemporains, mais un basculement complet de la pyramide. Ils sont encore plus nombreux qu'avant, les professeurs : 870 000 en tout, 415 000 dans le secondaire, 4,5 % de la population active. L'équilibre est plus respecté entre collèges (197 000) et lycées (205 000 dont 55 000 en lycée professionnel). Les femmes restent majoritaires (57 %). Mais ce sont les âges qu'il faut considérer d'abord. Les plus de cinquante ans représentent un tiers des effectifs. Et les moins de trente ans, 17 %. Encore soulignera-t-on que trois académies monstres, Versailles, Lille et Créteil, absorbent un quart des profs, et, dans leurs zones difficiles, l'essentiel des dernières recrues. La statistique est donc trompeuse s'il n'est pas mentionné que les jeunes sont en banlieue et les vieux en centre-ville, les jeunes au Nord et dans l'Est, les vieux au Sud et dans l'Ouest[1]. C'est ainsi, sur la planète enseignante : une carrière va de la périphérie vers le centre, du froid vers le tiède, du rude vers le moelleux, du complexe vers le simple. En clair, j'ai retrouvé mes anciens interviewés dans les cocons et découvert les nouveaux dans les corons. Il paraît que c'est la rançon du plus équitable des mécanismes…

1. *Repères et références statistiques (RERS)*, édité annuellement par la Direction de l'évaluation et de la prospective (DEP) au ministère de l'Éducation nationale, 2003.

Dans un document de synthèse, trois experts[1] ont recoupé les données du Ministère et celles des organismes qui gèrent les pensions de retraite. Pour le second degré, les départs sont estimés à 15 000 en 2005, 19 000 en 2006, 21 000 en 2007, 2008 et 2009, 19 000 en 2010, 18 000 en 2011. Total : 145 000. « La bosse, annoncent-ils, culmine en 2008, et ensuite ce sera la diminution. L'accroissement maximum est de l'ordre de 75 % par rapport à une annuité linéaire et le retour aux chiffres moyens ne se fera qu'après 2013. » Et ils concluent : « Soutenir durablement un recrutement à ce niveau sur un marché de travail plus concurrentiel, alors même que l'image du métier d'enseignant paraît aujourd'hui en demi-teinte, impliquera un effort particulier. » Le pari n'est pas gagné. Il faut, pour cela, regarder loin. Or le propre des comptables est de fonctionner, budget après budget, à l'année, autant dire à la petite semaine.

Drôle de voyage. Je pars à la rencontre de mes rides, mais l'essentiel n'est pas là, je m'en accommode assez bien. L'essentiel est que le monde que je vais décrire est sénescent. S'il ne change pas, il est potentiellement mort. Faute de renouvellement et des acteurs et du système.

Quand j'ai commencé à tirer les fils de ce livre, à réveiller les contacts, à téléphoner ici et là, les plus disponibles de mes correspondants étaient, tout naturellement, à la retraite. Ou en préretraite. L'abondance des cessations progressives d'activité[2] m'a frappé. Il est

1. Annie Scoffoni (Inspection générale), André Barilari (Inspection des Finances), et Yvon Robert (Inspection générale de l'Éducation nationale et de la Recherche). Synthèse destinée au ministre, rédigée en décembre 2002, avant la réforme des retraites.

2. Après cinquante-cinq ans, il était possible de travailler à mi-temps en touchant 80 % de son salaire (50 % versés par

vrai qu'un demi-service, dans l'enseignement, n'est guère difficile à négocier. Il est également vrai que, les banques n'hésitant pas à prêter tôt aux fonctionnaires de l'Éducation nationale, ceux-ci sont plus vite libérés de l'endettement que le reste de la population, et sont enclins, surtout les femmes, à écorner leur revenu en échange d'un temps libre doublé.

Ils m'ont paru très sereins, les retraités. Pas nostalgiques pour deux sous, mais pas aigres non plus. Je veux bien entendre que ce métier est le plus éprouvant qui soit, mais je constate qu'on en sort généralement dispos. Si les maîtres en fin de carrière se plaignent volontiers d'essoufflement, ceux qui ont tourné la page semblent guillerets. Ils n'ont pas abandonné leur esprit critique, ils ne noient point dans la guimauve le souvenir de leurs années d'exercice, mais ils énoncent leurs déconvenues, leurs désillusions parfois, avec une bonhomie certaine. Comme si le fait de n'avoir plus charge d'âmes, de ne plus prononcer des orientations, ni de les justifier devant les élèves et leurs parents, les délivrait de l'obligation de solidarité corporative qui étouffe les enseignants et les cimente à la fois. Et ils ont enfin toute latitude de pratiquer un des sports favoris des profs : dire du mal des profs.

J'en évoquerai trois, très différents les uns des autres, trois dont la trajectoire personnelle me paraît assez originale pour que le franc-parler soit manifeste, et assez fortement dessinée pour que d'autres s'y reconnaissent.

André Roselier s'est retiré depuis trois ans lorsque nous nous retrouvons. Il est encore plus sec que par le passé, la parole tranchante, sans afféterie ni rondeur.

---

l'employeur, 30 % par les Assedic) tout en conservant ses droits à la retraite. Le gouvernement Raffarin a fait voter l'interruption progressive de ce dispositif.

C'est un homme qui dit ce qu'il pense, voilà tout. Un homme qui ne transige pas, l'œil limpide et intense. Un solitaire engagé. Je lui connais deux passions déclarées : la justice et la littérature (il a maintenant le temps d'écrire, et s'y consacre). En vrai « boursier » qu'il fut, au sens où Pierre Bourdieu et Jean-Claude Passeron opposèrent le concept à la dynastie des héritiers, il est devenu professeur très logiquement car cette activité s'offrait à lui comme le moyen de marier l'une et l'autre. Lecteur attentif de Louis Guilloux, il a toujours su que l'accès à la culture est une promotion mais aussi une trahison, et qu'il entre de la douleur, de l'équivoque, dans l'ascension sociale.

Comment cela s'est-il terminé, pour lui ? De manière cossue. Sans intrigue aucune, il a glissé vers les fauteuils d'orchestre. L'âge, une notoriété croissante, une réputation d'exigence bien tempérée, une aura de « grand prof ». Les premières S sont devenues son lot. Et le meilleur lycée de la ville (une petite préfecture, 50 000 habitants) l'a voulu pour son hypokhâgne [1]. Il y a pris plaisir, et, au fil des ans, ce plaisir ne s'est pas émoussé. « Je crois, me dit-il, que ma dernière année d'enseignement a été la meilleure de ma carrière. Si j'avais pu garder une classe, après la retraite, six ou sept heures par semaine, je l'aurais fait volontiers. Mais la machine est adepte du tout ou rien. »

Je déroule la litanie minutieuse de mes questions types. Le niveau ? André Roselier hausse les épaules. « Je ne vois pas pourquoi un adolescent serait moins intelligent en 2000 qu'en 1990. Qu'est-ce que c'est que ces foutaises ? Les élèves brassent beaucoup plus de

1. Les hypokhâgnes et khâgnes sont, en jargon traditionnel, les classes littéraires préparatoires au concours d'entrée à l'École normale supérieure.

connaissances que moi à leur âge, ne perdons pas notre salive.» La lecture? «Oui, ils lisent. Pas tous. Mais ceux qui lisent le font assidûment. J'observe que des jeunes réputés scientifiques trouvent dans la lecture une échappatoire ou un complément qu'ils apprécient réellement.» La capacité d'expression? «J'ai eu, dans chaque classe, d'excellentes copies. Pas seulement en hypokhâgne. A condition, toutefois, de ne pas être trop pointilleux sur l'orthographe, l'effort est porté ailleurs.» L'énergie déployée? «Ils bossent. Je dirais même de certains qu'ils bossent plus qu'autrefois parce qu'ils subissent une pression plus forte. La seule chose qui m'attriste, c'est que, pour parvenir à des résultats comparables, les uns s'acharnent et d'autres non. J'éprouve plus d'estime pour les premiers, c'est à eux que je me dois d'abord.»

André Roselier n'est pas dupe. «Je sais très bien que, ces dernières années, on m'a donné des classes choisies. Même en section L. Je ne nourris pas d'illusions là-dessus, je n'approuve pas ce fonctionnement. Le plaisir que j'ai pris était un plaisir luxueux, un privilège. Mais je n'allais pas le bouder, quand même!»

Yves Portelli a suivi le chemin exactement inverse. Vingt ans auparavant, lorsque je l'avais interrogé, il était le philosophe vedette de son établissement – un lycée de milieu de gamme au public hétérogène, un lycée sans histoires. Je lui avais appris, car il l'ignorait, que ses élèves l'avaient baptisé «Superplaton», ce qui était un compliment. Il y mettait du charme, Superplaton, de la conviction, de la culture, il déployait un vrai talent d'éveilleur. Salué par ses ouailles, recherché par les parents, il fleurait cependant un peu le soufre. D'abord parce qu'il manifestait un penchant décalé pour le cinéma, l'image, le montage. Ensuite parce que ses rapports avec la hiérarchie étaient entachés d'accrocs – Yves Portelli avait, par exemple, rembarré un inspecteur qui avait oublié d'annoncer sa visite et voulait l'entendre « en confessionnal » toutes affaires cessantes. « Je lui ai répondu que j'avais cours à cette heure, que mes élèves m'attendaient, et que je n'avais pas coutume de faire attendre mes élèves… »

Héritage d'un mois de mai rouge vif ? Pour partie. Il ne fut pas, alors, des moins remuants. Mais l'explication est sans doute plus complexe. « Je suis devenu enseignant parce que c'était le seul moyen de faire professionnellement de la philosophie. La motivation la plus banale qui soit. Mais mon parcours, lui, n'a pas été banal. J'ai été apprenti pâtissier, j'ai navigué huit ans dans la Marine, j'ai chargé des camions. J'avais trente-deux ans quand j'ai commencé comme prof. Pas étonnant que l'esprit de corps ne m'ait pas beaucoup façonné. J'étais effaré par le manque de curiosité du milieu, par cette volonté opiniâtre de ne pas grandir, de ne pas être dérangé de quelque manière que ce soit, de goûter les choses monotones et définitives, au même endroit et au même moment. Il entre une certaine veulerie dans cette liturgie routinière. »

Il ne se payait déjà guère de mots, Yves Portelli, en 1984. Il soutenait que les élèves avaient raison de se protéger contre l'école, de sécréter leur propre code. Il ajoutait qu'entre l'école et ses propres enfants, il penchait pour ces derniers. Son discours n'avait pourtant rien d'anarchiste, et ne se réclamait pas non plus d'Ivan Illich – auteur californien, en son temps, d'*Une société sans école*[1]. Ce qu'il contestait, c'était la manière dont la rhétorique scolaire arasait, selon lui, l'esprit critique et l'appétence intellectuelle. « Il faut, expliquait-il, que les élèves résistent au souhait qu'a l'institution de faire

1. Paris, Éd. du Seuil, 1971.

d'eux des modèles conformes, qu'ils ne se laissent pas enfermer, circonscrire.» Vingt ans plus tard, il ne retire rien. Mais il nuance: «Qu'ils aient assez de vitalité pour bouger me plaisait. Cependant, je n'accepterais pas une dérive qui aboutirait à la négation de l'école, à l'idée qu'on a tous les droits mais pas de devoirs. L'idéologie humaniste de la protection de l'enfance est parfois détournée vers un laisser-aller exorbitant. Je n'étais pas démagogue, je ne flattais pas les défauts de mes élèves, ils m'ont plutôt reproché de leur avoir demandé beaucoup de travail.»

Il n'avait plus qu'à se laisser glisser, Portelli, la pente était douce. «J'étais installé, j'étais connu et reconnu, j'avais un statut particulier. Et puis j'en ai eu assez du lycée, du traintrain, des collègues. Je leur ai dit poliment que j'en avais marre de les voir vieillir, même si je comptais parmi eux de bons amis. Que j'en avais marre, aussi, de cette petite ville trop laide, et que je remontais vers Paris. Ils ont été très gentils, ils ont organisé une fête pour mon départ.»

En région parisienne, le philosophe se recycle. Le CRDP[1] de Versailles lui confie une mission dans son autre domaine de prédilection: l'image. Il anime une revue, conçoit des formations. Mais, soudainement, le vent tourne, sa délégation lui est retirée, il revient à Épictète et à Descartes, ou plutôt à une version *light* de ces derniers. «J'ai fini mon parcours comme les autres le commencent: dans un énorme lycée de banlieue, un complexe de 3 500 élèves. Et, bien sûr, étant nouvel arrivant quoique le plus vieux, j'ai hérité des sections dont les collègues ne voulaient pas, celles de comptabilité, de gestion, où la philosophie est présente deux heures par semaine. Les élèves étaient différents de ce

1. Centre régional de documentation pédagogique.

que je connaissais, ils considéraient le prof comme une machine à café un peu élaborée, il fallait épeler mythologie, quelques-uns avaient vingt-trois ou vingt-quatre ans. Ils me disaient sans hargne : “Nous, on n'a que les mauvais profs...” Ils me demandaient : “Vous allez rester longtemps, monsieur, parce qu'ici, ça défile... ?” » Il n'est pas resté longtemps. Son cœur s'est défilé.

L'ex-Superplaton raconte l'épisode en souriant, car le pathos n'est pas son style. Aujourd'hui, il lit toujours les philosophes, s'intéresse à la critique cinématographique, ne regrette pas son option. Mais la sortie fut rude.

Marie Polack, elle, n'a pas changé de lieu en trente-deux ans de carrière (la mauvaise santé de son époux, plus qu'une inclination casanière, explique cette stabilité). Je la retrouve dans la même maison campagnarde, à un quart d'heure du même lycée – où elle n'exerce plus. Stéphanoise, fille d'un ouvrier agricole, il lui fallait très vite gagner sa vie pour financer ses études. Elle a passé le difficile concours de l'École normale supérieure de l'enseignement technique et a choisi les sciences économiques et sociales. En 1984, elle n'était pas encore agrégée pour la simple raison que sa discipline, née récemment, ne comportait pas d'agrégation.

Voilà deux décennies, les « années Savary » battaient son plein, et c'est dans ce contexte que j'avais interrogé Marie Polack. Les années Savary – plus durables que le seul mandat du ministre renversé par les dévots et les francs-maçons réunis, hostiles à une proposition de loi conciliante sur l'enseignement privé –, ce fut un souffle, un état d'esprit qu'on pourrait appeler le stade expérimental. Le temps où l'on inaugurait « un collège par jour » était révolu. On abordait une autre étape. Il ne s'agissait plus seulement d'enfourner une classe d'âge entière dans un réceptacle initialement conçu pour les *happy few*. On commençait à s'interroger sur la qualité et l'équité des prestations offertes. Et, du coup, un vocabulaire nouveau, des pratiques nouvelles surgissaient.

On a parlé, soudain, d'autonomie pédagogique, de projet d'action éducative, d'équipes. Des mots insolites. Les établissements ont été dotés d'un conseil réunissant professionnels et usagers, invités à définir leur profil, leur ambition – dans le cadre d'objectifs nationaux. Des antennes de formation ont été créées pour les enseignants, encouragés et non contraints à se recycler ou plus simplement, mais sur leur planète l'affaire n'est pas simple, à se rencontrer. Marie Polack a été de toutes ces opérations. Elle s'y est lancée avec la dernière énergie. Combien de réunions a-t-elle animées depuis que nous nous sommes vus ? Elle ne saurait le dire. Et combien cet effort, cette disponibilité, ont-ils été rémunérés ? Cette addition-là, elle la dresse aisément : c'était pour le même salaire. Sauf qu'elle ne s'est jamais ennuyée dans le métier, qu'elle y a trouvé la reconnaissance d'une qualification accrue, ce qui n'a peut-être pas de prix. Jusqu'au bout, elle a accepté, et même revendiqué, d'exercer dans des classes jugées faibles, des classes de STT (sciences et techniques tertiaires) accueillant des élèves qui, autrefois, ne se seraient jamais retrouvés en lycée.

Fraîchement retraitée, investie dans une vie associative multiforme qui meuble son agenda autant que par le passé, elle exprime toutefois un sentiment de déception, au final. « Je n'ai pas regretté d'être prof, parce que les élèves n'ont pas cessé de m'intéresser et parce que le travail pédagogique m'a passionnée. Mais je suis partie pessimiste. » Ni rage ni grincement. Elle dit cela très paisiblement, sans une once d'acrimonie, comme l'économiste qu'elle est commenterait à froid la balance des échanges ou le cours de l'euro.

Pourquoi ? « J'ai beaucoup cru au travail d'équipe dans un cadre disciplinaire puis pluridisciplinaire, à l'étude fine de ce qui est en jeu dans la classe, tant du point de vue scolaire que du point de vue éducatif. Je dirai même que j'ai milité pour cela, pour que nous sachions ce que nous faisons, que nous soyons capables de connaître et d'évaluer l'efficacité de nos méthodes et de nos décisions. J'ai sincèrement cru que cette réflexion allait déboucher sur une concertation collective, et que cette pratique sortirait du champ expérimental pour entrer dans nos mœurs professionnelles, pour échapper au militantisme ou au bénévolat. Je me suis trompée. Seule une minorité d'enseignants s'intéresse à une approche de ces données. La représentation du métier est restée solitaire et libérale. Comme si les médecins en étaient encore à se demander s'il faut partager le dossier, les techniques et les savoirs devant un cas complexe. »

Ce ne sont pas uniquement ses contemporains qui l'ont « déçue », Marie Polack. Le coup de grâce est venu de collègues qui avaient vingt-cinq ans de moins qu'elle. Après une première affectation lointaine ou agitée, ils rentraient en eaux calmes ou proches, et aspiraient, déjà, au repos tant mérité. « Ce qui m'a déconcertée, c'est de constater que ces jeunes enseignants, dont j'espérais qu'ils étaient mieux formés que ma génération, disaient eux aussi : “Je fais mes heures de cours mais ne m'en demandez pas plus !” J'ai pensé que la résistance culturelle du milieu est plus forte que je ne l'imaginais, que la capacité de l'institution à assurer ses missions n'est toujours pas garantie. Les enseignants sont généralement des gens consciencieux, mais l'idée que cette conscience induit, notamment en collège, un changement profond du comportement des adultes n'a pas pénétré.»

Ce qui est agréable, au contact des retraités, c'est que leurs assertions, rondes ou acerbes, sont empreintes d'une vraie distance. Je n'en ai jamais rencontré un seul qui se lamente sur son niveau de vie, qui ne s'estime protégé dans un environnement où tant de secteurs ont traversé des crises radicales (la mine, la sidérurgie, la banque, la paysannerie, voire nombre de services publics). Bref, la distance qui fait souvent défaut en salle des professeurs. «Avec toutes les réformes qu'on a subies...» J'avoue que la phrase rituelle, quand je songe à l'effondrement de la classe ouvrière – dont se réclament à profusion certains inter-locuteurs –, me reste en travers de la gorge, comme une incongruité. Assurément, Marie Polack, Yves Portelli ou André Roselier ne sont pas de cette école et n'ont point attendu la soixantaine pour affirmer leur différence. Mais la manière même dont ils la revendiquent n'est pas neutre. Hors champ, hors jeu, les profs prennent de l'altitude. Que ne le font-ils plus tôt...

Après les retraités, je me suis mis en quête des actifs que je pourrais retrouver – grâces soient rendues à la centralisation jacobine, le grand ordinateur m'a facilité les choses. Et là, bien que le sujet ne me soit jamais devenu étranger, beaucoup d'étonnements m'attendaient. Au Ministère, dans les rectorats, chez les experts, on s'instruit abondamment, on recueille une foule de données, et l'on se préoccupe, à bon droit, de l'état du «terrain» – c'est le mot usuel, un brin mystérieux, lesté de soubresauts lointains, d'inconnues. Eh bien, le «terrain», sur le terrain, m'a grandement surpris, tout familier que je me croyais de ses réalités.

Quand on consacre un livre au système éducatif, c'est généralement sur le mode de la déploration. A commencer par les enseignants (ce qui ne les empêche pas, ensuite, de déplorer qu'on offre d'eux et de leur univers une image déplorable). Le genre est fécond, la bibliographie charnue. « Il est nul mon collège » est un filon aussi nourricier que maigrir par les plantes, guérir par l'hypnose, ou rajeunir par miracle. Le titre le plus extraordinaire, dans cette veine, fut à mon sens celui de Maurice T. Maschino, professeur de philosophie, *Vos enfants ne m'intéressent plus*[1]. Qu'un maître soit las de son métier, rien de plus rebattu. Qu'il inscrive cette lassitude au compte de ses élèves, voilà qui est plus suspect et qui appelle à douter de son génie dialectique. Qu'il apostrophe les parents incapables de lui fournir une clientèle digne de sa maïeutique, c'est un classique du petit commerce déclinant. Mais que ces parents, ivres de masochisme, se jettent sur l'œuvre en clamant que leur fils ou fille (dans ces cas sévères, c'est plutôt le fils qui encaisse) mérite mille fois sa disgrâce, cela me laisse pantois. Maurice Maschino fait penser à ces médecins – j'en ai croisé quelques-uns lorsque j'étais immergé dans les hôpitaux – qui jugent les malades sales, puants, saignants, trop bavards ou trop muets, trop érudits ou trop ignorants, et surtout trop malades. Et qui préfèrent envisager toutes les tares du patient et de son entourage plutôt qu'une défaillance du thérapeute ou de l'institution. Jusqu'à manier l'insulte.

Tant pis pour mon éditeur et pour moi-même. Autant annoncer la couleur. Le « terrain » m'a dissuadé de

1. Paris, Hachette, 1983. Les droits d'auteur semblant plus intéressants que les élèves, on a pu, l'année suivante, lire *Voulez-vous vraiment des enfants idiots ?*, du même auteur chez le même éditeur. Comme quoi M. Brighelli n'a pas inauguré la formule.

céder à la tentation du catastrophisme polémique et/ou alimentaire : vingt ans après, les établissements que j'ai visités se portent incontestablement mieux que par le passé. Avec mille nuances, variations saisonnières et autres correctifs. Avec mille regrets et objections. Mais la dominante est forte : il faut être aveugle, sourd, ignorant ou de mauvaise foi pour soutenir que les conditions d'enseignement, ainsi que cet enseignement lui-même, ne se sont pas améliorés, et de manière substantielle, depuis 1984.

A l'époque, au terme de notre tour de France, Patrick Rotman et moi avions, parmi d'autres options, sélectionné trois « bases », trois lieux types où nous avions séjourné et filmé. A la fois parce que l'accueil y fut chaleureux et parce que l'établissement nous semblait résumer ce que nous avions observé en maints autres. Un lycée général, le lycée Rabelais, à Saint-Brieuc, en Bretagne, exemple parfait, nous semblait-il, d'une structure moyenne de ville moyenne. Un lycée professionnel, à Marseille, spécialisé en mécanique automobile, qui combinait tous les dilemmes de ce qu'on baptisait alors les LEP[1]. Et un collège en détresse, le collège Romain-Rolland, à Clichy-sous-Bois, dans la banlieue est de Paris, dépendant de l'académie de Créteil (les jeunes enseignants disent aujourd'hui, quand ils sont parachutés là-bas, qu'ils sont bons pour le redouté « Neuf Trois », soit le département de la Seine-Saint-Denis, numéro 93).

J'ai décidé de retourner vers les trois « bases ». En commençant par Marseille. D'abord parce que j'aime cette ville, vrai port, vraie porte, lumineuse et ombreuse, populaire et secrète. Le tourisme, cependant, n'était pas ma motivation première. J'ai commencé par

1. Lycée d'enseignement professionnel.

là parce que j'y avais été le témoin d'une sorte de massacre – ni plus ni moins que dans les autres LEP visités, mais, à Marseille, mes interlocuteurs jouaient délibérément franc jeu et parlaient volontiers. Encore le lycée Mistral, quoique recueillant une population scolaire très défavorisée (souvenir des petits macs en décapotable venant cueillir « leurs » filles aux portes des collèges, dans les quartiers nord), était-il un beau lycée, implanté parmi les immeubles ocre et roses de La Calade, doté d'une ample esplanade, d'arbres, et de bâtiments clairs.

Justement. A l'intérieur, ce n'en était que plus insupportable. On espérait que le cadre encourageant préluderait à un tableau différent de celui qu'offrait, en général, l'enseignement professionnel – sorte de parking social dispensant des formations inadaptées avec des instruments désuets. Mais non, le tableau était aussi sombre qu'ailleurs. Machines-outils bonnes pour la casse, et dangereuses, ateliers en perpétuel retard technologique sur l'industrie, le désastre était au rendez-vous, comme d'habitude. En ce temps-là que d'aucuns ont l'indécence de regretter – la coutume sévissant d'évoquer l'école sur le registre de la nostalgie –, une petite moitié des élèves orientés vers les filières courtes décrochait un parchemin, et, parmi les titulaires d'un CAP ou d'un BEP [1], un tiers seulement trouvait, dans la foulée, un emploi correspondant à sa qualification [2].

Le proviseur, M. Blanc, était un être humaniste, généreux et passablement désespéré. Il assistait à une

1. Respectivement certificat d'aptitude professionnelle et brevet d'enseignement professionnel.

2. *Cinq ans après le LEP*, Paris, Céreq, 1981. Joëlle Affichard et Françoise Amat, « L'entrée des jeunes dans la vie active », Paris, *Bulletin de l'ONISEP*, avril 1983.

tragédie où il ne jouait qu'un rôle infime, sa marge de manœuvre étant réduite au minimum. Il avouait son impuissance, il plaignait ses élèves, il ne demandait rien d'autre qu'un peu d'argent et de liberté. Il alignait d'une voix douce, pondérée, ses constats accablants, et ne cherchait nullement à minimiser l'ampleur des dégâts. « Nous sommes en bout de chaîne, répétait-il, nous sommes en bout de chaîne. Après nous, il n'y a plus rien. »

Les élèves eux-mêmes n'étaient pas moins lucides, sans aucune illusion. Une toute petite minorité songeait à s'engager sur la voie tracée, à essayer de dénicher un travail dans le secteur de l'automobile. Les autres, l'immense majorité, déclaraient qu'ils étaient là parce qu'ils étaient indignes d'être ailleurs, qu'ils tuaient les jours en attendant la fin de l'obligation légale et l'appel sous les drapeaux. C'étaient des grands gaillards tristes et nerveux. Leurs pères, fréquemment chômeurs, étaient issus de la classe ouvrière, voilà peu flambante et désormais en ruine. Quand on les interrogeait sur leurs études, ils ne terminaient pas la phrase, ils disaient d'un air entendu : « Regardez vous-même, monsieur. » Et l'on regardait, en effet, le bulldozer réformé dont le moteur, fumant bleu, démarrait après vingt minutes de soins extrêmes, censé les initier à la maintenance des engins de travaux publics. Dans les ateliers de carrosserie, des heures durant, ils martelaient en cadence un bout de ferraille tandis que chez Renault ou Citroën, la porte à côté, on changeait ailes et pare-chocs d'une seule pièce. Ils avaient un rêve : devenir marins- pompiers. « Parce qu'on a un statut, expliquaient-ils, et une bonne retraite. »

Je n'oublierai jamais un court dialogue avec M. Didon, le « sage » de la maison, le doyen.

– Combien placez-vous d'élèves dans la profession, en fin de parcours ? lui avais-je demandé.

– Guère plus de 5 %.

– Mais pourquoi continuez-vous à former des mécaniciens s'ils n'ont aucune chance d'exercer le métier ?

– Eh ! Vous voulez nous mettre au chômage…

Puis il s'était tu, plissant le front.

Le corps enseignant était divisé en deux camps étanches. Les professeurs d'atelier ne mettaient pas les pieds dans la salle commune, regardant en chiens de faïence leurs collègues chargés des matières générales. Ils sortaient du « monde du travail » et vivaient comme une promotion l'entrée dans l'Éducation nationale – tout en considérant les « intellectuels » d'à côté avec une sorte de frustration mi-agressive mi-intimidée. D'autant que les « intellectuels » d'à côté, c'étaient des femmes, très jeunes pour la plupart, fraîchement sorties de l'université, absolument pas préparées à se retrouver dans un univers globalement masculin, prolétaire, et hostile.

Il n'est pas excessif d'écrire que nombre d'entre elles vivaient en permanence un fantasme de viol – nos entretiens étaient explicites à ce sujet. Pas d'agression, nul passage à l'acte, mais le poids des regards et le choc des mots. Devant des classes de 35 garçons dont une part n'avait rien à perdre (et avait accumulé en français, en langues, en histoire et ailleurs, un retard sans appel), elles ne pesaient pas lourd, elles ne savaient plus comment se tenir, comment s'habiller. Les unes s'appliquaient à se rendre invisibles, arborant les vêtements les plus neutres. D'autres jouaient exactement l'inverse, cuir et fard. De toute manière, leur fonction symbolique oscillait entre la maman et la putain, à mille lieues de ce pour quoi elles avaient été recrutées. Les plus âgées s'en sortaient mieux – je me rappelle une dame, professeur d'arts plastiques, qui obtenait un silence religieux sans effort apparent et appelait ses ouailles « mon petit », avec une vraie gentillesse et une tranquillité naturelle –, du coup, les « petits » le redevenaient, polis et attentifs. Mais les jeunes arrivantes en bavaient comme nul ne l'imaginait loin du « terrain ». Pour comble, elles ne pouvaient miser sur la solidarité de leurs confrères mâles en bleu de travail : chacun s'amusait fort que ces « minettes bourgeoises », ces demoiselles des facultés, endurent un bizutage cruel.

S'il en est une que je ne pensais pas retrouver au lycée Mistral, vingt ans après, c'est Élisabeth de Saporta. Elle enseignait le français, ou plutôt elle était censée le faire et n'y parvenait absolument pas. Cultivée, volontaire, goûtant l'humour, issue de l'université d'Aix-en-Provence, elle avait débuté à Landres, en Meurthe-et-Moselle, où, disait-elle, son taux de réussite à l'examen (le CAP) était de 0 %. A ce sujet, elle se déclarait « responsable et inutile ». Nommée sur Marseille deux années avant ma visite, sa condition et ses performances s'étaient bien peu améliorées. Sans doute se jugeait-elle un brin moins responsable. Quant à l'inutilité de ses efforts, elle en demeurait solidement persuadée. Mais elle y retournait chaque jour.

Elle m'avait invité à fréquenter son cours, sans hésitation aucune. Les scènes auxquelles j'ai assisté ne s'apparentaient en rien à ce qu'on baptisait, dans mon propre univers, du chahut. C'est un mot folklorique, le chahut. Cela véhicule des fragrances de lycée napoléonien – cour d'honneur, parloir, cahiers de promo. Et puis le chahut exprime une relation avec quelqu'un, quelqu'un qu'on rejette ou qu'on méprise. Les élèves d'Élisabeth de Saporta n'avaient aucune dent contre elle, strictement aucune, et ne manifestaient aucun mépris non plus. En privé, ils me confiaient même toute la commisération qu'ils éprouvaient pour elle,

elle qui n'aurait pas dû se trouver là, dans leur ligne de mire, et qu'ils plaignaient sincèrement de devoir les subir. Pas de boules puantes, de cocottes en papier ni de chansons paillardes. C'était plutôt le bruit d'un marché, chacun étant absorbé par ses propres affaires, riant, bavassant. « Je m'efforce, expliquait l'enseignante, de capter l'attention d'au moins un d'entre eux. Juste un… »

La deuxième chaîne de télévision nous avait demandé, à Patrick Rotman et moi, de compléter notre livre par un documentaire. « Bonne idée, a dit Élisabeth de Saporta. Filmez donc mon cours… » Ses collègues ont pensé qu'elle était folle, qu'elle se laissait avoir par les gens des médias. Nous l'avons filmée, les élèves étaient ravis et ont donné leur pleine mesure. Puis nous avons interviewé la professeure, très calme, dans son salon, sur fond d'*Encylopædia Universalis*, commentant la scène. Elle est venue, par la suite, en salle de montage, et a confirmé son accord. « Je veux que les gens voient ça, expliquait-elle, je veux que les choses soient dites, je veux aussi que les parents d'élèves voient comment leurs enfants se comportent à l'école. »

Elle avait raison. Personne ne s'est moqué d'elle. Ni dehors ni dedans. C'est l'inverse qui s'est produit.

Et, vingt ans plus tard, la voici pilier du lycée Mistral. Je m'étonne. Elle sourit : « J'ai l'impression que tout a changé de façon radicale depuis que nous nous sommes vus. Les structures de classe, les formations, la manière d'enseigner. Et moi aussi, j'ai changé. Je ne vous avais pas tout dit, il y a vingt ans. L'année précédente, j'avais cinq classes de trente-six élèves, trois sections mélangées. Je remplaçais un mec qui s'était suicidé et les gosses considéraient que j'allais faire pareil. J'avais grossi de vingt kilos, j'étais au bord de démissionner. Heureusement que je ne suis pas partie.

Dans ce boulot, prendre de la bouteille est un avantage si on ne crache pas dans la soupe et si on ne trouve pas que tout est nul. A l'heure actuelle, j'ai l'impression qu'il ne peut rien m'arriver de mal, que j'ai une chance de gagner à tous les coups et que ça vaut la peine de me coller dans des situations impossibles, à condition de prendre des précautions. J'ai appris à gérer les conflits, à garder la distance. J'ai appris que quand un garçon du quartier de la Belle de Mai dit "Putain m'dame...", il n'est pas en train de m'insulter, qu'il parle comme à la maison et que je dois lui enseigner ce que sont les niveaux de langue. Je sais aussi que, quand un élève pète les boulons, il est capable de dire n'importe quoi et que c'est à moi de ne pas me sentir agressée, de situer la crise dans son contexte, de la gérer avec le reste du groupe.»

Elle a beaucoup appris, en vingt ans. Une révélation divine ? Pas le moins du monde. Une démarche pédagogique. Et le fruit d'une réforme, une vraie. En 1985 est créé le baccalauréat professionnel, le «bac pro»: les anciens «LEP» deviennent lycées à part (presque) entière, et les maîtres de ces établissements, éclatés au fil du temps en statuts multiples, se transforment en PLP (professeurs de lycée professionnel) recrutés au même niveau que les certifiés des lycées généraux et devant assurer, comme ces derniers, dix-huit heures de cours par semaine (au lieu de vingt et une ou plus). D'aucuns, à bonne distance du «terrain», raillent le «bac au rabais» inventé, jugent-ils, pour brader le parchemin et gonfler les chiffres – il est vrai qu'aujourd'hui plus d'un bachelier sur six est titulaire du bac pro, et que la dernière session a couronné 90000 postulants. Il n'empêche. Sur place, c'est une énorme bouffée d'oxygène. Le LEP voie de garage, le LEP «en bout de chaîne» cède place à une structure ouverte : rien n'interdit, en principe, le bachelier professionnel de poursuivre au-delà et de viser, par exemple, un brevet de technicien supérieur (BTS). Un décret de 1995 a précisé la double finalité du diplôme : il « confère le grade universitaire de bachelier » *et* atteste « l'aptitude à exercer une activité professionnelle hautement qualifiée ».

« Ces formations inédites, poursuit Élisabeth de Saporta, ont tiré l'ensemble vers le haut. Il s'est produit un renouvellement des enseignants, nous avons découvert le travail en équipe, inventé des qualifications post-bac. Et nous avons obtenu des moyens. Hier j'avais cinq classes en charge, maintenant j'en ai trois. Hier j'avais trente-cinq ou trente-six élèves par classe, maintenant j'en ai moins de trente. J'ai vu des élèves qui arrivaient complètement en échec, qui avaient été orientés en BEP comme s'ils avaient été jetés à la poubelle, et qui ont crapahuté jusqu'au BTS. Ça n'arrive pas tous les jours, c'est l'exception et non la règle, mais ça nous sauve tous, profs et élèves. »

Pour autant, mon interlocutrice ne se croit pas au jardin d'Éden. « La population scolaire pose des problèmes aigus et nouveaux : les immigrés de 1984 étaient fortement intégrés ; parmi ceux de 2004, beaucoup le sont moins, arrivés plus récemment, qu'ils soient africains, comoriens ou maghrébins. Les sections tertiaires, ouvertes entre-temps, ont développé la mixité et c'est une bonne chose. Mais les filles qui s'inscrivent ici sont ce que nous appelons dans le Midi des "cagoles". Avec elles, tout est cru, tout est sexuel, il faut anticiper sur la connotation de la moindre expression : si vous avez le malheur de dire, parlant d'une pile de bouquins, "Mets-la au fond", l'explosion est garantie… »

Difficile de croire que l'enseignante naguère désemparée sur son estrade inaugure l'année, avec deux collègues (femmes), en emmenant une trentaine de gaillards qui ont plus de vingt ans passer une semaine dans les gorges du Verdon, histoire de déplacer le terrain, d'établir la relation sur des bases inattendues. Ou qu'elle anime un atelier de scénarios dont le point de départ est *Le Rouge et le Noir*. Ou encore qu'elle accompagne « ses garçons » au musée voir une exposition Juan Gris, et qu'ils aiment ça, non sans avoir demandé, au préalable, comment il faut s'habiller pour se présenter dans un endroit pareil. « S'ils n'ont pas de motivation, les élèves, conclut-elle, c'est parce qu'ils n'ont pas d'espoir. » Cela vaut aussi pour les professeurs, apparemment. Le goût est venu. L'humour a pris le dessus. « Mes gosses disent : "Vous savez, m'dame, je suis un délinquant..." Et je réponds : "Arrête, tu me terrorises !"... »

Ne versons pas dans le conte de fées. Certain(e)s jeunes collègues d'Élisabeth de Saporta ne parlent pas de « ses gosses » avec autant d'aménité. Un peu moins de la moitié des élèves de BEP réussissent l'examen (dans quelles ténèbres extérieures disparaissent les autres ? mystère...). Et surtout, le lycée professionnel, même s'il est plus performant, même s'il s'est mis à jour, reste le dernier choix aux yeux des enseignants du cycle général, et des familles. « On nous décrit encore comme le grand méchant loup, s'indigne Daniel Paravisini, le grand méchant loup qui va te dévorer si tu n'es pas sage à l'école... »

Lui, j'étais sûr qu'il serait là. Dès que je traverse l'esplanade en direction des ateliers, je le reconnais, blouse blanche, moustache conquérante, gourmette en or, et, autour du cou, croix plus ou moins « ostentatoire » du même métal. Ce lycée, il en a d'abord été l'élève remarqué. Il a ensuite travaillé comme artisan. Et son maître, M. Didon, qu'il n'a jamais osé tutoyer, l'a incité à passer examens et concours et à le rejoindre. C'était en 1973. Il est jovial, Daniel Paravisini, il aime sa boîte et son boulot (« Quand on a parlé des trente-cinq heures, j'ai eu peur qu'on m'oblige à descendre jusque-là… »), il est fier d'être prof, il n'envie pas ses amis qui ont un garage ou une casse, qui roulent en Porsche ou en Mercedes, mais dont la retraite sera maigrichonne. Nous passons près des hangars affectés à la carrosserie. Plus de *tap tap* en cadence. « Maintenant, on a des marbres au laser pilotés par informatique. Dans les garages, ils sont moins bien équipés que nous, ils viennent nous demander de mettre leurs gars au niveau… »

Longtemps délégué CGT[1], toujours membre du conseil d'administration de l'établissement, Daniel Paravisini n'est pas politiquement incorrect dans le monde enseignant. Mais on aura du mal à lui faire dire que la loi de décentralisation accordant aux régions la gestion des lycées, puis l'impulsion en matière d'apprentissage et de formation, aurait écorné, de près ou de loin, le bon exercice du service public. Tout au contraire. C'est d'abord une question d'effectifs. La maison accueillait 1 000 élèves, elle en héberge à présent 670 (et recrute sur candidature à l'échelon des bacs pro et au-delà). Les murs étaient tristes, ils sont avenants. Les machines étaient à bout, elles sont neuves. Les relations avec l'environnement professionnel étaient occasionnelles, elles sont étroites et fécondes. La région a investi. Mais il fallait que les dossiers soient solides.

1. Les enseignants des lycées professionnels syndiqués adhèrent majoritairement soit à la CGT (plus implantée chez les professeurs d'atelier), soit au SNETAA (Syndicat national de l'enseignement technique apprentissage autonome) qui se veut aujourd'hui indépendant des grandes fédérations ou confédérations, sur une ligne très corporatiste.

« Au niveau matériel, ce lycée, c'est le *top*. On ne bidouille plus. Les entreprises, ça leur coûte cher de monter des formations. A un moment, elles ont compris que nous avions bougé, que nous possédions un savoir-faire supérieur, que nous pouvions apporter un "package" de compétences, y compris sur les machines qu'elles nous fournissent. Citroën, Peugeot, Renault nous alimentent, nous apportent leur technologie pour qu'à notre tour nous soyons capables de leur renvoyer des techniciens à la hauteur. Hier, nous avons reçu une C5 toute neuve au titre de la taxe professionnelle. Sans valise diagnostic, ce n'est même pas la peine d'ouvrir le capot. Élisabeth, elle enseigne toujours le français, peut-être autrement, mais c'est le même français et c'est la même littérature. Moi, depuis que nous nous sommes rencontrés, les trois quarts de mon savoir ont été complètement chamboulés. Nous avons changé de planète, et tant mieux. Je suis cégétiste, je n'ai rien renié. Mais ce n'est pas mon proviseur qui va nous offrir une C5. Certains collègues ont l'impression de devenir les formateurs de l'entreprise. Moi, à l'heure actuelle, je pense qu'il faut qu'on y aille. Si les constructeurs jouent le jeu, s'ils nous donnent du véhicule, c'est parce que économiquement ils ont besoin de nous. C'est nous qui tenons le manche, pas eux. Vous vous rappelez les outils qu'on avait ? Il n'y a plus un seul tour, maintenant, dans la baraque. »

A l'appui de son relatif optimisme, Daniel Paravisini verse un constat : il est aujourd'hui possible, dans l'Éducation nationale, de prendre des initiatives, de faire œuvre créatrice. En 1988, il sent que le contrôle technique des véhicules va devenir une affaire importante. Avec un collègue, il cherche des partenariats, définit le référentiel, conçoit une formation post-bac de 900 heures, en un an (cette formation reste sans équivalent sur le marché national, les établissements privés n'offrant guère plus de 150 heures). Lorsque le contrôle technique est décrété obligatoire, en 1992, ils sont prêts : quinze techniciens sortent annuellement du lycée, et les entreprises se les arrachent. Parallèlement, la demande semble forte au niveau des cabinets d'expertise – cette fois, cela monte à bac + 3, l'ancien LEP s'en va jouer dans la cour des grands. Et ça marche. Mais l'innovation n'est pas l'apanage des titres haut de gamme. Dans le Midi, les courses automobiles sont nombreuses et mobilisent toutes sortes de passionnés. Les écuries cherchent des mécanos assez « pointus » et ne les trouvent pas. Une section de BEP « optimisation des moteurs de compétition » est ouverte à Mistral. Et une silhouette de Formule 1 colorée, dessinée à l'aérographe, orne maintenant la porte de la maison.

Voilà deux décennies, un tel récit aurait consterné nombre d'enseignants. Une certaine idée de la gauche (59 % des députés de la majorité mitterrandienne siégeant alors au Parlement étaient fonctionnaires de l'Éducation nationale) voulait que l'entreprise fût suspectée d'annexer l'école, d'essayer de la modeler suivant le contour de ses intérêts à court terme. Il est vrai que nombre de stages, mal encadrés, transformaient les élèves en main-d'œuvre d'appoint, sans autre bagage professionnel.

L'argument, aujourd'hui, ne fait plus recette qu'à l'extrême gauche – le chômage a sévi trop violemment pour que le sujet reste purement idéologique. Daniel Paravisini, lui, est péremptoire : « Les stages bidons, pour nous, c'est du passé. En même temps, je comprends parfaitement que le souci de la formation ne soit pas la préoccupation première d'un professionnel. C'est là que nous avons un rôle à jouer. Je suis partenaire de 250 centres de contrôle technique et garages en PACA[1]. Les professionnels participent aux examens, et je m'en félicite. Mais je ne leur confie pas un élève pour leur offrir deux bras supplémentaires, j'évalue aussi la formation qu'ils lui donnent. Pour ça, il faut s'investir, il ne faut pas abandonner l'élève à son tuteur. Tous mes stagiaires connaissent le numéro de mon téléphone portable et, si problème il y a, j'entends être le premier informé. Nous nous défonçons pour fidéliser les entreprises, mais il faut aller au contact, il faut prendre la route quand nos ateliers sont déserts parce que les gamins sont à l'extérieur. Les partenaires, j'en cherche, mais il en est d'autres que j'ai rayés de mon listing. »

Le plus impressionnant, vingt ans après, dans ces lycées-là, c'est peut-être la manière dont certains profs disent « je ». Je contacte, je vérifie, j'ai eu l'idée de, je soigne mon dossier, etc. Naguère, ils baissaient les bras, clamaient leur affliction, et pleuraient que le Ciel restait sourd. C'est fini, avec des hauts et des bas. Et avec une obsession : « On a tout, dit Daniel Paravisini. On a les enseignants, on a le matériel. Il ne nous manque plus que l'essentiel : ce sont, en nombre suffisant, des élèves qui correspondent à nos espoirs. »

Je n'écrirai pas que c'est pire qu'avant. Ce serait mentir. Plus grave : ce serait trahir.

Le collège Romain-Rolland de Clichy-sous-Bois, tel que je l'avais connu, a été rasé. Bonne nouvelle. C'était une de ces bâtisses modulaires à structure métallique, débitées en série sous la pression du grand *boom*, et qu'on baptisa « de type Pailleron » lorsqu'un établissement sorti du même moule, situé rue Pailleron, dans le

1. Région Provence-Alpes-Côte d'Azur.

XIXᵉ arrondissement de Paris, fut victime d'un incendie où périrent vingt personnes dont dix-huit élèves. J'ajouterai que le collège Romain-Rolland était « de type Pailleron » à la dérive. Rouille, herbes folles, barrière déglinguée, clôture ébréchée, peintures décaties, le tout environné d'immeubles gris cernant la cour, en rangs serrés. Je garais ma moto à portée de vue du concierge et doublais l'antivol.

L'accueil fut excellent. Le sentiment d'abandon était si fort, chez les enseignants, les cadres, et les élèves eux-mêmes, que les visiteurs étaient aussitôt conviés à entendre les doléances des intéressés et à vérifier le bien-fondé de ces dernières – ce qui n'était guère difficile. L'administration était installée dans une sorte de clapier grillagé, les vitres étant ainsi protégées des jets de pierres, comme celles des postes de police dans les secteurs les plus chauds et les moins dotés. M. Carré, le principal, revenu de tout et du reste, avait bataillé pour obtenir sa seule richesse : quelques alarmes dans les couloirs, et un coffre-fort où il enfermait l'unique magnétoscope de la maison. Son adjoint, militant du Parti communiste et membre du conseil municipal – la « ceinture rouge » de Paris n'était pas encore partie en lambeaux, mais elle s'effilochait déjà –, assurait la navette avec les pouvoirs locaux.

Les enseignants se répartissaient en deux catégories. Un noyau compact de PEGC (professeurs d'enseignement général de collège, anciens instituteurs appelés à la rescousse pour affronter la crue des effectifs) ne vivait pas trop mal son affectation, l'accès au second degré compensant le caractère aigu des pénuries locales, et préparait, notamment sous l'impulsion de militants communistes, un « livre blanc » du collège.

En revanche, les jeunes certifiés ou agrégés se demandaient ce qu'ils faisaient là, tant le gouffre était abyssal entre leur formation universitaire, les programmes qu'ils étaient censés appliquer, et la réalité de ce qu'il se passait dans les classes. Je me rappelle avoir suivi le cours d'un garçon nommé Pierre Lutz, en 4e B, sur la monarchie absolue (« C'est le temps des chevaliers, des nobles et tout ça ? » questionnaient les élèves). Pierre Lutz était agrégé d'histoire, il n'éprouvait aucune aversion contre ses 4e B, mais il s'estimait victime d'une arnaque : il avait préparé un concours sophistiqué, avait réussi brillamment, il fréquentait assidûment les grands auteurs de l'École des Annales, et, au bout du compte, on attendait de lui qu'il remplisse une fonction indéfinie, une mission impossible, sans rapport avec le contrat initial, sans préparation à l'exercice (les agrégés, forts de leur savoir transcendant, étaient dispensés du moindre stage pédagogique).

Il voulait partir, démissionner. Non parce qu'il rencontrait des problèmes de discipline : grand, baraqué, vêtu jean et cuir, il tenait son monde sans la moindre peine et se rendait aisément populaire chez les adolescents. Mais parce que, non content d'avoir été trompé, il jugeait qu'il était partie prenante, bien involontairement, d'une tromperie. Il était censé exiger des élèves ce que ces derniers n'avaient quasiment aucune chance de lui donner, puis les orienter en fonction de leurs résultats. Je ne suis pas parvenu à retrouver sa trace. On m'a dit qu'il s'était envolé pour des îles lointaines. Mais je n'ai pas oublié la colère qui le travaillait, colère que partageaient quelques autres sur un mode plus politique. Il me revient ainsi l'indignation radicale de Colette Briffard, jeune agrégée de lettres classiques. « Tous les élèves de tous les collèges sont révoltés », observait-elle. Et elle ajoutait : « Ils ont raison, c'est révoltant. »

Voilà pourquoi je n'ai pas versé un pleur lorsqu'on

m'a informé que le collège Romain-Rolland avait été rasé. Lançant un ambitieux plan de rénovation, le conseil général [1], en 1992, a conclu que l'établissement n'était pas amendable et qu'il convenait de repartir de zéro, un peu plus loin, ce qui donnait aussi l'opportunité de brasser (tant bien que mal) la population scolaire, et de ne pas avoir un établissement dédié à un seul quartier au pied des immeubles de ce même quartier. Dont acte.

« Franchement, pour nous trouver, le meilleur point de repère, c'est encore le McDo », explique au téléphone M. Buisson, l'actuel principal. Il a raison. Sans le McDo et l'hôtel Formule 1, de ronds-points identiques en avenues semblables, la partie n'est pas gagnée. Quant au collège, comment le reconnaître ? Il a coûté 70 millions de francs. Il est tout blanc, tout vitré, implanté sur 16000 m^2, à distance légèrement plus respectable de la cité des Bosquets. Centre de documentation avec club lecture, initiation à la recherche informatisée, kiosque de presse. Foyer des élèves comprenant un laboratoire photo. Salle audiovisuelle de cent places en gradins. Aire de gymnastique et plateau d'évolution sportive... Le dépliant de présentation balaie mes souvenirs. La porte d'entrée est soigneusement gardiennée, et contrôlée par télésurveillance, comme le parking. Les murs sont propres, les tags nettoyés. L'établissement précédent hébergeait plus de 1000 élèves, celui-ci, conçu pour 800, en abrite 710. Après Marseille, ce n'est plus une impression mais une évidence. Quiconque soutiendra devant moi que décentraliser accentue les disettes me laissera plus que scep-

1. Rappelons que, suivant la loi de décentralisation, les conseils régionaux sont en charge des lycées, les conseils généraux des collèges, et les municipalités des écoles primaires.

tique : estomaqué. J'ai sous les yeux la preuve tangible que, dans les zones à risque du moins, le domaine sur lequel les collectivités locales ne lésinent guère est, précisément, l'éducation.

M. Buisson est un principal énergique au parcours singulier. D'abord philosophe puis reconverti en lettres classiques, il a pas mal bourlingué au hasard des banlieues avant de postuler pour devenir chef d'établissement. « Je n'étais pas las de l'enseignement, dit-il, j'étais un grand lecteur des *Cahiers pédagogiques*, militant syndicaliste aussi, convaincu que le service public et l'ascenseur social, ça doit pouvoir fonctionner d'une manière ou d'une autre. Mes enfants avaient grandi, ma femme est médecin dans un service d'urgences, j'ai éprouvé le désir d'envisager les problèmes à un niveau plus ample. Les avantages de la fonction, les galons supplémentaires, ça n'était pas mon truc, je savais que ce serait fatigant pour pas un rond. »

Il est arrivé en 1993, M. Buisson, il a quasiment fait l'ouverture. Et il est probable qu'il terminera ici sa carrière, dans quatre ou cinq ans. C'est ainsi, à l'Éducation nationale. Un patron médiocre est vite déplacé. Mais un patron « qui assure », dans le « Neuf Trois », on se le garde. Pas de chance pour lui, M. Buisson assure. S'il avait parlé anglais et non allemand, il aurait pu briguer un établissement sous les palmiers. Si son réseau d'appuis avait été plus ferme, il serait revenu vers Paris, fût-ce dans un arrondissement « populaire ». Mais son anglais ne vaut pas son grec. Et les appuis sont versatiles. M. Buisson est devenu M. Romain-Rolland. Les derniers PEGC d'origine le déplorent, les autres s'en louent. Et le collège est gouverné.

Si les murs sont impeccables, la banlieue, elle, se dégrade, n'en finit pas de se dégrader. Les vagues incessantes qui déferlent ont toutes un point commun :

elles sont en voie de paupérisation. Paris se vide vers les communes de la petite couronne, Paris expulse. Et le mouvement se propage, en cercles concentriques. Hier Montreuil ou Aubervilliers recueillaient les Parisiens qui ne pouvaient plus suivre. Maintenant, ces derniers quittent Montreuil ou Aubervilliers en direction du deuxième cercle – mal desservi, où l'emploi est introuvable, où l'autobus est vital, juste une zone franche dont les commerces indépendants vivotent ou déposent le bilan.

Les immigrés sont ici nombreux (20 % en Seine-Saint-Denis, et surtout leur progression est deux fois plus rapide, dans l'académie de Créteil, que dans le reste de l'Île-de-France). Mais ce qu'on nomme « les immigrés » dans les *talk shows* ne forme pas, sur place, une entité cohérente. « Les Maghrébins de la deuxième, troisième ou quatrième génération donnent au collège ses meilleurs parents d'élèves, très impliqués, explique le principal, bien différents de certains Algériens ou Marocains fortement islamisés que nous découvrons depuis peu. Les Turcs, travailleurs de la confection, nous arrivent du Sentier qui connaît une crise. Les Kurdes chrétiens sont inégalement acceptés par les musulmans. Et puis la communauté africaine est de plus en plus importante. Quand j'ai pris mes fonctions, ils étaient rares, les Africains. Actuellement, leurs enfants représentent 50 % de mes élèves. Et c'est un patchwork. Les relations avec les familles n'ont rien d'évident, l'école est plus vécue comme une coutume ou comme une loi que comme un investissement. Je suis un chef, je suis un homme, et je porte une petite barbe : je me suis aperçu que ces trois éléments, y compris le dernier, ne sont pas négligeables. »

Il est beaucoup plus beau, le collège Romain-Rolland. Il est bien équipé. Et il fonctionne mieux. Pourquoi ?

Parce qu'il s'est battu pour revendiquer sa spécificité, pour s'afficher nécessiteux.

En 1993, Jack Lang, ministre de l'Éducation, a considéré que le découpage en ZEP était excessivement rigide – ce qui est vrai –, et qu'il convenait d'accorder à certains établissements le label « sensible » (on appréciera la subtilité de l'épithète). Avec de sérieux avantages à la clé : une bonification de points permettant aux enseignants d'obtenir leur mutation, deux professeurs principaux par classe au lieu d'un, etc. Mais, comme souvent, le bail des ministres est fort court. Et c'est donc en toute hâte que les services de la rue de Grenelle ont sélectionné 150 lycées et collèges « dignes » d'être secourus. Pas de chance : les deux collèges et le lycée voisins figuraient sur la liste, mais non Romain-Rolland. Une session de rattrapage (trente établissements) étant prévue, M. Buisson a peaufiné son dossier et Romain-Rolland est devenu « sensible ». Toujours ça de pris, même s'il est un brin paradoxal de se bagarrer pour décrocher la palme du martyre (certains décideurs politiques ont parfois boudé l'étiquetage, craignant qu'il n'entache la réputation de leur cité ou de leur département : la méthode Coué considérée comme l'un des beaux arts).

Ça coûte cher à l'État et aux collectivités, la mention « prioritaire » ou « sensible ». Dans l'académie de Créteil, 35 % des collèges se trouvent en ZEP (20 % dans le reste de la France), et en Seine-Saint-Denis, tous types d'établissements confondus, le pourcentage dépasse 40 %. Les classes comprenant moins de vingt-trois élèves y représentent plus du tiers. Reste qu'en fin de troisième près d'un adolescent sur huit est âgé de plus de seize ans (soit le double de ce qu'on observe, en moyenne, à l'échelon national, mais on notera qu'à l'entrée, en sixième, un élève sur douze a déjà dépassé treize ans). Ça coûte cher, ce « surcoût » de la détresse, c'est certainement utile, mais nul ne sait mesurer[1] dans quelles proportions exactes.

Ils sont soixante-huit professeurs, au collège. Aucun ne loge dans la commune. Aucun ne scolarise ses enfants là où il enseigne. Le principal lui-même, quoique bénéficiant, en principe, d'un appartement de fonction, appartement qu'il serait même censé occuper, vient de Paris tôt le matin et y retourne tard le soir. Nombre de jeunes enseignants l'imitent. Et les rares vétérans se sont réfugiés au creux de niches douillettes (« Je me sens plus utile que dans une école bourgeoise, confie une ancienne PEGC en fin de carrière, mais j'habite Saint-Maur qui est un endroit très bourgeois... »). Globalement, moins de la moitié des maîtres résident dans le département de la Seine-Saint-Denis quand ils y sont nommés, alors qu'en Seine-et-Marne, relevant du même rectorat, ce sont les trois quarts. Les anciens, à Romain-Rolland, gardent souvenir de l'unique collègue qui, par conviction, par acte de foi dans le service public et l'homogénéité républicaine, a tenu jadis à résider et à inscrire son fils sur place. On l'admire, quant au fond. Et l'on reste sceptique, quant à la manière. « Par moments, disent en salle des profs les témoins de l'épisode, nous avions confusément l'impression qu'il était idéologiquement pris en otage, ce garçon... » Ce n'est pas un aveu prononcé du bout des lèvres, c'est un constat : en ces lieux, c'est plus rude, c'est plus lent, c'est plus incertain, c'est différent. Et hautement « sensible ».

Du reste, si les profs se battaient pour que leur progéniture étudie dans la salle voisine, cela supposerait qu'ils aient engendré fort tôt. Car la pyramide des âges,

1. *Évaluation de l'enseignement dans l'académie de Créteil*, rapport de l'Inspection générale au ministre, janvier 2003. Non publié.

en la circonstance, est inversée. Un quart des enseignants ont moins de trente ans. Ils viennent du Midi, ou de Bretagne, et ils aspirent généralement à retourner là-bas. Créteil est la première académie que ses titulaires souhaitent quitter. En cinq ans, elle renouvelle, statistiquement, son personnel du second degré. Et en ZEP (où, grâce aux points de bonification, il n'est pas nécessaire d'attendre quarante ans pour déménager), cette proportion peut s'élever jusqu'à 37 % de renouvellement annuel[1]. C'est d'ailleurs un signe qui ne trompe pas sur la relative bonne santé du collège Romain-Rolland : le *turn-over* oscille entre 8 et 12 % chaque année, guère plus. Le souci ministériel de garantir aux jeunes recrues un minimum de justice – ne pas se retrouver coincé pour deux décennies sur un arpent du quart-monde – est assurément louable mais il aboutit, avec la bénédiction des partenaires sociaux, à un paradoxe pédagogique : quand un jeune est formé, quand il commence à être familier de ce public qui réclame un savoir-faire particulier, il s'en va, le plus souvent.

L'ambiance, *intra muros*, est plutôt débonnaire. Vraiment pas *Urgences* à l'heure de pointe. Sur soixante-huit enseignants, cinq, peut-être, semblent en réelle difficulté devant les élèves et n'en font généralement pas mystère. Deux titulaires, deux contractuels. Et – plus grave, s'il est concevable d'établir une hiérarchie en ce domaine – un stagiaire d'IUFM[2], c'est-à-dire une

1. *Ibid.*
2. Institut universitaire de formation des maîtres (la création des IUFM remonte à 1989, et il en existe trente à ce jour). Les futurs enseignants peuvent y préparer les concours de recrutement mais cette étape n'est pas obligatoire. En revanche, tous les candidats reçus aux concours doivent y accomplir une année de formation professionnelle, laquelle inclut un stage « en situation » sous la houlette d'un tuteur et la soutenance d'un mémoire.

personne qui vient de réussir un concours difficile et qui s'aperçoit, au lendemain de ce dernier et non la veille, que la gestion d'un groupe d'élèves très hétérogène lui est une épreuve douloureuse. Empiriquement, j'aurais tendance à estimer que cette proportion, toujours trop élevée par définition, n'a rien de spectaculaire et pourrait se retrouver dans un contexte sociologiquement beaucoup plus banal.

Au fil de la conversation courante, mes interlocuteurs semblent du reste assez las des bouffées de pathos médiatique entourant fréquemment leur secteur d'activité. Ils ne manifestent aucune envie d'être plaints, d'être submergés par la compassion un rien gluante du discours ordinaire, et ne souhaitent pas qu'on les décrive comme le docteur Schweitzer à Lambaréné ou mère Teresa dans les bidonvilles. C'est compliqué, sans doute, mais c'est un boulot, pas un sacerdoce ni un stage de saut à l'élastique.

« Les élèves, il n'y en a pas beaucoup qui sont méchants, qui veulent nous pourrir la vie, dit Babette Raynaud, jeune certifiée de mathématiques. Ils sont souvent pénibles mais peu ont mauvais fond. Et puis je me dis que si je vivais de la même façon qu'eux, dans les immeubles où ils vivent, à huit personnes pour deux pièces, si je rentrais chez moi et que le français y soit une langue étrangère, je ne sais pas comment je me comporterais socialement et scolairement. Quand on débarque dans un collège comme celui-ci, une des premières choses qui nous agresse, c'est la manière dont les gosses hurlent tout le temps. Ils ne parlent pas, ils crient. De deux choses l'une. Ou bien on les considère comme des monstres hystériques. Ou bien on prend la peine de penser que, là où ils vivent, il faut constamment crier pour être entendu. »

Sa consœur Éliane Strudel, qui est son aînée de sept

ou huit ans et qui est littéraire, enchérit et tient à mettre les choses en perspective : ce n'est pas parce que le « Neuf Trois » a une image redoutée dans les amphis des IUFM qu'il faut céder à la panique. Elle-même, avant de se rapprocher de Paris – à sa demande –, a commencé par le nord de la France, du côté de Maubeuge. « C'était très différent et je pense que c'était, au fond, plus éprouvant qu'ici. Les élèves étaient extrêmement pauvres. L'environnement, c'étaient l'alcoolisme, la classe ouvrière totalement déclassée, les parents qui ne se lèvent plus le matin. Ils m'ont très bien accueillie, ces élèves, ils étaient chaleureux, j'ai eu du mal à partir. Mais leur désarroi affectif était terrible, ils s'accrochaient à nous. Ici, ce n'est pas de tout repos. On a l'impression de faire entrer les savoirs au marteau piqueur. Les élèves butent sur ce qui est trop abstrait pour eux, c'est très improbable d'exiger d'eux un travail personnel, ce qu'on croit acquis ne l'est pas, il faut recommencer depuis le début à chaque heure. Mais, notamment dans les familles musulmanes, il y a des parents qui misent sur les études de leurs gosses, qui prennent ça très au sérieux, qui les entourent. »

Je crois bien – tout mon voyage parle en ce sens, non seulement autour de Paris, mais dans le Nord, en Picardie, dans le Sud-Est, etc. – que ce qu'on baptise à l'emporte-pièce « la banlieue » (oubliant qu'il en est de délicieuses) est assurément plus dur, plus âpre, plus reculé, plus segmenté, plus délaissé qu'il y a vingt ans. Les sociologues François Dubet et Didier Lapeyronnie ont trouvé l'appellation juste quand ils ont parlé de « quartiers d'exil » où « la ségrégation s'est substituée à l'exploitation »[1]. Les gens du lieu ne s'expriment pas autrement. Au marché, aux alentours de l'hôtel

1. *Les Quartiers d'exil*, Paris, Éd. du Seuil, 1992.

Formule 1 où les employés d'une blanchisserie industrielle collectaient les draps usagés, j'ai entendu la même remarque :

– Vous travaillez dans ce collège, là-bas ?

– En ce moment. Je ne fais que passer.

– Eh bien, le proviseur, il doit en avoir du souci…

J'ai répondu que oui, il paraissait en avoir son lot, le « proviseur », mais que ça ne l'empêchait pas, apparemment, de conserver le goût du métier. Il y avait alors du respect dans l'œil de mes interlocuteurs.

Et puisque nous en sommes aux impressions premières, puisque, sur la carte postale, il faut se contenter de quelques mots, je griffonnerai ceci. La banlieue, c'est pire que naguère, à l'évidence. C'est un univers où l'on se demande parfois si les derniers liens qui restent, les derniers éléments fédérateurs, transversaux, ne sont pas le football et le collège. Justement. Malgré cette charge exorbitante, je ne saurais dire qu'il se porte plus mal que jadis, le collège de Clichy-sous-Bois. Reprenant ma moto, je me sens l'âme républicaine.

Saint-Brieuc, c'est la suite logique de l'histoire. Et sa fin programmée. C'est là, ou c'est dans un poste analogue, que vont se blottir, après avoir accompli leurs obligations banlieusardes (ou quelquefois rurales, très à l'écart), les professeurs gagnant en âge, en points et en échelons. Ceux qui ont transité par des ZEP et autres étapes « sensibles » atterriront plus vite. Les autres patienteront quelques années supplémentaires. Mais, une fois assis sur l'herbe tendre, ils ne bougeront plus, ou peu. Ce n'est pas Louis-le-Grand ou Janson-de-Sailly, le lycée Rabelais de Saint-Brieuc. Il est moins coté que son principal concurrent, Ernest-Renan (anciennement réservé aux jeunes filles, blouse rose les semaines paires, blouse bleue les semaines impaires) dont les classes préparatoires drainent les rejetons d'élite, c'est-à-dire issus de cadres supérieurs et d'enseignants. Mais il est, comme vingt ans plus tôt, médian et sédatif.

Stable. Les murs eux-mêmes n'ont pas changé, de pur style modulaire Pailleron amélioré. Tout est propre, repeint, entretenu. La cantine est devenue self-service. Le parc informatique s'est étoffé et est renouvelé tous les cinq ans. « Cela aurait peut-être coûté moins cher, finalement, de construire un bâtiment neuf, observe François Belvèze, le proviseur, qui me reçoit avec humour et affabilité, mais les terrains sont rares, donc on rénove. » M. Belvèze, ancien professeur d'éducation physique, est en fin de carrière et ne semble pas malheureux de son sort. On devine cependant qu'il goûterait volontiers un peu plus de relief, d'ambition : « Les élèves, ici, se jugent au chaud, en position d'attente. "J'ai des capacités mais ne les épuisons pas..." Le lycée, pour eux, est un espace de *cocooning*, où les études sont *soft*, où l'on peut espérer un bon rapport résultat/effort. Et le corps professoral est en adéquation avec cette population scolaire. On a trouvé un lieu de vie douillet, une sorte de "paix sociale", d'équilibre consensuel. C'est agréable. Je me demande quand même si l'on ne rate pas l'éclosion de talents non décelés et une possible redistribution des chances. »

Comme à Clichy, je retrouve très peu de têtes connues, mais pour des raisons diamétralement inverses. En région parisienne, les profs que j'avais croisés étaient jeunes et ont migré. Ceux de Bretagne, eux, étaient âgés et ont pris leur retraite. Voici toutefois Benoît Le Roux, agrégé de lettres classiques (nous sommes exactement contemporains). C'est un homme indépendant, passionné par ses humanités, décalé par cette passion même. En 1984, il assumait un rôle bien spécifique. Tandis que ses collègues se proclamaient « naturellement » à gauche, lui s'affichait à droite, chantre de la méritocratie, responsable, qui plus est, du SNALC[1], officine honnie et minoritaire, hostile à la réforme Haby et à la doctrine égalitariste. Il protestait contre l'intolérance ambiante (je me rappelle qu'une de ses consœurs, devenue entre-temps députée socialiste, jurait alors qu'un bon prof est « forcément de gauche »).

« La schizophrénie du milieu n'a pas changé, dit aujourd'hui Benoît Le Roux. A l'extérieur, les enseignants sont pour le collège unique. Et en salle des profs, ils ne cessent de râler contre les élèves et contre les classes hétérogènes. C'est un monde qui paraît incapable de mettre en accord ses humeurs et ses convictions, l'officieux et l'officiel. L'égocentrisme y est extraordinaire et contradictoire. Et les parents n'osent pas récuser le discours dominant. L'instruction est devenue une religion, on fonce d'abord et on réfléchit après. Hier on espérait que tout serait octroyé par l'État. Maintenant on s'angoisse parce qu'on craint que le chômage ait le dernier mot. On danse d'un pied sur l'autre, et il n'y a pas moyen de débattre sérieusement. »

Je lui demande si les temps sont plus durs, s'il s'inscrit, lui, le réactionnaire patenté, dans le courant de la grande déploration nostalgique. « Pas du tout, répond-il. J'entends dire un peu partout que l'enseignement, c'est plus dur. Je ne suis pas de cet avis. Moi, j'ai mangé mon pain noir à mes débuts, sur la lancée de 1968. Je ne trouve pas que le métier ait beaucoup varié dans son essence même. Le changement, c'est plutôt du côté des élèves que je le chercherais. Ils sont plus gentils que les rudes gaillards que nous étions à leur âge.

1. Syndicat national des lycées et collèges.

Ils disent bonjour dans les couloirs, ils sont nettement moins avachis que dans les années 1970, et puis l'arrivée des filles les a policés, ils se font la bise le matin avant les cours.»

Trouve-t-il encore du plaisir à exercer son art? «Absolument. Sauf en langues anciennes: on fait du latin pour gratter des points, c'est tout, il ne faut rien attendre d'autre. Mais ils sont intéressants et intelligents, ces jeunes. Ils ne lisent pas moins. En revanche, les repères chronologiques sont brouillés – un élève sur quarante-trois, en maths sup', savait que Michelet est un historien. Ils ignorent qui sont Stendhal ou Baudelaire et quand Stendhal et Baudelaire ont écrit leurs œuvres. Mais s'ils se mettent à creuser le texte, ils réussissent à traiter des questions plus pointues que ce que nous savions traiter. Ce qu'on leur demande est plus difficile, il suffit de regarder les sujets du bac. Pour me faire comprendre, je dirai qu'ils sont incapables de situer Saint-Étienne sur une carte mais qu'ils sont parfaitement capables d'analyser une coupe géologique. On cherche à former des spécialistes alors que nous, nous suivions des apprentissages de généralistes.»

Qu'en pensent les plus jeunes arrivants? Un clivage non déclaré partage en effet le groupe professoral. Ceux «d'avant» ont suivi des parcours quelquefois erratiques – postes provisoires, délégations rectorales, auxiliariat –, mais sans trop s'écarter de leur port d'attache. Ceux de «maintenant» ont derrière eux plusieurs années de collège «chaud» et la tiédeur du lycée en est la récompense. Qui plus est, les premiers n'ont aucune représentation de ce par où sont passés les seconds. L'un de ces derniers renonce tranquillement à communiquer son expérience. «Ça ne sert à rien. Le Val-Fourré ou Aubervilliers, c'est inimaginable pour ceux qui n'ont jamais bougé de l'académie de Rennes.

Pas moyen de leur faire comprendre les difficultés que nous avons rencontrées. Mais pas moyen, non plus, de leur faire comprendre qu'on enseignait pour de bon, qu'on ne perdait pas notre temps, que ça pouvait être excitant et gratifiant. Là-bas, nous étions solidaires. Ici, c'est chacun pour sa peau. Ça pleurniche en salle des profs, mais devant un chef ou devant les parents, tout baigne, il n'y a plus de problème, l'aveu d'une difficulté reste toujours dans le gosier. Que voulez-vous que je vous dise ? Ces enfantillages, ça me fait marrer. A Rabelais, moi, j'ai l'impression d'être au paradis, je ne peux pas rêver mieux, les élèves sont charmants, les profs sont bien élevés, et le proviseur aussi… »

Je m'aperçois, enchaînant les témoignages, que les souvenirs épiques ne sont pas toujours ceux qu'on attend. Ghislaine Régent, par exemple, a débuté entre Garges-lès-Gonesse et La Courneuve, dans des baraques de chantier – le temps que pousse le béton du collège nouveau. « Ma première classe, c'était une quatrième avec vingt-quatre Maghrébins, deux Africains, et deux Français blancs. J'ai démarré, et c'est parti dans tous les sens en arabe. Vite, j'ai compris que là où le programme prévoyait quinze leçons j'en ferais cinq. Mais j'avais aussi de bons élèves, j'ai découvert que beaucoup de filles cherchaient de l'affection, étaient écorchées vives. Nous étions neuf jeunes profs, ça a été une expérience formidable, nous avons appris à avoir du répondant. »

Un peu plus tard, Ghislaine Régent repart vers l'Ouest, en deux étapes campagnardes. La seconde lui paraît fort déconcertante : « Là, en pleine zone rurale, j'ai rencontré de vrais problèmes de discipline, d'autant plus déconcertants qu'ils étaient inattendus. Des parents qui travaillaient la nuit, des gosses laissés à eux-mêmes, des garçons extrêmement grossiers. L'un d'eux tapait sur l'épaule d'une collègue, dans le couloir, et lui disait "Femme à lunettes, femme à quéquettes…". Des vrais petits machos sexistes. Et je n'avais pas le recours de sentir autour de moi un collectif de jeunes profs se tenant les coudes. Le proviseur ne m'aidait pas, écoutait aux portes, me prenait pour une petite fille. Maintenant, je suis en lycée, c'est un privilège. Ma charge de copies est beaucoup plus élevée, mais les élèves sont agréables et reconnaissants, le chef d'établissement est attentif. Le seul drame, ici, c'est un mauvais emploi du temps. Et encore, ça se négocie… »

Il est vrai que l'échelle des « drames », sous ces latitudes, n'est plus la même. Une de mes sympathiques interlocutrices retient comme aventure homérique de son parcours professionnel un voyage trans-européen où elle s'est aperçue que plusieurs élèves avaient fait provision de haschich. Elle leur a demandé de descendre du car, et de jeter les barrettes en leur possession tandis que les professeurs buvaient un café – larguez ce shit que je ne saurais voir. Au retour, les élèves ont certifié, juré craché madame, que tout était *clean*. Elle est persuadée du contraire, déçue qu'on ne puisse leur faire confiance, à ces voyous, et estime avoir couru, passant la frontière, un risque majeur…

Luc Servan, qui a mené dans l'académie de Rennes une longue carrière de conseiller principal d'éducation (si passionné par sa fonction qu'une promotion au grade de proviseur ne le tentait pas), formant ses pairs et jouissant d'un regard synoptique sur les établissements bretons, parle d'un ton très mesuré. « En vingt ans, dit-il, je ne pense absolument pas que le comportement des lycéens s'est détérioré. Tout indique, au contraire, qu'ils sont plutôt bon public, déclarant, lors d'enquêtes anonymes, qu'ils portent un jugement globalement positif sur leurs années de préparation au baccalauréat. Franchement, moi, je serais plus sévère, je dénoncerais le gavage dont ils sont l'objet. Quant aux excès qu'ils commettent et aux dangers qu'ils courent, les choses se sont déplacées. Ils boivent moins d'alcool que naguère, en tout cas durant la semaine. Ils fument plus, le cannabis dominant chez les garçons et le tabac chez les filles. Mais dans les rencontres avec les parents, il n'y a rien à faire, le cannabis tient la vedette même si le tabac reste la première urgence sanitaire.» Nous sommes loin de Chicago.

C'est vrai que les couloirs de Rabelais sont paisibles. Moins de corps vautrés qu'il y a vingt ans, plus de courtoisie. L'inconnu que je suis est fréquemment salué, de manière souriante (contraste absolu avec certains petits mecs arrogants de Marseille, pas même vingt ans, au volant d'une BMW clinquante dont le coffre ne recelait sûrement pas des cartons de sucettes, et qui m'interpellaient sur le mode «Faut pas traîner par là», ou bien avec les occupants quasi invisibles de voitures déglinguées qui parcouraient lentement les allées sombres de la périphérie lilloise, autour de minuit, et qui ralentissaient à ma hauteur, sans que je fusse en mesure de saisir s'ils cherchaient la castagne ou, à l'inverse, assuraient une sorte de police parallèle inter-bandes). Dieu que le monde normal est aux normes, poli, satiné, pastel...

Deux facteurs, pourtant, sont carrément modifiés.

Voilà vingt années, les clivages syndicaux, au lycée Rabelais (la ville de Saint-Brieuc a été la première municipalité d'Union de la gauche, et la grève du Joint français, en 1972, grève victorieuse d'ouvriers sous-payés contre des décideurs lointains, fut un événement national), découpaient strictement la planète enseignante en territoires concurrents. Au sein de la FEN[1],

1. Fédération de l'Éducation nationale, aujourd'hui dissoute.

les grandes tendances rivales se menaient une guerre sans merci : « Unité et action », majoritaire au SNES [1] dont les dirigeants étaient proches du Parti communiste, luttait avec la dernière énergie contre « Unité, indépendance et démocratie », majoritaire au SNI [2] dont les dirigeants appartenaient au Parti socialiste. Instituteurs contre professeurs, réformistes contre staliniens, premier degré contre second degré, on s'étripait férocement, et les PEGC faisaient figure de cheval de Troie de l'ennemi idéologique et statutaire. En salle des professeurs, les clans étaient formés, les empoignades vigoureuses, et les haines quelquefois tenaces. A présent, la « grande » FEN a implosé, le SNES, victorieux, a sécrété sa propre fédération, la FSU [3]. Et aux esprits malicieux qui seraient tentés de relever que les professeurs du secondaire ont réussi l'exploit de porter au pinacle le courant communiste de leur galaxie syndicale à l'instant précis où s'effondrait le mur de Berlin, on rétorquera que la dimension partisane, là-dedans, s'était amplement effritée au profit du seul esprit de boutique et de la ferveur corporatiste.

Calme plat, donc, en salle des professeurs. Hormis une poignée d'altermondialistes, l'esprit de tendance, tel qu'on l'observait autrefois, ne souffle plus guère, et l'on peut écrire que, sur ce plan comme tant d'autres, les enseignants – des zones sereines – se sont « banalisés ». Mais ce constat en entraîne un second. Le clivage syndical n'était pas seulement idéologique. En 1984, il induisait aussi des options pédagogiques. Les membres ou sympathisants du SGEN [4], en particulier, consti-

1. Syndicat national de l'enseignements secondaire.
2. Syndicat national des instituteurs.
3. Fédération syndicale universitaire.
4. Syndicat général de l'Éducation nationale, affilié à la CFDT.

tuaient le fer de lance des « expérimentations » alors naissantes : travail en équipe, projets d'action éducative, etc. Un vivier était ainsi disponible pour bousculer la culture professionnelle antérieure. Le fait, cependant, que ce vivier fût marqué du sceau de l'après-1968 rejetait dans les ténèbres extérieures des collègues qui se seraient peut-être joints à l'entreprise si elle n'avait été ainsi connotée.

La page est tournée. Les deux maîtres mots qui me viennent à l'esprit, redécouvrant ce lycée « général » (l'épithète tombe impeccablement), sont *confort* et *libre arbitre*. A l'évidence, travailler ici est une expérience confortable : tout est réuni pour qu'il en soit ainsi et la litanie tant ressassée du « manque de moyens », litanie servie à toutes les sauces et à tous les ministres, paraît assurément désuète. Quant au mode de fonctionnement, chacun, son obligation de service remplie, fait exactement ce qu'il veut. L'un reste jusqu'à huit heures du soir pour assurer la maintenance informatique, l'autre se sauve à la première sonnerie. L'un se concerte avec ses pairs, l'autre y est rebelle et ne sort point de sa tour d'ivoire. L'un se porte candidat aux stages de formation, l'autre n'en voit guère l'utilité. Au fond, rien, s'agissant de l'exercice du métier, n'a radicalement bougé en vingt ans dans ce type d'endroit, sinon que l'ensemble est plus cossu et que le ciment idéologique se délite : le professeur jouit, dans *sa* classe, d'une sorte d'exterritorialité. Chacun me le confirme, en tête à tête, sur un registre ordinairement pondéré (seule une minorité dévoile quelques amertumes). Au point que je bute, devant pareille quiétude, contre un unique mystère, mais il est de taille : pourquoi ces enseignants que nous entendons collectivement se plaindre haut et fort à l'occasion de grèves rituelles adoptent-ils un ton complètement autre quand on les interroge un par un ? Et pourquoi ce qu'ils crient dans la rue est-il si différent de ce qu'ils confessent à mon magnétophone ?

J'ajouterai une question subsidiaire, mais qui n'est peut-être qu'une intuition passagère. A Marseille, à Clichy-sous-Bois ou à Saint-Brieuc, j'ai l'impression que le pourcentage de récriminations est finalement assez constant. Et je m'étonne : la véhémence de la plainte serait-elle sans commune mesure avec la difficulté du terrain ?

Avançons encore. Il est clair que, sous une bannière faussement uniforme, sous le masque de la grille statutaire, se rangent des métiers et des pratiques excessivement disparates, l'inégalité des conditions d'exercice se camouflant plus ou moins mal sous la banderole de doléances assez floues, assez passe-partout pour donner aux badauds l'illusion que le cortège est homogène, assez décousues pour que personne, en réalité, ne s'y retrouve vraiment. Est-ce que ça existe, « les profs » ? Est-ce que ça forme un tout, « l'école » ? Pour essayer de répondre, il me faut poursuivre le voyage, me détacher des impressions premières, quitter mes « bases », ouvrir le champ, passer le mammouth au scanner. M'éloigner provisoirement des acteurs pour survoler le système. Couvrez-vous, les statistiques risquent de pleuvoir…

2

80 %

(le niveau monte mais…)

Une seule fois, dans mon parcours d'éditeur, j'ai publié un livre à scandale. Il ne s'agissait point des cris et chuchotements sardanapalesques d'une belle adepte de la fessée, genre qui continue de se porter fort bien en librairie, mais d'un ouvrage de sociologie écrit par Christian Baudelot et Roger Establet. Il s'intitulait *Le niveau monte*, avec un sous-titre: *Réfutation d'une vieille idée concernant la prétendue décadence de nos écoles*[1]. Avant même que quiconque l'eût ouvert, ce livre, la polémique enflait, atteignait les aigus. La seule idée que notre système éducatif ne fût pas en train de crouler fatalement sous lui-même, de basculer sans appel vers la médiocrité, vers le renoncement, paraissait totalement insupportable à certains essayistes, souvent agrégés de l'université ou anciens khâgneux, qui aiment se penser comme chef-d'œuvre en péril, et trouvent probablement dans l'idée qu'après eux vient le déluge une satisfaction narcissique intense, et la confirmation de leur éminente rareté.

Les auteurs, il est vrai, avaient l'impertinence de recourir à l'humour, denrée peu prisée chez Cassandre. Ils citaient le regretté Guy Bayet, alors président de la Société des agrégés, qui s'indignait que 72 % des

1. Paris, Éd. du Seuil, 1989.

candidats eussent été reçus au baccalauréat de 1988 : « Ces résultats ne doivent pas faire illusion. Il serait malhonnête de parler d'un bon cru alors que, notamment en série C, une notation beaucoup trop indulgente a été imposée pour les épreuves écrites de mathématiques et de sciences physiques[1]. » Et ils rapprochaient semblable déclaration d'un florilège vieux comme l'instruction publique[2] : « Une honteuse ignorance » (Cuvier, 1820), « Les candidats ignorent et la biographie et le titre des principaux ouvrages de Montesquieu, de Bossuet, de Racine » (doyen des lettres de Clermont, 1858), « Inaptitude à s'exprimer de façon claire et cohérente » (président du jury de baccalauréat à Strasbourg, 1860), « Les trois quarts des bacheliers ne savent pas l'orthographe » (Victor Bérard, Sorbonne, 1899), « On reste confondu de la misère intellectuelle des élèves » (recteur Jules Payot, 1937), « La décadence est réelle, elle n'est pas une chimère » (Noël Deska, 1956). Et ainsi de suite, jusqu'à Guy Bayet et au-delà. Quand les chiffres infirment la lamentation, c'est l'argument du complot qui est brandi, à la manière dont les Soviétiques, en mal d'arguties, accusaient les économistes bourgeois de truquer les données : les examinateurs étaient sous influence, ils avaient reçu consigne de baisser la garde.

Je n'oublierai pas de sitôt l'effarement très sincère d'Alain Finkielkraut, lors d'un face-à-face avec Christian Baudelot, quand il découvrit que son interlocuteur était agrégé de lettres classiques, normalien, et amoureux du grec ancien. Pour lui, apparemment, un homme

1. Déclaration à l'AFP le 22 juillet 1988. La série C était alors la série scientifique d'excellence.

2. Documents rassemblés par André Chervel in *École et socialisme*, juin 1984, et repris dans *Le Monde de l'éducation*.

qui sait utiliser Excel, qui construit des histogrammes, qui s'intéresse aux écarts, fourchettes, corrélations, indices ou covariances, ne peut être qu'un *technicien* (le mot est ontologiquement lesté d'opprobre) étranger à la culture essentielle. A quoi Baudelot répondit sans ciller qu'en 1880 l'élite, c'étaient les 8 % de jeunes Français qui accédaient au certificat d'études, et qu'en 1980 c'étaient les 18 % de jeunes Français qui accédaient au baccalauréat général. Qu'en 1901 la durée moyenne de séjour (des garçons) dans l'institution scolaire était de 7,7 années, et en 1970 de 11,1. Que 80 % des filles sont scolarisées à l'âge de dix-huit ans (lorsque paraît le livre). Et que si une baisse du niveau intervient, elle n'affecte en rien le diplôme où on la suspecte le plus, le baccalauréat, mais « qu'elle est loin d'être négligeable dans les lieux du système où on ne la déplore ni ne la contrôle jamais : les diplômes intermédiaires, BEPC ou CAP ».

Car le message est là. Non pas dans le constat que le niveau moyen des connaissances est ascendant. Cela, il suffit d'un peu d'attention et de prudence (qu'est-ce, exactement, que ce stade « moyen » ?) pour l'établir. Aujourd'hui, les collégiens « moyens » découvrent que l'acide désoxyribonucléique, ou ADN, caractéristique des chromosomes, est constitué de deux brins enroulés en double hélice et est porteur de l'information génétique. Bien sûr que le niveau monte. Le drame est que la vaine polémique essuyée par Baudelot et Establet a estompé ce qui leur tenait à cœur : le niveau monte *mais les écarts se creusent*. C'est ce deuxième terme de la proposition qui leur semblait le plus important et qui l'est toujours : le peloton s'étoffe, il roule de plus en plus vite, va de plus en plus loin, mais les retardataires le perdent de vue, s'essoufflent, abandonnent. En conséquence, les deux sociologues suggéraient de remettre sur le métier une exhortation de René Haby : assurer à chaque élève, même le moins doué, le plus handicapé socialement, un savoir minimum garanti, un « savoir plancher » en quelque sorte. La proposition avait soulevé un tollé lorsqu'elle fut émise par le ministre giscardien : la gauche enseignante y voyait l'instauration d'une formation au rabais, un manque d'ambition criminel…

Toute la question est là et pas ailleurs, à mille lieues des polémiques mondaines. Le problème brûlant de notre enseignement n'est pas de savoir si les élèves du lycée Louis-le-Grand sont à la hauteur de leurs illustres devanciers (ils le sont, des comparaisons éloquentes ont été réalisées, en particulier sur les copies du concours général). L'urgence, c'est sur l'autre rive qu'elle pointe. Reprenons le dossier. Je reviens une fois encore sur mes pas, vingt ans en arrière.

Dès sa proclamation, le « collège unique » vole son nom. Théoriquement, un cycle et un seul mène une cohorte entière de la sixième à la troisième. Concrètement, le tronc commun ne dure que deux ans. Un élève sur quatre est promptement éjecté de la voie royale vers des classes parkings qui portent les noms barbares de CPPN et CPA[1]. En douce, en catimini, on détourne sur cette voie de garage des milliers d'usagers. Pas n'importe lesquels. Quand Patrick Rotman et moi mettons en chantier *Tant qu'il y aura des profs*, c'est la première chose qui nous saute aux yeux, et qui motive notre indignation. En 1980, 150 000 adolescents se retrouvent dans l'impasse. Et, comme par hasard, 55 % sont fils d'ouvriers, 0,8 % enfants de cadres supérieurs. Être orienté vers des formations professionnelles, pourquoi

1. Classes pré-professionnelles de niveau, classes préparatoires à l'apprentissage.

pas ? Encore faudrait-il qu'elles soient de qualité. Elles ne le sont guère en ce temps-là.

Et le double langage sévit à tous les étages, contredisant la politique officielle. Cinq ans après René Haby, en 1980, Christian Beullac crée une « seconde indifférenciée » dotée d'un programme commun afin de retarder l'orientation, de permettre à chaque jeune de mieux révéler ses talents et de bifurquer astucieusement. Louable propos. Mais on confond, dans l'application, l'indifférenciation des contenus et celle des élèves. Comme leurs confrères de collège, les enseignants de lycée redoutent l'hétérogénéité des classes. Subrepticement, les filières anciennes se reproduisent. L'inspecteur général Binon, chargé d'étudier le phénomène, parvient à des conclusions sévères : « Dans 70 % des divisions de seconde, observe-t-il, ont été réalisés des regroupements d'élèves qui, par leur âge moyen et leurs origines scolaires, présentent des caractères voisins de ceux qui étaient effectivement réalisés dans les anciennes séries [1]. » Bref, quoique théoriquement « uniques », les secondes ne le sont pas plus qu'avant. Le niveau monte, certes. En 1961, 31 % des écoliers de sixième se hissaient jusqu'à la seconde. En 1981, c'est 42 %. Le niveau monte, mais la grande promesse n'est toujours pas tenue : il monte inégalement, il monte en fabriquant de l'inégalité, et les laissés-pour-compte de l'ascension majoritaire en sont conscients, et durement meurtris.

Quand nous rédigeons notre livre, Patrick Rotman et moi, la massification est à l'œuvre mais la démocratisation ne suit pas, du moins pas au même rythme. Dans un rapport célèbre commandé par Alain Savary à Louis

1. Jean Binon, *Étude sur la répartition des élèves dans les secondes de détermination*, octobre 1982.

Legrand [1], ce dernier résume la situation avec alacrité : « Croire qu'une démocratisation consiste à donner à tous l'enseignement qui a jusqu'ici réussi au petit nombre privilégié, c'est condamner à l'échec les élèves que le milieu familial et social n'a pas préparés à affronter ces contenus et ce style d'enseignement. » En termes moins choisis, on enfourne une vaste population dans un moule qui n'était pas conçu pour elle, et, plutôt que d'adapter le moule, on comprime, on entasse, on broie, quitte à écrabouiller ou laisser sur le côté ceux qui, décidément, n'ont pas la souplesse, l'agilité et le viatique requis.

Dressons l'inventaire des mauvaises graines, au millésime 1984. Sur 100 élèves qui entrent en sixième, 75 continuent en quatrième de collège, 40 parviennent en seconde, et, finalement, 26 décrochent le bac. Les autres, que deviennent-ils ?

Chaque année, 110 000 élèves quittent le système éducatif à seize ans, sans diplôme, sans formation. Ils abandonnent, atteints par la limite d'âge, après avoir traîné de classe en classe. Selon les normes ministérielles, ils sont catalogués au niveau VI (absence de toute qualification). Mais il faut leur ajouter les 90 000 élèves de LEP [2] qui ont dû renoncer à obtenir un CAP ou un BEP. Ceux-là sont catalogués V *bis* et leur sort n'est guère préférable. Restent 300 000 adolescents regroupés de manière peu lisible dans un niveau V hétéroclite : ils bouclent le programme de formation du LEP avec ou sans parchemin, ou bien ils désertent le

1. *Pour un collège démocratique*, Paris, La Documentation française, 1982.

2. Rappelons que le lycée d'enseignement professionnel (LEP) a été, depuis, transformé en LP (lycée professionnel) lequel délivre notamment un « bac pro ».

cycle long en seconde ou en première[1]. Au total, bon an mal an, la machine éducative voit s'éloigner d'elle pratiquement la moitié d'une classe d'âge avec une qualification qui varie entre le degré zéro et le niveau de la seconde du lycée[2].

Les dégâts humains sont considérables. Sur un registre plus froid et comptable, on soulignera que le retour sur investissement est décevant : quand on consacre 16 % du budget de la Nation à une telle entreprise, on est en droit d'attendre, parent d'élève ou contribuable, une performance plus décente. La France est à la traîne par rapport aux pays développés comparables, Japon, Allemagne, Royaume-Uni, États-Unis. A la date considérée, près des trois quarts de la population active française – les vingt-cinq-soixante-quatre ans – ont quitté l'école sans qualification, et moins d'un Français sur cinq a atteint ou dépassé le niveau du baccalauréat.

Et pourtant il a monté, le niveau. Mais trop peu et trop mal. Décrire l'instauration officielle du collège unique comme un coup de baguette magique ouvrant du jour au lendemain les portes des études longues aux enfants qui en étaient précédemment écartés est une fiction partisane ou démagogue. L'école « ouverte », solennellement décrétée, patine. Et l'idée, constamment soutenue par les directions syndicales prépondérantes et par les grands partis de gauche, que l'échec scolaire relève essentiellement du nerf de la guerre, qu'avec une dotation toujours croissante les disparités seraient peu à peu comblées, occulte une interrogation sur les rigidités pérennes de l'institution. Seules des équipes plus ou

1. Joëlle Affichard et Françoise Amat, *L'Entrée des jeunes dans la vie active*, Paris, *Données sociales*, INSEE, 1984.

2. *Tant qu'il y aura des profs*, *op. cit.*, p. 45-46.

moins militantes, des noyaux critiques, acceptent de reconsidérer l'organisation du travail, les procédures d'évaluation et d'orientation, la qualité de la performance. Timides et méritoires assauts du pot de terre contre le pot de fer. La pensée quantitative et le corporatisme orthodoxe restent hégémoniques. Et, tandis que s'élève malgré tout l'ascenseur social, ceux qui filent vers les hauteurs ne voient pas ou ne veulent pas voir, à leurs pieds, un phénomène nouveau : ce qu'on pourrait appeler une marginalisation de masse.

Voilà où nous en étions il y a deux décennies. Depuis, le paysage s'est beaucoup transformé. Car un chiffre fétiche en est, durant une quinzaine d'années, devenu le soleil : 80 %. L'objectif de 80 % d'une classe d'âge « au niveau du bac » – ce qui ne signifie pas huit bacheliers pour dix adolescents, mais huit jeunes Français sur dix accédant à la classe terminale ou à un stade équivalent.

Comme pour le collège soi-disant unique, il ne s'agit pas d'un roulement de tambours soudainement ordonné par le prince, mais d'une maturation collective. Et comme pour la réforme Haby, la décision qui est prise traverse les camps politiques, résiste aux alternances électorales. Christian Beullac, ministre de Valéry Giscard d'Estaing, s'inquiétait à bon droit du déficit global de formation initiale que connaissait la France (ce qui n'empêchait pas cette dernière de penser qu'elle avait la meilleure école du monde de la même manière qu'elle s'imagine posséder la plus robuste sécurité sociale). Alain Savary, ministre de François Mitterrand, a relayé l'inquiétude de son prédécesseur. Et, finalement, c'est Jean-Pierre Chevènement qui a marqué l'essai.

Pourquoi 80 % plutôt que 72, 69 ou 85 ? Je me rappelle une conversation avec le ministre, rue de Grenelle. « Nous devons quand même être capables de faire aussi bien que les Japonais ! » s'indignait-il (oubliant que le second degré, au Japon comme dans la plupart des pays développés, s'achève sur une simple attestation de fin de parcours et non sur un examen national). Je pense qu'il entrait, dans la préférence accordée au chiffre 80, plus l'intention d'exprimer un volontarisme spectaculaire que le fruit d'un calcul minutieux. On était convaincu, à l'époque, que les besoins de l'économie s'orienteraient vers le « toujours plus » et que les entreprises, bientôt, ne recruteraient guère en deçà du baccalauréat. Et puis 80 %, c'était tout le monde ou presque, c'était la grande promesse du collège unique revitalisée et portée à son paroxysme. En vain quelques fins connaisseurs, quelques rabat-joie, notamment l'historien Antoine Prost, s'efforcèrent-ils de mettre l'accent sur les 20 % restants, de souligner combien ceux-là, qui ne seraient pas « tout le monde », vivraient leur différence comme une ségrégation. Le mouvement était lancé. Après Chevènement, Monory, Bayrou, Jospin, Lang ont ratifié l'option. Mieux, dans la loi d'orientation défendue en 1989 par Lionel Jospin, l'article 3 a expressément spécifié : « La Nation se fixe comme objectifs de conduire, d'ici dix ans, l'ensemble d'une classe d'âge au minimum au niveau du CAP ou du BEP, et 80 % au niveau du baccalauréat. »

Le pays, en l'occurrence, n'a pas fait les choses à moitié. Non seulement le budget de l'Éducation nationale devient le premier budget de l'État, mais il progresse plus vite que ce dernier, passant de 19,2 % en 1985 à 23 % en 2002, et l'effort financier se poursuit voire s'amplifie même quand la démographie scolaire se ralentit[1]. La France y consacre maintenant 7 % de sa richesse nationale, plus de 100 milliards d'euros (deux fois plus que vingt-cinq ans auparavant). Qui soutiendra sans mentir qu'on a lésiné sur les bouts de chandelle ?

La bonne surprise, c'est que ça marche, à la vive et légitime satisfaction de ceux qui réclamaient « plus de moyens » à chaque rentrée. Quantitativement, les résultats sont au rendez-vous. Du moins pendant dix années (1985-1995) qu'on baptise aujourd'hui les « dix glorieuses », parodiant l'épithète accolée aux années de reconstruction, après la Seconde Guerre mondiale. Le pourcentage de bacheliers généraux double (19,8 % en 1985, 37,4 % en 1995), celui des bacheliers technologiques aussi (17,7 % contre 9,6). A quoi s'ajoutent les titulaires du nouveau « bac pro » (8,1 %). Total au terme de la décennie : 63,2 %. Pour la première fois, le niveau de certification scolaire, en France, apparaît (légèrement) supérieur à la moyenne de l'OCDE[2].

L'objectif des 80 % est-il cependant atteint ? Non. La meilleure « cuvée », 1994, s'arrête dix points au-dessous de la barre. Qui plus est, à partir de 1996 (mais le phénomène débute antérieurement, la suppression des redoublements de fin de première ayant masqué le coup d'arrêt), on assiste à une stagnation et même à une régression. La voie technologique reste constante, la

1. Rapport de Jean-Richard Cytermann, Direction de la programmation et du développement.

2. Organisation de coopération et de développement économiques regroupant la plupart des pays industrialisés. Les chiffres cités proviennent du rapport de Jean-Claude Hardouin, André Hussenet, Georges Septours et Norberto Bottani, *Éléments pour un diagnostic sur l'école*, établi à la demande du Haut Conseil de l'évaluation de l'école (HCEE), édité par la Direction de l'évaluation et de la prospective (DEP), octobre 2003.

voie professionnelle ne cesse de progresser, en revanche le bac général perd cinq points, retombant à son étiage de 1990. Chez les experts, nul ne semble posséder une grille de lecture incontestée. « On a fait le plein, le système tourne à haut régime, au-delà, ce serait la surchauffe », disent les uns. D'autres affirment, à l'inverse, que l'ascension suivait une pente trop raide et que nous connaissons simplement une phase de pause inévitable. Les plus impertinents soulignent que les sections technologiques et professionnelles ne sont pas concernées. « En fait, m'explique un haut responsable ministériel qui connaît la boutique depuis des lustres, l'institution s'est crispée, les enseignants des lycées généraux, assez inconsciemment, ont résisté à l'intrusion des barbares et jugé que la démocratisation, ça commençait à bien faire. »

Quoi qu'il en soit, et quand bien même la « pause » s'avérerait un horizon indépassable, il faut reconnaître – les professeurs n'en sont pas toujours conscients et oublient fréquemment de revendiquer, de s'approprier ce bilan de leurs efforts – que l'œuvre scolaire accomplie est impressionnante. Le grand bond en avant a réellement eu lieu. Le niveau a monté, une fois encore. Reste à mesurer ce qu'il advient de ceux qui sont demeurés en arrière, les oubliés de la longue marche forcée.

L'annonce, par les politiques, de l'objectif des 80 %, n'intervient pas dans le même contexte social que le choix du collège unique. Jusqu'au milieu des années 1970, le niveau d'activité est élevé, le péril du chômage limité, et les conséquences du premier « choc pétrolier » provisoirement imperceptibles. On vit encore sur l'idée que l'accès aux diplômes, dans les milieux modestes ou moyens, n'est pas seulement un « ascenseur » mais un « accélérateur » formidable. De fait, sur la lancée des années de reconstruction, les enfants ont d'excellentes chances de gagner, à trente ans, plus que leur père au même âge [1].

En 1985 et après, l'atmosphère est très différente. Il ne s'agit pas (uniquement) de s'envoler, il s'agit (amplement) d'éviter la chute. Les 80 %, estiment les analystes, sont « à coup sûr la mesure "anti-crise" qui a le plus vite convaincu et mobilisé les familles, y compris les plus défavorisées... Face à la dégradation des conditions d'insertion des jeunes, chacun a compris, dans tous les milieux sociaux, que l'école représentait une planche de salut puisque les risques de chômage étaient inversement proportionnels au niveau de diplôme atteint [2]. »

Plus qu'aucun autre pays, la France, en effet, a le culte du diplôme – il faut un parchemin pour conduire une mobylette, pour utiliser un fusil de chasse ou pêcher la truite, pour être embauché dans une colonie de vacances, pour servir des frites, pour administrer un shampooing, etc. –, ce qui laisse perplexes nombre de nos voisins chez qui divers chemins, notamment la pratique effective d'une activité, peuvent mener à Rome. Mais ce lien si peu laïque, si dévot à l'attestation estampillée n'est pas seulement un trait culturel, un penchant clérical. L'enjeu symbolique se double d'un enjeu très concret : la corrélation est étroite entre le degré de certification et l'emploi. Ainsi, selon la dernière enquête disponible [3], relève-t-on que, cinq ans

1. Christian Baudelot et Roger Establet, *Avoir 30 ans en 1968 et 1998*, Paris, Éd. du Seuil, 2000.

2. *Ibid.*

3. Mars 2002, France métropolitaine.

après la formation initiale, le taux de chômage est de 5 % chez les diplômés de l'enseignement supérieur, 8 % chez les bacheliers généraux, 13 % chez les titulaires d'un CAP ou d'un BEP, et 35 % chez les jeunes qui ne possèdent aucun titre.

Une étude plus fine montrera que des distorsions existent entre le niveau exact du diplôme et l'emploi obtenu ; qu'on rencontre, par exemple, des « intellos précaires [1] », thésards de haut vol par ailleurs sous-payés ou affectés à des tâches subalternes dans un journal, une maison d'édition, voire au CNRS. La tendance lourde est cependant écrasante : si distorsion il y a, si des phénomènes de « déclassement » sont observés, ils sont encore plus forts chez les moins titrés, chez les apprentis, les titulaires de CAP ou de BEP. Sur le même registre, on soulignera que l'investissement scolaire consenti par les familles dans les années de crise a été plus « rentable » pour les enfants de l'élite que pour ceux des couches populaires [2], pour ceux qui avaient la possibilité d'adopter une démarche offensive que pour ceux qui obéissaient à une nécessité défensive.

Que le haut du tableau, à la sortie, soit mieux loti que le fond de la classe ne choquera personne. Reste à vérifier qui occupe les places de choix. L'objectif des 80 %, bien qu'il n'ait pas été atteint, a indiscutablement suscité un courant ascendant. Et a même quelque peu réduit le différentiel entre les privilégiés et les autres. Voilà deux décennies, 75 % des enfants de cadres supérieurs décrochaient le baccalauréat, contre 20 % d'enfants d'ouvriers non qualifiés. Aujourd'hui, le premier chiffre a grimpé à 87 % et le second à 45 %. L'écart

1. Cf. Anne Rousseau et Marine Rambach, *Les Intellos précaires*, Paris, Fayard, 2001.
2. *Avoir 30 ans…*, *op. cit.*

s'est donc réduit[1]. Mais il faut considérer la nature de ce baccalauréat. 83 % des enfants de cadres obtiennent le bac général ou technologique, et seulement 4 % le « bac pro ». Chez les ouvriers, la répartition est tout autre : respectivement, 32 et 13 %[2]. Le bac des riches et le bac des autres.

Pas plus que la réforme Haby n'a engendré un collège vraiment unique, l'objectif des 80 % n'a engendré le baccalauréat pour tous. Le niveau monte, encore et toujours. Le nombre des jeunes gens qui sortent diplômés de l'enseignement supérieur a plus que doublé en vingt ans. Pourtant, à l'autre bout de la chaîne, le tableau est sombre. Ils sont actuellement 160 000, soit 20 % d'une classe d'âge, qui sortent du système éducatif armés – si j'ose écrire – « au mieux d'un brevet, donc dépourvus de diplôme de second cycle du secondaire (CAP, BEP ou baccalauréat)[3] » et 60 000, soit 8 %, sans qualification aucune – les fameux niveaux VI et V *bis*. On peut essayer de se consoler en arguant que c'est moins qu'hier. Exact. Ou que la moyenne des pays de l'OCDE n'est guère différente. Toujours exact. Ou encore que les États-Unis font pire. Exact, une fois de plus. Mais la France est, j'y insiste, le royaume du diplôme, tandis que la plupart des autres pays développés offrent des voies d'accès à l'emploi nettement diversifiées. En d'autres termes, le « décrochage » relatif entre le peloton et ceux qui sont à la traîne est, chez nous, plus marqué, plus injuste, plus cruel, plus porteur

1. Cf. Philippe Joutard et Claude Thélot, *Réussir l'école*, Paris, Éd. du Seuil, 1999.

2. Avis n° 9 du Haut Conseil de l'évaluation de l'école (HCEE), préliminaire au « grand débat » lancé par le Ministère, octobre 2003.

3. Jean-Claude Hardouin *et alii*, *Éléments pour un diagnostic sur l'école*, *op. cit.*

de condamnation sociale. Réussir à l'école est partout préférable. Mais ne pas réussir à l'école, dans notre pays, se transforme en échec vital, en mise à l'écart.

Les recherches [1] convergent pour établir qu'en France le déterminisme social reste très pesant. 80 % des enfants de cadres poursuivent des études supérieures, 30 % des enfants d'ouvriers non qualifiés ou d'inactifs. Et cette disparité vient de loin. Déjà, lors des évaluations réalisées à l'entrée en sixième, les enfants de cadres, à l'issue des tests de mathématiques et de français, présentent des handicaps quatre fois moindres que leurs camarades d'origine très modeste. Si l'on se porte encore vers l'amont, on s'aperçoit que la distorsion est déjà remarquable mais que le passage au collège, qui s'opère de façon brutale dans notre pays, l'aggrave sensiblement. Dès la sixième et la cinquième, près de la moitié des élèves de milieu très modeste entrés en 1995 ont redoublé au moins une fois : en face, c'est 5 %. Pas étonnant que 90 % des rejetons les plus aisés se retrouvent en seconde générale cependant que 42 % des moins favorisés empruntent la voie royale après le BEPC.

L'objectif affiché des 80 % au niveau du baccalauréat ne promettait pas seulement un gonflement arithmétique des heureux diplômés. Pour les Français démunis ou fragilisés par la crise, il signifiait que leurs enfants auraient toutes chances d'aller jouer dans la cour des grands. Nombre d'entre eux ont pu saisir l'occasion, et ce n'est certes pas négligeable. Mais beaucoup d'autres, beaucoup trop ont été doublement frustrés. D'abord parce qu'ils sont restés dans la mauvaise file. Ensuite

1. Études de l'OCDE, projet SOCRATES, Groupe européen de recherche sur l'équité des systèmes éducatifs, travaux de l'Université de Liège (*ibid.*).

parce qu'ils ont approché de plus près la cohorte des élus, avant de se trouver disqualifiés.

Au lendemain de la Seconde Guerre mondiale, un élève en grande difficulté était accueilli dans une classe de fin d'études par des instituteurs spécialisés, et absorbé ensuite, sans trop de peine et sans condescendance, par le monde du travail. Il ne deviendrait probablement pas riche mais il ne connaîtrait pas l'humiliation, le déclassement. Maintenant que la barre est placée haut et que le monde du travail absorbe mal, la difficulté scolaire est devenue sanction, non pas au sens où l'appréciation d'une performance valide très normalement la qualité de cette dernière, mais au sens où la sanction se mue en pénitence : au dépit d'avoir échoué, celui qui échoue ne peut éviter d'ajouter ses doutes sur les conditions d'application des règles du jeu, et sur la pertinence même de ces règles.

Dans les années 1950 et 1960, l'école républicaine s'enga-geait à ravauder de son mieux les conséquences d'injustices extérieures. Dans les années 1970, un soupçon puis une accusation ont été formulés, renversant la perspective : au lieu de compenser l'inégalité, l'école « bourgeoise », « appareil idéologique d'État », ne participerait-elle pas de sa reproduction[1] ? Les années 1980 ont fourni aux Français, enseignants et enseignés, la matière d'une interrogation plus complexe. L'« opération 80 % » a démontré que la politique est puissante, que les gouvernants, s'ils sont portés par une vague approbatrice, ont le pouvoir d'initier, de manière volontariste, des changements considérables dont les effets sont tangibles. Mais, dans le même temps, il est apparu

1. Pierre Bourdieu et Jean-Claude Passeron, *La Reproduction : éléments d'une théorie du système d'enseignement*, Paris, Minuit, 1970.

que notre système éducatif, tout en élevant son niveau moyen, tout en agissant de façon vertueuse, proroge l'injustice dans certains cas, et même sécrète une injustice supplémentaire en marquant au fer ceux qui, pour une raison ou pour une autre, inaptitude ou handicap, ne réussissent pas à soutenir le rythme moyen ou supérieur. Le CERC (Conseil de l'emploi, des revenus et de la cohésion sociale, présidé par Jacques Delors) n'y va pas par quatre chemins lorsqu'il prend une photographie de groupe des jeunes Français à l'âge de dix-huit ans : « La proportion des enfants d'ouvriers ayant arrêté leurs études est six fois plus forte que celle des enfants de cadres, celle des enfants d'employés quatre fois plus forte. Et parmi les enfants de cadres, près de un sur deux a déjà intégré l'enseignement supérieur (université ou classes préparatoires aux grandes écoles) contre un sur dix pour les enfants d'ouvriers [1]. » Le verdict n'accorde point de circonstances atténuantes.

Je demande pardon au lecteur que ces chiffres et pourcentages assomment (dans toutes les acceptions du terme). Mais, avant de retrouver le « terrain », ils sont précieux même si nous les souhaiterions autres. On s'étonne – versant même, à ce propos, larmes chaudes et larmes de crocodile – que le monde de l'école ne soit pas plus serein, que les maîtres trahissent une anxiété individuelle et collective, qu'ils s'expriment sur un ton fréquemment douloureux ou, au contraire, exaspéré. Que les parents oscillent entre une espèce de servilité complaisante envers les professeurs et une rancune consumériste. Que certains élèves, au lieu de pleurer de gratitude, pleurent de rage, profanent l'institution sacrée, voire y mettent le feu. Bref, on s'étonne que la question scolaire rende tant d'acteurs nerveux. Fran-

1. CERC, rapport *Éducation et redistribution*, mars 2003.

chement, si l'on accepte d'ouvrir le dossier, on s'étonnerait du contraire. Il en va de cette affaire comme il en va de la sphère médicale, de la nostalgie qu'éprouvent beaucoup de médecins pour l'âge d'or où les patients, nus, incultes et poitrinaires, mouraient en balbutiant « Merci docteur ».

Le niveau monte, les enjeux montent, donc les attentes aussi, et la capacité qu'ont les divers acteurs d'accéder au dossier. Les enseignants sont d'anciens bons élèves qui aimeraient former de bons élèves et qui ont, et l'on s'en réjouira, une haute représentation de leur mission. Comment pourraient-ils se satisfaire d'un bilan qui, pour partie, contredit leur culture et les déstabilise fatalement ? Les parents, eux, ont appris à lire, à questionner, à intervenir. Les élèves communiquent, regardent plus loin que leur canton. L'école est victime de son succès, et, cherchant des coupables, ne peut s'exonérer elle-même d'une quête aussi malaisée.

Quant aux batteurs d'estrade ou aux conservateurs bien- pensants (ce sont souvent les mêmes) qui, à chaque tentative de changement, à chaque réforme, à chaque esquisse de décentralisation, à chaque innovation pédagogique, clament sur tous les toits que ce coup porté à l'institution républicaine « risquerait de favoriser l'émergence d'une école à deux vitesses », ils prouvent qu'ils ont quelques vitesses de retard, que le savoir n'est pas la chose du monde la mieux partagée, et que chez eux, sans l'ombre d'un doute, le niveau baisse.

Le chapitre le plus sensible de ce dossier tourmenté, c'est, fatalement, l'orientation des élèves. Si le label des diplômes est aussi crucial, si le cursus des années de formation annonce à ce point la configuration d'une vie, alors, logiquement, le moment de l'orientation est une étape très lourde de conséquences scolaires et extrascolaires. C'est celui où l'école agit directement, explicitement, sur la condition présente et future de l'élève, où l'on ne saurait se borner à dire qu'elle est passive, involontairement tributaire de son environnement, traversée par des forces qui lui sont étrangères.

Le choix français, en la matière, est une fois encore assez singulier : il confère à cette école, et aux enseignants, la charge quasi exclusive d'une décision qui, en elle-même, n'est pas incluse dans le contrat du maître, lequel revient à instruire et à éduquer. Les chercheurs insistent volontiers sur cette anomalie, soulignant que « l'orientation n'est pas un mécanisme scolaire en soi : elle n'est que la projection dans l'espace scolaire d'enjeux extérieurs à l'école [1] ». Il n'empêche : la France qui s'identifie passionnément à son système éducatif, qui aurait pu déléguer à des instances autres, professionnelles ou étatiques, le soin d'exploiter l'information transmise par les enseignants, reste farouchement adepte du « tout à l'école ». Celle-ci, note un spécialiste averti, Bernard Charlot, « fonde de plus en plus sa légitimité sur son propre fonctionnement, justifiant ce qu'elle propose à un niveau par ce qu'elle impose au niveau supérieur. Dès lors, le sens de l'école devient l'école elle-même, plus d'école encore, passer dans la classe supérieure, le bon cycle, la bonne section, la bonne option [2]. » En termes vulgaires, l'école contrôle simultanément le terrain, les règles du jeu, la partie, les joueurs, les spectateurs et l'arbitre. A ce degré de

1. Marie Duru-Bellat, Jean-Pierre Jarousse et Georges Solaux, « S'orienter et élaborer un projet au sein d'un système hiérarchisé : une injonction paradoxale ? », in *L'Orientation scolaire et professionnelle*, 1997.

2. Bernard Charlot, *L'École en mutation*, Paris, Payot, 1987.

monopole, elle ne peut se proclamer innocente ni invoquer, comme l'a fait, en mai 2004, François Fillon, une « perte d'autorité » étrangement confondue avec une perte de pouvoir.

Elle revendique, d'ailleurs, son autonomie de décision. Un article majeur de l'idéologie dominante, chez les professeurs et dans leurs principales organisations représentatives, est que le service public n'est pas l'agent recruteur des entreprises et doit, en quelque sorte, « protéger » la jeunesse du cynisme de la société marchande, de sa logique du profit. A la flexibilité de l'économie libérale s'opposerait, en toute indépendance, le roc d'une institution qui ne sert qu'un objectif : le bien commun. Pareil discours a beaucoup vieilli et n'est brandi de manière impérative que par l'extrême gauche enseignante – tout en ondoyant, de façon plus modérée, dans la culture commune. Le sens de la pente, hors fantasmes, n'est pourtant pas celui-là. Non seulement l'école ne se laisse pas « corrompre », mais elle pécherait plutôt par ignorance. Ses propres organes dirigeants l'encouragent à suivre de plus près les évolutions du marché de l'emploi et à ne pas laisser les seuls responsables des filières professionnelles et technologiques s'intéresser à la question.

Il a beaucoup vieilli, ce discours traditionnel, parce que, de l'intention affichée au fonctionnement concret, le fossé est béant. Indépendante, l'école l'est peut-être (et peut-être à l'excès). Juste et performante quand elle prononce des orientations, elle ne l'est certainement pas. Hors les murs, le fait n'est avoué que du bout des lèvres. En interne, c'est le secret de Polichinelle. Combien de professeurs, parmi mes interviewés, ont exprimé, là-dessus, plus qu'un trouble ? Combien disent leur doute et leur scrupule à l'issue des conseils de classe ? Une ample majorité – tant que les parents ne sont pas là pour les entendre.

Pourquoi ? Parce que le « roc » n'est pas si ferme, ou que s'il l'est, ce n'est pas, en maintes circonstances, au bénéfice de l'élève. Le « tout à l'école » devrait offrir une garantie d'équité. Mais nous sommes loin du compte. Car l'orientation, depuis toujours, est obstinément « négative ». Orienter un élève, le plus souvent, n'est pas détecter ses aptitudes mais ses inaptitudes. L'école, écrit Robert Ballion[1], observateur pénétrant, « sanctionne l'adéquation des performances de l'élève aux exigences de l'institution, ou plutôt l'inadéquation de ses performances, dans la mesure où, en règle générale, l'orientation est négative : l'élève orienté étant l'élève qui n'est pas jugé apte à suivre un cursus donné ».

Comme il existe, au Conservatoire des poids et mesures, un mètre étalon fixant une fois pour toutes le gabarit de tous les mètres, on peut imaginer qu'il existe, dans l'imaginaire collectif de la planète scolaire, un élève étalon : celui qui sera reçu premier à l'école des Mines et à celle des Ponts et Chaussées, ou bien à Polytechnique et à l'ENA réunies. Cet élève étalon, toujours dans l'imaginaire collectif, n'est pas l'exception. Il fixe la norme. Et tout élève en chair et en os se présentant à la porte de son collège ou de son lycée est cet élève-là *moins* quelque chose. Il ne sera pas défini par ses qualités, il sera défini par ses carences. L'orienter ne consistera pas à inventer avec lui la trajectoire la plus appropriée, mais à l'écarter, vu ses manques, de la trajectoire parfaite, celle que trace l'élève étalon.

Tout montre que très tôt, dès l'école primaire, dès l'étape clé du cours préparatoire (où l'apprentissage de la lecture est initié), chaque enfant intériorise précocement son indignité, et notamment ses retards. Car

1. *L'Évolution de la fonction d'orientation*, rapport à la Commission des communautés européennes, octobre 1987.

l'élève étalon n'est pas simplement étincelant : il est « à l'heure », et, si possible, « en avance ». Non seulement son éminence est garantie par la parfaite coïncidence entre ce qu'il sait et ce qu'il doit savoir, mais elle l'est encore par la parfaite coïncidence entre ce qu'il doit savoir et l'instant où il le sait. Les proclamations (sincères) officielles vont dans l'autre sens, préconisent des cycles souples, la patience de la machine devant les singularités du développement individuel. Pieuses recommandations. Il n'est, chez nous, qu'un seul « enfant roi », pour employer une formule dont l'usage polémique est répandu parmi les chroniqueurs : l'élève étalon Mines Ponts top chrono.

Il y a vingt ans, les collégiens que j'interrogeais et qui étaient éjectés en quatrième ne disaient jamais « J'ai été orienté *vers*... », mais « J'ai été orienté » *tout court*. Même chose en CAP ou en BEP : « Je suis là parce que j'ai été orienté... » L'orientation sanction, l'orientation négative n'était pas un lapsus, un dérapage linguistique. La chose était assenée brutalement : orienter, c'est éliminer. Dans sa grande histoire de l'enseignement, Antoine Prost confirme, d'ailleurs, que les maîtres eux-mêmes ne s'exprimaient pas autrement, et brandissaient la menace de façon explicite[1] : « Entre 1970 et 1985, écrit-il, l'orientation est la clé de voûte de l'enseignement français et toute l'institution tient aux élèves un seul et même discours, relativement efficace : "Travaillez, sinon vous serez orientés"... » La tension est alors au maximum entre l'Éducation nationale et les parents, le climat se détériore, l'air sent la poudre et les procédures d'appel s'emballent.

1. Antoine Prost, *Éducation, société et politiques : une histoire de l'enseignement en France, de 1945 à nos jours*, Paris, Éd. du Seuil, 1997.

Le changement qui se produit ultérieurement est présumé radical. D'abord, on veille à retarder, étager et simplifier les paliers d'orientation. Les couperets de cinquième et de quatrième sont progressivement supprimés. La fin de troisième devient la plaque tournante des décisions majeures. Ensuite l'élan porte plus loin. Sous la poussée des « 80 % », une part essentielle de l'orientation se déplace du collège vers le lycée, et c'est au terme de la seconde « de détermination » que les bifurcations s'effectuent vers des sections dont le nombre et la teneur ont été ramassés. Parallèlement, la notion de « projet » se substitue, en principe, au verdict antérieur. L'idée est que l'élève ne doit pas simplement subir les effets d'un décret qui le valorise ou le rétrograde, mais apprendre à se connaître, à explorer le champ des branches et métiers qui lui sont accessibles, afin d'assumer une option réfléchie. Un corps de conseillers psychologues (dont les méchantes langues, dans les enquêtes spécialisées, prétendent qu'ils sont plus « psys » qu'orienteurs, à jour de la fluctuation des qualifications et des demandes) est recruté sur concours et opère en circulant d'un établissement à l'autre – sans aucun contrôle. *In fine*, c'est la famille qui émet une requête, le conseil de classe qui formule un avis et une proposition, et enfin le chef d'établissement qui arrête l'orientation – sous réserve d'un appel encore possible.

Dans les textes, dans la forme, c'est une révolution. Nombre d'enseignants se déclarent, du reste, dépossédés, éventuellement désavoués. Le conseil de classe, protestent-ils, se mue en parlement où ils deviennent minoritaires, où délégués des élèves et des parents s'estiment en pays conquis et déballent, entre mille arguments, des considérations affectives fort éloignées du travail scolaire. Les chefs d'établissement, eux, se retrouvent en première ligne (ce qui ne déplaît pas aux professeurs, quoi qu'ils disent, et leur permet d'esquiver le plus lourd du fardeau), souvent en porte-à-faux entre les usagers et leurs personnels. Au niveau de la « Centrale » (l'administration ministérielle) et des politiques, le débat est ouvert. Les uns (Luc Ferry, du temps où il se croyait ministre, fut de cet avis) jugent que la liberté de choix du jeune élève est exorbitante, qu'une sorte de dérive individualiste est à l'œuvre, et que ce service à la carte contredit une réponse adéquate aux besoins sociaux. Les autres objectent que le prétendu « service à la carte » n'est que faux-semblant, que l'attention réelle portée aux enfants est plus un vœu pieux qu'une démarche effective, et que « derrière le discours sur l'éducation aux choix et la glorification de la responsabilité de l'élève, la pratique reste celle d'une gestion quantitative des flux où le souci de remplir les structures existantes reste très prégnant, même s'il ne s'exprime plus aussi crûment[1] ».

Les auteurs de ces lignes, particulièrement compétents sur le sujet, ne cachent point qu'ils penchent, comme la plupart des experts, pour la seconde interprétation. Le fameux « projet » censé accorder au libre arbitre de l'élève une place excessive n'est, trop fréquemment, que l'habillage (les jeunes diraient le « relookage ») de la bonne vieille orientation couperet. « Une fille, notent-ils, dont les résultats ne sont pas très probants au collège a toutes chances de se retrouver dans un BEP comptabilité ou secrétariat. » Sans autre forme de procès. Vers les lycées professionnels, qui

1. Maryse Hénoque (inspectrice de l'Éducation nationale information et orientation) et André Legrand (universitaire, ancien recteur), *L'Évaluation de l'orientation à la fin du collège et au lycée, rêves et réalité de l'orientation,* rapport établi à la demande du HCEE, janvier 2004.

représentent pourtant un des secteurs les plus innovants et aussi les plus aptes à inventer des cursus différenciés, il n'existe guère, ou rarement, de recommandation positive: pour preuve, «les services d'orientation y consacrent à peine 6 % de leur activité». Et le sociologue François Dubet [1] enfonce le clou avec la dernière énergie. Parlons-en, du projet, ironise-t-il. C'est une manière assez féroce d'obliger les jeunes en difficulté à porter leur croix avec le sourire: «Ils doivent transformer en projet personnel leur orientation vers des filières non choisies, pour lui donner quelque sens...»

Il existe des exceptions notoires, par exemple les lycées professionnels hôteliers où l'on affiche complet et où les demandes affluent. Pour la plupart, y compris dans des établissements qui tournent bien, les professeurs que j'ai interrogés sont critiques. «Le projet de l'élève?» Vincent Roncalli, qui enseigne les mathématiques à la périphérie de Toulouse, lève les bras au ciel. «Sur une classe de trente, j'en ai quatre ou cinq qui avaient plus ou moins envie de venir ici, et qui sont bons, qui forment la tête de classe, qui iront jusqu'au BTS, et qui auraient peut-être pu, d'ailleurs, réussir dans l'enseignement général ou technologique long. J'en ai une quinzaine à qui on a imposé ce choix et qui ont opté pour telle ou telle section parce qu'il fallait bien s'inscrire quelque part. Et j'en ai une dizaine qui ne sont absolument pas adaptés à cet enseignement mais qui se retrouvent en lycée professionnel parce que c'est l'exutoire des lycées nobles. On nous demande de les accueillir, de les scolariser. Nous le faisons, je dirais que c'est notre honneur. Mais qu'on ne vienne pas nous raconter que ces jeunes gens ont été conseillés et écoutés.»

1. *A l'école. Sociologie de l'expérience scolaire* (en collaboration avec Danilo Martuccelli), Paris, Éd. du Seuil, 1996.

Son confrère Michel Van der Meersch, à Tourcoing, est exactement au diapason : « Le technique professionnel, c'est une punition, voilà tout. Ça reste une punition. Bien sûr, on sauve ce qui est sauvable. Mais la casse, en route, elle est énorme. Sur quatre-vingt-dix gamins de BEP, trente passeront en bac pro. En BEP, il y aura 40 % de réussite, au bac pro 60 à 70 %. Et ceux-là, après le bac, auront la possibilité de récupérer des passerelles. Ça n'est pas rien, mais c'est toujours la même histoire. On fabrique du déshonneur à tous les étages, on n'arrive pas à trouver une autre architecture que la pyramide. »

Il perce, dans leurs voix, une rancune. Contre le système lui-même. Mais aussi contre leurs collègues qui se défaussent sur eux et qu'ils jugent, pour la plupart, ignorants des réalités du secteur professionnel, et désireux de le rester. Myriam Hilbert, professeure de secrétariat et de comptabilité en Basse-Normandie, n'est pas tendre avec ses « correspondants » des collèges environnants. « Mes filles, proteste-t-elle, elles sont là parce qu'on les a mises là, parce qu'il fallait les mettre quelque part. Elles n'ont rien choisi du tout. Quasiment aucune. C'est vraiment la voie de garage, point barre. Moi, je voudrais qu'elles réfléchissent à leur avenir, et surtout qu'elles y pensent avant, pas après. Nous organisons des journées portes ouvertes, nous essayons de valoriser nos meilleures filières. Quelques parents pointent le nez. Mais les profs du circuit général, jamais. Ils sont d'accord pour nous expédier les gosses dont ils ne veulent plus, mais visiter un atelier, venir voir où ils les envoient, ces gosses, ça semble être au-dessus de leurs forces. J'y vais, moi, je vais chez eux, je vais dans les collèges, je cherche le contact. Mais là-bas, on ne parle que des voies royales, des séries S. Et pour les autres, on nous dit : débarrassez-nous-en ! »

Ils sont en colère, les maîtres des lycées professionnels. Mais les phrases les plus sévères émanent d'une institution à laquelle on prête volontiers un langage feutré : l'Inspection générale. Dans un document de synthèse – non public – destiné au ministre, au cabinet, aux directeurs de la Centrale et aux recteurs, et rassemblant les observations des inspecteurs de terrain, en particulier départementaux, le jugement porté sur le dispositif d'information et d'orientation oublie totalement d'arrondir les angles[1] : « Tous les rapports d'évaluation soulignent la mauvaise qualité de l'orientation et de tout ce qui touche à la construction du projet personnel de l'élève. Ils relèvent le manque d'investissement des professeurs principaux, des chefs d'établissement, parfois des conseillers d'orientation psychologues (COP) eux-mêmes... Quant à son contenu, l'orientation reste dominée par les parcours traditionnels et offre peu d'alternatives aux élèves. »

A l'appui, le document cite les comptes rendus académiques. « Le rapport Créteil note que les enseignants sont "relativement indifférents à leur responsabilité en ce domaine comme aux conséquences de leurs décisions". Le rapport Nice conclut : "L'orientation fonctionne bien là où elle est la moins nécessaire : dans les établissements où les élèves obtiennent de bons résultats et où leurs familles savent trouver les informations. En revanche, dans les secteurs défavorisés économiquement, le travail à faire reste important pour que

1. *Les Académies sous le regard des inspections générales, bilan des dix premières évaluations de l'enseignement en académie*, cosigné par l'Inspection générale de l'Éducation nationale (IGEN) et l'Inspection générale de l'administration de l'Éducation nationale et de la Recherche (IGAENR) – quatre rédacteurs par corps –, non publié, juin 2003.

des jeunes ne se retrouvent pas abandonnés à eux-mêmes…" Les observations conduites dans l'académie d'Orléans-Tours ont montré que les COP et les professeurs principaux s'en remettent, en matière d'éducation à l'orientation, aux outils de l'ONISEP[1], bien davantage qu'à leur propre connaissance du contexte économique et professionnel, local et national, qu'ils estiment eux-mêmes limitée. Le même constat vaut pour les chefs d'établissement… »

Rude. Lisant ces pages toutes fraîches, j'ai l'impression d'être ramené vingt ans en arrière. Les lycées professionnels ont accompli des progrès considérables. Mais il semble que le cloisonnement des structures d'enseignement soit toujours aussi étanche. J'ai systématiquement questionné les professeurs de collèges et de lycées généraux afin de savoir s'ils ont, à tout le moins, visité les établissements proches vers lesquels ils orientent leurs élèves qui ne poursuivront pas jusqu'au baccalauréat général. Neuf fois sur dix, la réponse est négative. Et, parmi les plus curieux, parmi la dizaine d'atypiques, je repère essentiellement des maîtres de sciences économiques et sociales, des spécialistes de secrétariat ou de gestion, des passionnés d'informatique. Du côté des disciplines traditionnelles, c'est le désert. Et pourtant ils orientent, ils orientent à l'aveuglette (je ne parle pas des dossiers qu'ils ont entre les mains, mais de la destination des élèves), ils décident qu'Untel sera bon pour l'électronique ou le bâtiment parce que ses résultats, en espagnol ou en histoire, ne sont pas à la hauteur. Alain Garcia, chef d'atelier en lycée professionnel marseillais, confirme : « Quelquefois, nous recevons la visite de collègues

1. Office national d'information sur l'enseignement et les professions, créé en 1970.

de l'enseignement général accompagnant un groupe d'élèves lors d'une opération portes ouvertes. Les gamins s'intéressent beaucoup aux machines, aux commandes numériques, ils posent des questions, ils fouinent dans les coins. Mais les profs, eux, quittent l'atelier au plus vite. Ça n'est pas leur monde.»

Faut-il que notre école soit robuste pour que le niveau monte dans des conditions pareilles…

Les orientations restent donc fréquemment édictées sans véritable connaissance de l'environnement technologique et professionnel. Mais sont-elles équitables, sur la base des livrets que chaque professeur a sous les yeux ? Tout enseignant, ou presque, aimerait en être convaincu. Et pour cause: de bonne foi, il se juge apte à mesurer la performance de son élève, et à traduire celle-ci en notes. Nombre de terrains lui paraissent mouvants, pas celui-là. Il est toujours extrêmement difficile (cela vaut pour n'importe quelle enquête, consommation de sucre ou propension à l'insomnie) d'admettre que nos comportements individuels et raisonnables sont éclairés d'un jour différent s'ils sont soumis à une étude plus large et quantitative. Nul ne doute qu'il attribue des notes en conscience et plutôt rigoureusement, ce qui est généralement vrai. Les autres chiffres, ceux que mouline le sociologue, deviennent vite agaçants. Parce qu'ils dérangent.

Un exemple célèbre est le travail accompli par la chercheuse Mireille Desplats dans les années 1990. Elle a distribué les mêmes copies de sciences physiques, bonnes, moyennes ou médiocres, à un *panel* de professeurs (hommes et femmes). Et elle a présenté au stylo rouge du correcteur le même devoir, tantôt chapeauté d'un prénom masculin, et tantôt d'un prénom féminin. Sur l'ensemble des correcteurs, une tendance se dégage nettement. Quand la copie est bonne, elle obtient une meilleure note si le prénom est masculin plutôt que féminin. Et quand la copie est mauvaise, elle obtient une moins bonne note si le prénom est masculin plutôt que féminin. Paradoxe ? Pas du tout. Les correcteurs de sciences physiques, mâles ou femelles, trahissent inconsciemment que leur attente est plus vive du côté des garçons que du côté des filles. Le garçon est mieux récompensé mais moins pardonné, la fille reçoit moins de lauriers mais bénéficie de plus d'indulgence. Le garçon est jugé « brillant » s'il réussit, la fille est considérée comme « studieuse » ou « appliquée » si elle réussit. « Bons » garçons et « braves » filles, la discrimination est éminemment banale, hélas !

De la même manière, Bernadette Dumora, professeure de psychologie à Bordeaux, a constitué des pseudo-dossiers d'orientation en fin de seconde, dossiers « moyens » afin que la marge de décision soit plus forte. Elle a ainsi établi que, s'il porte le nom d'un garçon, un de ces dossiers a nettement plus de chances de conduire vers une terminale scientifique[1].

Nous sommes tous, enseignants ou parents, conducteurs d'autobus ou dentistes, traversés par des héritages culturels qui modèlent, à notre insu, beaucoup de nos décisions, qui ne les élaborent pas de toutes pièces mais les infléchissent, leur confèrent une couleur, un timbre particuliers. On peut se prémunir contre ces influences en les étudiant, en les intégrant, sitôt repérées, à la délibération. S'agissant d'orientation scolaire, elles sont fortement identifiées. Mais s'applique-t-on à les corriger, à en faire un usage critique, en sorte que l'équité

1. Cité par Christian Bonrepaux, in *Le Monde de l'éducation*, janvier 2003.

soit respectée, renforcée ? En sorte qu'une compensation réponde à la coutume ? La réponse est clairement négative.

Le premier de ces déterminants est l'âge [1]. L'élève étalon est à l'heure. Malgré les précautions pédagogiques, malgré la politique des cycles affranchis de contraintes excessives recommandée dans le primaire, malgré tout ce que l'on sait des pannes, dysfonctionnements, blocages propres à l'enfance et à l'adolescence, l'institution enseignante veut que les élèves marchent comme des trains soigneusement planifiés. Les travaux, parfaitement concordants [2], établissent que la probabilité d'une orientation vers le second cycle long est deux fois plus élevée, en fin de troisième, chez un élève qui a quinze ans ou moins que chez un élève plus vieux. Le redoublement tue. Et même s'il n'a pas redoublé, une fille ou un garçon plus âgé que la moyenne – pour une raison ou pour une autre – aura moins de chances, en conseil de classe, d'obtenir, *à niveau scolaire égal*, la section de son choix, ses camarades plus jeunes bénéficiant d'une sorte de droit à l'erreur. 96,5 % des élèves ayant un an d'avance sont dirigés vers l'enseignement général ou technologique long, et seulement 2,2 % vers un lycée professionnel. Avec un an de retard, les chiffres tombent, respectivement, à 45,7 et 46,7 %. Avec deux ans de retard, 36,3 et 58,4 %.

On objectera que les sujets qui ont redoublé, les sujets en retard, sont moins bons que leurs camarades,

1. Maryse Hénoque et André Legrand, *L'Évaluation de l'orientation à la fin du collège et au lycée*, *op. cit.*

2. Alice Davaillon et Sébastien Roux, « Le processus d'orientation en fin de troisième. Observation du comportement des acteurs et analyse des causalités », in *Éducation et formations*, juillet-septembre 2001.

et qu'il est donc fort compréhensible qu'ils soient acheminés vers des sections moins glorieuses (à supposer que fréquenter un établissement professionnel soit fatalement moins glorieux, mais c'est toute la question). Le problème est que le redoublement vise, théoriquement, à offrir aux jeunes en difficulté une occasion de «rachat». C'est du moins ce qu'on leur explique et ce qu'on explique à leur famille. Or le «rachat» est l'exception et non la règle. Certes, le redoublement en fin de troisième est moins pénalisant aujourd'hui qu'il y a vingt ans où il valait condamnation. Mais le poids du parcours antérieur – à qualité de performances égales – reste un boulet de galérien. *Indépendamment de sa valeur scolaire*, un jeune qui aborde la sixième plus âgé que ses camarades court plus de risques de redoubler ultérieurement et d'être orienté en seconde professionnelle[1]. Le phénomène est cumulatif: prendre du retard est un handicap, et prendre du retard accentue les probabilités d'un retard supplémentaire avec, à la clé, une orientation particulièrement négative. Un élève d'Amiens a utilisé, pour décrire le mécanisme, une métaphore qui m'a paru éloquente. Il venait d'apprendre qu'il était «orienté». Ses résultats étaient passables mais il avait redoublé deux fois. Comme j'essayais de le consoler avec quelques bonnes paroles, il m'a interrompu: «Vous fatiguez pas, m'a-t-il dit. L'école, c'est un fusil à un coup: tout le monde sait ça, ici.»

Il n'avait pas tort, ce garçon désabusé. Car on vérifie, une fois de plus, que la corrélation entre l'âge, si déterminant, et la situation sociale, est patente. Et que les conseils d'orientation, sur ce terrain, s'inscrivent aux abonnés absents. Vers les débuts de la décennie 1980,

1. *Ibid.*

un élève de cinquième qui obtenait tout juste la moyenne en français et en mathématiques avait 50 % de chances de passer en quatrième s'il était d'origine ouvrière, et 75 % s'il était fils de cadre supérieur[1]. Des années plus tard, cette tendance n'avait pas varié : entre les 10 % d'élèves les plus favorisés et les 10 % les plus modestes, les chances d'accès au lycée allaient du simple au double. L'inégalité est d'autant plus choquante que la réforme des collèges a supprimé les coupes franches de cinquième et de quatrième. Dès lors, on est en droit de penser que seule la valeur scolaire, et non une discrimination sociale, est matrice du cursus des enfants. Ce n'est plus la société qui élimine, c'est chaque individu qui réussit ou qui ne réussit pas, et qui endosse l'entière responsabilité (apparente) de son destin propre.

A l'appui de cette version lénifiante, une donnée trop consensuelle pour être honnête. En fin de troisième, à l'inverse de ce qui se produisait naguère, le pourcentage des appels sur les décisions de conseil de classe est faible et déclinant (3,4 % en 1992, 1,7 % en 2002). Les optimistes y verront la confirmation que les familles, satisfaites, s'en remettent aux professionnels pour évaluer leurs rejetons et offrir à ces derniers la meilleure destination possible. Et certains professeurs amers, persuadés que le laxisme est devenu règle d'or, en déduiront même que, puisque maintenant « n'importe qui va au lycée », les parents n'ont aucune raison de contre-attaquer.

Là encore, les faits sont plus encombrants et subtils. En réalité, suivant leur catégorie socioprofessionnelle, les familles adoptent des comportements très différen-

1. Marie Duru-Bellat, *Le Fonctionnement de l'orientation. Genèse des inégalités sociales à l'école*, Neuchâtel, Desclaux et Niestlé, 1988.

ciés. Les plus pauvres manifestent beaucoup moins d'ambition pour leur progéniture. 97 % des enseignants, 95 % des cadres supérieurs souhaitent que leur enfant soit orienté vers une seconde générale. Chez les ouvriers non qualifiés, c'est 67 %, chez les chômeurs 59 %. A cela rien d'étonnant : l'information passe mieux parmi ceux qui en ont la maîtrise (à commencer par les professeurs qui auraient grand tort de ne point tirer parti d'un poste d'observation éminent). On ne s'étonnera pas non plus que les élèves faibles ou moyens issus de milieu aisé osent tenter leur chance avec plus d'audace. Enfin, connaissant ce que l'on a découvert sur la manière dont les adolescents intériorisent le sentiment de leur médiocrité, nul ne sera surpris que les anciens redoublants s'avancent profil bas et, d'eux-mêmes, formulent une demande en retrait par rapport à ce qu'autorisent leurs résultats.

Quelle est la réponse des conseils de classe ? Globalement atone. « Ils ne semblent pas prendre en compte l'origine, le niveau d'éducation des parents ou la nationalité de l'élève, donc ne creusent pas les inégalités sociales, mais ils ne réduisent pas les écarts entre la valeur scolaire et les demandes trop ou trop peu ambitieuses[1]. » Autrement dit, ils se soucient « plus de se prononcer sur l'adéquation entre le choix de la famille et les capacités de l'élève que de rechercher l'orientation la plus adaptée aux performances scolaires du jeune[2] ». A dossier égal, les demandes des parents aisés l'emportent, ce sont leurs enfants qui sont repêchés, le

1. Maryse Hénoque et André Legrand, *L'Évaluation de l'orientation à la fin du collège et au lycée*, *op. cit.*

2. *Dix-huit questions sur le système éducatif*, synthèse de travaux de la Direction de l'évaluation et de la prospective, *Éducation et formations*, juillet-décembre 2003.

« capital culturel » des meilleurs plaideurs convainc plus facilement les jurés, et les plus timides, les plus silencieux, les moins armés n'obtiennent pas compensation de leur handicap. Il est rentable de s'accrocher, d'insister, de se débattre. Mais les plus vulnérables hésitent quand les autres se lancent. Et les orienteurs ne prêtent aux premiers ni attention spéciale ni secours.

Que l'on me comprenne bien. J'ai assisté, en région parisienne, dans le Nord, près de Marseille, etc., à des conseils de classe où des équipes très scrupuleuses épluchaient avec une vigilance remarquable le livret de chaque élève. Et prenaient grand soin, justement, de rapporter la demande formulée à son contexte. Mais cela se passait en zone difficile, où les cas sociaux succèdent aux cas sociaux, où l'on sait pertinemment que telle famille est apte à former son jugement et que telle autre ne l'est pas. Dans les établissements plus sereins, moins « typés », les écarts sont aussi moins sensibles. Il faut des proviseurs extrêmement investis, des professeurs principaux très attentifs, pour que le décryptage des options ne se perde pas dans le traintrain des séances qui s'enchaînent. Après tout, si la famille elle-même ne monte pas au créneau, pourquoi y monterait-on à sa place ?

Ce ne sont pas les individus, les enseignants, qu'incriminent les travaux des enquêteurs. C'est la machine à trier, qui les emporte eux-mêmes. J'ai déjà cité l'exemple des maîtres de sciences physiques qui ne notent pas une copie de la même manière suivant qu'elle provient d'une fille ou d'un garçon. Dans un milieu aussi féminisé que l'Éducation nationale, combien admettront que le sexe est, précisément, le troisième facteur discriminant qui pèse sur l'orientation scolaire ? Les enseignantes que j'ai questionnées à ce propos ont ouvert de grands yeux (sauf, et ce n'est pas un hasard, celles qui ont en charge les sections les plus directement concernées).

Marie Duru-Bellat, professeure à l'université de Dijon, et dont les recherches font autorité en la matière [1], balaie d'un revers de main ce qui ne lui semble nullement un paradoxe. « Émile Durkheim disait : “Il est faux de croire que nous élevons nos enfants comme nous le voulons…” Eh bien, il est faux de croire que les femmes enseignantes sont plus féministes que les femmes lambda. Je dirai même qu'elles le sont plutôt moins. Des études britanniques le confirment : elles partagent volontiers les stéréotypes des hommes, et elles ont tendance à être plus conservatrices au niveau social que des femmes non enseignantes. Ça n'est pas parce qu'elles sont des femmes qu'il faut attendre qu'elles contestent les valeurs dominantes. Elles auraient l'impression d'être féministes. Or l'idéologie des profs, c'est la neutralité, c'est l'idéologie de la même chose pour tout le monde, ça n'est pas de militer pour revendiquer, assumer ou compenser une différence. J'ajouterai que la forte féminisation de la profession va dans ce sens, contrairement à ce qu'on imaginerait. Quand les femmes sont minoritaires, elles se rebiffent. Quand elles sont nettement majoritaires, qui plus est dans la fonction publique où tout est réglementé, elles sont moins combatives, elles ont moins de raisons de prendre l'offensive [2]. »

Il y aurait pourtant de quoi. Car les filles s'appuient sur l'institution et ont montré que, pratiquement dans

1. *L'École des filles : quelle formation pour quels rôles sociaux ?*, Paris, L'Harmattan, 1990. Également « Les femmes et l'école ou l'école des femmes », in *Éducation et devenir*, 1996.

2. Entretien avec l'auteur.

tous les domaines, elles tiennent la dragée haute aux garçons. L'école, elles en veulent. D'ailleurs, ce qu'on appelle « l'espérance de scolarisation » est nettement plus élevée (19,1 années) chez elles que chez les mâles (18,7). Elles en veulent, et elles donnent satisfaction. Leur taux d'accès en second cycle long, fruit de résultats honorables, est supérieur à celui des élèves masculins. Leur réussite au baccalauréat, notamment en enseignement général, est impressionnante (plus de 58 % des admis). Elles en veulent, elles sont appréciées. Mais elles ne gagnent pas, du moins pas à hauteur de leur investissement.

Pourquoi ne touchent-elles point le juste salaire de leurs efforts ? Christian Baudelot et Roger Establet déroulent le scénario[1]. « Dans les premières années d'école, expliquent-ils, les filles tirent parti de leur capacité à intérioriser les règles, à s'exprimer dans le cadre des conventions scolaires, à tenir compte d'autrui dans leurs stratégies personnelles. A trop vouloir s'affirmer, les garçons ont bien du mal à entrer dans le jeu scolaire. La première manche est pour les femmes. » Le problème est que la partie se joue en plusieurs périodes, et que les dernières minutes changent l'issue du match. Nous avons vu à quel point les élèves pauvres, les élèves en retard, les élèves qui ont connu des accidents de parcours scolaire en rabattent sur leur demande d'orientation, minorent ce qu'ils pourraient revendiquer, et ne trouvent pas d'interlocuteurs susceptibles de rectifier le tir. Les filles, elles, même si elles ne sont pas pauvres, même si elles sont à l'heure, même si elles ont accompli un parcours impeccable, s'inscrivent dans la même lignée et, fréquemment, subissent la même indifférence. « A l'heure des orientations, poursuivent

1. *Allez les filles !*, Paris, Éd. du Seuil, 1992.

Baudelot et Establet, tout bascule. Car, dans ces circonstances, la surestimation de ses propres mérites et l'affichage de prétentions correspondantes, le bluff en un mot, se révèlent payants.» Elles ne bluffent pas, les filles, et elles le paient sans que l'école s'en inquiète ou intervienne efficacement. Ce qui les fragilise, ce n'est pas leur passé scolaire, qui est convenable voire excellent, c'est «l'intériorisation, même partielle, des modèles de comportement traditionnellement associés au statut de la femme». Et pourquoi les enseignantes, mues par une solidarité féminine ou féministe, ne corrigent-elles pas le cap? «Parce qu'elles préfèrent les garçons, répond Christian Baudelot[1]. Elles le disent très nettement, elles l'assument, cela ressort de tous les entretiens, de tous les travaux. Elles reprochent aux filles de leur ressembler, d'intérioriser les règles. Le garçon est toujours favorisé, y compris quand il se rebelle.»

Où est l'injustice, en la circonstance? Elle tient à ceci: la petite différence engendre de grosses conséquences, «des menus écarts dans les comportements [se transforment] en une divergence massive des orientations[2]».

Il est difficile de faire la part de l'héritage (l'effet des paramètres extérieurs) et de l'action propre à l'institution. Mais le bilan est tranché. Bonnes élèves, les filles sont candidates à des études longues, et, là-dessus, elles obtiennent gain de cause: 75 % passent en seconde générale et technologique, contre 68 % de garçons. Mais où atterrissent-elles? A 80 %, elles peuplent la section L (littéraire), section jadis et légitimement noble dont les débouchés, par le jeu – nous y revien-

1. Entretien avec l'auteur.
2. *Ibid.*

drons – de classements pervers, sont tragiquement amoindris. En revanche, dans la section S (mathématiques et physique, antichambre de toutes les voies royales), elles ne sont plus que 45 %. On préfère pour elles, et *elles préfèrent elles-mêmes* (c'est du moins ce qu'elles expriment) la voie médiane de la section ES (économique et sociale), où elles comptent pour 64 %. A profil égal, elles sollicitent moins, obtiennent moins, et nul ne s'en émeut.

Quand elles se dirigent ou sont dirigées vers le technique, on sombre dans la caricature. Au lycée général, les sections STT (sciences et techniques tertiaires, secrétariat et gestion) sont féminines à 75 %, comme les sections médico-sociales, alors que les sections STI (sciences et techniques industrielles, qui débouchent souvent sur d'excellents BTS) comportent 93 % de garçons. Au lycée professionnel, le clivage n'est pas moins brutal. Huit filles sur dix étudient le secrétariat, la comptabilité, la bureautique, la gestion, le commerce, la vente, les disciplines sanitaires et sociales. 1 % étudient l'électronique. « Sur plus de cinquante baccalauréats professionnels, déplore le Haut Conseil de l'évaluation [1], trois du domaine tertiaire accueillent à eux seuls près de la moitié des élèves ; dans le même temps, le bâtiment et le génie civil en accueillent moins de 4 %. D'un côté les filles, de l'autre les garçons ! » L'école publique est, sur ce terrain, à 100 % l'école du conformisme le plus désolant. Elle en est le miroir, mais elle le perpétue aussi avec une docilité prodigieuse.

Je ne vois, pour ma part, aucune objection à ce qu'une jeune femme devienne infirmière ou comptable. Mais je m'interroge sur ce qu'on nomme, assez pom-

1. Avis n° 9 du HCEE, *op. cit.*, octobre 2003.

peusement, « l'orientation ». S'il s'agit de vérifier qu'une bachelière est capable de travailler à l'hôpital, soit. S'il s'agit de proposer aux jeunes une offre de formation diversifiée, rien ne va plus. A l'évidence, le sexe masculin en bénéficie et le sexe féminin en est écarté. C'est dommage en termes de libre choix – dommage pour les intéressées, mais dommage, également, pour la Nation qui consent un investissement important et voit nombre de ses meilleurs sujets sempiternellement voués à des tâches convenues ou subalternes. C'est dommage, encore, si l'on veut bien considérer ce qu'il advient à l'issue des examens. « Un an après leur sortie du système scolaire, les garçons [qui ont suivi les formations réputées “féminines”] ont les mêmes probabilités que leurs consœurs d'être au chômage. Mais après les cinq premières années de vie active, la comparaison du taux de chômage, des temps de travail, des positions professionnelles et des salaires dénote un avantage certain des garçons par rapport à leurs homologues féminines [1]. » Autrement dit, l'école ne se borne pas à enfourner les filles dans un conduit étriqué, elle les fragilise, elle les expédie sur la terre la moins ferme. Et, à section commune, les garçons s'en tirent encore mieux sur le marché du travail.

On rétorquera que l'école ne saurait, à elle seule, régler une question qui la dépasse, qui concerne la société entière, qui touche à l'intime ou plutôt à la zone obscure où le poids de la culture commune s'exerce sur la conduite d'une vie singulière. Ce n'est pas la faute du système scolaire si les familles et leurs filles se « replient » sur des hypothèses trop modestes, et si les directions d'entreprises recrutent et promeuvent d'abord

1. Centre d'études et de recherches sur les qualifications (Céreq), septembre 2001.

les hommes. Rappelons toutefois que ce système scolaire français s'accorde à lui-même un monopole en matière d'orientation, et affiche la prétention d'ouvrir le compas, de fournir une amplitude de choix, d'en garantir l'équité. Pari non tenu. Le « tout à l'école », même si le niveau monte, connaît des à-coups inadmissibles. Christian Forestier, président du Haut Conseil de l'évaluation de l'école [1], souligne que la disparité entre l'enseignement général et l'enseignement professionnel, dans les procédures d'orientation, est une affaire « plus endogène qu'exogène », plus produite par l'institution qu'importée, alors que l'inégalité de traitement entre garçons et filles est « plus exogène qu'endogène ». C'est certainement vrai, les enseignants comme les chercheurs le confirment. Il n'empêche : l'école de la République, dans la manière dont elle traite et trie les jeunes Françaises, n'est pas « juste ».

Marie Duru-Bellat craint qu'on ne s'attendrisse trop, de façon condescendante, sur ces « pauvres filles écrasées par les préjugés ». « C'est vrai, dit-elle [2], que les conseils de classe poussent un garçon moyen et laissent filer une fille qui ne demande pas expressément la meilleure section. C'est vrai que les filles performantes ne sont pas encouragées à aller en S alors que les garçons, s'ils renâclent, on les engueule. C'est encore vrai qu'il n'y a qu'un peu plus de 20 % de filles dans les écoles d'ingénieurs, et 10 à 15 % dans les plus prestigieuses (Polytechnique, Mines, Ponts). J'ajouterai

1. Entretien avec l'auteur. Précisons que le HCEE est un organisme rattaché au Ministère, rassemblant des représentants de tous les acteurs (syndicats, parents, élus) ainsi que des experts français et étrangers, et totalement libre de conduire, de manière indépendante, ses recherches et investigations dont les résultats sont rendus publics.

2. Entretien avec l'auteur.

qu'il est vrai que les jeunes femmes, quand bien même elles entreraient à l'X, feraient du temps partiel et seraient moins bien payées. Je suis d'accord pour soutenir que cette discrète négligence ou cette moindre stimulation les prépare à faire passer au second plan leur carrière professionnelle – c'est un peu bourdieusien ringard mais on peut l'énoncer comme ça. Reste que les filles ont éventuellement leurs propres raisons de préférer devenir secrétaire à l'URSSAF plutôt que mécanicienne, de travailler peinardes dans un bureau plutôt que sur un échafaudage. Certaines études internationales montrent que l'orientation systématique vers le tertiaire les a protégées des grandes restructurations industrielles. J'aurais quand même envie que l'on considère l'hypothèse que les jeunes filles sont, peut-être, raisonnables. »

Peut-être. Peut-être est-il permis de relever combien l'école est écartelée entre des missions assez contradictoires : dégager une élite en flattant l'ambition des meilleurs et préparer les jeunes à endosser leurs futurs rôles sociaux. Reste que le voyageur, passant d'un établissement à l'autre comme je l'ai fait, est assez vite saisi d'un mélange de lassitude et de réprobation. Partout ce sont de véritables « quartiers réservés » qu'on découvre, des gynécées scolaires.

Dans les lycées généraux, on les aime, les filles de STT, elles sont gentilles, elles sont studieuses, elles sont fréquemment timides et discrètes. Bien sûr, elles sont là parce qu'elles n'étaient pas capables d'aller ailleurs, elles sont là par défaut. Mais elles sont charmantes, elles sont pleines de bonne volonté, des crèmes, des bonnes pâtes, on en redemanderait pour un peu. Certains professeurs en fin de carrière – et qui ont donc le « droit », vu leur ancienneté, de choisir le gratin – tiennent à souligner qu'ils ont conservé une ou deux classes tertiaires, parce que « ces élèves-là sont attachantes », et, incidemment, parce que « la charge de préparation et de correction n'est évidemment pas la même… ».

Dans les lycées professionnels, le ton est sensiblement différent. Le chef de travaux est fier de ses ateliers, de ses machines. Enthousiaste, et c'est sympathique, il ne vous épargne rien, le dernier coup de peinture, le système de sécurité, les vestiaires, le nouveau robot. Et puis, accompagnant le propos d'un geste vague, il dit : « Là-bas, c'est le tertiaire… » « Là-bas », il n'y a rien à voir, juste des salles de classe semblables à toutes les salles de classe, et des ordinateurs avec une unité centrale, un clavier, un écran et une souris. Circulons.

Quant aux filles qui sont stockées « là-bas », elles sont souvent moins délicieuses, moins timides, moins bonnes pâtes et surtout moins discrètes que leurs homologues de STT. Je les aime bien, moi, avec leurs piercings dans le nombril, leur maquillage incendiaire, leurs hauts de string furtifs, leurs chevelures longuement élaborées, et cette espèce d'arrogance des perdants dont elles usent et abusent. Elles gueulent, elles rigolent, elles fulminent. Pour la plupart, elles ne voudraient pas être ici, elles n'en ont rien à foutre du secrétariat, tailleur et talons qui claquent, elles se rêvent esthéticiennes, coiffeuses, puéricultrices, top-modèles ou « stylistes » (un mot qu'elles emploient sans en connaître le sens, qui évoque les clips de MTV et des chaînes *Fashion*, l'autre monde, l'autre rive).

En classe, je les observe : elles flottent, elles s'égarent. Tandis que le professeur s'acharne à leur inculquer de la méthode, elles happent et zappent tour à tour, elles lui accordent trois minutes d'attention puis se liment les ongles sous la table et feignent d'être présentes, l'œil vitreux. Et quand je leur demande, à la sortie, pourquoi elles ne saisissent pas la chance qui passe, elles sortent leurs mots comme gicle une lame : c'est trop tard, mon vieux, on est trop vieilles, mon vieux, la chance qui passe ne repassera plus, ici on fait semblant, vous avez compris, juste le temps réglementaire, juste le temps que le cahier de textes fasse semblant d'avoir tout rempli. Le « secrétariat » et le reste, elles savent pertinemment à quoi cela ressemblera pour elles plus tard puisque, déjà, elles le vivent : boulots d'appoint, le soir ou en fin de semaine, à la supérette. Pas toutes, mais la grande majorité.

Pardon à Marie Duru-Bellat dont je comprends et partage le souci de ne pas étaler la guimauve, de ne pas ajouter à la discrimination une compassion paternaliste qui serait, en matière de sexisme, la cerise sur le gâteau empoisonné. Après tout, le rôle dévolu aux garçons n'est pas si enviable[1]. Ne s'affirmer que dans la compétition, entretenir avec le système une relation conflictuelle et se retrouver en situation de perpétuel défi, est-ce réellement un privilège ? Il est permis d'en douter. Mais ce dont je ne doute pas, dont j'ai été le témoin critique, suivant l'échelle, du moins, de mes indignations (qui est graduée à l'aune de ma propre culture et de ma subjectivité), ne me paraît pas tolérable. Voilà vingt ans, je revenais de mes séjours en « LEP » avec le sentiment que l'enseignement professionnel court était sinistre et sinistré. Le niveau a monté, les lycées professionnels sont sans doute, aujourd'hui, le secteur qui a vécu la mutation la plus intéressante. Mais les filles, celles de BEP en tout cas, y sont des lycéennes de deuxième zone. « Le rebut du rebut », m'a dit l'une d'entre elles, sur le ton de l'évidence.

1. Cf. Nicole Mosconi (dir.), *Égalité des sexes en éducation et formation*, Paris, PUF, 1998.

Je n'ai jamais entendu les grandes pleureuses pathétiques qui s'inquiètent avec maints tremblements de la « dégringolade du niveau » s'alarmer un instant de la petite Toulousaine qui me tenait ce langage. Ce qui les préoccupe, c'est la confusion, courante paraît-il, même chez certains sujets de l'École alsacienne – excellente institution parisienne où les enfants de chefs apprennent à devenir chefs comme papa – entre Eschyle et Achille. Je leur suggère une excursion en deuxième zone. Un ticket de RER suffira.

La situation des 40 000 lycéennes qui ont été orientées vers les sections STT de l'enseignement général (elles sont moins de 3 000 sur le versant industriel) est relativement plus enviable et plus complexe. Les opinions, à ce propos, divergent. « Si l'on n'avait pas ouvert ce type de classes, les filles qui les fréquentent n'auraient jamais eu l'opportunité de se hisser jusqu'au bac, et pour quelques-unes, jusqu'à un BTS », dit Hélène Veinstein, professeure de sciences économiques à la périphérie de Rouen. « C'est une folie d'avoir créé ces sections dans des établissements qui n'ont pas de finalité professionnelle, rétorque le Lillois Fabien Rommel, qui exerce en LP. Ces filles-là, elles sont considérées comme les moins bonnes dans les lycées "bourgeois", elles vivent leur orientation comme un dernier choix, mais nous en voulons bien, nous autres. Chez nous, elles formeraient la tête de classe, elles tireraient nos élèves vers le haut. Ça n'a pas de sens de conserver des frontières aussi étanches entre l'enseignement général et l'enseignement professionnel. »

Les experts n'ont pas tranché sur l'éventuelle création d'un « lycée des métiers » où seraient rassemblées toutes les formations à visée explicitement professionnelle, et ils font valoir que les sections STT et STI ont désengorgé les établissements professionnels, leur ont donné de l'air et du confort. Mais sur l'extraordinaire envolée du tertiaire dans les lycées généraux, ils ont un avis très clair, et il n'est pas tendre : « A l'évidence, l'orientation vers cette voie est moins dictée par un choix des élèves que par des considérations qui laissent à penser que l'on confie implicitement à cette série, imprudemment implantée dans trois lycées sur quatre, la mission de servir d'appoint pour atteindre des objectifs quantitatifs [1]. » Un des piliers de l'administration centrale, connaisseur averti de toutes les ruses et ficelles, poursuit le raisonnement sans concession aucune à la langue de bois : « En clair, explique-t-il, on a fait du chiffre. On a fabriqué des bacheliers, ou plutôt des bachelières. Reste à savoir quelle est l'exacte utilité du bagage qu'elles ont chèrement acquis. »

Telle est l'ambiguïté de l'opération « 80 % ». Un élan véritable mené tambour battant [2], une adhésion des familles, un coup de collier fourni par les jeunes et par la Nation. Des résultats indéniables. Mais, aujourd'hui, une sorte de plafonnement. Et, au cœur de cette situation stationnaire, des décrochages, des injustices, des inégalités.

Claude Thélot, conseiller à la Cour des comptes, ex-patron de la Direction de l'évaluation et de la prospective, pionnier qui a éclairé beaucoup de ministres et n'en a pas agacé moins par son indépendance de jugement, dresse à l'emporte-pièce un bilan synthétique [3] : « L'objectif des 80 %, en tant qu'objectif quantifié, était une erreur. Il n'était pas absurde de définir un objectif

1. Avis n° 9 du HCEE, *op. cit.*, octobre 2003.

2. Selon l'expression de Stéphane Beaud et Michel Pialoux, *80 % au bac et après ? Les enfants de la démocratisation scolaire*, Paris, La Découverte, 2002.

3. Entretien avec l'auteur.

et de l'inscrire dans la loi, mais 80 %, c'était trop fort. Le diagnostic sur les besoins de l'économie était erroné : on a cru que les entreprises voudraient toutes embaucher à haut niveau et l'on s'aperçoit maintenant qu'elles veulent embaucher à tous les niveaux. Ensuite, on a concentré les énergies sur la formation initiale, sur le baccalauréat, et l'on a sous-estimé ce que pouvait apporter la formation continue. Enfin et surtout, si vous affichez 80 %, les 20 % restants sont privés de légitimité : on fabrique des perdants. »

80 % moins beaucoup de poussières, une galaxie de poussières… Il ne s'agit nullement, ici, de triturer la métaphore de la bouteille à moitié pleine ou à moitié vide. Il ne s'agit pas non plus d'emmener 100 % d'une classe d'âge au niveau du baccalauréat – la démagogie quantitative a montré ses limites. La question est de savoir comment le couronnement des uns pourrait ne pas se nourrir du déclassement des autres.

Un enseignant linguiste, Gilles Marnier, croisé à Roubaix, m'a proposé, là-dessus, une parabole empruntée à la télévision des grands soirs. Cinéphile passionné, bon connaisseur de Pabst et de Murnau notamment, on le consulte sur les programmes tardifs, sur les films en noir et blanc de derrière les fagots diffusés à l'heure où Schwarzenegger est parti se coucher. Et lui, l'érudit, le dévoreur de pellicule, étonne grandement ses collègues quand il leur recommande de ne pas rater *Star Academy* sur TF1 ou *A la recherche de la nouvelle star* sur M6. Ce n'est pas qu'il soit, à proprement parler, un *fan* de l'exercice. Mais il y voit, et il le proclame dans son lycée, une sorte de devoir professionnel.

« Ce n'est pas tant pour s'approprier la "culture jeune". Ça, je m'en méfie. La "culture jeune", c'est tout et n'importe quoi, le meilleur et le pire, des inventions verbales épatantes et puis les stéréotypes consternants des marques de chaussure ou de blouson. Non, je suggère à mes collègues, généralement navrés pour moi dont ils avaient une autre image, qu'il faut regarder *Pop-stars* et compagnie parce que c'est une bonne introduction à l'école. Ils arrivent par dizaines de milliers, les mômes, ils défilent devant le jury. Ils pleurent quand ils sont sélectionnés, et ils pleurent aussi quand ils ne le sont pas, quand "l'aventure s'arrête pour eux". Ils ont assez souvent du talent, en tout cas un talent. Et on élimine, on élimine, on élimine. On fait même de cette élimination une fête, un spectacle, un mélodrame. On garantit l'excellence de la sélection finale par les larmes de ceux qui sont rejetés. Ils jouent le jeu, les candidats. Pas seulement parce qu'ils rêvent de fortune et de gloire. Parce que c'est le jeu de la revanche. Regardez-les bien, ceux qui s'accrochent. Pour la plupart, ils affirment que c'est leur dernière chance, qu'ils ont tout manqué, que c'est ça ou le caniveau. "Tout manqué", ça veut dire manqué l'école et ce qui s'ensuit. Le succès de ces émissions chez les jeunes n'est pas uniquement celui d'un programme de variétés. La télé a inventé une instance d'appel après l'école, une parodie de l'école qui ne tolère, en finale, qu'un gagnant, ou trois ou quatre gagnants. Avec toutes les apparences, à l'entrée, que le jeu est ouvert, que chacun est libre de s'inscrire, que le jury n'a de préjugé contre personne, que la vie recommence. Moi qui suis prof, je dirais, pour parler comme à la télé, que ça m'interpelle quelque part… »

3

Grand écart

(la carte scolaire n'est pas la carte du Tendre)

Nous ne sommes pas en lointaine banlieue, nous sommes bel et bien en ville, une grande ville du Sud-Est, près de la gare. Les rues piétonnes, pavées comme il convient, alignent vitrine sur vitrine, de la fringue à foison, du parfum, des chaussures. Et puis c'est comme à Washington, Atlanta ou Chicago quand on change de *block*. Tourné le coin suivant, rideau, plus de pavé, plus de patchouli chinchilla, plus de lumières : des poubelles débordantes, des échoppes dépourvues d'enseigne, et ces espèces de bazars que j'aime, où tout s'emmêle, fausses Rolex, grattounettes à vaisselle, bouddhas en résine, sacs de plastique énormes, au dessin écossais, sacs géants complices des déménagements impromptus.

Paul Froment enseigne là, en lycée, depuis bien longtemps, presque trente années. Et ça lui plaît ou ça lui plaisait, il aime son « bahut » populaire. Fils d'ouvrier communiste, il a grandi à Périgueux, étudié les lettres à Aix, débuté près d'Auxerre. Il s'est pas mal baladé mais sa boussole a toujours pointé vers le Midi. En politique aussi, il avait une boussole. Le Parti communiste lui paraissait mou au printemps de 1968, mais les gauchistes lui paraissaient verbeux en 1974. Alors il est devenu compagnon de route, plus ou moins encarté suivant les saisons, plus ou moins « rénovateur » ou «dissident», et franchement dehors quand les Soviétiques ont entrepris de «libérer» l'Afghanistan. Mais porté à gauche, constamment, syndicaliste (au SNES) toujours, jusqu'à occuper des responsabilités départementales puis locales. Ça lui a plu, de tomber, au hasard de la fourchette jacobine, sur un lycée qui n'est pas cossu. On lui aurait proposé de déménager vers le centre du centre, vers les chasses gardées de l'élite, il aurait dit non. Par conviction, et aussi parce qu'il a (avait ?) le sentiment de partager avec ses collègues ce qu'il ne baptise guère une mission – il ne goûte pas les mots ronflants – mais quelque chose d'approchant.

Il n'entre nul dépit dans son récit posé. Pourtant, il reste sous le choc, Paul Froment, il se frotte encore les yeux, il se demande ce qu'il lui est arrivé, comment et pourquoi Émile-Zola, son cher lycée, a changé à ce point.

«C'était un établissement de centre-ville mais qui recrutait sur les quartiers modestes, des enfants d'ouvriers, de cheminots, un peu de petite classe moyenne, quelques immigrés. J'étais dans mon élément, j'avais de bons élèves, on sortait du même ventre, on parlait la même langue. L'ascenseur social montait sans grincer, comme il avait monté pour moi. Et puis ça s'est produit par paliers, il y a eu des effets de seuil. Pendant dix ans, mon univers est demeuré stable, je savais qui j'étais, ce que je faisais, où et pourquoi je le faisais. A la rentrée de 1992, je crois, les élèves avaient soudain changé. J'étais prof principal, j'accueillais les secondes, et ça m'a sauté aux yeux : des Maghrébins, des Africains aussi mais les Maghrébins l'emportaient fortement, très apparents. Cinq ou six ans plus tard, la dominante s'est assombrie : les Comoriens débarquaient en force.

«L'arrivée d'élèves d'origine étrangère ne nous posait

a priori que des problèmes techniques – certains maniaient la langue avec difficulté. Mais là n'était pas l'événement. L'événement, c'est que très vite, à partir du moment où ils ont été là, les autres, nos "habitués", ont disparu, littéralement disparu. Je ne sais pas exactement si leurs familles se sont elles-mêmes volatilisées ou si elles ont décidé de contourner le lycée Zola. Les deux, probablement. Ceux qui n'ont pas quitté le secteur ont adopté une stratégie d'évitement, ont misé sur la politique d'écrémage pratiquée par les deux meilleurs lycées de la ville qui, avec la complicité tacite de toutes les autorités académiques, trient leurs recrues comme s'ils étaient des boîtes privées, et aspirent ceux qui leur paraissent dignes d'étudier sous leurs frontons. En très peu de temps, j'ai perdu mes élèves habituels, j'ai perdu mes marques.

« Un autre *background* culturel s'est dessiné. Les capacités intellectuelles de ces jeunes ne sont pas moindres, mais les soucis formels se sont multipliés. Nous en avons discuté sérieusement, entre enseignants et avec notre encadrement. Nous n'avons pas attendu les petites nouveautés officielles pour former des projets pédagogiques. C'était une question de survie, il fallait s'adapter à ce public sans renoncer à nos exigences de qualité. Le niveau a bougé mais c'est plus complexe que ça, c'est un cliché trop sommaire. En écriture, en lecture, nous avons dû bousculer radicalement notre manière de fonctionner – certains collègues sont partis à la retraite avec un sentiment d'impuissance, de dépossession. D'autre part, le regard que ces élèves portent sur l'école est autre que celui de leurs prédécesseurs, et autre que le nôtre. Plus utilitaire, tantôt moins sage et tantôt éteint. Nous avons du mal à les cadrer parce que eux-mêmes ont du mal à se situer – j'ai, cette année, une terminale morne plaine, et une première STT où personne ne tient en place. Jusqu'à il y a deux ou trois ans, je dirai que j'ai conservé d'excellents élèves, suivant nos critères classiques. A présent, non – 12 devient une très bonne moyenne.

« Je mentirais en taisant que mon plaisir d'enseigner s'est émoussé, sans disparaître. On rabâche, on a l'impression, parfois, de parler pour les murs. Ils m'aiment bien, ces gosses, ils manquent de manières mais ça n'est pas un obstacle, ils entrent à l'école comme ils vont au salon pour regarder la télé, ils vous crachent le dernier truc qu'ils ont pêché sur Internet et paraissent très étonnés que vous ne soyez pas au courant. Et ils parlent haut et mal – certains jeunes collègues prennent ça pour une agression alors qu'ils parlent comme à la maison, ni plus bas ni plus fort. Ils ne sont pas *difficiles*, nous sommes un lycée, pas un collège, ils ont réussi à entrer en seconde. Les mêmes jeunes collègues, qui manquent d'éléments de comparaison, se figurent que Zola est un lycée casse-gueule, qu'ils n'ont pas eu de chance. Eux parleraient peut-être de violence, d'agitation, plus que je ne l'ai fait – c'est vrai qu'il y a plus d'agitation en STT ou en L qu'en ES ou en S, c'est l'effet guillotine, les élèves intériorisent leur discrédit. Mais je crois que, dans notre établissement, ils savent que nous n'avons envers eux aucun mépris – l'institution, c'est une autre affaire. Ils disent bonjour, ce lycée n'est pas tagué, et quand je vais en stage dans d'autres lieux, il me semble que ces beaux jeunes gens si blancs sont plus avachis que les nôtres qui ont conscience que nous les aidons. Ils ne sont pas difficiles de caractère, mais ils attendent tout de nous, au point que ça fait peur. Car les reçus au bac, ça n'est pas un sur deux et nous ne savons pas ce que deviennent ceux qui sont collés.

« Le système est vicié, on se sent plus ou moins coupable. Personnellement, je ne cède pas trop à cette culpabilité. Mais beaucoup de mes amis ou confrères vivent cela sur le mode du ressentiment, des passions tristes. Ils ne sont pas contents de la machine, d'eux-mêmes, des élèves. J'ai parfois entendu des propos à la limite du racisme venant de gens qui sont politiquement très corrects – et je ne jurerais pas en avoir été exempt. C'est le sentiment de vivre dans un monde qui nous échappe, les profs n'aiment pas que les choses leur échappent, ils se conçoivent dans la maîtrise et, par les temps qui courent, là où nous sommes, c'est mal engagé. Tout est approximatif, flottant, incertain. On nous propose un "grand débat". Je l'accepte, pour ma part, je suis moins corporatiste qu'autrefois, je me dis qu'il faut tout essayer, tout entendre, mais nous ne sommes pas nombreux. Le plus dur, dans ce métier, ce sont les temps gris qui ne sont pas tout à fait de l'échec mais qui nourrissent une vraie frustration.

«Les immigrés ne sont pas une nouveauté pour moi. Auparavant, j'avais des élèves arméniens, africains ou maghrébins. Des élèves médiocres ou formidables, comme tous les élèves. Je n'ai pas de problème avec ça. Je n'ai même pas de problème avec le fait que je ne peux plus escompter le même retour sur les efforts que je produis. Le travail est devenu plus complexe quels que soient les élèves, ça, je l'accepte, et c'est vrai de mille autres professions. Ma colère, ma révolte est ailleurs. Ma colère, c'est d'avoir assisté à la construction d'un ghetto. Et de voir que ça continue. On parle d'intégration. Mais d'intégration à quoi ? A cette société qui se fragmente ? On parle d'intégration sur toutes les ondes et sur tous les tons. Mais moi, chaque matin, je franchis le seuil du ghetto et j'ai honte. Pas de mes élèves, pas de mon travail : j'ai honte du ghetto dont je vois les murs monter.»

C'est la fortune du voyageur et sa consolation : on croise, au coin de la rue, par le jeu non pas du hasard mais de contacts qui rebondissent, qui s'entrelacent, des interlocuteurs tout en scrupules et en nuances, attentifs à choisir leurs mots avec intégrité. Je ne sais pas comment on qualifierait Paul Froment au tribunal, mais c'est ce que j'appellerais un bon témoin : il ne voyait pas notre conversation comme un exutoire, comme une occasion de déverser sa bile. Plutôt comme une perche à saisir pour interpeller ses concitoyens sans décibels inutiles, sans la bonne conscience un peu poisseuse du militant qui fait des pauvres son commerce ordinaire. Nous nous sommes retrouvés sur le pavé, côté vitrines, et, avant de me quitter, il m'a dit : « J'ai longtemps cru au combat du jour contre la nuit, j'ai cru sincèrement que la générosité était latéralisée, que la gauche était porteuse d'un projet plus solidaire que la droite. Je continue à lui garder mon vote, c'est ma famille, c'est mon histoire. Mais les alternances se sont succédé et rien, quand les ministères changeaient de main, n'a ralenti la construction du ghetto dont je parle. Simultanément, j'ai observé bien des membres de la gauche enseignante qui se ruaient vers les lycées d'élite, vers les postes à palmarès, et qui donnaient à tout un chacun des leçons d'éthique, le service public aux lèvres… »

Il n'était pas furieux. Il était perplexe. Comme un honnête homme entrevoyant un crime et se demandant qui appeler d'urgence.

A l'autre bout de la France, j'ai rencontré le « symétrique » de Paul Froment. Ce dernier est en fin de carrière, Amadou Diallo aurait pu être son élève : il a vingt-cinq ans, il enseigne depuis peu les sciences physiques à la périphérie d'Amiens, dans un collège de

ZEP. Paul Froment s'étonne que des ghettos soient apparus en France. Amadou Diallo s'en étonne également, mais lui, il est né dedans, parmi les immigrés – son père et sa mère sont venus du Sénégal au début des années 1970. Paul Froment est fils d'ouvrier et en porte vigoureusement l'héritage. Amadou Diallo, lui aussi, est fils d'ouvrier, mais son père faisait les trois-huit et il arrivait que l'enfant ne le croise guère pendant des semaines – « On se sent délaissé », dit-il. Paul Froment est blanc et agnostique. Amadou Diallo est noir et musulman. Paul Froment a des attaches politiques. Amadou Diallo n'en veut pas. Paul Froment s'en va et a l'impression que l'univers scolaire qu'il avait connu se délite. Amadou Diallo arrive, est carrément volontaire pour être là, et se juge bâtisseur. Tout les sépare sauf l'essentiel : ils affrontent des difficultés analogues et se réclament de la même République.

Cette cité-là se nomme « Les Chênes » ou « Les Peupliers », c'est toujours la même chose, et, de toute manière, les arbres y sont rares. Comme d'habitude, elle est construite sur un plateau, parallélépipèdes grisâtres rangés à l'équerre, couloirs venteux en guise de rues. Les commerces, l'épicerie journaux, la boucherie hallal, le Lavomatic, la pharmacie aux vitres renforcées sont blottis les uns contre les autres. Après, c'est une alternance d'immeubles et de parkings. Ici, les adresses sont littéraires – Baudelaire, Mallarmé, Diderot. Ç'aurait pu être Dufy, Matisse, Renoir ou bien Jaurès, Clemenceau, Gambetta, ça marche par série comme le jeu des sept familles. Un « square » grillagé pour les petits, avec trois bancs et deux panneaux de basket. Et le collège éclatant, blanc comme une mosquée, blanc comme un phare au cap Horn, plus blanc que blanc, pétant de blancheur dans le crachin d'automne. On s'y gare en sous-sol, après avoir montré patte blanche.

Amadou Diallo est né à trois cents mètres de là, rue Beaumarchais. Son premier poste, après le CAPES et l'IUFM, il l'a voulu en terrain connu. Pas seulement parce qu'il y avait ses habitudes. Pour le principe, aussi. Il a un truc, Amadou Diallo, une arme fatale. Passé la rentrée, il laisse les enfants s'installer. Il repère ceux qui, déjà, partent à la dérive et ne cherchent même pas une bouée pour s'accrocher. Il connaît d'avance leur discours, leur manière de se « mettre en fuite », comme disent les marins, dos à la vague, vent arrière, passif tel un bouchon ballotté. Leur discours est éternellement le même : moi, je suis du Plateau, tout ça ne sert à rien, quand on est du Plateau, c'est couru d'avance. Il ne bronche pas, il les laisse s'avancer en terrain découvert. Et il lâche, simplement :

– Moi aussi… Moi aussi, je suis du Plateau. Je suis de la rue Beaumarchais.

Ça marche à tous les coups, droit au but.

« La première chose que je leur dis, c'est "Regardez-moi, regardez qui je suis et d'où je viens, regardez-moi bien dans les yeux et osez me redire que, quand on est du Plateau, l'école, ça ne sert à rien". Un élève qui veut réussir, les autres se moquent de lui, le traitent d'intello. Eh bien je lui explique, à cet élève, que ceux qui se moquent de lui sont perturbés par sa volonté de réussite, qu'ils sont jaloux ou paresseux, qu'ils voudraient le ramener vers eux, vers le bas. Et que je suis, moi, la preuve vivante qu'il ne faut pas céder à ça. Non que je me prenne pour Einstein. Justement, elle n'était pas gagnée d'avance, mon affaire. J'ai commencé par être un élève très moyen. En sixième-cinquième, c'était juste juste, j'accumulais les fautes d'orthographe. Je suis sûr que mes profs ont hésité à m'expédier en seconde. Et là, j'étais encore au ras des pâquerettes, médiocre. Et puis en première, c'est parti, j'ai décollé comme une fusée. Plus tard, à la fac, après mon DEUG de sciences de la matière et ma licence de physique, j'ai été tenté par une carrière d'architecte ou d'ingénieur. Mais je pensais à ma prof de physique, en terminale. Elle m'a fait confiance et elle m'a donné confiance. Quand je la voyais faire cours, je me voyais à sa place. Et j'y suis. Je raconte ça aux élèves, je leur dis que, moi le premier, je ne me suis pas révélé d'un coup, qu'il faut essayer. Et je n'oublie pas non plus, pendant les conseils de classe, que le dossier sur lequel nous hésitons, le dossier du garçon qui n'a pas encore "fait ses preuves" selon la formule consacrée, c'est peut-être celui de l'élève que j'étais.»

Quand il évoque son passé, son itinéraire, son travail actuel, Amadou Diallo parle carré, sans émotion apparente ni aucun trémolo, mais avec une conviction impressionnante. La tranche de sa main scande le propos en heurtant la table.

«Ils sont plus durs, les gosses. Plus durs que nous l'étions. Il y a trois ans, quelques-uns ont amené des œufs pour les balancer sur un prof. Même si un enseignant s'était très mal comporté avec nous, nous n'aurions jamais imaginé une chose pareille. Certains sont excellents, adorables. Mais la proportion de ceux qui manquent de respect envers le professeur tend à augmenter. Il faut savoir décrypter cela. Il faut aussi ne pas confondre l'essentiel et l'accessoire, ne pas s'arrêter aux signes superficiels. Quand les élèves, entre eux, se traitent de bâtard, c'est une insulte grave, mais c'est aussi un mot dont ils ignorent le sens. Il n'y a pas de quoi faire l'ouverture du journal de vingt heures. Ce sont des petits, on les tient comprimés en classe, et à la sortie, ils hurlent pour se défouler dans la cour, comme tous les petits. Le problème de fond n'est pas celui-là, c'est le manque de modèles. Si les parents ne sont pas investis, ou ne sont pas présents, l'élève va retourner contre lui-même tous ses échecs, il va se persuader qu'il est nul (et on va le lui dire, à l'occasion), il sera dévalorisé par l'institution et, en plus, il va s'autodévaloriser, il ne va pas utiliser ses mauvais résultats comme des indicateurs qui lui montrent où il doit concentrer ses efforts, mais comme de la pure souffrance, une souffrance qui ne produit rien, qui ne sert à rien qu'à faire mal. Alors, surtout si c'est un garçon, il va chercher des modèles de remplacement à l'extérieur, il va les trouver, et il va "mal tourner", comme on dit.

« On essaie d'intervenir avant qu'il en soit là, pour autant qu'on le puisse. Si un élève ne travaille pas pour faire plaisir à ses parents, s'il n'est pas tiré par cette ambition collective, on essaie de le persuader qu'il peut travailler pour se faire plaisir à lui-même, pour son propre plaisir, pour sa réussite à lui. En ce qui me concerne, j'ai du plaisir à faire ça : quand l'heure passe vite, je suis heureux. Et dans le cas contraire, je me mets en question, je mets ma pédagogie en question. La facilité, le laisser-aller, c'est de cracher sur les élèves. Il faut leur donner du positif ; le négatif, ça n'est pas ça qui leur manque. C'est dur de voir des enfants qui désespèrent de comprendre, surtout dans des matières comme la mienne où il faut construire brique par brique. C'est difficile d'assurer le suivi. En primaire, les gosses ont un seul prof, ou deux. Mais au collège, tout est éclaté. Et, en plus, dans les collèges comme celui-ci, 50 % des profs s'en vont chaque année, les méthodes se suivent et ne se ressemblent pas. C'est à l'élève de s'adapter, et il a la tête qui tourne, l'élève de ZEP. Il ne faut pas se voiler la face. Certains profs, une minorité, ne sont ici que pour se faire un capital de points et rentrer vite au chaud – les élèves, ils s'en foutent et, en plus, ils leur demandent d'être calmes et disciplinés. J'espère qu'être prof, ça n'est pas ça.

« Quand nous faisons un cours avec vingt-quatre élèves en face de nous, nous essayons vraiment de travailler pour les vingt-quatre. Mais c'est plus facile à dire qu'autre chose. On ne peut pas faire en même temps deux ou trois cours, un pour la tête, un pour le corps, un pour la queue. Moi, je fais cours à tout le monde, j'explique, je réexplique. Les élèves, je leur dis : "Si vous ne comprenez pas, levez la main, il n'existe pas de question idiote, ne sortez pas de la classe avant d'avoir compris, le prof il est payé pour ça." S'il faut répéter cinquante fois, je répète cinquante fois. Parce que je sais que ne pas comprendre, ça n'est pas seulement un "trou", un petit accroc dans le programme : c'est un handicap qui grossit, qui s'accumule. Je sais que, pour l'élève qui est largué, ça devient de plus en plus difficile de lever la main – pas au regard du professeur mais au regard des autres élèves. On lui tend la perche mais il hésite à la saisir. En réalité, il faut reconnaître qu'on n'y arrive pas, ou exceptionnellement. Aux conseils de classe, on s'aperçoit que, sur vingt-quatre, on en a une dizaine dont la moyenne est en dessous de 8. Si on arrivait à travailler en petits groupes de profs, on serait plus disponibles. Mais ça reste épisodique. Le bien-être de l'élève devrait passer avant notre bien-être. L'enseignement, ça n'est pas pour nous, c'est pour eux. »

Tandis qu'il parle, Amadou Diallo reste immobile, un bloc, les épaules larges, le regard droit, ramassé sur lui-même. Il possède le sens de l'équilibre, celui de la formule aussi – « Il ne faut pas être faux avec les élèves, il ne faut pas faire le méchant ni le gentil, il faut être soi-même et puis ça passe ou ça casse… » Pendant que nous conversons, dans une sorte de cabine vitrée donnant sur le hall de l'établissement, les enfants qui n'ont pas cours sont intrigués par le spectacle que nous offrons, s'approchent, jettent un coup d'œil à mon magnétophone, à leur professeur qui semble lancé comme une locomotive et qui ne les voit pas. La sonnerie nous interrompt. Les sonneries, dans les collèges d'aujourd'hui, du moins dans les collèges flambant neufs, ne ressemblent en rien aux grelots de ma prime jeunesse. Cela se situe à mi-chemin entre le branle-bas sur un porte-avions dans les films patriotiques américains et l'alerte au QG des Canadair, à Marignane, par temps très sec et mistral gagnant. Un coup de stress programmé rappelant à tous et à chacun que le mot travail vient du bas latin *tripalium* désignant un instrument de torture. Mon interlocuteur se lève. Et se rassoit aussi sec, comme un homme qui va livrer l'endroit où il a enterré son trésor : « L'ascenseur social, c'est oui. Le service public, c'est oui, j'en fais partie. Les parents nous confient leurs enfants. Si l'élève ne s'accroche pas à l'école, à quoi il s'accrochera ? Mais moi je dis qu'on n'est pas là seulement pour qu'ils aient un métier au bout. S'instruire, c'est magnifique. » Il s'est relevé. Et, frappant la table du poing, il répète, accentuant le dernier terme : « L'école, c'est *bien*, l'école, c'est *bien*… »

Il me rajeunit, Amadou Diallo. Il me rappelle mes propres maîtres, du moins les meilleurs car il en fut d'autres. Il me rappelle Édouard Prigent, professeur de lettres classiques, au lycée de Saint-Brieuc. Petit, râblé, incroyablement érudit, grand pédagogue. Son père était sabotier, sa mère était illettrée mais conteuse (en langue du pays gallo). Il avait passé l'agrégation parce qu'il jugeait que ses collègues le regardaient de haut et se moquaient de son accent. Il corrigeait les copies sans complaisance, mais l'appréciation générale, quelle que fût la note, commençait par « Des qualités ». Et quand il interrogeait quelqu'un, il lui disait : « Prenez le texte, *si vous voulez…* » Voilà vingt ans – il est mort depuis –, préparant mon autre livre, j'étais allé lui demander pourquoi, selon lui, il laissait chez ses élèves une trace aussi forte. « C'est la timidité qui m'a sauvé, avait-il répondu. Je n'ai pas donné un seul cours, de toute ma vie, sans éprouver, avant d'entrer en classe, un vrai trac. Pas le trac du comédien, de l'homme de scène, de celui qui a peur de ne pas être applaudi. Un trac plus élémentaire, le souci de bien faire, et la simple appréhension de me trouver debout devant d'autres, et de parler. Les élèves le sentaient, ils étaient étonnés qu'un professeur bien installé continue d'éprouver des émotions pareilles, et je pense qu'ils venaient à mon secours[1]. »

Édouard Prigent situait au cœur de sa pratique une intention politique et sociale. Non dans le discours – l'obligation de réserve laïque, obligation respectée comme impératif catégorique entre tous, excluait la moindre allusion partisane en classe, et si influence il y avait, elle consistait à éveiller l'esprit, pas à rallier des suffrages. Mais dans l'absolue conviction que le métier de professeur, l'acte d'enseigner participe au bien de tous et à l'élévation du peuple en particulier.

J'ai retrouvé cette même inspiration chez Paul Froment dans son lycée populaire. Il me faut toutefois souligner combien le propos m'a semblé rare, ces derniers temps. Parmi mes interviewés, les (jeunes) retraités que j'avais croisés en activité voilà deux décennies ont abondamment évoqué la notion de service public, ou celle d'ascenseur social. Chez leurs successeurs, j'ai été frappé de constater que cela ne venait guère spontanément, en règle générale. Pressés par mes questions, ils

1. Propos recueillis en 1983.

se sont déclarés conscients des enjeux de l'orientation, soucieux d'agir avec scrupule. Mais la tripe n'y était pas de la même manière. J'ai plus entendu un discours « politiquement correct », l'expression d'une consigne à observer, d'une tâche à remplir avec application et scrupule, que l'enracinement dans une histoire personnelle, dans un cheminement culturel, dans une identité partagée. « Mon professeur d'anglais m'a donné le goût de cette discipline... » « J'ai aimé être élève et cela m'a incité à devenir professeur... » Voilà des phrases qui sont souvent revenues. Mais la « vocation », franchement non. Et la « mission », encore moins.

Il y a vingt ans, la vocation n'était déjà guère flambante – elle pointait, ici et là, mais de manière discontinue : dans l'ensemble, nos interlocuteurs avaient plus suivi une logique universitaire, le choix de l'histoire et de la géographie par exemple, qu'un appel impérieux. La mission, en revanche, restait d'actualité. La génération que nous interrogions, Patrick Rotman et moi, était née de la guerre, modelée par les années de reconstruction, et à la fois bénéficiaire et actrice du grand sursaut démocratique en cours (quoique déçue de ses résultats inégaux). Les syndicats de droite, les syndicats dont l'ambition se résumait à la promotion des meilleurs, étaient, dans le milieu, nettement marginalisés. L'idée que l'école devrait ou aurait dû s'attaquer aux injustices sociales et s'adapter réellement aux différences de potentiel des enfants demeurait la *vulgate*, quand bien même la machine administrative, les rigidités institutionnelles et les corporatismes en tous genres contredisaient les assouplissements ou mutations requis.

Nous n'en sommes plus là, loin s'en faut. D'abord parce que la population française majoritaire – pour écrire vite – s'est transformée en une très vaste classe moyenne, et que les enseignants du second degré recrutés pendant ces vingt dernières années sont les éminents représentants de cette dernière, les bons et sages éléments qui ont suivi les rails, de l'école à l'école. Le plus grand nombre, contrairement à ses devanciers, ne vit pas son option professionnelle comme une promotion effective et symbolique, mais comme un choix raisonnable en phase avec sa position sociale médiane. Une orientation harmonieuse et pondérée, les avantages de la fonction publique, le plaisir de continuer intellectuellement sur sa lancée, sans heurt et sans risque.

Ensuite parce que le mythe et les réalités de l'école républicaine ont fortement dérivé. Il y a vingt ans, on faisait comme si cette école était une et indivisible ou l'on feignait d'y croire encore – les ultimes batailles contre l'enseignement privé l'illustrent bien. Même à l'intérieur du système, même dans le discours syndical. Hors les murs, il était annoncé aux parents qu'il serait nécessaire et suffisant d'inscrire leurs enfants dans l'établissement du secteur où ils habitaient pour que cet enfant bénéficie de toutes les prestations susceptibles d'assurer sa réussite, s'il fournissait l'effort demandé et s'il était digne de celui qu'on fournissait à son service. En interne, le ton était plus nuancé, on concédait que Lakanal et Villepinte, ça n'était pas exactement le même monde, mais on promettait du changement, des thérapies correctives, par la réforme décrétée ou par un mouvement généreux du « terrain ».

C'est fini. Des Paul Froment, des Amadou Diallo, des héritiers de l'âge des boursiers, j'en ai rencontré. Mais pas n'importe où – sauf exception. Peu dans les établissements moyens où la classe moyenne expédie ses rejetons. Guère dans les établissements d'excellence où le haut de la classe moyenne et le gros des couches supérieures entendent obtenir une prestation hors pair – et menacent, si celle-ci tarde à venir, de se tourner vers la concurrence, vers le privé. Mais en proportion notable dans les collèges et les lycées de ZEP (ou équivalents, car le découpage des zones est plus ou moins pertinent, et l'on oublie fréquemment que ce qu'il reste des campagnes pauvres est également sinistré). Et encore dans les lycées professionnels. Là, j'ai trouvé des gens, pas tous, mais ce ne fut jamais tous, nulle part, qui ont, d'eux-mêmes, exprimé une intention vigilante de tirer leurs élèves à la force des poignets, pas (seulement) pour décrocher des médailles, améliorer la statistique, prouver qu'à Jacques-Prévert, Louise-Michel ou Jean-Moulin, de la graine de mention est en train de germer. Pas d'abord pour le palmarès, mais pour que le niveau social monte quand bien même, au-dehors, tout indique qu'il se porte mal.

L'école « réparatrice » n'a pas sombré corps et biens. Elle s'est repliée à la marge, comme ceux qu'elle héberge. Le langage dominant des chefs d'établissement, tel que je l'ai perçu et tel que je le résume ici à gros traits, est révélateur. Dans les lycées d'excellence, ils parlent beaucoup de la « réputation » de leur maison, de son image, de son prestige. Dans les lycées ou collèges moyens, ils souhaitent ne pas faire de bruit, ne pas être l'objet de commentaires ou de réclamations, et déplorent, en aparté, que leurs clients et leur corps professoral ne soient pas plus désireux d'aller titiller les chevilles des « grands ». Ailleurs, c'est selon. C'est fonction des personnages, des histoires. Mais les figures les plus marquantes que j'ai entrevues sont souvent de ce côté-là. Il est des principaux pâlots dont le souci premier, quand un conflit éclate, est de réunir le conseil de discipline en croyant éradiquer la cause parce qu'on transfère l'effet. Mais il en est d'autres qui s'accrochent, qui résistent, qui négocient de tous bords, qui font du porte-à-porte afin que les familles s'impliquent dans la vie scolaire et qui y parviennent. Ceux-là sont les « hussards » d'aujourd'hui.

Ils ne touchent guère les dividendes de leurs combats. La source et la destination de l'énergie qu'ils dépensent, la racine et la gratification de leur vitalité, c'est l'intime conviction. La seule chose qu'ils ne tolèrent pas, qui les met en rage, c'est la compassion à distance. « Que les brillants esprits qui s'inquiètent tant pour nous et qui parlent à notre place aient la décence de se taire, dit Alice Vandeleure, principale aux environs de Rouen. Ou alors qu'ils y viennent, nous les accueillerons volontiers. Je supporte les difficultés que j'affronte chaque jour. Je supporte la vente de battes de base-ball en promo chez Décathlon. Je supporte les causeries savantes sur la nécessité de transmettre "les fondamentaux" – comme si nous nous préoccupions d'autre chose, par ici. Je supporte les ministres qui déclarent, en arrivant, que l'illettrisme est intolérable, et qui le tolèrent si bien qu'à leur départ, il est toujours au même point. Je supporte tout ça. Mais je ne supporte pas qu'on pleure en mon nom. Ne faites pas la quête pour moi, je m'en charge, c'est un travail de professionnel et ça rend assez bien. Demandez-vous plutôt pourquoi nous avons laissé se créer, dans la France libre, égale, et fraternelle, des sites, des espaces, des enclos où sont enfermés les bannis de l'intérieur. Le lamento, c'est stérile. C'est de l'hypocrisie en barre. Un peu comme les déclarations picaresques de certains profs qui feignent d'arriver tout feu tout flamme ("Je pars en mission, je vais leur apprendre à lire et à écrire"), et qui, au bout de trois ans, décident d'aller revoir leur chère Bretagne, ou leur chère Aquitaine, ou leur chère Côte d'Azur. Pas de pitié, s'il vous plaît, pour ceux qui restent… »

Il suffit, si l'on souhaite comprendre Mme Vandeleure, de s'installer, une pleine matinée, dans le bureau des conseillers d'éducation d'un collège remuant. Me voici, tout un mardi matin, hébergé, à l'est de Paris, par Michèle Galant, conseillère principale. Elle a choisi cette voie depuis une douzaine d'années, elle déclare qu'elle ne fera peut-être pas ça toute sa vie mais « qu'il lui faudra toujours quelque chose de spécial ». Ses deux adjoints et elle ont en charge 700 élèves, qu'ils se répartissent en trois cohortes. Depuis l'époque des surveillants généraux qui étaient au lycée napoléonien ce que l'adjudant-chef était à l'armée d'Alfred Jarry, un sacré parcours a été accompli. Mais mon interlocutrice, comme beaucoup de ceux qui ont quitté l'enseignement disciplinaire pour l'encadrement des adolescents, juge que ses confrères n'en ont cure. « Aux yeux des profs, ironise-t-elle, nous faisons un boulot qui n'existe pas, nous faisons de la garderie, nous assistons les concierges, nous distribuons le sparadrap quand l'infirmière est ailleurs. Rien de magistral, donc rien de sérieux... » C'est dit sans amertume et sans espoir.

Pour l'heure, il s'agit de vérifier les absences. Celles des élèves et celles des professeurs. Les professeurs, il en manque trois, une contractuelle de SVT (sciences de la vie et de la terre) qui a une bonne heure de transport pour venir jusqu'ici, impossible de savoir si elle a manqué le bus ou si le bus l'a trahie, un germaniste désinvolte, en fin de carrière, qui se présente quand il a le temps, et une historienne dont les rapports conflictuels avec ses ouailles atteignent un tel degré de tension qu'elle sèche un jour sur trois, déprimée et paniquée. Quant aux élèves, un retard maximal de dix à quinze minutes est toléré, sous réserve qu'il soit justifié. Ensuite, on appelle les familles au téléphone – Michèle

Galant, essayant de joindre les parents d'un garçon, réveille ce dernier. Il dormait, les parents sont ailleurs.

Une fille surgit, hors délais et hors d'haleine. Elle n'a pas d'excuse, et affirme avoir oublié chez elle son carnet de liaison. La CPE ne transige pas plus sur ce dernier que sur les absences ou les retards. Elle suggère à l'intéressée de retourner le chercher en vitesse, puisque sa tour n'est qu'à cinq minutes. La fille se dandine d'un pied sur l'autre, semble dissimuler on ne sait quel secret. « File ! » ordonne Michèle Galant. L'élève se décide enfin. Ses parents, ses quatre frères et sœurs et elle habitent au treizième étage. Les locataires de l'immeuble ne sont pas à jour de leurs charges. Le syndic a coupé l'ascenseur. Grimper (et descendre), c'est toute une affaire, c'est long. Elle est en retard parce que sa mère, qui a deux petits, ne peut plus monter ses courses elle-même, il fallait bien l'aider…

La ponctualité et l'assiduité sont des enjeux majeurs. J'apprends que les professionnels utilisent, pour désigner les élèves qui lâchent prise, qui s'absentent de plus en plus jusqu'à disparaître, un mot parfaitement explicite : les décrocheurs. « Chez nous, explique Michèle Galant, c'est vraiment peu de monde. Quatre ou cinq au bord de plonger, qu'on arrive à repêcher. Et puis un cas désespéré en troisième. A cela j'ajouterai une trentaine de gosses que nous surveillons de très près, qui nous donnent beaucoup de travail. Ceux-là, nous sommes particulièrement attentifs à leur carnet de liaison, nous ne laissons absolument rien passer. Je leur dis que ce carnet de liaison, c'est la même chose que, pour moi, la carte Orange. Encore faut-il qu'il y ait du répondant à l'autre bout. D'année en année, nous observons l'appauvrissement des familles, surtout africaines. Certaines sont complètement déstructurées. Pas de cadre de vie apparemment régulier, pas d'heures de repas établies, l'enfant se débrouille. L'immigration maghrébine, on s'y repère très bien – même chez les familles monoparentales, qui sont nombreuses : les femmes travaillent, passent leur permis, les mentalités changent en conséquence. Mais quand on convoque les Africains, quand on dit à un gamin de nous envoyer ses parents, on reçoit la visite "des mamans", deux femmes souriantes et inquiètes, ignorantes de ce qu'est un collège, du fait que leur enfant doit posséder un cartable, couvrir ses livres… Les paraboles numériques ne sont pas une fenêtre sur le monde. Pas ici, en tout cas. C'est le contraire qui se produit. Chaque groupe, dans son immeuble, se replie sur ses codes, s'enferme. »

Immobile, sans même une feuille et un crayon, je m'instruis. Il suffit de regarder, d'écouter. Mes hôtes en ont assez des clichés sur « la banlieue ». D'autant que, comme tous les photomontages, ces clichés assemblent des miettes, des éclats de vérité. Les tournantes, c'est vrai. Les violences familiales, c'est vrai. Les incivilités, et de plus en plus tôt, c'est vrai. Le territoire quadrillé par les garçons, le racisme interethnique, c'est encore vrai. Et puis les morts, l'abondance incroyable des décès, des maladies, des invalidités. Tout cela m'est confirmé de la façon la plus catégorique. Mais en même temps, ils proclament qu'ils « souffrent de l'image de la banlieue », que l'information répandue au sujet de cette dernière affiche toujours le paroxysme de chaque problème. Et cela, ce n'est pas vrai. Les problèmes, en temps ordinaire, sont maîtrisés, on compose, on anticipe. Les Walkman et les téléphones portables sont interdits au sein de l'établissement, les manquements à la courtoisie, les accrochages sont immédiatement relevés, analysés, sanctionnés. On y vit, en banlieue, on y enseigne et on y étudie, c'est l'essentiel des jours. Le message m'est adressé avec la dernière énergie.

Et les crises ? « Les affaires sérieuses nous arrivent par vagues, dit Michèle Galant. Une histoire de garçons et de filles, une histoire de familles, une histoire de cités, et finalement ça devient l'histoire du collège, ça déferle sur nous. Les flics, on travaillait plus avec eux autrefois qu'aujourd'hui. Il leur arrive de débarquer au collège en plein cours de maths, un peu comme les services sociaux qui viennent ici chercher un gosse pour le placer, ou comme les pères divorcés qui s'adressent à nous pour rencontrer leur enfant. Le collège, on sait toujours où le trouver, c'est à la fois notre honneur et notre fardeau. »

Indissociables. Or le cercle paraît vicieux. L'« effet ghetto » est accentué par l'appellation ZEP. Mais on se bat pour la décrocher, cette appellation qui procure des heures, des points, des bonus. Depuis qu'un redécoupage a été ordonné, en 1998, le territoire concerné s'est accru de 40 %. Sur vingt ans, le nombre d'élèves inscrits en ZEP a doublé. Pression des élus locaux, pression des syndicats pour obtenir des subsides, des allégements et des primes. Il n'est pas sûr que la banalisation de l'étiquette garantisse une concentration ciblée des efforts financiers et pédagogiques sur les urgences les plus saignantes. Les recteurs hésitent à monter au créneau comme l'a fait courageusement Philippe Joutard, quand il eut en charge l'académie de Toulouse – 10 % des collégiens étaient scolarisés en ZEP, l'an 1984 ; dix années plus tard, c'étaient 6 %, et un peu moins cinq ans après. Avait-on baissé la garde, amoindri le niveau de vigilance ? Au contraire : on avait arrêté la politique du saupoudrage pour traiter, en urgence absolue, les cas les plus lourds. Philippe Joutard a été remercié lors du changement de gouvernement suivant. Le saupoudrage demeure la pratique ordinaire. Et les ghettos subsistent, un peu partout.

Faut-il voir dans cette situation la seule conséquence d'un urbanisme féroce, d'une politique de la ville cyniquement hostile à la mixité sociale, dont l'école hériterait purement et simplement, bien malgré elle ? On est tenté de signer des deux mains tant l'évidence saute aux yeux. Pourtant, il faut affiner l'analyse.

Un chercheur, Georges Felouzis, professeur à l'université de Bordeaux-II, a conduit, avec son équipe, une enquête hétérodoxe et très éclairante[1]. Dans une académie qui scolarise relativement peu d'élèves de nationalité étrangère (3,1 % alors que la moyenne, en France, se situe à 5,1 %), il a observé, sur l'année scolaire 2000-2001, la répartition des 144 000 jeunes inscrits au collège[2], en essayant de déterminer comment l'« ethnicité » de chacun pèse sur cette dernière. Le concept est intéressant et dérange. En principe, tous les adolescents français, qu'ils soient ou non issus de l'immigration, ne sont en rien différents des autres, et le lieu de naissance de leurs parents est inconnu de l'Éducation nationale – pour d'excellentes raisons, il n'existe nul fichier séparant les Français « de souche » des autres Français. Georges Felouzis a eu l'idée de recenser les prénoms de ces jeunes, qu'ils possèdent ou non la nationalité française, et, grâce à ce « marqueur », de vérifier ce qu'il advient des élèves dont l'origine est étrangère, notamment maghrébine, africaine, ou turque. Il s'en justifie, anticipant les objections des statisticiens pour

1. *La Polarisation sociale et ethnique des collèges dans l'académie de Bordeaux*, avec Françoise Liot et Joëlle Perroton. Les conclusions ont été publiées par la *Revue française de sociologie*, septembre 2003.

2. L'échantillon comporte 333 établissements publics mais aussi privés, répartis dans cinq départements (Dordogne, Gironde, Lot-et-Garonne, Landes, Pyrénées-Atlantiques).

qui le « modèle républicain » ne connaît pas de nuance ni d'exception : « Comme une signature au mariage a pu constituer une mesure du degré d'alphabétisation des Français de l'époque moderne au XXe siècle, le prénom des élèves donne une bonne approximation de leur origine culturelle. »

Les résultats sont éloquents. Dans certains collèges, près d'un élève sur deux a un prénom qui indique une origine étrangère. Cela ne serait nullement dommageable si 40 % des jeunes gens dont le prénom montre qu'ils (ou leurs parents) viennent du Maghreb, d'Afrique ou de Turquie, n'étaient pas concentrés dans 10 % des établissements. Et si un quart des collèges de l'académie, eux, n'inscrivaient, chacun, moins de 1 % de ces mêmes élèves. Conclusion de Georges Felouzis : « L'origine culturelle est donc un puissant facteur de différenciation des collèges, même si l'on ne peut préjuger des conséquences scolaires de cette situation. » Malheureusement, la suite établit la corrélation redoutée : les établissements les plus « ségrégués » d'un point de vue ethnique le sont aussi socialement et scolairement. Les enfants de milieux « très favorisés » et « favorisés » y sont rares ; quant aux autres, « le cumul des inégalités montre une mise à l'écart de ces élèves dans un contexte social et scolaire très défavorable ». Au sein des collèges « ségrégués », la moitié des élèves provient de familles pauvres, plus de 35 % accusent un retard d'un an, et 11 % de deux ans et plus (la moyenne indique, respectivement, 26 et 6 %). Bref, tous les handicaps se conjuguent, s'accumulent, les taux de réussite au brevet et de passage en seconde générale chutent.

Les fondements universalistes de la République ne résistent pas à l'observation des faits. Et les commentateurs spécialisés ont souligné avec raison combien ce travail touche juste, vise « un des sujets les plus tabous de l'école républicaine[1] ». Comment ne pas rapprocher l'enquête conduite par Georges Felouzis de ce cri du cœur d'une jeune enseignante nommée en ZEP : « J'ai le sentiment que le système dans lequel nous nous trouvons fabrique des bombes à retardement... Certains professeurs du secondaire se plaignent de l'hétérogénéité des classes. Ici, c'est l'inverse : nous n'en pouvons plus de l'homogénéité ! Nous, c'est 100 % de pauvres, 95 % d'immigrés, 0 % de cadres supérieurs, 0 % de cadres moyens, professions libérales, enseignants, commerçants et artisans[2]... » ?

Quelles sont les causes de fissures à ce point profondes, violentes ? La répartition inégale des familles dans les quartiers, répond Georges Felouzis. Cela s'observe à l'œil nu. Mais, d'accord là-dessus avec tous les experts, il met en avant une autre raison, tout aussi déterminante : le comportement des parents d'élèves, le « contournement » de la carte scolaire. Cette carte, élaborée à l'échelon rectoral, définit des secteurs censés, justement, garantir une certaine mixité sociale et répartir aussi équitablement que souhaitable la population scolaire et les moyens qui lui sont alloués. On peut douter que la politique, en la matière, soit fortement volontariste. Mais l'on ne peut certes pas douter qu'utilisant mille ruses, les parents « avertis » aient fait le choix de laisser l'idéal républicain au vestiaire et d'écarter leur progéniture des « classes dangereuses ». Une sorte d'hypocrisie mi-officieuse mi-officielle fonctionne à plein. En principe, nul ne saurait déroger à la règle et ce discours continue d'être tenu aux parents qui

1. Luc Bronner et Philippe Bernard, in *Le Monde*, 9 septembre 2003.

2. Recueilli par Luc Cédelle, *Le Monde de l'éducation*, avril 2003.

s'adressent à l'inspection académique. En pratique, moyennant des acrobaties plus ou moins complexes, ceux qui détiennent l'information refusent le menu et optent pour la carte. Reste que l'accès à l'information et la possibilité de choisir à la carte ne sont pas égaux pour tous, et là, l'institution a sa part d'évidente responsabilité, ne se contente pas de reproduire ou de subir.

Il y a vingt ans, Yvon Robert, quand j'ai fait sa connaissance, était à la tête de la Direction des personnels enseignants, la légendaire « DPE », au Ministère. Un poste « fou ». A l'époque, l'intégralité des nominations et des gestions de carrières était assurée depuis Paris, et le numéro un de l'« Armée rouge » – il le fut entre 1983 et 1987 –, c'était lui. Je le retrouve, rue de Grenelle, doyen (une autre manière de dire chef ou patron) de l'Inspection générale de l'Administration, poste « sage » car on y est « à la disposition » du ministre plutôt que « sous l'autorité » de ce dernier, et libre d'émettre tous les avis qu'on voudra, ces avis contribuant à la décision politique ou s'empilant dans un placard, suivant la volonté du prince. Un statut en or pour qui veut penser sans contrainte. C'est le cas. Entre mes deux livres, Yvon Robert a conseillé Michel Rocard ou Laurent Fabius sur les questions scolaires, et a, l'espace d'un mandat, été le maire (socialiste) de Rouen. Adoptant un parcours atypique, il déteste les euphémismes. Et le prouve, une fois de plus.

« Sur l'école, explique-t-il, on peut tout dire et tout écrire avec exemples à l'appui. Mais depuis vingt ans, à côté de progrès indéniables, sauf quand on bascule dans la polémique jusqu'à publier des livres du style

Ignare Academy[1] qui n'ont pas d'importance intellectuelle mais qui accentuent un réel dégât social, une chose est avérée. Fondamentalement, la classe moyenne – pour ne pas parler des couches supérieures – où le père et la mère travaillent, où les recompositions familiales se passent assez bien, et où l'on vote plutôt à gauche, est massivement et brutalement ségrégative au profit de ses enfants. Il n'est pas une famille qui ne s'interroge sur la valeur comparée du collège d'à côté, qui ne cherche la "meilleure" adresse (selon des critères basiques et incertains), en n'excluant pas un détour par le privé si le public ne lui donne pas toutes les assurances requises. Cette classe moyenne, qui agit en parfaite bonne conscience, qui invoque une motivation au-dessus de tout soupçon (l'intérêt de mon enfant), ne se rend pas compte que son attitude ségrégative crée des situations dramatiques, permet l'émergence de collèges entièrement africains et maghrébins. Le politiquement correct, en matière de statistiques, puisque l'INED[2] connaît les enfants étrangers mais pas les enfants d'origine étrangère, aide à gommer ou estomper les contours de ce phénomène accablant. Il n'empêche que ces établissements, qui révèlent combien l'unicité du service public est atteinte, existent bel et bien, et qu'ils nous interrogent non seulement sur les lisières de notre système éducatif, mais sur son cœur. Casser le ghetto ou pas (cela vaut pour la politique de la ville comme pour la politique scolaire), c'est un choix, une frontière. On

1. Allusion à l'ouvrage de Claire Laux et Isabelle Weiss, Paris, Nil, 2002. Les auteures, sur un mode mille fois ressassé, ne se refusent aucune facilité et n'épargnent au lecteur aucun cliché du genre, déplorant la manière dont « l'ambition de l'école est revue à la baisse ».

2. Institut national d'études démographiques.

ne peut pas, à la fois, s'élever contre les ghettos et refuser une part de mixité sociale. Il faut trancher. Or la classe moyenne dont je parle, y compris la gauche enseignante, est prête à brandir les grands principes mais pas à accepter le principe de réalité. »

Acceptons-le ici, ce principe de réalité, et regardons les choses en face. A l'échelon national et non plus au seul niveau de l'académie étudiée par Georges Felouzis, la faille est béante. 329 collèges sont qualifiés de « très défavorisés » par les services du Ministère. Ils comptent en moyenne 65 % de jeunes dont les parents appartiennent aux catégories professionnelles les plus modestes, un quart d'élèves de nationalité étrangère, 12 % d'enfants ayant, dès l'entrée en sixième, deux ans de retard ou plus. D'autre part, 424 collèges dits « favorisés » accueillent 46 % d'enfants de cadres et de chefs d'entreprise, et 4 % d'élèves de nationalité étrangère. Entre ces deux extrêmes, toutes les variantes sont déclinées. Et le service public est tronçonné, comme les étapes du *Guide Michelin*, en escales dont les étoiles connaissent toutes les subdivisions imaginables. Comment ne pas interroger les associations de parents d'élèves et les syndicats enseignants qui, à chaque rentrée, à chaque printemps nerveux, interpellent l'opinion pour dénoncer la menace d'éclatement qui pèserait, en raison de telle mesure ministérielle assez anodine, de tel transfert de compétence passablement limité, de tel choix budgétaire fort conjoncturel, sur l'unicité du service rendu ? N'ont-ils pas remarqué que l'explosion de la bombe à fragmentation n'est pas devant nous, mais derrière, et de longue date ? Si la réponse est non, ils sont atteints d'une étrange cécité. Si la réponse est oui, force est d'admettre qu'ils pratiquent le double langage.

Comment s'opère le « contournement » d'une sectorisation théoriquement incontournable ?

Grâce aux investissements consentis, chaque « bassin de formation », suivant la terminologie en vigueur, offre aux Français, à portée de rue, une école, un collège, un lycée. C'est un progrès considérable. Mais un progrès que nombre d'entre eux ont jugé insuffisant. Dans maints pays étrangers, au sein même du service public, les usagers sont libres de consulter les profils pédagogiques, de comparer les méthodes locales et les résultats qu'elles donnent (résultats qui ne sont pas uniquement des scores à l'examen, mais des critères d'accueil, de relation avec les familles, d'encadrement, etc.), et de se déterminer en faveur d'une adresse ou d'une autre. Chez nous il n'en est rien, au nom d'une règle d'airain : toutes les adresses se valent, un lycée égale un lycée, un collège égale un collège. Et ce mensonge fondateur, mensonge dont l'origine est généreuse mais dont la destination suscite un creuset d'égoïsmes, se retourne contre lui-même, génère et avive ce qu'il entendait conjurer : l'émergence de ce que le sociologue René Ballion a nommé opportunément « les consommateurs d'école[1] ».

Le terme est lesté d'une connotation péjorative. Je compare, je prends, je paie, je jette ou je rachète, j'exprime ma satisfaction ou mon insatisfaction. Voilà qui chamboule les cléricatures souveraines et leurs tables de la Loi, qui ne manquent pas de majesté : l'école est un droit de l'Homme, l'école est un pilier de la démocratie, l'école est le temple du savoir, pas une tête de gondole, pas un bien qu'on acquiert, pas une chance qui s'offre le vendredi 13 au grattage et au tirage. Soit. Mais cette école qui se targue de répandre l'esprit critique doit-elle s'offusquer d'être à son tour soupesée

1. René Ballion, *Les Parents consommateurs d'école*, Paris, Stock, 1982.

par ceux qu'elle a formés (je pense aux médecins qui se sont battus naguère pour enseigner l'hygiène élémentaire et qui s'inquiètent, aujourd'hui, parce que les malades, réunis en associations, entendent avoir un point de vue sur les traitements qui leur sont prescrits) ? La défaite et la victoire ont, en l'occurrence, des saveurs très voisines. Et l'idée que l'école est « utile » – ce qui ne choquerait guère les esprits anglo-saxons ou les lecteurs de Voltaire saluant le pragmatisme britannique – est-elle si choquante et n'a-t-elle pas été ressassée par l'école elle-même ?

« En fait, explique Christian Baudelot[1], la chose est très récente. Les Français attendent des études qu'elles les préparent à l'emploi, mais cela date du choc pétrolier, guère avant, de la dévalorisation accélérée de la condition ouvrière, de son émiettement, et de la grande angoisse qui s'est emparée de la société française. Les profs, eux, conservent en grand nombre la nostalgie d'une image culturaliste de leur fonction : le savoir est à lui-même sa propre fin. Et entre cette demande et cette réponse, il y a tiraillement, et même, aux yeux de certains, antinomie. Tout indique, cependant, que le phénomène n'est pas réversible. »

Pour s'en convaincre, il suffit d'observer le comportement des professeurs eux-mêmes, dès lors qu'ils sont également parents d'élèves. Voilà vingt ans, ils contrôlaient (presque) l'ensemble de la chaîne. Très présents au sein de la FCPE[2], soudés par une idéologie « progressiste » communément partagée (ce qui n'excluait pas des empoignades fratricides), organisés en lobby

1. Entretien avec l'auteur.

2. Fédération des conseils de parents d'élèves, marquée à gauche et considérée – au niveau de sa direction – comme proche du Parti socialiste. Sa concurrente, qui se défend d'être marquée à droite, est la PEEP (Parents d'élèves de l'école publique).

associatif puissant, ils étaient à la fois décideurs et usagers installés aux postes clés. Un peu à la manière dont certains intellocrates parisiens écrivent des romans, les éditent, en font la critique, animent les émissions qui les promeuvent, et s'attribuent enfin les lauriers sources de fortes ventes. Mais le monde enseignant est maintenant beaucoup plus désuni, beaucoup moins porté par une idéologie explicite. Et chaque professeur parent d'élève, quoiqu'il fustige la pression ou la désinvolture des autres parents, se comporte lui-même en « consommateur d'école », ni plus ni moins qu'un autre membre de la classe moyenne (ou moyenne supérieure) à laquelle il appartient. A un détail près : étant situé au centre de la machine, il est mieux placé que quiconque pour en manipuler les rouages.

La coïncidence entre la culture scolaire et la culture familiale rapporte gros. 90 % des enfants de cadres décrochent le baccalauréat, et les enfants d'enseignants s'inscrivent dans ce flux triomphal. Mais ils font mieux encore : 80 % d'entre eux sont titulaires d'un bac général (chez les cadres supérieurs, c'est 70 %), 45 % du prestigieux bac S (cinq points de plus que les meilleurs concurrents). A l'autre bout de la chaîne, on notera que 8 % des rejetons de cadres sont inscrits en lycée professionnel. Chez les fils de prof, c'est 5 % : le record absolu, à la baisse. De deux choses l'une : soit la progéniture des enseignants est porteuse d'un chromosome spécifique garantissant l'excellence scolaire, soit les consommateurs d'école enseignants jonglent mieux que quiconque avec toutes les astuces du système, et orientent leurs enfants plus efficacement qu'ils n'orientent ceux des autres. D'aucuns crient au scandale. Je n'en suis pas. S'il est vrai qu'un « fils de collègue » bénéficie, en conseil de classe, d'une attention spéciale, c'est cette attention qui est un privilège, mais non le passe-droit qui serait octroyé à un enfant de la paroisse, au mépris de l'équité consciente. De même, je ne pense pas qu'on puisse, à ce propos, parler de délit d'initié. Cela supposerait que des secrets sont délibérément tus, réservés à un cénacle. Il n'en est rien. Après avoir travaillé plus de deux ans dans les hôpitaux, je savais très bien quel était le service performant dans telle discipline, à qui m'adresser pour prendre un deuxième avis, et dans quel réseau insérer un ami en détresse. Ce qui se passe, chez les professeurs, est du même ordre. Le « scandale », si scandale il y a, n'est pas que leurs fils et filles empruntent brillamment le parcours de la réussite optimale. C'est que l'origine, la culture et l'astuce créent de telles distorsions. Les meilleurs abonnés de *Que choisir ?*, à l'école, sont les maîtres d'école eux-mêmes. Là n'est pas la question. La question concerne les autres. S'il est un reproche qui vient aux lèvres, s'agissant des enseignants, il viserait leur propension à stigmatiser (combien de fois ai-je entendu cette doléance ?) le comportement des usagers, leur soif de « rendement ». Qui donc a montré que ce rendement maximum existe, surtout quand on en possède la clé ?

L'étude comparée des tactiques adoptées par les parents professeurs et par les parents cadres supérieurs laisse transparaître, à résultats proches, des différences instructives. Les uns et les autres prennent des libertés avec la carte scolaire, mais pas de la même façon.

Les cadres naviguent volontiers entre le public et le privé – inscrivant, par exemple, leur enfant dans un collège religieux, et bifurquant vers un « bon » lycée public à hauteur de la seconde ou de la première, quand l'écrémage est opéré. Dans le secondaire, un élève sur cinq fréquente le privé (qui est essentiellement catholique, à 95 %, et sous contrat d'association). Ce choix est exceptionnellement un choix confessionnel. En règle générale, les arguments avancés sont le recrutement local et l'implication des enseignants, une plus grande transparence pédagogique, et un meilleur accueil des familles. Dans les régions où le privé jouit d'une assise populaire (en Bretagne, par exemple), ses résultats et ses difficultés sont globalement comparables à ceux du public. Ailleurs, la population scolaire étant triée, les résultats sont un peu meilleurs. Les guerres idéologiques semblent fort désuètes par rapport à un enjeu plus contemporain : l'enseignement privé a-t-il une autre identité que de servir au contournement de l'enseignement public, là où ce dernier est jugé trop « métissé » par la clientèle ? Jésus-Christ utilisé pour se débarrasser des Samaritains malvenus, est-ce très évangélique ?

Les enseignants parents d'élèves, eux, jouent quasi exclusivement sur les options. Sachant que le lycée Hubert-Rostaing est le seul à offrir l'équation sanscrit-japonais avec section de tir à l'arc, ou que le collège Henri-Crolla détient le monopole de la combinaison grec ancien-créole moderne, reste à façonner l'enfant pour qu'il puisse se contorsionner dans les coudes du labyrinthe, et à l'inscrire au cœur de cible. Longtemps, l'allemand première langue (avec du latin à la clé) fut un outil solide et rustique dont l'action était quasiment garantie et qui constituait une sorte de code plus ou moins tacite permettant aux parents d'excellence de se reconnaître entre eux et de se coopter mutuellement. Mais le « rendement » de l'allemand n'est plus ce qu'il était, et, au grand dam des germanistes dont la discipline est délaissée en collège, d'autres valeurs montantes attirent les investisseurs. Cette bourse à demi clandestine, comme le sont les arrière-salles des pubs irlandais où les bookmakers exercent furtivement, suscite, chez le voyageur que je suis, maintes questions.

Où commence la « marchandisation » du savoir, tant décriée en cette saison ? Ne commence-t-elle pas à l'instant où une discipline est vidée de sa pertinence intellectuelle pour ne plus servir que de prétexte discriminant ? Et les maîtres ne sont-ils pas les premiers, en tant que professionnels et en tant que parents, à se repaître du stratagème ?

Les deux tiers des familles, en France, acceptent sans barguigner l'établissement déterminé par la carte scolaire. C'est au sein du tiers restant que la course s'engage entre ceux qui vont se faufiler de l'intérieur et ceux qui vont effectuer un détour par l'extérieur – ou qui combinent, suivant les niveaux, les deux méthodes. En clair, un tiers des parents d'élèves, dont les enseignants eux-mêmes, sont assurément responsables – et peut-être coupables – de l'aggravation sévère des disparités entre les établissements. Car le mécanisme s'emballe, le phénomène est cumulatif. Sitôt creusé, le fossé tend à s'élargir. Mon propos n'est évidemment pas d'incriminer les personnes, mais de pointer du doigt une forme d'hypocrisie organisée. Je comprends fort bien que les professeurs de Clichy-sous-Bois hésitent à inscrire leurs enfants au collège où ils exercent. Le fossé y est devenu abîme. Mais la plupart des « consommateurs d'école » qui jouent avec la carte scolaire ne se trouvent nullement devant pareil dilemme. Leur statut social, leur habitat les tiennent déjà éloignés des zones majeures de relégation. Pourquoi s'obstinent-ils à en créer de nouvelles ? Accessoirement, pourquoi la moitié des ministres (de gauche ou de droite) qui s'installent rue de Grenelle ne confient-ils pas leur descendance aux bons soins de l'institution qu'ils entendent piloter ? Quel aveu, et quelle indécence…

Je ne suis pas un intégriste du service public. L'enseignement privé ne me passionne guère dans sa dimension confessionnelle (qu'on soit croyant ou pas, comme mon amie Marguerite Gentzbittel qui est fort pieuse[1], je ne vois point pourquoi il faudrait se rassembler entre chrétiens, ou entre juifs, ou entre musulmans, pour apprendre l'anglais et les sciences physiques). Mais sa relative souplesse l'autorise à poursuivre des recherches intéressantes. Je n'oublie pas que le grand Célestin Freinet – combien d'ignorants, le savoir au bec, faute d'avoir sérieusement plongé dans son œuvre théorique, fumante et touffue, le prennent pour un cueilleur de sarriette entre *Gloire de mon père* et *Lettres de mon moulin ?* – a dû quitter le giron de la communale, d'où il fut banni, pour exercer son talent sur un chemin de traverse. Et puis il est une autre raison. Certains jeunes qui ne sont nullement des cancres ontologiques ne passent pas au gabarit, n'arrivent pas à réciter la messe (républicaine) en latin, ne sont jamais à l'heure, sans que cette inaptitude ou cette rébellion trahisse le moindre défaut d'intelligence. Ceux-là, l'école publique, trop rigide, trop éprise d'infinie conformité, ne sait ni les héberger quand ils arrivent ni les retenir quand ils s'en vont. Le privé est parfois leur seul recours, et ce n'est pas à l'honneur de l'enseignement public – qui se défausse, un peu lâchement. Depuis vingt ans, là-dessus, rien de nouveau. Sinon que le privé s'est ouvert, amélioré, mais qu'il aura peine à faire bon usage d'une demande qui croît pour de mauvaises raisons.

Je ne suis pas un intégriste du service public mais j'ai toujours pris le parti d'adresser mes enfants à l'école voisine (ce n'était pas forcément dans des quartiers protégés, loin s'en faut). A la fois parce que j'avais décidé que la confiance est un choix civique, et parce

1. *La Foi du charbonnier*, Paris, Éd. du Seuil, 1995.

qu'il me semblait souhaitable que ces enfants se frottent au pays « réel » dans lequel ils sont appelés à grandir. Cet apprentissage-là ne me paraît pas moins précieux que celui des guerres picrocholines. Une fois, cependant, j'ai dérogé à cette résolution. Ma fille aînée, en seconde, s'était révélée bonne élève et le conseil de classe avait décidé qu'elle passerait en terminale C (terminale scientifique, qui changea de lettre ultérieurement, quand les filières furent resserrées, pour se muer en section S). Ce n'était pas son option personnelle : elle avait l'intention de se consacrer à la littérature et proposait de fréquenter une filière mixte, équilibrée, où l'on cultivait du même pas l'intégrale de Flaubert et le calcul intégral. La professeure principale, à qui je demandai rendez-vous pour lui exposer le problème, me supplia de ne pas perdre de vue « l'intérêt de ma fille », et, quand elle comprit que je ne céderais pas, me fit la morale, m'accusant de compromettre, par mon obstination (laquelle n'était que l'écho des choix de l'intéressée), « l'avenir » de mon enfant. Elle enseignait les lettres, je lui en fis la remarque et m'étonnai : désapprouvait-elle donc une adolescente qui partageait sa passion ? « Vous savez très bien comment ça marche ! » répondit-elle d'un ton sans appel. J'ai donc intrigué pour que ma fille échappe à l'écurie de course et déniche un havre où travailler Diderot n'était pas fatalement déchoir. Avec un peu de peine, j'ai trouvé – mais j'ai des relations.

Au béton des ghettos s'ajoute, en effet, une autre architecture bétonnée : une certaine idée de l'excellence, de la réussite, de ce qui est « meilleur ». Assistant à des conseils de classe, au cours de ce voyage, j'ai vu des parents d'élèves prêts à crever leur enfant sous eux, comme les mousquetaires crevaient leurs chevaux pour l'honneur de la reine, afin que ce garçon ou cette fille accède au *top*, au *nec plus ultra*, sous peine d'indignité. Réussir, à leurs yeux, c'est être premier (ou parmi les premiers, encore que...), sans quoi on n'est plus rien. Entre le zéro et l'infini, entre le podium et la nullité, il n'existe, semble-t-il, ni moyen terme ni troisième voie. Des professeurs essayaient de les raisonner, ils n'étaient pas entendus.

Cela dit, chez certains professeurs parents, comme si l'on pratiquait un singulier jeu de rôles, j'ai observé la même attitude. Je me rappelle la douleur d'une enseignante dont le fils, totalement braqué contre le système, n'est pas entré en seconde générale et a pris le chemin d'un lycée professionnel. De BEP en bac pro, il s'est passionné pour la télévision numérique et est devenu titulaire d'un BTS recherché. « Il a fallu que je m'habitue, gémissait la dame, à l'idée que mon garçon est intellectuellement limité... » Je me rappelle aussi le désespoir d'un professeur de khâgne, ancien élève de l'École normale supérieure : sa fille, après une « vague licence », est devenue institutrice remplaçante, puis est entrée à l'IUFM et a conquis le grade de professeur des écoles. Un désastre. Il avait honte, sincèrement, il souhaitait qu'on parle d'autre chose.

Le problème n'est pas seulement qu'entre les établissements scolaires postulés égaux en droit et, de fait, très inégaux, les différences sont prononcées. Le problème est qu'à l'intérieur de chaque établissement le phénomène se reproduit. On l'a vu, dans les lycées, concernant les filières technologiques, notamment les sections tertiaires extrêmement féminisées, par rapport aux baccalauréats généraux. Mais entre ces derniers, le classement est impitoyable. ES (économique et social), c'est moins « bien » que S. Et L (littéraire), c'est le « dépotoir ». Mot abominable et pourtant constamment usité, d'abord par les élèves eux-mêmes. Être « littéraire », serait-ce être médiocre ? Le Haut Conseil de l'évaluation s'en alarme, juge que l'évolution de cette série « n'est pas acceptable, tant du point de vue de l'intérêt des élèves que de ceux du pays[1] ». Et ce n'est pas fini. Entre sections présumées identiques, on classe encore. Dans les hautes sphères, la S1 est préférable à la S2, elle-même regardant de haut la S3. Aux enfers, il en est de même. Le dépotoir de L1 n'est qu'un purgatoire, comparé à la damnation éternelle qui attend les malheureux L2. Le comble, c'est le misérable rideau de fumée déployé par certains proviseurs ou conseils d'établissement : on étiquette « à l'envers », c'est la L1, l'enfer, et la S3, le paradis. Personne n'est dupe, mais qui veut l'être ?

L'écart est spectaculaire entre ce que me disent les enseignants lors des entretiens et ce qu'ils disent aux élèves lors des cours auxquels j'assiste. En tête à tête, devant mon magnétophone, ils déplorent, de façon très majoritaire, cette hiérarchisation sans fin. Et ils sont sincères. Mais en classe, sans y prendre garde, ils ne cessent d'expédier à leur public des messages qui entérinent ou aggravent la situation (et sont fort étonnés quand je leur en fais, ensuite, la remarque). « Dans une classe comme la vôtre... » « Ça n'est pas parce que vous êtes le gratin... » « Au point où vous en êtes... » « Déjà que le niveau, chez vous, n'est pas reluisant... » « Si vous voulez justifier la réputation de... » « Je croyais avoir touché le fond l'an dernier, mais alors là... » Et ainsi de suite. Ça n'arrête pas, un vrai bombardement. Un maître ne s'exprime ainsi qu'une fois par cours. Mais lorsque chacun des maîtres, à chacun des cours, laisse échapper semblable remarque, les

1. Avis n° 9 du HCEE, *op. cit.*, octobre 2003.

auditeurs, eux, font la synthèse. Ils reçoivent le message cinq sur cinq. Tous, sans aucune exception, savent exactement quelle est la « cote » de leur filière, de leur section, de leur classe. « Nous, on est les bœufs », avouent les perdants avec l'ironie du désespoir. « Ici, faut que ça pète, si tu brilles pas tu sors », pavoisent les gagnants, avec un mélange d'arrogance et d'angoisse – car la haute marche se descend plus vite qu'elle ne s'escalade. Les élèves n'ignorent pas quels profs demandent quelles classes, et quelles classes échoient aux derniers arrivés, aux remplaçants, aux contractuels. Une fois de plus, les principes sont violés. La consigne ministérielle, les recommandations de l'inspection vont en sens inverse. Panacher, assouplir. Mais les consommateurs d'école, au-dedans et au-dehors, ne l'entendent pas ainsi.

L'avantage des lycées « moyens », c'est qu'ils ont un peu plus de latitude, qu'ils endurent un peu moins de pression externe et interne. « J'essaie de me mettre en conformité avec les textes, dit Antoine Larbaud, proviseur en Bretagne. Les classes sont désignées par des lettres, et nous essayons de les composer de telle manière que chacune ait une tête, un groupe d'élèves qui tire l'ensemble, sans répartir les uns ici et les autres là. Cela nous demande beaucoup d'attention, une réflexion collective sur les livrets, sur les profils. Les organisations de parents d'élèves qui sont représentées au conseil d'établissement jouent assez bien le jeu. Mais d'autres parents protestent, se plaignent que l'établissement est trop terne, ne dégage pas assez clairement la fine fleur, dont leur enfant, bien sûr, est un membre éminent. Je tiens bon, je garde mon cap. Mais ils menacent alors de retirer leur fils ou leur fille, de l'inscrire au lycée voisin qui accepte le tri délibéré. Et moi, je perds d'excellents élèves dont la maison a besoin et que nous sommes parfaitement capables de mener à bon port. C'est un gâchis pour tout le monde… »

On pourrait penser qu'il reste un secteur où l'on est paradoxalement à l'abri : le ghetto, les collèges « sensibles ». Le secteur où l'on n'a plus rien à perdre. Erreur : il reste toujours quelque chose à perdre, même au sein du ghetto. Et, suivant la personnalité du principal et de l'équipe de direction, suivant les convictions des professeurs, suivant aussi la demande des parents qui acceptent de s'investir dans la vie de l'établissement, la ligne change du tout au tout. « Il ne faut pas raconter de salades, confie Nourredine Matouk, qui a enseigné plus de dix ans près d'Aubervilliers. Dans mon collège, il y avait deux types de classe, en nombre très inégal. Il y avait les classes "européennes" où se trouvaient les élèves qui commençaient deux langues dès la sixième et qui avaient de bons dossiers. Aubervilliers ou pas, c'étaient d'excellents éléments et ils s'en tiraient très bien par la suite. Et puis il y avait les classes "normales" où s'entassait le reste plus ou moins en vrac. Là, on fonctionnait cahin-caha, et vous imaginez les conséquences. » Ghislaine Régent, qui a exercé non loin de Garges-lès-Gonesse, apporte un témoignage analogue : « Dans mon établissement, quelques classes étaient des classes à horaire aménagé pour l'enseignement musical, en liaison avec le conservatoire de Bobigny. Les classes des petits Blancs, tout mignons, scolaires et performants. A côté, c'était une autre paire de manches… »

Mais ces pratiques sont contredites ailleurs. « Pour former les classes, raconte Muriel Touati, principale adjointe en Picardie, nous réunissons des commissions regroupant les instituteurs de CM2, des professeurs du collège, un inspecteur départemental, l'infirmière, l'assistante sociale. On travaille au cas par cas, on tient compte de la situation familiale, de la mixité garçons / filles. On essaie de faire en sorte que les enfants d'une même école ne soient pas séparés. Les dossiers sont classés par niveau, de A à E. Le but est que, dans chaque classe, on ait trois ou quatre A, et que les autres soient également mixés. Les numéros sont techniques, pas hiérarchiques. »

« Chez nous, explique en écho le principal du collège Romain-Rolland, à Clichy-sous-Bois, la seule classe expressément homogène est celle des primo-arrivants non francophones. Petit à petit, ils rejoignent le circuit ordinaire. Toutes les autres classes sont hétérogènes par définition. Nous avons, pour les constituer, les évaluations des collègues du primaire. Nous réunissons une commission d'harmonisation, nous rangeons les élèves en fonction de leurs résultats et de leurs compétences en quatre catégories, A, B, C, D, puis les groupes sont mélangés. Avec les options, il se produira bien sûr des regroupements – ceux qui vont prendre arabe en langue vivante 2, ceux qui feront du latin, de l'allemand. Nous sommes dans une société marchande, tout incite à se servir à l'étalage, à calculer serré, utile. Mais nous veillons à ce que les groupes soient au moins dispatchés sur deux classes, à ce qu'il n'y ait pas une classe d'élite, une classe européenne unique, par exemple. Et dans l'autre sens, face à un mélange explosif, on veille à répartir différemment les élèves l'année suivante pour que les mêmes causes n'engendrent pas les mêmes effets. J'ai brocardé les hussards de la République, en mon temps. Mais c'est quand même cet enjeu-là qui reste majeur : oui, avec ses imperfections, notre école est un levier de réussite. Conserver le cap, défendre l'éthique, ça ne consiste pas seulement à coller trente lignes à l'élève qui a jeté son chewing-gum par terre. C'est accepter la tâche du berger qui doit parfois s'écarter du troupeau pour en sauver un seul. »

« Mixer » ou ne pas « mixer ». Telle est la question.

Dans la plupart des lycées, la réussite ou l'excellence sont définies de manière linéaire et exclusive. « Au fond, dit avec humour Marie Polack, agrégée de sciences économiques, le parcours idéal est celui du fils de professeur agrégé qui devient professeur agrégé à son tour. Je suppose que mes enfants n'ont pas atteint l'excellence puisque aucun n'a emprunté cette voie… » Annoncer qu'il existe, peut-être, diverses formes de réussite tient du sacrilège – on s'expose au reproche de manquer d'ambition, de réviser à la baisse les objectifs, d'engager les élèves dans le sens du moindre effort. Soutenir que l'expérience est qualifiante et qu'il est d'autres modes de validation des compétences que le diplôme traditionnel relève encore du défi, de l'innovation marginale. Parler de deuxième chance, de sorties possibles du système avec un droit au retour, est dans notre pays, royaume de l'autoroute, une excursion intellectuelle. Nos voisins nous regardent avec une certaine perplexité. En Allemagne, l'ouvrier et l'ingénieur ont une même culture de base, ont transité par les mêmes stages, les mêmes entreprises, et se distinguent ensuite. Au Danemark, en Suède, il est permis de s'évader du cursus proprement scolaire et d'y revenir plus tard. Mais, chez nous, toute réussite est un échec relatif, et le parchemin obtenu à dix-huit ou vingt ans est un sésame pour la vie ou, dans l'hypothèse inverse, une carence définitive.

Patrick Fauconnier, fondateur de la revue *Challenge* [1], a trouvé une excellente et féroce image pour dépeindre le mécanisme : « la raffinerie qui tue ». On raffine, on raffine à l'infini. Il ne suffit pas d'avoir le bac, il faut

1. Et auteur de *Le talent qui dort*, Paris, Éd. du Seuil, 1996.

avoir le bon bac. Il ne suffit pas d'avoir le bon bac, il faut l'avoir avec mention. Il ne suffit pas de l'avoir avec mention, il faut produire, en plus, un livret exceptionnel. Il ne suffit pas de produire un livret exceptionnel, il faut que ce livret émane d'un établissement hors pair, etc. « La France, dit Antoine Prost [1], possède l'art singulier de transformer les examens en concours. On peut y voir la résurgence de traditions inégalitaires et hiérarchiques héritées de l'ancien Régime. » Là où l'enjeu déclaré est de vérifier des connaissances et des aptitudes (ce que le baccalauréat, institution spécifiquement française, réussit plutôt bien selon toutes les évaluations), l'exercice se transforme en compétition serrée, potentiellement mortifère.

Car la *success story*, à ce stade, bifurque vers le roman noir. Quel est le critère ultime de l'excellence, dans cette logique ? C'est l'abaissement d'autrui. Pour que les uns gagnent, s'élèvent, vivent, il faut que les autres perdent, chutent et meurent. La défaite des uns est la mesure et le garant de la victoire des autres. « La tradition inégalitaire est ancienne, mais, à l'école, le phénomène est relativement nouveau, continue Antoine Prost. Au début du siècle, jamais un inspecteur primaire n'aurait reproché à un instituteur d'avoir des cancres dans sa classe. Tout le monde admettait qu'il y avait des bons et des mauvais élèves. Il aurait été suspect qu'aucun ne réussisse mais il était normal que certains "n'apprennent pas". En ce sens, la lutte contre l'échec scolaire n'était pas au programme de Jules Ferry [2]. » Mais l'école de la réussite, grand slogan des années 1980, s'est avérée, pour beaucoup, mortifère.

1. Entretien avec l'auteur.
2 Id.

Un professeur de mathématiques, André Antibi, travaillant sur notre méthode de notation, appelle ce phénomène « la constante macabre [1] ». Il décrit le système de « double peine appliquée aux potaches [2] ». Un pourcentage constant d'élèves, explique-t-il, doit se trouver en échec afin que le système soit crédible. En gros, tout paquet de copies se répartit en trois tiers, et l'on sait que le tiers inférieur est condamné, sans quoi la valeur des autres groupes, et surtout du tiers supérieur, paraîtrait sujette à caution. Les chercheurs de l'Éducation nationale appellent ce fonctionnement la règle des trois tas. A l'appui, André Antibi cite nombre de ses collègues mathématiciens. « Si je me retrouvais dans une classe où tout le monde a la moyenne, je me sentirais à côté de la plaque », reconnaît l'un. « Pour être sûr que personne n'aura 20 sur 20, je pose toujours à mes contrôles une question qu'aucun élève ne saura traiter », concède un autre. « Un prof qui a une majorité de bonnes notes est facilement qualifié de laxiste », observe un troisième. Et, dans les classes préparatoires, certains maîtres n'hésitent pas à noter négativement. Inconsciemment, tranche André Antibi, la règle s'applique quel que soit le niveau de la classe et quel que soit le programme. C'est un problème culturel. Aux États-Unis, pareil comportement serait jugé inadmissible : un bon professeur est celui qui encourage ses élèves, qui parvient à leur attribuer de bonnes notes. Mais la culture française marche à rebours. On le

1. *La Constante macabre ou Comment a-t-on découragé des générations d'élèves*, Paris, Éd. Math'Adore, 2003. L'auteur enseigne à l'université Paul-Sabatier de Toulouse et y dirige l'Institut de recherche pour l'enseignement des mathématiques (IREM).

2. Recueilli par Claire Chartier, in *L'Express*, 16 octobre 2003.

vérifie aisément sur le terrain : souvent, le professeur le plus réputé, celui auquel les parents « compétitifs », avec une ferveur masochiste déroutante, souhaitent confier leurs enfants, est celui qui note le plus sec, qui se flatte de ne pas dépasser 12. Celui-là, dit-on, est sérieux, exigeant. Pas du tout, objecte André Antibi, c'est celui-là qui opte pour la facilité : il est plus aisé de descendre que de promouvoir, et plus paresseux d'être injuste à la baisse que juste à l'équilibre.

La constante macabre fustigée par le mathématicien est l'illustration parfaite, hautement symbolique, d'un fonctionnement général. Ce qui est en cause, finalement, c'est une certaine conception de la qualité. Tout se passe comme si une partie influente des parents d'élèves et des professeurs eux-mêmes réagissait à l'élévation du niveau moyen et à la démocratisation relative de l'école en exigeant des têtes pour gage de ce qui serait une concession excessive à la masse, à la foule, au *vulgum pecus*. Si le baccalauréat est accessible à plus de jeunes gens, c'est qu'il est plus facile (c'est faux) et qu'il est dévalué (ce sera vrai si l'on en fait semblable usage). Assez curieusement, une aile non négligeable du monde enseignant se met en contradiction avec sa propre idéologie. Cédant à la pensée libérale la plus classique, parodiant les lois basiques de l'échange capitaliste, elle ne parvient pas à fonder la qualité sur autre chose que sur la rareté. Le grand nombre ne saurait être que bas de gamme. C'est la pire insulte, et la plus creuse, qu'on puisse adresser à la démocratie et à l'œuvre de l'école publique.

Un bon exemple de cet état d'esprit est la hargne avec laquelle a été contestée la démarche de l'Institut d'études politiques de Paris, *alias* Sciences-Po, qui a conclu (imité par d'autres IEP, tels ceux de Lille, Aix ou Rennes) des accords de partenariat avec divers lycées situés en ZEP. Le monde à l'envers. Les classes préparatoires les plus pointues, les grandes écoles sont une filière parfaitement étanche socialement. Quand le reste du système s'est globalement démocratisé, ce secteur-là s'est, au contraire, verrouillé. Dans la première moitié des années 1950, 29 % des étudiants y étaient d'origine modeste : ce chiffre est désormais tombé à 9 % [1]. La probabilité qu'un élève ayant obtenu le bac général avec mention entre en « prépa » est trois fois et demie plus forte s'il s'agit d'un garçon de milieu supérieur que s'il s'agit d'une fille de milieu populaire. Depuis 1997, Polytechnique offre... deux places à des candidats issus de prépas technologiques. La seule démarche notable est la création par Claude Allègre, en 1998, de « bourses de mérite » (617 en 2003) permettant à des jeunes sans ressources de préparer les concours. On trouve cependant moins d'enfants de milieux modestes, aujourd'hui, sur le palmarès des très grandes écoles – celles dont sortent ceux qui dirigent la France – qu'au lendemain de la Seconde Guerre mondiale. La caste est fermée et se veut telle, plus encore qu'hier, plus que jamais. On se rappelle avec quels cris d'orfraie les énarques avaient salué l'intention affichée par le directeur de l'ENA, qui était alors Simon Nora, de créer une « troisième voie » de recrutement accueillant des personnalités qualifiées venues de la société civile.

Sciences-Po a donc frappé un grand coup en offrant, depuis 2001, à des lycéens brillants issus de la banlieue la possibilité de postuler hors concours et de continuer

1. Michel Euriat et Claude Thélot, « Le recrutement social de l'élite scolaire en France : évolution des inégalités de 1950 à 1990 », in *Revue française de sociologie*, juillet-septembre 1995.

à fréquenter la rue Saint-Guillaume si leurs résultats, sans concession aucune, le permettent. Illico, l'UNI[1] est entrée en campagne. Nombre d'anciens élèves ont clamé leur émoi. Mais la direction et le gros du corps enseignant ont tenu bon. Trente-sept jeunes gens ont été admis lors de la rentrée 2003, soit un dixième des effectifs de première année. Partout où je suis passé, j'ai pu mesurer l'impact de cette politique. Même si le nombre d'individus concernés est faible à l'arrivée, l'appel d'air, lui, est considérable. Les élèves des « quartiers » parlent de fierté retrouvée. Ceux qui réussissent à tenter leur chance ne coupent pas les ponts avec le milieu d'origine, au contraire : ils ne cessent de dire et répéter qu'ils se considèrent comme des « ambassadeurs ». Et Paul Froment, dans son lycée populaire méridional, témoigne avec force : « Au début, nous, les profs, étions assez sceptiques. Un gadget de plus ? Et puis nous avons vu ce que nous avons vu. Les élèves se sont mis à bosser comme des fous, à y croire. Et quand deux d'entre eux sont parvenus à intégrer et à poursuivre, deux pour toute la région, ç'a été un événement considérable. »

Ce n'est pas affaire de quantité, effectivement. Les conservateurs de l'UNI, les amicales d'anciens élèves murés dans un donjon féodal, ont raison de s'inquiéter, de protester – selon leur point de vue. Car l'expérience ébranle leur système de défense, l'assise de leur méritocratie dorée. Si des candidats en provenance des ghettos, qui ne possèdent – même s'ils ont manifesté intelligence et talent – ni la rhétorique requise ni les

1. Union nationale interuniversitaire, syndicat étudiant de droite. Elle a obtenu de la cour administrative d'appel de Paris une modification de la procédure dérogatoire, mais sans remettre en cause le principe de cette dernière.

lectures propres à fournir les signes de reconnaissance garantissant qu'on demeure entre soi, sont capables, à la force du poignet, de rejoindre l'élite, d'y entrer, de s'y maintenir la tête haute, cela signifie deux choses terribles. D'abord que la raffinerie scolaire sélectionne de façon partisane, ce qui jette un doute sur l'excellence des élus. Ensuite qu'elle est peu performante alors même qu'elle se prévaut d'avoir porté l'exigence à un degré suprême: elle néglige des talents. Pire, elle les écarte. Si l'excellence n'est pas excellente, c'est qu'il faut penser autrement. On comprend sans peine que d'aucuns rechignent à cette pensée-là.

Un soir d'automne sombre et crachineux, je rentre de Picardie vers Paris. Les deux collèges où je viens de séjourner sont intéressants, mal encadrés par des chefs d'établissement passe- partout, en quête d'impossible, c'est-à-dire de tranquillité. Mais j'ai aussi rencontré des professeurs qui se forment, qui étudient à la fois leur discipline et la population qu'ils ont à instruire. Au fond de la classe, je ne me suis pas ennuyé un seul instant, et, franchement, la chose n'est jamais acquise. Je rentre vers Paris parce que j'ai rendez-vous avec le proviseur d'un de ces lycées mythiques dont le porche fait rêver, à bon droit, les parents ambitieux, ceux qui ont les moyens et l'idée de semblable ambition.

Changement à vue. Frontispice auguste, parloir, cour d'honneur, deuxième cour, troisième cour, quatrième cour, galeries, chœur, transepts, déambulatoires, roulement des voix sous les voûtes, massifs de fleurs. Je me frotte les yeux, j'avais oublié. Le proviseur est hospitalier, sa carrière n'est pas rectiligne, il a quelque représentation de la planète d'où je viens. Et il n'est pas indifférent à ce que j'évoque, pas du tout. « Je sors d'un milieu extrêmement modeste, me dit-il. J'ai commencé comme maître auxiliaire[1]. Je ne savais même pas que ça existe, un lycée comme celui-ci. Je ne connaissais pas non plus la filière des grandes écoles parallèles à l'université. C'est une manière unique au monde de fabriquer l'élite.»

Il m'explique sa démarche: «J'ai mis en place une option d'excellence en seconde, physique et informatique. Le message aux élèves est clair: tu veux cette option? Si tu la veux, décroche-la, je ne prends que les meilleurs. Ça ne signifie pas que les autres élèves sont maltraités mais ils sont traités différemment. La pression utile ne consiste pas à dire "Tu seras polytechnicien, mon fils...", mais "Si tu as l'intention d'aller plus haut le mois prochain ou l'année prochaine, voilà ce que ça implique...". Nous avons cinq premières S. L'une d'entre elles est dite "rapide". Les élèves se proposent volontairement ou sont proposés par leurs professeurs. L'idée est qu'on n'a rien sans rien. En même temps, quand je regarde les prépas, la manière dont ils sont bien dans leur peau, dont ils ont des enseignants passionnés, je me dis qu'on prend les meilleurs et qu'on leur donne encore plus de moyens, qu'on prend les riches et qu'on leur donne encore plus de richesses.»

A la sortie, je songe qu'entre mes collèges picards et cette belle maison, la différence n'est pas de degré mais de nature. Je revois ces garçons, observés aujourd'hui une fois de plus, qui s'obstinent à se présenter aux portes de l'établissement la tête revêtue d'une capuche ou d'un long bonnet, le corps noyé dans un vêtement flottant, indiscernables les uns des autres. Chaque fois que je parle avec eux, ils finissent par me donner la

1. Enseignant contractuel, hors statut, dont l'embauche est révocable à tout moment.

même réponse : « Comme ça, on n'a pas la honte… » Une manière de traverser anonymement l'espace scolaire, de se rendre invisible, de décliner toute intention d'y vivre ou d'y créer le moindre lien social – car il n'est rien à attendre, estiment mes zombies, de ce côté-là. Oui, quittant le beau monastère où poussent les élites, et l'élite des élites, je songe que l'ambition est peut-être la richesse du monde la moins bien partagée.

Il y a vingt ans, le niveau moyen était moins élevé, la fracture était moins visible, le consumérisme était moins agressif, et la compétition moins féroce. La poussée démocratique, le progrès de la scolarisation, paradoxalement, créent des anticorps, fabriquent de l'indignité à tous les étages. Donc des tensions parfois extrêmes. C'est dans ce contexte, en ayant intégré ces données, qu'il faut apprécier certains phénomènes qui défraient la chronique. La violence, en particulier.

Voilà deux décennies, elle était évoquée mais entre initiés. Dans les établissements professionnels, Patrick Rotman et moi avons connu des maîtres d'atelier qui réglaient leurs conflits à coups de clé à mollette, qui enfouissaient dans le ciment frais le visage des fortes têtes, histoire de leur apprendre le respect – la dialectique restant souveraine, les poings repartaient dans l'autre sens, et ainsi de suite. Nous avons même été témoins d'un règlement de comptes digne de John Ford : deux profs et deux élèves ont bouclé derrière eux la porte d'un vestiaire, les autres enseignants montant la garde dans le couloir, et se sont « expliqués » entre hommes et à mains nues. Mais c'est dans les collèges de banlieue, surtout au nord et à l'est de Paris, que nous avons découvert les vols, les rackets, les insultes, les agressions, les menaces sexuelles. Parfois, les professeurs ne faisaient jamais cours porte fermée, afin d'intervenir au plus vite si le collègue voisin était en péril. Les chefs d'établissement étaient, le plus souvent, terrorisés, les autorités académiques essayaient de minorer les choses. La consigne était d'endurer en silence.

Quand nous racontions cela, nous avions l'impression de commettre une faute de goût, de transgresser la consigne, de nous enrôler à *France Dimanche* ou *Ici Paris*. Hors zone, tout était « normal » et ce qui se passait ailleurs était par définition excentrique. Cette politique de la bouche cousue donnait d'ailleurs des résultats discutables puisque, dans les enquêtes, la question émergeait, les parents exprimaient une inquiétude croissante. En 1982, pour la première fois, la SOFRES interrogeait les Français à ce sujet et 80 % émettaient l'opinion que leurs enfants pouvaient courir, à l'école, « un réel danger ». Finalement, c'est au Ministère que nous avons été rassurés sur notre état psychique et notre éventuelle propension aux hallucinations. Deux rapports confidentiels, établis – avec les moyens du bord – sous la responsabilité de l'inspecteur Georges Tallon[1], et portant l'un sur les collèges urbains, l'autre sur les lycées d'enseignement professionnel, donnaient des informations alarmantes. En collège, au début des années 1980, un établissement sur deux avait connu une ou plusieurs tentatives de suicide, un sur quatre une affaire sexuelle, un sur cinq des manifestations de racisme ou des problèmes de drogue, huit sur dix des déprédations, et tous des vols. Un chef d'établissement sur quatre était jugé « médiocre ou complètement débordé ». Et le rapporteur insistait sur le fait que le contexte social pesait très lourd mais ne

1. Mandaté par l'Inspection générale de la vie scolaire, documents destinés au ministre.

pouvait fournir la seule explication plausible – le racket, en particulier, sévissant un peu partout.

Le phénomène n'est donc pas nouveau. Ce qui est nouveau, c'est qu'il est nommé, et suivi. Un plan gouvernemental de lutte contre la violence scolaire a été inauguré en 1997. Au départ, les chefs d'établissement ont été priés de recenser les phénomènes qu'ils avaient eu à traiter. Assez vite, on s'est aperçu que certains, quasiment la moitié, ne répondaient pas (peut-être pour éviter que leur lycée ou leur collège se trouve « stigmatisé ») et que leur subjectivité intervenait fortement dans l'évaluation de la gravité des faits. A partir de la rentrée 2001, le logiciel SIGNA a pris le relais, codifiant les actes, permettant une exploitation statistique rapide. Et les destinataires, cette fois, ont mieux joué le jeu.

Nous avons maintenant une vision simultanément plus globale et plus précise de la question, puisque les données proviennent de 7 900 établissements. Ce qu'on appelle « la violence », et qui recouvre des actes ou des situations très divers, est une préoccupation majeure, essentiellement en collège. Mais le nombre des signalements, au dernier recensement (2002-2003), a chuté de 10 % [1] – nous ne vivons donc pas un processus de dégradation constante, comme le répètent les experts du café du commerce. Ensuite, et surtout, un dixième des établissements concentrent la moitié des faits incriminés, et 5 % en déclarent le tiers. A l'autre extrémité, 1 800 établissements, soit 23 %, n'ont rien à signaler. Dominent très fortement, pour la moitié des faits, les violences physiques sans arme, les insultes ou menaces graves, ainsi que les vols ou tentatives – ces actes sont

1. Synthèse de l'enquête SIGNA, note de la Direction de l'évaluation et de la prospective, février 2004.

amplement répartis. En revanche, les injures à caractère raciste, les rackets, les violences avec arme ou de nature sexuelle sont propres à un nombre restreint d'établissements.

L'« effet ghetto », comme on pouvait s'y attendre, joue à plein. Il est d'ailleurs confirmé par une autre enquête, dite de « victimation », menée auprès de 30 000 élèves par une équipe de chercheurs sous la direction d'Éric Debarbieux [1]. Plus d'un collégien sur cinq se sent « en situation de forte insécurité ». Mais pas n'importe où. Ils sont 17 % hors ZEP, 27 % en ZEP, et 30 % dans les établissements classés sensibles. « Qu'on le veuille ou non, la sociologie de la violence à l'école reste une sociologie de l'exclusion sociale », notent les rapporteurs. Et ils ajoutent : « Ce n'est pas tant le nombre de mineurs délinquants qui augmente, ni même la quantité de délits commis, que la gravité de leurs actes, plus nettement violents. » Un quart des collégiens disent recevoir des coups, 16 % déclarent souffrir de racisme.

Les élèves eux-mêmes représentent la moitié des personnes victimes d'incidents. Et, du côté des adultes, on soulignera, plus que les enseignants, l'importante proportion de personnels de direction visés (2,9 % chez les enseignants, 13,5 % parmi l'encadrement). L'explication est intéressante à chercher. De toute évidence, l'école n'est plus un monastère, elle est balayée par tous les vents, bons ou mauvais – les esprits réactionnaires, nostalgiques d'une époque où l'enseignement long n'hébergeait, derrière sa clôture sereine, qu'un petit cercle d'initiés, auront beau jeu de fustiger les effets de la démocratisation : par les portes ouvertes entrent aussi les dealers, les manieurs de battes de base-ball, les caractériels et les mal-élevés de toute pro-

1. Rapport rendu au ministre en janvier 2004.

venance. Mais l'argument du mal exogène, nécessaire, n'est pas suffisant (on remarquera que 6 % des faits, guère plus, sont dus à l'intrusion d'éléments extérieurs). L'école, à sa manière, est pathogène et violente. Agressée, elle est également, dans certaines de ses formes d'organisation, agresseur. Éric Debarbieux pose le doigt sur la plaie : un collégien sur cinq estime que les relations avec les professeurs sont « mauvaises ». « Ce qui est minoritairement mais très significativement remis en cause, explique-t-il, est bien plus la capacité relationnelle que la capacité didactique. » Et il n'hésite pas à parler de souffrance des élèves les plus « décrochés », perdus, isolés, face à un monde adulte qui n'est ni cohérent ni stable – il qualifie de « criminogène » le *turn-over* qui sévit dans les zones sensibles.

Si le principal ou son adjoint sont plus vulnérables que les autres adultes, c'est certes parce qu'ils sont magistrats, parce qu'ils ordonnent des sanctions, mais aussi parce qu'ils sont comptables des décisions d'orientation, parce qu'ils incarnent le système. A ce stade, le social – traditionnellement défini par l'habitat, le chômage, la situation familiale, etc. – n'est plus une grille de lecture suffisante. La politique de l'établissement, le comportement de ceux qui y travaillent ne sont pas moins décisifs. Les commentateurs du recensement SIGNA le soulignent avec énergie dans leurs conclusions : « On ne peut déduire de notre enquête une équation fataliste qui ferait de la violence la résultante de déterminants sociaux… Ce que notre enquête démontre, et qui est le plus important, c'est que, toutes choses égales par ailleurs, certains établissements s'en sortent mieux que d'autres. » A population constante, à moyens équivalents, certains collèges sont violents et d'autres non, certains préviennent et gèrent les crises qui ne manquent pas d'éclater, d'autres sont incapables de les déminer et se traînent de conseil de discipline en conseil de discipline, dont la multiplication est la meilleure manière de remettre l'huile sur le feu.

« L'école aussi est violente, me dit Colette Lévy, conseillère d'éducation dans la banlieue lyonnaise. Elle l'est de multiples manières. Mais la première est si banale qu'elle est la moins repérée. Cela tient simplement au fait qu'un pourcentage considérable de nos élèves assiste à des tonnes de cours sans comprendre, ou en comprenant trop partiellement ce qu'il se passe. Les programmes, les méthodes ne sont pas pensés pour eux. Et même si le professeur se bagarre, est attentif, est aimable, je crois que nous n'avons pas idée de ce qu'endure un enfant qui, à chaque heure, à chaque séquence, expérimente à nouveau l'incapacité où il se trouve de suivre, d'entrer dans la partie, de posséder les codes nécessaires. Il est constamment renvoyé à son insuffisance. Il est comme un muet à qui l'on ordonnerait de prendre la parole, ou comme un paraplégique à qui l'on demanderait, le plus naturellement du monde, de s'aligner au départ du marathon. Ça leur rentre dans l'âme, ils sont humiliés. Et quand ça ressort, c'est imprévisible. Tous les professeurs, ici, vous diront la même chose. La vie n'est pas si compliquée, l'établissement n'est pas à feu et à sang, et puis ça part d'un coup. Une bataille rangée dans la cour, un gosse qui lève la main sur le professeur, ou qui l'insulte, puis qui se met à pleurer, qui ne veut pas assumer son geste, qui dit ne pas savoir ce qui l'a pris. Les garçons se réfugient dans une autre vie sociale, leur monde parallèle, leurs trafics de shit ou de poudre, leur fric, leurs vols de voiture, leur code d'honneur [1], leur fameuse "réputa-

1. Cf., sur ce sujet, l'excellent ouvrage de David Lepoutre, *Cœur de banlieue, codes, rites et langages*, Paris, Odile Jacob, 1997.

tion". Pour moi, les plus violentes, ce sont les filles décrochées, sans espoir. Elles, elles n'ont même pas la bande pour vider leur rage. Celles-là, elles sont capables de sortir le cutter. D'une certaine façon, je les comprends. Parce que, au bout de toutes ces heures vides et douloureuses, les gamins reçoivent un bulletin où c'est écrit "peut mieux faire", et le reçoivent comme un crachat dans la figure. »

Je doute fort que l'analyse de Colette Lévy soit majoritairement approuvée par ses collègues enseignants. Mais elle a le vif mérite, cette analyse, de pointer l'essentiel : la frustration scolaire, qui n'est pas l'apanage des collèges déshérités mais qui sévit partout, jusque dans les établissements d'excellence – « l'enfant roi », dont les polémistes voudraient écourter le prétendu règne, est fréquemment humilié. On ne saurait demander à l'école d'agir au-delà de ses prérogatives sur un environnement défavorable, sur un contexte désastreux : elle en subit les effets et elle en souffre elle-même, elle accomplit parfois des prouesses là où les autres institutions se délitent. Mais on est en droit de l'interroger sur son fonctionnement intime, et, notamment, sur les raisons pour lesquelles tant de collégiens et de lycéens se jugent disqualifiés. Ce mépris n'est peut-être qu'un « sentiment » contestable. Mais à partir du moment où ce sentiment existe et est partagé, il devient réalité, il pose question. Ce que le sociologue François Dubet énonce de cette manière : « S'ils ne peuvent se définir *a priori* positivement comme des sujets culturels, les élèves y parviennent négativement, en se concevant comme des sujets détruits ou niés par le mépris… Autant que des relations sociales, le mépris caractérise l'impossibilité d'adhérer. Il y a le mépris attaché à la hiérarchie sélective, le mépris des enseignants qui "rabaissent", puis le mépris comme expression de l'indifférence[1].»

Le lien direct entre violence et frustration scolaire est clairement établi. Sebastian Roché, pionnier des travaux sur le sentiment d'insécurité et la réalité de cette dernière dans notre pays, a consacré à la délinquance des jeunes une étude unique en son genre[2], sous l'égide du CNRS, et avec le concours des ministères de la Justice et de l'Intérieur. Il commence par nous inviter à faire le deuil d'une illusion. Non, l'augmentation de la scolarisation n'est pas mécaniquement porteuse d'une diminution de la délinquance des adolescents, d'un meilleur contrôle de soi, d'une extension de la discipline. Les moins bons éléments, en ZEP mais pas seulement en ZEP, vivent cette école comme portant gravement atteinte à l'«estime de soi[3]». «Vu du côté des élèves, commente Sebastian Roché, il y a un défaut de civilité à l'école.» Les adolescents, fréquemment, considèrent qu'ils ne sont pas respectés par les adultes ou par le système des adultes, et s'affirment en légitime défense quand, eux-mêmes, ils répondent par l'incivilité à cet irrespect. Deux critères, selon le chercheur, sont éloquents. Chez les élèves qui ne s'ennuient pas, qui s'investissent, qui passent plus de deux heures par jour à travailler, le taux de petits délits est trois fois plus faible que chez les autres. Mais, à l'inverse, les élèves qui basculent dans l'absentéisme chronique (5 à 6 %, ce qui est considérable) deviennent massivement délinquants. Le taux d'absentéisme, dit l'enquêteur, est un excellent «clignotant d'alerte». «La frustration

1. François Dubet, *Les Lycéens*, Paris, Éd. du Seuil, 1991.

2. *La Délinquance des jeunes, les 13-19 ans racontent leurs délits*, Paris, Éd. du Seuil, 2001.

3. Entretien avec l'auteur.

scolaire, conclut-il, exprime l'itinéraire des jeunes à l'école. Nos calculs montrent finalement que les différences dépendent beaucoup plus de l'insertion personnelle à l'école que du milieu social des parents… Les jeunes qui disent que, durant leur scolarité, les professeurs se sont intéressés à eux très souvent ou souvent sont moins délinquants (10,5 % ont commis des actes peu graves nombreux, 2 % des actes graves nombreux, 10 % du trafic) que ceux qui n'ont rencontré que parfois ou jamais une manifestation d'intérêt chez les enseignants (les pourcentages sont en ce cas respectivement de 17 %, 2 %, et 18 %). »

Il ne s'agit nullement d'excuser l'inexcusable ni d'accuser globalement l'institution. Mais de relever que les maîtres et les établissements ont de la marge devant eux, que leurs choix pédagogiques et relationnels portent des fruits s'ils sont pertinents, et que le discours purement « sécuritaire » – d'ailleurs récusé par la majorité des syndicats –, le discours qui se contente de s'en remettre à la police ou qui suggère d'éradiquer les « sauvageons », est peu efficace et sert d'alibi commode. Une école qui ne disqualifie pas (mais la nôtre fonde la qualité des uns sur la disqualification des autres) est une école dont les élèves sont protégés de l'influence du milieu socio-économique lorsque celui-ci est défavorisé. S'autoriser à traiter un élève de « nul », ce qui arrive tous les jours, est une violence et une source de violence. Par inversion des valeurs, le jeune vole, insulte ou agresse pour restaurer l'estime de soi. Or l'accroissement de la compétition, la transformation des examens en concours suscitent une augmentation constante de la frustration *relative*. On est frustré à Clichy-sous-Bois, mais on est également frustré à Louis-le-Grand. Le système français, trop fréquemment, est incapable d'évaluer (ce qui est nécessaire et juste) sans humilier (ce qui est indigne et improductif). L'estimation l'emporte sur l'estime, pourrait-on dire. La violence des banlieues n'est pas une affaire scolaire. Mais cette violence-là en est une, ô combien.

Sur un registre analogue, au chapitre de la décadence copieusement invoquée, j'ajouterai la généralisation de la triche. Naguère, les antisèches, les copions, c'était comme le chahut, c'était une déviance carnavalesque dont l'anomalie et la sanction confortaient, *in fine*, la règle : au bout du compte, le solde restait globalement acceptable. Folklore enfui. La triche est devenue une discipline à part entière qui exige méthode, rigueur, intelligence, sang-froid. Un art noble qui atteint, dans les classes préparatoires aux grandes écoles, un degré de sophistication digne des meilleurs. Il n'est guère de concours blanc dont la blancheur ne soit ainsi très cyniquement polluée. Un art d'élite.

On invoquera l'effondrement des valeurs. Si un code d'honneur, dira-t-on, continue de fonctionner dans leurs sinueuses cervelles, c'est un code qui les relie entre eux (et leur interdit, par exemple, de dénoncer un complice) plus qu'il ne les unit à l'institution qui les héberge. Le code du bon truand, version Gabin-Audiard. Ou bien l'on invoquera « la crise », le stress, l'angoisse du retour sur investissement. La triche, sous cette lumière sociologisante, n'est plus faute morale mais instrument de régulation quand la peste sévit au-dehors.

J'avoue n'être totalement convaincu par aucun de ces deux discours, même s'ils recèlent, l'un et l'autre, des fragments d'explication. Que des élèves soient dépourvus de scrupules, des maîtres de vigilance, c'est une évidence éternelle. Que la rudesse du marché aiguise la compétition, et que l'école elle-même en rajoute, c'est une donnée du moment. Mais tout cela est un peu court.

Si l'on veut bien se promener sur la Toile à la recherche des sites spécialisés conçus et animés par des lycéens [1], sites dont la qualité rédactionnelle est souvent de très bonne tenue, on est frappé par le sens aigu de la dérision qui les anime. La « gruge ». la « pompe », ça sert à quoi ? A obtenir des bonnes notes sans se fouler ? Peut-être. Mais les moyens décrits ne sont pas de tout repos. Lisez les conseils donnés par l'Association des tricheurs anonymes pour « avoir une bonne tête » – habillement, coiffure, langage, simulacre de motivation, etc. –, sachant que « la bonne tête est un instrument sûr pour pénétrer l'inconscient du prof qui s'attend à recevoir un travail de qualité, et, en conséquence, note mieux » : le moins qu'on puisse dire est que l'opération n'a rien de facile, que la chirurgie esthétique, à côté, est un jeu d'enfant. Lisez le palmarès des appréciations de la semaine (« Passable malgré de très bons résultats », « Excellent niveau mais aucun travail », « Médiocre sur toute la ligne et même autour », « Élève virtuel », « Allergique à l'enseignement général qui le lui rend bien d'ailleurs », « B + RAS », « Vous ne pouvez pas faire pire », « Trop mou », « Hiberne probablement », etc.). On rit d'abord de bon cœur. Puis on rit jaune. Parce que c'est *vrai*. Au cours de mes pérégrinations, j'ai rencontré un élève qui, en fin de premier trimestre, avait, sur son bulletin, en guise d'appréciation générale : « Doit redoubler ses efforts ». A la fin du deuxième trimestre, le proviseur adjoint avait écrit : « Doit redoubler ses efforts ». Et à la fin du troisième, mais oui : « Doit redoubler ses efforts ». L'invitation à la dérision…

1. Sites plus ou moins stables. On conseillera, entre mille, *web-tricheur.net*.

La triche n'est pas saine, bien sûr, mais la dérision l'est. Car les élèves ont parfaitement « capté » une réalité forte : l'école fait « comme si ». Comme si les secteurs géographiques se valaient. Comme si les parents aisés ne déclaraient pas de fausse adresse. Comme si un modèle unique de réussite ne devait fatalement engendrer un syndrome d'exclusion. Comme si les critères d'orientation étaient fiables et les moyennes à deux décimales souveraines. Comme si le suivi différencié des élèves était la chose du monde la mieux partagée. Comme si la « seconde de détermination », dans les maisons cotées, n'était pas une machine à filtrer les futurs taupins.

Ils trichent, les enfants. Ils font « comme si » et ils ont tort. Où donc l'ont-ils appris, et de qui ?

4

Casting

(l'introuvable gestion des ressources humaines)

Cette histoire-là, quand je la raconte au Ministère, les yeux s'écarquillent d'incrédulité, les épaules se haussent en signe de fatalisme. Mais elle est vraie, l'histoire, rigoureusement vraie. Et je suis même contraint de citer, sans masque, le patronyme de l'héroïne, parce que cette héroïne est unique et immédiatement reconnaissable. Elle s'appelle Laurence Devillairs, elle est actuellement chargée de cours au Collège de France. Et elle revient de loin.

En terminale, son professeur de philosophie avait décelé un talent exceptionnel et lui avait conseillé de préparer Normale sup' *via* la khâgne. Elle ne savait pas ce que c'était que Normale sup'[1]. Elle y est reçue du premier coup et, dans la foulée, elle décroche l'agrégation, major s'il vous plaît. Elle prépare sa thèse, grâce à une allocation, tout en donnant, à l'université, des cours de philosophie du droit. L'Institut de France lui accorde une bourse, et la voici docteure, étoile montante des recherches cartésiennes. Elle publie, prononce des

1. Instituée par la Convention en 1794, l'École normale supérieure, d'abord masculine (une école féminine fut créée en 1881), rassemble 950 élèves stagiaires, littéraires ou scientifiques, qu'elle rémunère pendant leurs études.

conférences. « J'avais vingt-neuf ans, dit-elle, je vivais au royaume de l'esprit, royaume qui n'héberge que des bons élèves et des membres de jurys très solennels. »

Sa renommée s'étend. Mais elle est plus douée pour l'exégèse que pour la fine tactique. « Je n'avais pas mesuré qu'il faut être habile pour obtenir un poste en fac, qu'il ne suffit pas de rendre une excellente copie. » Soudain, la thésarde se retrouve le bec dans l'eau. « A l'École, ironise-t-elle aujourd'hui, on m'a toujours fait croire que j'échapperais au secondaire qui était pour moi une espèce de goulag, parce que j'étais normalienne, agrégée et docteure. J'ai été confrontée à la réalité pour la première fois de ma vie. Puisqu'il fallait solliciter un poste en lycée, j'ai demandé les académies de Paris, Versailles ou Créteil afin de ne pas atterrir trop loin des centres de recherche. Et j'ai été nommée dans l'Est, en zone frontalière. Ils gagnent gros, les frontaliers, et un prof, à leurs yeux, ça ne pèse pas lourd.

« C'était un énorme lycée, très massif, très moche et gris. Dès que je l'ai vu, je l'ai baptisé le kolkhoze. Mes élèves étudiaient le génie mécanique. Au début, j'ai postulé qu'ils n'avaient pas de culture intellectuelle mais qu'ils avaient envie d'en avoir une. J'ai cru que j'allais pratiquer la maïeutique socratique. Tu parles ! Les élèves, eux, ont cru que je les méprisais. Je continuais à m'émerveiller devant Descartes, pas eux. J'ai laissé tomber les manuels, j'ai rebâti un cours, et j'ai compris qu'être prof ne consiste pas à faire de la philo mais à l'enseigner. Et puis il a fallu que j'impose la discipline. Empêcher un élève de gratter son devoir de mécanique sous mon nez. Interdire qu'on me traite de connasse même si connasse ça veut dire Madame. Je suis devenue hypersévère, tolérance zéro, heures de colle. Je suis devenue asexuée, un homme ou une femme ça ne comptait plus. Les élèves disaient : "On préférerait que vous nous tapiez dessus plutôt que de faire la maligne." Mon proviseur me lâchait, je lui ai dit que je ne rendrais plus de comptes qu'à l'Inspection générale.

« Les élèves m'ont trouvé un surnom, E.T., et c'est exactement ce que je ressentais. Les collègues me regardaient comme l'intello agrégée parisienne qui n'est pas de leur monde et qui gagne assez de fric pour se payer le TGV chaque week-end. Au conseil de classe, devant la sainte trinité parents-profs-élèves, la déléguée de classe faisait mon procès : trop de devoirs, trop de sales notes, et les parents approuvaient, et les profs approuvaient, et le proviseur approuvait la majorité. Comme je classais mes copies par ordre de notes croissantes, une consœur m'a expliqué que c'était un procédé antipédagogique et fascisant. J'ai encore aggravé mon cas en refusant de signer une pétition pour l'intégration pure et simple des maîtres auxiliaires, disant que l'Éducation nationale met à notre disposition des concours qui sont un bon moyen d'acquérir un statut. J'étais complètement décalée… »

Laurence Devillairs aborde alors l'étape suivante d'un parcours très balisé : la dépression, l'arrêt maladie de trois mois. Puis elle se reprend mais elle pleure dans sa voiture, chaque matin, tandis qu'elle roule vers le lycée. L'année suivante, elle « étale », sans plus, et sans antidépresseurs. Elle réussit à changer d'établissement, demande Paris-Versailles-Créteil, comme précédemment, et, cette fois, se retrouve encore un peu plus loin, tout au Nord. Elle décide de démissionner, écrit des articles, envisage de passer le concours interne de l'ENA ou de postuler pour une université étrangère puisque ses articles sont traduits aux États-Unis et au Canada. « Tout ce qui m'enthousiasmait était en train de mourir, j'allais devenir aigrie à trente ans et je n'avais plus le temps de faire de la recherche. En plus, si tu es loin de la place de la Sorbonne, tu es mort, tu n'as plus de bonne librairie sous la main, plus d'interlocuteur dans ta partie. » Et le miracle intervient. Elle a donné des conférences au Collège de France, le plus prestigieux établissement qui soit, on lui propose d'y occuper un poste de chargée de cours. Mais, pour cela, il faut qu'elle sollicite sa mutation par la voie hiérarchique et en trois exemplaires. Son proviseur la convoque. L'échange est haut en couleur :

– Je savais que vous aviez la tête à l'envers, mademoiselle Devillairs. Mais là, ça atteint des sommets. Vouloir un collège alors que vous êtes agrégée de philo…

– Mais il s'agit du Collège de France, monsieur le proviseur !

– J'espère bien que c'est en France. L'outre-mer, avec les points que vous avez, il ne faut même pas y penser…

Et Laurence Devillairs, qui n'a pas assez de points pour obtenir Cayenne, retrouve Paris, la librairie Vrin, et Descartes. « J'étais une erreur de casting, voilà tout. L'agrégation et le doctorat, ça ne vous destine pas au second degré. Dans un CHU, avant d'occuper une fonction, on rencontre le chef de service, on aligne son expérience, ses diplômes. Mais à l'Éducation nationale, on n'aligne rien du tout, on est supposé bon pour le service, n'importe quel service. »

L'histoire de Laurence Devillairs n'est pas seulement intéressante parce qu'elle est pittoresque – surtout pour le lecteur, car, pour elle-même et pour ses élèves, il en fut autrement, si je l'ai bien comprise. Elle est intéressante dans la mesure où elle illustre jusqu'à l'absurde la logique de l'Éducation nationale. Avec force bourses et allocations, l'État français a repéré et financé une universitaire particulièrement brillante qui boucle son doctorat avant trente ans – belle performance. Va-t-on utiliser ce savoir, rentabiliser cet investissement ? Surtout pas, ce serait trop facile. Admettons que cela ait quelque sens d'expédier dans un lycée technique une chercheuse spécialiste de Descartes. Admettons que, d'un point de vue civique, l'expérience soit instructive. Prépare-t-on l'intéressée à ce qui l'attend ? Surtout pas, ce serait trop simple. Agrégée, docteure, armée de son savoir transcendant, elle est supposée capable d'affronter tous les publics et d'enseigner sans autre bagage. Admettons que le savoir procure toutes les techniques. Quand elle va mal, quand elle est dépressive, va-t-on l'entendre, l'aider, lui chercher une porte de sortie ou un lieu d'exercice plus approprié ? Surtout pas, ce serait trop efficace. On la laisse mariner dans son désespoir programmé. Et le gâchis est complet.

La pierre angulaire de l'immense édifice qu'est l'Éducation nationale tient en un mot, qui n'est pas très beau mais qui n'en est pas moins le mot clé : interchangeabilité. Les enseignants sont interchangeables. Un prof égale un prof, point final. Cela part d'une très noble intention, de l'idée que le service public doit être rendu à tous uniformément, et que les agents de ce service public, dès lors qu'ils ont satisfait aux critères de recrutement, sont à la disposition de l'État pour le remplir là où c'est nécessaire. L'absence de gestion des ressources humaines, à l'école publique, n'est pas une omission ou un avatar, c'est un principe fondateur.

Au fil des années, estimant que les fonctionnaires ont leur mot à dire sur le déroulement de leur carrière, on n'a toujours pas créé de service adéquat mais introduit des règles concernant l'avancement et les mutations. L'avancement – une carrière se décline en douze échelons – s'opère à l'ancienneté, mais les « bons » éléments peuvent bénéficier d'un coup de pouce qui accélère le processus, ce qu'on appelle « le grand choix » ou « le petit choix ». Les mutations, elles, sont accordées ou refusées suivant un barème de points où interviennent l'ancienneté dans le poste, la notation (administrative par le chef d'établissement, pédagogique par l'inspecteur), et la situation de famille (le mariage, le PACS, les enfants sont des multiplicateurs de points). L'ensemble est cogéré par l'institution et par les syndicats qui trouvent dans les commissions paritaires leur principal fonds de commerce. Depuis deux décennies, depuis mon dernier voyage, l'essentiel du dispositif n'a pas varié.

Toute cette mécanique étroitement ajustée est censée garantir la meilleure prestation aux usagers et la plus grande équité aux personnels. On a vu ce qu'il en était avec Laurence Devillairs. Voici le récit de Myriam Garance. Elle a débuté dans les années 1980, juste à l'époque où j'écrivais mon précédent livre, et, contrairement à la normalienne éprise de Descartes, elle picorait joyeusement un séminaire de Barthes par-ci, une licence de lettres par-là, une maîtrise sur Duras pour le plaisir, aucune envie de courber l'échine comme les bêtes à concours. Née en banlieue parisienne, une banlieue encore ouvrière, elle y gagne sa vie comme pionne et puis s'enquiert d'un emploi correspondant à ses parchemins. Le rectorat cherche des maîtres auxiliaires, contractuels embauchés ou débauchés à volonté[1]. Il suffit de posséder une licence. Myriam Garance postule et se retrouve dans un lycée d'enseignement professionnel, à l'est de la capitale. Le conseiller principal d'éducation a reçu un coup de couteau, s'est

1. A noter que le recrutement des titulaires est national tandis que celui des auxiliaires est académique ou rectoral.

soigné, puis est parti vers des cieux moins chargés. Le proviseur n'obtient pas de remplaçant. Paniqué, débordé, il voit que la jeune étudiante a du caractère, de la poigne et lui propose, illico, de « faire fonction » de CPE. Elle a vingt-six ans.

« C'était un LEP pourri, très violent, avec un fort racisme entre Maghrébins et Antillais. Le proviseur avait peur de son ombre et la boîte était aux mains d'une mafia de profs d'atelier qui collaient les élèves sur une machine et partaient boire un coup ou bien assurer une vacation de réinsertion, ce qui leur permettait de doubler leur paie. J'ai décidé d'agir. J'étais indignée de voir des profs de dessin industriel distribuer les sujets à leurs élèves, leur dire de se mettre au boulot, et filer dans la salle à côté où les attendaient des adultes en formation continue. J'ai failli me faire massacrer. Je me suis entêtée. Dans les classes, j'exigeais le silence, et ça me faisait presque peur, en même temps, la dureté avec laquelle je l'exigeais. J'étais habillée de manière farfelue, il y avait des fleurs peintes sur ma voiture, les gens étaient étonnés que je sois aussi stricte avec un look pareil.

« Je n'ai pas tenu très longtemps dans cette boîte-là. Je suis partie parce que j'ai pris un coup de poing dans la gueule. C'était tôt le matin, il neigeait, les gosses se lançaient des boules mais y glissaient d'abord des pierres pour que ça blesse. J'ai attrapé un grand, je l'ai traîné jusqu'à mon bureau, je l'ai engueulé comme du poisson pourri et j'ai voulu qu'il s'excuse. Lui ne voulait pas. Je n'ai pas lâché, les yeux dans les yeux. Plus âgée, je n'aurais pas agi ainsi. Je ne lui ai laissé aucune porte de sortie, il n'avait plus d'autre solution que de me cogner. C'était son poing à lui mais c'était mon erreur à moi. J'ai rendu les clés et je suis allée à l'inspection académique expliquer que ce job, ça ne pouvait pas coller. Ils m'ont retenue par la manche en me promettant quelque chose de plus convenable.

« J'ai atterri dans une SES[1], j'y étais la sixième maîtresse auxiliaire. Quand j'ai prévenu les gosses que je resterais jusqu'à la fin de l'année, ils se sont tordus de rire. C'était une classe poubelle comme j'en ai connu tant d'autres, une garderie pour enfants caractériels sans aucun véritable soutien psychologique. Ils entraient par une porte, sortaient par l'autre, passaient par la fenêtre, et ainsi de suite. J'ai condamné une porte, c'était toujours ça de pris. Il y avait une petite beurette qui s'amusait à tomber par terre comme si elle faisait un malaise – la première fois je me suis affolée, et la deuxième aussi, et puis je lui ai dit qu'elle pouvait crever, alors ça a été fini. Il y avait un petit Portugais qui rentrait saoul après chaque déjeuner qu'il partageait avec son père, et qui ensuite essayait de toucher les seins des filles, et d'assommer une Africaine avec laquelle il avait des mots au sujet de l'Angola. Il y avait un souffre-douleur, battu chez lui et battu à l'école. Il y avait un petit gars qui ne pouvait absolument pas rester assis. Eh bien, à la fin de l'année, j'étais encore là, ils avaient chacun un cahier et un crayon et on étudiait Cosette. Je me fichais des programmes comme de l'an quarante, je faisais le Bled[2], le Bled, et encore le Bled. J'étais mal notée mais l'inspecteur d'académie m'a protégée.

« Après un interlude dans un bon LEP, à Orly, où je suis redevenue CPE sous l'autorité d'un proviseur

1. Section d'enseignement spécialisé, où l'on mettait les élèves en très grande difficulté scolaire et/ou psychologique. Les SES ont aujourd'hui disparu, remplacées par les SEGPA – section d'enseignement général et professionnel adapté.

2. Célèbre manuel de grammaire et d'orthographe, dû à feu l'instituteur Édouard Bled.

extrêmement sympathique et investi, nouveau changement à vue : on me confie, à Vitry, des CPPN[1]. Là, c'était grandiose. Mes élèves s'insultaient en permanence à coups de "petite bite", "tête de cul", "va te faire enculer". Du sexe, du sexe, du sexe. Ils commentaient en permanence l'arrondi de mes fesses. J'ai fini par leur dire, en plein cours : "Allez, vous avez cinq minutes de cul, allez-y, défoulez-vous !" Là, grand silence. "Ah non, m'dame, ah non, comme ça on peut pas..." Et moi : "Si, puisque vous ne parlez que de ça dès que j'ouvre la bouche, parlez-en pendant que je la ferme, je vous laisse la parole !" Ils sont restés interdits, silencieux. Un jour, j'ai étudié avec eux *Les Effarés* de Rimbaud. Il fallait écrire le mot cul sur le cahier, et ça, ils en étaient incapables. Que diraient leurs parents ? J'ai trouvé que c'était joli...

« Ça peut vous paraître bizarre, mais à certains moments, j'ai adoré ce boulot. Les enseignants des lycées généraux ne sauront jamais le bonheur qu'on éprouve à potasser l'affaire Calas avec des électromécaniciens qui n'ont, de leur vie, pas ouvert un livre, ce qui s'appelle un livre. Ni l'émotion que j'ai ressentie en les voyant pleurer quand je leur projetais *Nuit et brouillard*. Tous les élèves violents sont des élèves en grande difficulté, vous savez. Celui qui commençait à péter et à roter, je savais pourquoi. Je le prenais à part et je lui disais : "Toi, tu pètes et tu rotes parce que tu ne veux pas montrer que tu ne sais pas écrire, parce que tu penses que tu ne vas pas travailler avec moi – mais ça viendra." Et ça venait, ça venait souvent. Je sortais écœurée des conseils de classe où l'équation était toujours la même : pas bon en français, pas bon en

1. Classes pré-professionnelles de niveau (supprimées depuis), voie de garage des élèves éjectés en collège du circuit général.

maths égale lycée professionnel. Je levais la main et je demandais pourquoi il serait bon, cet élève, en lycée professionnel, pourquoi on l'expédiait là-bas avant de le faire travailler ici et maintenant. Ce sont des victimes, ces élèves, voilà ce que j'ai appris sur le tas.

« C'est trop lourd à tirer. Les élèves, je m'en arrange. Mais j'en ai eu marre de m'en arranger au milieu de gens qui leur crachent dessus, qui ne veulent pas admettre qu'ils sont à leur service. Les profs, c'est petit, c'est vivement les vacances, c'est un milieu qui stagne, étroit, qui demande plus de fric et plus de gommes. Faire Molière à des beurs chaudronniers, ça n'a pas de sens, mais ça ne veut pas dire qu'il n'y a pas moyen de les élever intellectuellement. Ma fille est en première S, normal, c'est une fille de prof : elle n'est pas cultivée, ma fille, elle est gavée.

« J'ai quitté le métier. J'ai eu un accident de voiture assez traumatisant. Et quand il a fallu que j'y retourne, je n'avais plus la force, je n'avais plus confiance en moi. J'étais dépressive, je ne sortais plus. J'imaginais que les rescapés d'un attentat, c'est un peu de ce style-là. J'ai proposé de bifurquer vers un centre de documentation, un CDI, mais on me l'a refusé. Le médecin m'a demandé quel était mon plan de carrière. Mon plan de carrière… Je suis en invalidité, à présent, on m'a radiée de l'Éducation nationale. Ainsi soit-il. »

L'itinéraire de Myriam Garance est à l'exact opposé de celui qu'a emprunté Laurence Devillairs. Voilà une femme qui est certes passionnée de littérature mais que le statut (et la stature) universitaire ne motive pas. En revanche, « sur le tas », pour reprendre sa propre expression, elle manifeste une capacité d'adaptation incroyable. Errant de « classe poubelle » en « classe poubelle », elle se forge un savoir-faire, elle acquiert une connaissance des élèves les plus marginalisés que peu de maîtres ont validée sur une durée importante. Que devient-il, ce savoir-faire, quand elle décroche, quand elle connaît un passage à vide ? Rien. Il disparaît, c'est tout. Lui propose-t-on, comme elle le demande car elle souhaite souffler (elle ne souhaite pas, au vrai, quitter l'institution), un poste-relais, une pause afin de reprendre haleine ? Absolument pas. Son savoir est perdu, et elle-même est perdue. Cabocharde, atypique, sa « carrière » est finalement assez analogue, toutes choses égales par ailleurs, à celle des adolescents dont elle a hérité. Elle se retrouve dans les ténèbres extérieures, rejetée vers une sorte de *no man's land* professionnel.

Sans doute, en cours de route, a-t-elle obtenu la satisfaction d'être titularisée, ce qui lui vaut une pension. Son cheminement chaotique serait difficilement imaginable de nos jours. En 1997, le recrutement de nouveaux maîtres auxiliaires a été officiellement aboli (mais il reste des professeurs contractuels). Le recours aux enseignants non titulaires, qui représentent environ 7 % des effectifs, a diminué de moitié depuis vingt ans. La période où l'on embauchait à la va-vite est quasi révolue. Le corps des PEGC (professeurs d'enseignement général de collège, issus du primaire) a été dissous. Le monde des maîtres est devenu plus homogène, du point de vue administratif – certifiés, agrégés, professeurs de lycée professionnel : les catégories ont été unifiées et resserrées, les séquelles du bricolage démocratique ont été traitées. Et le niveau universitaire monte. Les enseignants du second degré possèdent de plus en plus souvent un diplôme supérieur à celui requis pour les concours de recrutement. Chez les plus de cinquante-cinq ans, un tiers a atteint bac + 4 (soit la maîtrise). Chez les moins de trente ans, c'est 43 % [1].

1. Source : Direction de l'évaluation et de la prospective.

Reste, et le « profil » de Myriam Garance est à cet égard exemplaire, qu'à l'heure actuelle, le ministère de l'Éducation nationale, administration centralisée s'il en est, ne saurait dire quel fut exactement le parcours de la moitié de ses personnels, quels furent leur point d'entrée, leur degré de qualification universitaire, leur expérience. C'est un secret d'État d'autant mieux gardé qu'il paraît impénétrable. Maintenant, avec les IUFM et des filières d'accès transparentes, nous disposons de données plus solides. Mais nous sortons d'un trou noir.

Mon troisième témoin appartient à la catégorie des « malgré moi ». Joëlle Dantec est – était – un professeur qui ne voulait absolument pas devenir professeur et qui a mis vingt-cinq ans pour accomplir son rêve. Son père était prof, sa mère était prof, ses deux sœurs sont profs mariées à des profs. Elle, elle aurait aimé fréquenter les Beaux-Arts, se spécialiser dans la décoration. Mais était-ce bien convenable ? En fac, elle voit passer une note annonçant le recrutement de PEGC lettres-musique. Elle a (presque) une licence de lettres, elle joue du piano, elle passe le concours, la voici prof. « Pédagogiquement, dit-elle, non sans humour, j'étais formée : mes parents ne parlaient que de ça... » Elle se retrouve dans les quartiers sud de Rennes, en ZUP pas encore ZEP, promouvant la flûte à bec chez des amateurs de batterie. Au bout de trois ans, elle pense avoir trouvé la sortie. Par accointances, elle est embauchée comme régisseure stagiaire sur le tournage de *Châteauvallon*, le grand feuilleton du moment. Mais Chantal Nobel, l'héroïne, est victime d'un terrible accident. *Châteauvallon* s'arrête. Joëlle Dantec redevient prof. Toujours dans la même ZUP, mais en lettres cette fois.

Elle est la dernière arrivée, on lui donne les CPPN, comme il convient. Les élèves, des grands gaillards, sont durs. Elle demande au principal de l'appeler « Madame », parce que Madame, c'est plus respectable, et il met un point d'honneur à lui donner du « Mademoiselle » devant les garçons, juste pour rire.

Joëlle Dantec décide de partir loin. Alliance française, Mission laïque, bonnes œuvres en tous genres, elle écrit, elle postule, et séjourne trois ans à Tahiti, trois ans de flûte à bec dans une ZUP sous les tropiques. Au retour, son poste a été supprimé, mais la ZUP d'à côté est accueillante. Et c'est reparti. Elle cherche et trouve une autre échappatoire : les études. Congé administratif, congé sans solde, elle passe sa licence, obtient un mi-temps pour décrocher le CAPES, retourne en ZUP (où elle est indéfiniment la dernière arrivante), purge quelques années, arrache un congé de formation et prépare l'agrégation. Baudelaire, Montaigne. Le bonheur.

Mais elle échoue de peu. Et la voici en ZUP ZEP REP, livrée à des gamins hyperactifs dont le leader, à tout bout de champ, répète : « Tu pues du cul de la gueule ! » Elle se fâche. Avec l'élève qu'elle injurie (« Ça n'a servi à rien mais ça m'a fait du bien… »). Avec sa principale à qui elle demande que les éléments les plus insupportables soient déplacés, et qui répond qu'un prof doit assumer sa classe, toute sa classe et rien que sa classe. Avec l'inspecteur qui la juge inadaptée à son public, ce à quoi elle rétorque n'être pas formée pour ça. Elle est perçue comme un tyran, une terreur, une « mère tape dur ». Et chaque midi, sous l'œil consterné de son époux (qui n'est pas prof) et de son enfant (qui ne le sera pas), elle fond en sanglots sitôt assise à table. « Je pensais à ce gamin, j'avais envie de lui coller une tarte, je savais qu'un jour ou l'autre je ne pourrais pas m'en empêcher et que je serais convoquée par les parents, parce que, aujourd'hui, ce sont les parents qui convoquent… » Elle s'en veut. Et elle en veut à la terre entière. « J'ai toujours pensé que j'étais plus victime que coupable parce qu'on nous impose de faire des choses qui ne sont pas réalisables, et qu'on ne nous donne pas les moyens, notamment en formation, d'y par-venir… »

C'est la fin. « Les dernières années, entre deux zones de vacances, le temps paraissait long… » Et soudain la trouvaille : sortir par le haut, devenir chef, patron. Elle rédige son CV, polit son dossier de candidature. Mais avant même d'être auditionnée par la commission *ad hoc* pour devenir principale ou proviseure, elle est écartée – le chef d'établissement dont dépend le postulant doit émettre un avis, et cet avis lui est parfaitement défavorable. La « mère tape dur » au pouvoir ? Jamais. Mortifiée, elle réclame des explications et en obtient : ne se réfère pas aux priorités académiques et nationales, ne travaille pas en équipe avec ses collègues, envoie balader tout un chacun… Elle demande une mise en disponibilité. Puis conçoit un salon de thé, une boutique de parfums qui ressemblerait à un salon de thé. Rien ne marche. Jusqu'à ce que s'ouvre la porte d'une librairie. Elle commence par y emballer les livres. La liberté, enfin…

Contrairement à la rumeur, peu d'enseignants démissionnent. Ils prennent un congé, sollicitent un détachement. Mais quitter la maison mère, cela reste une transgression, dès lors qu'on y est titulaire. Plus qu'autrefois, les jeunes hésitent à s'engager dans le métier – surtout en physique-chimie, mathématiques, sciences de la vie et de la terre, histoire et géographie, et lettres modernes – et invoquent, pour justifier cette réticence, « la crainte d'une première affectation dans une zone ou un établissement réputé difficile[1] ». Mais une fois le concours passé, une fois la carrière amorcée, très peu renoncent. Deux à trois cents par an, pour tout le second degré (dans le primaire, pas plus d'une cinquantaine). On peut lire le phénomène de différentes manières. Une version optimiste prêchera que, finalement, tout cela n'est pas si terrible, et que les « sauvageons », on finit par les domestiquer. Mais je crains que cette version ne soit un peu légère.

L'expérience de Joëlle Dantec, comme celle de nombreux professeurs que j'ai rencontrés, révèle que la carrière enseignante est vécue comme un destin, comme une trajectoire prédéterminée dont il n'est plus possible, ensuite, de s'écarter faute de véritables opportunités, faute de connaissance du monde extérieur, et faute de connaissance de soi-même : quand la qualification n'est assurée que par la détention d'un diplôme, le bilan, non pas de ses connaissances mais de ses compétences, est impossible à dresser. Ou alors il faudrait sortir, ce qui revient à supposer le problème résolu puisque la DRH est inscrite aux abonnés absents.

Dans le monde de l'entreprise que les professeurs (hors sections directement concernées) ont idéologiquement tendance à diaboliser mais pour lequel ils éprouvent simultanément une fascination assez naïve, ces bilans de compétence sont, de plus en plus, monnaie courante. Reste à savoir si les enseignants le désireraient vraiment. Entrer dans semblable logique, c'est admettre que la réussite à l'examen ou au concours n'est qu'une étape initiale, un seuil, et non point une certification définitive. « Je suis agrégé… » « Je suis certifié… » C'est commode, c'est rassurant d'être qua-

1. Document interne au Ministère. Non publié.

lifié à vie, de se situer par rapport à l'origine et non à la destination. Les professeurs sont peu ou prou les derniers à fonctionner ainsi, à jouir d'une expertise ontologique, transcendante. Même les « docteurs » en médecine, qui sont si friands de titres et d'appellations ronflantes, en ont rabattu. Et pour cause : la moitié des connaissances qu'ils doivent maîtriser se renouvelle tous les dix ans. Docteur ou pas, un praticien qui néglige de suivre le mouvement est rapidement indigne d'un titre qu'il a cependant mérité jadis. Pour l'enseignant, sortir n'est pas uniquement se dégager du cocon étouffant, c'est entrer dans un univers professionnel où une maîtrise obtenue voilà quinze ans pèse franchement moins que des aptitudes observables présentement. La plupart se dandinent sur le pas de la porte, hésitent et renoncent. Trop flou, le monde extérieur, trop incertain. Elles sont un peu élimées, mes charentaises, elles manquent de panache, mais elles se sont, une fois pour toutes, faites à mon pied…

Selon une enquête interne [1], le Ministère estime toutefois qu'un professeur sur cinq – plus les hommes que les femmes – envisagerait de cesser son activité, et un sur quatre parmi les trentenaires (la veille de la quarantaine est le moment où l'on se dit que c'est maintenant ou jamais). Parmi les raisons invoquées figurent en bonne place les arguments traditionnels : manque de reconnaissance, dévalorisation du métier, comportement des élèves. Mais aussi, fortement énoncés, « le caractère répétitif de l'enseignement » et « l'absence d'évolution de carrière ». Ce dernier point ne souffre guère de discussion. Au fond, le but du jeu, tel que le

1. Note de Nadine Esquieu, *Enseigner en lycée et collège*, sur la base d'un panel représentatif de 995 enseignants du second degré, Direction de l'évaluation et de la prospective (DEP).

système est organisé, est de trouver *le* poste, *son* poste, dans la ville de son choix et dans l'établissement de son choix. Une fois posé, on ne redécolle plus. On prend ses habitudes, on devient un « pilier », on négocie avec l'administration le meilleur emploi du temps souhaitable, on obtient les sections opportunes. Et le reste va aux nouveaux arrivants. Traduisons : le reste échoit à ceux qui bougent. L'inertie de la machine incite à l'inertie des personnels.

Parmi les maîtres que j'ai interrogés, il est frappant que ceux qui ont réussi à s'octroyer quelques excursions se déclarent satisfaits. Ce n'est certes pas l'aventure : des cours en IUFM ou à l'université, un demi-service pour assurer des stages de formation, un échange avec des collègues étrangers. Rien de tout cela n'écorne la propriété *du* précieux poste auquel chacun est rivé comme la moule au rocher, et dont la perte – mesure de carte scolaire, transfert ou nouvelle configuration de l'établissement – serait assimilée à un tremblement de terre, à un tsunami, à l'explosion de la nitroglycérine dans *Le Salaire de la peur*. Je parle, évidemment, des plus âgés, de ceux qui, au mitan de la quarantaine, sont définitivement parvenus en eaux calmes, quasiment en préretraite.

J'exagère à peine. Un professeur dont la cote et les notes sont favorables peut fort bien se retrouver, atteignant la cinquantaine, tout en haut de l'échelle. Sa note administrative est de 40 sur 40. Sa note pédagogique est excellente et ne variera plus. Il perçoit, à la fin de chaque mois, le maximum de ce que l'État lui versera jamais. Il va travailler encore une douzaine d'années mais son parcours est bouclé, bordé, inaltérable. « Vous avez devant vous un homme mort », m'a dit, avec un humour pincé, un physicien de Lille. « Regardez-moi, je suis coulé dans le bronze », ai-je entendu à Marseille.

Et ce mot, encore, d'une philosophe amère : « Ici, nous finissons empaillés vivants. »

Sur ce terrain, je me sens ramené vingt ans en arrière. La même situation, les mêmes blagues en coin, les mêmes doléances. Rien n'a changé, en deux décennies. Rien.

Les seuls aménagements notables sont une « déconcentration » des mutations (on demande une académie, et c'est ensuite le rectorat concerné qui, au sein de cette académie, attribue le poste) et des promotions. Mesures techniques, assurément bienvenues, qui sont à une réelle décentralisation ce que le Canada dry est au whisky pur malt. Des suggestions intéressantes avaient été formulées et prises en considération, sur la lancée des « années Savary », par des personnalités de tous bords. En particulier la création de « bassins de formation » (qui ne seraient pas le plat décalque des bassins d'emploi mais le regroupement d'établissements, lycées, collèges, lycées professionnels, ayant en commun une population et des objectifs). Sur le plan gestionnaire, certaines académies ont exploité l'idée, avec succès. Mais le projet allait au-delà : on avait imaginé que des enseignants pourraient être nommés, non pas sur un établissement précis, mais sur un bassin qui constituerait, en lui-même, un établissement, ce qui autoriserait une mobilité (volontaire et négociée) entre différents types d'exercice ainsi que des ajustements moins brutaux et moins comptables que la dotation globale horaire ou le drame incessant des postes supprimés ici et créés là.

La piste était prometteuse, Antoine Prost en fut l'éloquent avocat. Elle n'a pas été sérieusement explorée. Car tout ce qui touche à la gestion des ressources humaines, tout ce qui pourrait introduire un peu de souplesse, quitte à corriger le tir ensuite, fait immédiatement l'objet d'un veto des syndicats majoritaires (et parfois des minoritaires aussi). La moulinette à points, c'est leur tombola perpétuellement gagnante. Qu'il s'agisse des nominations ou de l'avancement, tout s'ajuste en commission paritaire. Si bien que les non-syndiqués sont contraints de s'affilier lorsqu'ils ont l'intention de solliciter un poste. Longtemps, la nouvelle de leur nomination était plus rapidement disponible par la voie syndicale que par la voie réglementaire. Cela donne, quelquefois, des appartenances indécises. « Quand j'ai su que j'étais nommé dans l'académie d'Amiens, explique un débutant, j'ai eu très peur de me retrouver à cheval sur deux ou trois collèges. J'ai donc arrêté pour tactique de demander la ville la moins demandée. Pour me renseigner, j'ai appelé le syndicat dont j'avais pris la carte… » Je l'interromps : « Quel syndicat ? » Il poursuit, ne paraissant pas y prendre garde : « … Je ne sais pas, n'importe lequel. Ils m'ont dit que Creil était cette ville. J'ai postulé pour Creil, et j'ai eu un poste d'un seul tenant. » J'insiste : « Vous êtes resté syndiqué ? » Un sourire d'évidence : « Non, puisque j'avais ma nomination… »

S'agissant de l'avancement, la chose est plus caricaturale encore. Un inspecteur rend visite au professeur tous les quatre ou cinq ans, grand maximum, et lui attribue une note, assortie d'un rapport – lequel peut être contesté. L'usage veut que, sauf situation exceptionnelle, cette note soit stable ou à la hausse, et initialement fonction du rang de classement obtenu lors du concours de recrutement. Le chef d'établissement, lui, n'a, par principe, aucun pouvoir pédagogique sur ses administrés qui sont, dans leur classe, maîtres à bord (fussent-ils débordés) et intouchables. Tous les ans, le principal ou le proviseur attribue sa note suivant trois critères : ponctualité, assiduité et rayonnement. Le concept de « rayonnement » déclenche sous les préaux une intense rigolade et, par le jeu d'une commission qui intervient après notation, cette dernière est alignée sur un barème standard. Aux derniers échelons, il faut vraiment avoir agressé sexuellement un collègue ou giflé la présidente des parents d'élèves – devant témoins – pour ne pas avoir 40 sur 40. Entre Ubu et Courteline, la moulinette mouline, indifférente au réel.

Je ne connais pas un seul militant syndical qui ne m'ait avoué, en aparté, avoir défendu des gens indéfendables et s'être trouvé fort mal à l'aise dans cette position. Et les deux tiers de mes interlocuteurs ont spontanément (mais toujours en entretien privé) tenu un discours analogue : « Ça n'est pas normal », « L'absence de sanctions est inadmissible », « J'en ai par-dessus la tête de bosser consciencieusement pour le même prix que des collègues qui laissent tout filer », etc. Le propos est récurrent, sincère, mais il ne sort pas du confessionnal. Et quand je renvoie la balle, quand je demande quelles devraient être les mesures de rétorsion ou de gratification, et qui devrait les prendre, le silence tombe soudain, car on préfère, au bout du compte, la moulinette aveugle à la justice nuancée, complexe, faillible, obscurément menaçante.

Résumons. Depuis vingt ans, deux « traditions » de la maison sont restées intangibles. D'abord, le principe d'interchangeabilité. Les enseignants comptent parmi les très rares salariés qui n'ont aucunement l'occasion de négocier avec qui que ce soit les conditions d'exercice du travail qu'ils vont accomplir, ni même le lieu de cet exercice. Ce n'est pas une loi incontournable du service public. Quand un hôpital recherche un pneumologue, il publie la vacance du poste, reçoit des candidatures, et les intéressés rencontrent leurs futurs collègues éventuels – à salaire égal, on considère que la cohérence de l'équipe, la complémentarité des savoir-faire sont des atouts décisifs. Dans l'Éducation nationale, il n'en est rien. Le parachutage demeure la norme. Le comble de l'absurde et de l'inefficacité est atteint quand il s'agit des personnels d'encadrement. Un principal ou un proviseur ne choisit pas son adjoint (et réciproquement), ni le gestionnaire avec lequel il va travailler quotidiennement. Et il en est de même pour la « vie scolaire » : les conseillers d'éducation se retrouvent appariés au pur hasard des affectations.

Dans les documents officiels, dans les projets d'établissement, lors des conférences de presse ministérielles, le mot « équipe » est employé à toutes les sauces – l'équipe enseignante, l'équipe de direction, l'équipe éducative, etc. Offensive de communication à laquelle l'Éducation nationale ne nous avait guère habitués, ou surgissement de la pensée magique concevant que le mot fait la chose ? Je ne sais. Ce que je constate, c'est que rien n'est plus éloigné de la mécanique grenelloise que l'esprit d'équipe. Il faudra bien, tôt ou tard, que les farouches « défenseurs » du service public acceptent de regarder le monde extérieur, et d'interpréter avec un peu plus de scrupule le succès croissant du privé. S'ils s'aventurent jusque-là, ce dont je doute, ils verront que la formation d'équipes enseignantes et les cooptations au niveau de l'encadrement sont les points forts, précisément, de la concurrence là où elle excelle.

Il existe bel et bien, à l'échelon rectoral, des « DRH ». Les guillemets sont de circonstance puisque ces directions ne dirigent pas et que leur véritable fonction consiste à essayer de rattraper ou corriger les catastrophes ou aberrations causées par l'absence de véritable gestion des ressources humaines. Tel enseignant ne vient plus en classe, ou tient des propos si décousus que les parents menacent de porter plainte… Tel chef d'établissement est notoirement incompétent, a déjà été déplacé deux fois, et renouvelle une éblouissante démonstration du principe de Peter. Tel professeur est totalement dépressif, accumule les tentatives de suicide, mais refuse de se mettre en congé de maladie, aggravant sa propre situation et pénalisant ses élèves. On bricole, on palabre, on intervient en marchant sur des œufs et après avoir consulté les partenaires sociaux.

« Récemment, me confie un proviseur lyonnais, je me suis trouvé aux prises avec un collègue enseignant qui ne remplissait plus ses obligations de service. Un homme au milieu de la cinquantaine, prof de maths. Il venait un jour sur deux, accumulait les certificats médicaux. A ma demande, l'inspecteur pédagogique régional lui a rendu visite, lui a parlé. Sans grand effet. Nous avons alors constitué une sorte de commission, avec le renfort de deux autres enseignants extérieurs à l'établissement. Ils ont assisté au cours de ce monsieur, en sont sortis accablés, ont discuté avec lui qui niait ses carences et ne voulait plus rien entendre. Les syndicats étaient informés et nous ont laissé faire, tant le dossier était lourd. A l'usure, nous l'avons convaincu, tous en chœur, d'accepter une cessation progressive d'activité, et, pour le mi-temps qui lui restait, je lui donne des sections où les mathématiques ne pèsent guère… »

En douceur, tout en douceur. Quelquefois, la crise est plus aiguë. Un proviseur parisien s'est ainsi retrouvé aux prises avec un professeur de philosophie atteint de démence. « Les faits remontent à deux ans. C'était un homme brillant, cultivé, qui exerçait une réelle fascination sur ses élèves, mais qui a pété les plombs, révélé une personnalité paranoïaque et, à certains moments, franchement délirante et inquiétante. Les élèves étaient très perturbés, à la fois psychologiquement et scolairement puisque le programme n'était absolument plus suivi. Il devenait parfois très agressif, notamment envers les filles, leur disant, par exemple : "Taisez-vous, mademoiselle, vous n'êtes qu'un ventre !" Les délégués m'ont averti, à bon droit. Je n'avais pas de pouvoir direct et j'en ai référé à l'Inspection générale. Un inspecteur s'est déplacé, non sans que j'aie dû insister fortement. Ce jour-là, le professeur avait préparé son cours, choisi une question du programme, et le rapport d'inspection s'est borné à mentionner que M. Untel devrait annoncer plus explicitement le plan de son exposé. Merci du cadeau, j'étais renvoyé à la case départ. Cela m'a pris quatre mois – désastreux pour les élèves. Je l'ai raisonné, il ne voulait pas entendre parler de quitter son poste, je l'ai persuadé de rencontrer un psy. J'ai magouillé avec le rectorat. On lui a déniché une occupation dans une bibliothèque universitaire où son érudition pouvait être utile. Un vrai parcours du combattant. Eh bien, dix-huit mois plus tard, j'apprends qu'il a été réinjecté dans le circuit parce qu'un poste de philo n'était pas pourvu, et qu'il enseigne à nouveau dans un lycée où, naturellement, les ennuis s'amoncellent. C'est à se taper la tête contre les murs ! »

La seconde grande tradition, en effet, est l'absence de sanctions effectives. Le professeur est un universitaire, son proviseur n'est à ses yeux que *primus inter pares* – un « collègue » chargé des questions administratives et logistiques –, et, devant ses élèves, l'enseignant agit à sa guise. Pourvu qu'il soit ponctuel, assidu, et un brin « rayonnant », il ne doit rien à personne.

Dans un rapport remis au président de la République[1], la Cour des comptes, organisme indépendant

1. *La Gestion du système éducatif*, rapport public particulier, avril 2003.

chargé d'assister le Parlement et le gouvernement pour la gestion des deniers de l'État, rend un avis extrêmement sévère. Elle observe d'abord que « la note administrative n'est pas déterminante : les écarts constatés sont faibles et la péréquation nationale qui est effectuée *a posteriori* pour réduire les disparités académiques accentue ce resserrement ». Quant à la note pédagogique, « elle fait l'objet, lors de l'établissement du tableau d'avancement, d'un correctif automatique consistant à la porter à la moyenne des notes de l'échelon dès que le délai écoulé depuis la dernière inspection est supérieur à cinq ans ». La Cour signale qu'en 1989 les recteurs et l'administration centrale avaient été autorisés à accorder des promotions « hors barème » dans la limite de 20 % pour les agrégés, et 8 % pour les autres (on ne prête qu'aux riches...). Mais le rouleau compresseur syndical a vite écrabouillé pareille manne et les proportions, dès 1997, ont été ramenées à 5 % pour tout le monde. En 2002, elles ont chuté à 2 % pour les certifiés, 1 % pour les maîtres de lycées professionnels. La rage d'araser. « Il apparaît donc, conclut la Cour, que les promotions sont accordées en priorité aux enseignants les mieux classés lors de leur concours de recrutement et bénéficiant de la plus grande ancienneté. Ce système ne permet pas d'accélérer la carrière de ceux qui consacrent d'importants efforts à leur discipline, à la réussite de leurs élèves et à la vie de leur établissement. Aussi, la reconnaissance de leurs mérites consiste-t-elle souvent, paradoxalement, à les éloigner des élèves, en leur confiant des fonctions d'inspection ou d'encadrement pédagogique de leurs collègues. »

La détestation de tout ce qui dépasse est, en la circonstance, une méthode et une culture. Certains mots, sur la planète enseignante, ont le don de susciter un réflexe pavlovien. Ainsi le mot « mérite ». Dire ou écrire que les mérites des professeurs les plus investis gagneraient à être reconnus et récompensés paraît une forme d'insanité. Que les élèves méritent leur réussite ou leur échec est jugé normal, que les plus méritants bénéficient d'une attention spéciale, c'est la moindre des choses. Mais si l'on bascule du côté des adultes, il n'y a plus de mérite qui tienne. Tous à la file, et que personne, surtout, ne hasarde un pas en avant. Lors de mes entretiens, j'ai pu constater que nul n'est dupe de cette très lisse uniformité, voire que plus d'un s'en exaspère, mais le discours dominant reste celui-là, aujourd'hui comme hier. Pourquoi ? La réponse est toute prête, toute cuite. Elle est proférée sur le ton de l'évidence par les syndicalistes chevronnés, sur celui du branle-bas de combat par les gauchistes : le terme « mérite » est « la porte ouverte à tous les arbitraires », voire à une gestion « libérale » des carrières. Mon métier consistant à jouer Candide, et à l'être le plus fréquemment, j'insiste. Quoi de plus « arbitraire » que l'alignement de tous sur un modèle unique, et que la négation des efforts de chacun ? L'objection est aussitôt récusée. Car la juste appréciation du mérite induirait une juste mesure de la performance, et cela, c'est l'épouvantail redouté. Et la juste mesure de la performance induirait une répartition des tâches en constante évolution. Et cela, c'est plus que l'épouvantail, c'est la fin du monde…

A première vue, on serait tenté d'envier les enseignants. Ils n'ont pas de patron et œuvrent dans la plus totale impunité – le pire des châtiments qu'ils encourent est de ne progresser « qu'à » l'ancienneté. Qui dit mieux ? Depuis trente ans, la France industrielle a subi une mutation radicale, parfois terrible, et celle des services a connu un bouleversement complet de ses technologies et de son procès de travail. A la clé, de l'insécurité, des plans sociaux, une incessante mobilité géographique et professionnelle, des recyclages permanents, l'angoisse de ne pas comprendre ni atteindre les nouveaux objectifs. A l'heure des trente-cinq heures, les salariés français se déclarent violemment stressés. Pendant ce temps-là, les enseignants ont conservé, sans un accroc, l'intégralité de leur bouclier statutaire. Ils ont bénéficié, sous le ministère de Lionel Jospin, d'une revalorisation salariale considérable, atteignant 20 % (ce qui n'était que justice et leur a permis de rattraper le niveau moyen de l'OCDE). Et, quoique les deux tiers d'entre eux se plaignent d'incessantes réformes[1], les « chocs » qu'ils ont dû encaisser, pour la majorité, sont essentiellement des modifications de programmes, telle, au collège, la refonte de la physique-chimie ou du français. Ce qui n'est certes pas rien, mais s'apparente peu à la fermeture des mines ou à la mutation des agences bancaires.

Or les profs aussi, du moins nombre d'entre eux, affichent une vive insatisfaction. Voilà qui étonnera leurs compatriotes. Champions toutes catégories de la stabilité sociale, protégés du chômage, en vacances le tiers de l'année, travaillant à domicile la moitié de leur temps, dotés de retraites calculées sur le dernier échelon et non, comme tout un chacun, sur les deux décennies écoulées, bénéficiaires de prêts à long terme qui les rendent propriétaires plus tôt que quiconque, capables d'annoncer six mois à l'avance s'ils seront libres ou occupés le vendredi 13 mars à onze heures, les profs sont *stressés*. Ils le font savoir bruyamment, sur un mode habituellement geignard, éventuellement agressif. Quand ils restent au lycée jusqu'à dix-huit

1. Enquête DEP, *Enseigner en lycée et collège*, *op. cit.*

heures, conseil de classe oblige, ils jugent que c'est un événement. Et si l'on a le malheur d'évoquer leurs « privilèges », ils explosent, hurlent qu'ils en ont marre, mais alors marre qu'autrui les pointe du doigt constamment. On comprend leur exaspération : chacun, depuis Dallas et la mort de sainte Lady Di, sait que la vie des riches est un enfer. Les très jeunes enseignants, dans leurs collèges de ZEP, s'en amusent d'ailleurs beaucoup. Eux confessent que le temps libre, « c'est génial », que les vacances, « c'est génial », que l'indépendance envers la hiérarchie, « c'est génial ». Je les mets en garde. Je les préviens que les « vieux », ceux qu'ils deviendront quand ils auront décroché la mutation fatale, ont oublié à quel point c'est génial. L'un d'entre eux, à Villeurbanne, après quelques minutes de réflexion, me répond ironiquement : « Le luxe absolu, vous savez, c'est justement ce qui ne se voit plus, ce dont on a perdu conscience, comme la couleur des murs ou les fleurs du jardin. »

Pourquoi sont-ils dolents, les enseignants – en tout cas dans leur expression collective ? Pourquoi paraissent-ils tellement à cran ? Ils exercent ce qui s'appelle un beau métier, noble s'il en est, dans des conditions qui ne paraissent pas à ce point désolantes. Ma génération, celle de l'après-guerre, a découvert l'école entassée par paquets de quarante dans des « baraques », des « préfabriqués », où l'on se chauffait mal avec un poêle à charbon, où l'unique matériel disponible se résumait à un tableau, de la craie, deux cartes de géographie et trois têtards pour les « sciences naturelles ». Quand j'ai passé mon baccalauréat, nous étions 11 % de jeunes Français à pousser jusque-là.

Ces souvenirs me revenaient, au printemps 2003, lorsque j'assistais aux assemblées générales, passablement houleuses, qui préparaient les manifestations hostiles à la réforme des retraites et à la décentralisation de certains personnels, notamment les ouvriers et techniciens. Si un intervenant faisait remarquer que ces derniers n'étaient nullement menacés dans leur statut de fonctionnaires, il était hué. Si un autre avait le mauvais goût de souligner qu'après tout le désagréable allongement du temps de cotisation avait pour objectif de préserver la retraite par répartition, et que la gauche, sur ce dossier, avait courageusement temporisé, il était proprement menacé de lynchage. Des participants, agacés par cette intolérance, s'esquivaient sur la pointe des pieds et je leur demandais pourquoi ils se taisaient. « A quoi bon ? me répondaient-ils, il faut bien que le ras-le-bol se déverse. » J'insistais : « Ras-le-bol de quoi, de qui ? Du gouvernement ? Du ministre ? » Je n'obtenais guère de réponse. Le ras-le-bol était une évidence... A l'automne suivant, j'ai retrouvé les mêmes interlocuteurs. Très calmes, un peu étourdis. Sur la décentralisation, ils restaient un brin méfiants. Sur les retraites, ils concédaient, huit fois sur dix, qu'un effort collectif était probablement nécessaire. Quand je leur rappelais que plusieurs d'entre eux étaient allés jusqu'à menacer de boycotter les examens – transgression sans précédent –, ils me regardaient comme si je ramenais les clichés flous d'un mauvais rêve, les bribes décousues d'une altercation noyée d'alcool et de haschich. Le corporatisme, assurément tenace, et les flamboiements idéologiques d'esprits radicaux mais minoritaires ne sont pas une explication suffisante.

Je crois que ce que Patrick Rotman et moi avions baptisé « la névrose enseignante » perdure. J'en ai retrouvé, vingt ans plus tard, les mêmes symptômes, et j'avancerai la même interprétation. Il ne s'agit pas de dire que les professeurs sont plus névrosés que le reste de la population. C'est faux. Globalement, le corps enseignant est en meilleure santé que les autres professions et sa longévité est remarquable, comme le confirme une étude récente conduite sur 10 000 mutualistes [1]. On y trouve moins d'hypertension, moins de diabète, moins d'alcoolisme (sauf dans les lycées professionnels), moins de toxicomanie, moins de tentatives de suicide (le phénomène est considéré comme découlant des deux observations précédentes). En matière de santé mentale, la MGEN ne constate aucune « surmorbidité dépressive ». Statistiquement, les salariés de l'Éducation nationale ne présentent pas, sur ce terrain, plus de pathologies lourdes que les autres salariés. En revanche, ils expriment une plus forte insatisfaction qu'autrui concernant les conditions matérielles d'exercice de leur profession et les relations avec leur hiérarchie – ce qui laisse pantois. Et plus que n'importe quel autre groupe socioprofessionnel, ils se plaignent de fatigue, de sentiment d'impuissance, ils avancent la responsabilité morale, les conflits et les agressions – ce qui se conçoit mieux. Leur consommation de psychotropes est anormalement élevée, qu'il s'agisse de somnifères, d'anxiolytiques ou d'antidépresseurs. Bref, les enseignants sont peu malades. Mais ils trahissent une fragilité ciblée, et si l'on peut parler de maladie professionnelle, ce qui se discute depuis toujours, c'est de ce côté-là qu'on la cherchera.

J'avais, en 1984, été l'hôte de l'institut Marcel-Rivière, situé à La Verrière, hôpital psychiatrique fondé et géré par la MGEN. Les soignés y exprimaient une angoisse intense, le sentiment de décevoir, de ne pas remplir le contrat, d'être en charge d'une mission impossible, et d'être coupables de cet échec. Le dia-

1. Enquête MGEN menée en 1999-2000, par questionnaire adressé à un échantillon représentatif national.

gnostic de « mélancolie » était rare. Les « structures hystériques et/ou anxieuses » étaient fréquentes. Les médecins invoquaient, comme facteurs de troubles, « l'affectation à une classe déshéritée, les changements de programme, le caractère infantilisant du milieu scolaire ». En termes plus savants, ils suggéraient une hypothèse : « L'enseignant présenterait un mode de dépression atypique, intellectualisé et focalisé sur un aspect stressant de sa vie (dimension sensitive), par opposition aux dépressions beaucoup plus généralisées à tous les secteurs de la vie des déprimés issus de la population générale [1]. » Ce que des malades avaient corroboré avec les mots de tous les jours. « Je ne parvenais plus à oublier l'école », disait l'une. « Nous sommes aliénés par l'administration qui nous juge, par les parents qui nous jugent. Nous sommes aliénés parce que nous avons besoin de créer, et pas simplement de digérer un faux savoir », disait un autre. Et une troisième, en larmes : « Nous, nous avons affaire à des enfants. Est-ce qu'on a le droit d'échouer avec des enfants ? »...

L'intensité, la sincérité de leur souffrance m'avaient touché. Et autre chose, aussi : leur discours n'était guère éloigné de celui de maints collègues en fonction. La plainte était analogue, mais portée à son paroxysme, et assez envahissante pour dévorer la vie entière. Vingt ans après, le phénomène perdure.

Un des lieux communs qui circulent au sujet de l'enseignement et de ses maîtres est que ces derniers sont fragiles parce qu'infantilisés. Ils sont entrés à l'école, ils

1. *La Place et les Traitements des états dépressifs dans une population particulière : les enseignants*, communication de l'équipe de La Verrière à la 2e Rencontre internationale « Psychiatrie et épidémiologie », Genève, mars 1983.

n'en sont jamais sortis, ils étaient bons élèves, ils s'étonnent que tous les élèves ne soient pas bons, ils notent, ils sont notés, ils jugent, ils sont jugés, ils sont le maître, ils ont peur de déplaire au maître, le circuit tourne en rond, la boucle est bouclée. Tous mes interlocuteurs enseignants, sans aucune exception, sont d'accord avec pareille vision des choses. Tous ou presque manifestent un désir de respirer l'air du dehors, de casser la routine, de rompre ce qu'ils perçoivent comme un enfermement. Ceux qui ont de l'humour, et il en est beaucoup quand ça ne sort pas du cercle, pratiquent l'autodérision avec une sorte d'alacrité désenchantée. Et ceux qui n'en ont pas sont parfois plus drôles. Je me souviens, en Bretagne, d'un militant très remonté. C'était vers la fin de la grève de 2003. Et ce leader antimondialiste, passablement désabusé, essayait de m'expliquer que le libéralisme était à nos portes et que le service public allait être dépecé séance tenante. Je lui ai demandé si aucun corporatisme n'entachait son élan généreux. « Bien sûr que je défends mes acquis, a-t-il rétorqué. Bien sûr que je défends mes vacances. D'ailleurs, mes vacances, il me faut au moins trois semaines pour que je commence à m'y sentir vraiment… » Il n'a pas compris pourquoi je n'ai pu réprimer un éclat de rire joyeux, et a probablement pensé que je suis un de ces soixante-huitards rangés du pavé qui les passent, leurs vacances, à Saint-Tropez, avec Luc Ferry, Marie-Caroline et les photographes de *Gala*…

Plutôt que de développer l'argument assez désobligeant d'une infantilisation assurée, je préférerais m'installer aux sources de l'angoisse des professeurs, sources qui me paraissent proches de la manière dont Freud analysait l'hystérie, douloureuse « obligation dans laquelle on se trouve de se créer un désir insatisfait ». Le problème des enseignants est que *ce qui les sécurise est, très exactement, ce qui les insécurise aussi*. Leur système de défense fabrique, pour une large part, ce qui les agresse. Et l'énergie avec laquelle ils s'y cramponnent les épuise autant qu'elle leur procure l'illusion d'un rempart.

Le statut « libéral » du professeur (car s'il est une dose de « libéralisme » au cœur du service public, c'est d'abord là) a toutes les apparences d'un cadeau céleste. Je suis libre, une fois la porte de ma classe fermée, je suis un clerc oint par l'université, et je ne dois de comptes à personne, hormis à mes élèves, sachant que je suis leur maître. Fort bien. Pas de patron, pas d'intrus, pas de regard extérieur. L'indépendance absolue. Et l'absolue solitude. Car ce fameux statut est une machine à isoler, à segmenter. Au bon vieux temps où l'auditoire était soigneusement trié, où l'homogénéité se trouvait garantie par un filtrage antidémocratique, le huis clos n'avait rien de redoutable pour le commun des enseignants : l'élève était taillé sur mesure à l'aune des professeurs ou bien il était éjecté (on observera, toutefois, que, même dans ces conditions ouatées, un pourcentage non négligeable de maîtres enduraient en silence, et sans que l'institution ni leurs collègues ne leur portent secours, le supplice du chahut quotidien). Mais aujourd'hui où l'élève n'est plus taillé sur mesure, où il est nécessaire de se porter vers lui, d'assumer les conséquences d'un choix qui n'est pas celui de la facilité mais de l'exigence civique, de la volonté d'instruire et d'instruire large, la part d'impondérable est menaçante et le huis clos tourne au guet-apens.

Ce n'est pas un hasard si la métaphore la plus couramment usitée par mes interlocuteurs est celle de l'« arène » ou de la « fosse aux lions ». Moins encore qu'hier, les jeunes d'aujourd'hui ne sont de bons petits soldats, et ne se plient à l'esprit de caserne. D'aucuns le regrettent, déversent leur nostalgie de l'uniforme, du défilé au pas et des arrêts de rigueur, tiennent un discours réactionnaire, au sens le plus franc du terme. Mais la marche arrière n'est pas concevable parce que le peuple est souverain et qu'il a posé une option forte. Les Français veulent l'accès à l'école pour leur enfant, ils aimeraient bien, sans trop le dire, que l'accès soit plus limité à l'enfant du voisin, mais au sortir des urnes le verdict est toujours le même. Et force est de vivre avec une nouvelle catégorie d'élèves dont Edgar Morin, dès le début des années 1960, avait décrit l'irruption perturbatrice : les « adolescents ». Ceux-là, comme le disait crûment Marguerite Gentzbittel, alors proviseure du lycée Fénelon, « s'ils peuvent bouffer un adulte, ils se le bouffent ».

Même dans des établissements sereins, le statut libéral, l'armure suprême, est plus encombrant que protecteur. Il suffit de peu de chose, d'un conflit assez mineur avec un élève assez frondeur, et l'équilibre se rompt. Ce qui n'a rien d'anormal. Elle est ailleurs, l'anomalie. Elle réside dans le fait que le professeur, tout seul, et qui demande statutairement à être tout seul, ne peut alors compter que sur ses propres forces. Face à son administration, il se tait, se jugeant en faute. Face à ses collègues, il se tait pour ne pas perdre la face – et, de toute manière, chacun chez soi, chacun sa croix. La difficulté qui survient n'est pas une affaire technique susceptible d'être collectivement analysée et résolue, c'est une affaire personnelle, un dilemme.

Le corps professoral d'un établissement, en règle générale, est une juxtaposition d'individualités dont le lien essentiel est le lien disciplinaire. Entre linguistes, entre philosophes, entre mathématiciens, on partage un peu de savoir, un peu de méthode, on se rend quelques services. Et le lien s'arrête là. Vu de l'extérieur, ce fameux corps enseignant est, comme les divisions romaines, une masse compacte progressant en ligne et faisant la tortue. Vu de l'intérieur, c'est un patchwork de solitudes. Les syndicats disent et répètent qu'ils ne veulent pas entrer dans une logique d'entreprise. Du point de vue philosophique, ils ont raison. L'école publique n'est pas à but lucratif, elle n'a pas le profit pour objet – ce qui ne la dispense nullement de connaître la concurrence ni de s'interroger sur le rendement de ce qu'elle investit. Mais du point de vue managérial, ils ont tort. En termes de gestion des groupes humains, l'école publique est désastreuse. Les aptitudes y sont peu ou mal décelées et mises en valeur. Les synergies pratiquement absentes. Et il est inimaginable que le salarié d'une quelconque entreprise connaisse, en temps normal, une solitude comparable à celle du professeur.

Est-elle donc si enviable, cette indépendance chèrement payée ? Ce n'est pas ce qu'avouent les intéressés. Une étude conduite par un groupe de médecins et de chercheurs [1] montre que le thème du harcèlement est plus encore abordé par le personnel souffrant de l'Éducation nationale que par les salariés du privé, notamment dans la tranche des quarante-cinquante ans (qu'on imaginerait plus à l'abri, plus installée), quand la fatigue et la routine prennent le dessus. C'est en collège, dans les grandes villes et à leur périphérie que le phénomène est le plus aigu. Le mal-être du sujet provient « d'insultes personnelles, de critiques de son tra-

1. Jany Faucheux, Mario Horenstein, Nicole Kremer, Françoise Lelièvre, Catherine Reverzy et Marie-Christine Voyron-Lemaire, *Les Pratiques du harcèlement en milieu éducatif*, enquête conduite auprès du personnel éducatif consultant un centre de santé MGEN entre mars et juin 1998.

vail, de rumeurs circulant à son propos». «C'est dans son identité à la fois professionnelle et personnelle, dans l'image qu'il a de lui-même que l'individu est atteint», observent les enquêteurs, ajoutant que «le désarroi des victimes est à la mesure du manque de soutien social qu'elles doivent affronter». Pour comble, 43,7 % des enseignants qui se plaignent «estiment que leurs souffrances dureront toujours». En clair: qu'ils ne traversent pas un épisode douloureux et conjoncturel, mais qu'ils s'estiment broyés par le système lui-même. Au Canada, aux États-Unis, en Norvège, en Suède, un dispositif interne de prise en charge est prévu. Plusieurs pays voisins de la France s'en préoccupent. Mais chez nous, le prof roi est nu. Et la carence d'élémentaire solidarité, à l'évidence, n'est pas le fruit d'un dérapage mais le produit d'une mécanique ajustée dont on continue, malgré l'évidence, de serrer les boulons. Comme l'écrit Edgar Morin, «l'égocentrisme entretient la *self-deception*, tromperie à l'égard de soi-même engendrée par l'autojustification et la tendance à rejeter sur autrui, étranger ou proche, la cause de tous les maux[1]... ».

L'enquête sur le harcèlement – terme extrêmement nébuleux, à entrées multiples – souligne bien ce qui est le plus pénible aux yeux des enseignants malheureux: les critiques en demi-teinte, les rumeurs supposées. Telle est la rançon, fort élevée, de la qualification à vie et de la quasi-absence de contrôle puisque le chef d'établissement n'a pas d'autorité pédagogique sur son personnel et que l'inspecteur, lui, se présente tous les cinq ans, parfois moins souvent. Les esprits naïfs en dédui-

1. Edgar Morin, *Les Sept Savoirs nécessaires à l'éducation du futur*, Paris, Éd. du Seuil, 2000.

ront que les profs, une fois de plus, sont des privilégiés, n'ayant aucune hiérarchie à craindre. Si l'on consent à examiner les faits, la réalité est tout autre. La réalité, c'est que, faute d'évaluation solide, le professeur est désorienté. Le miroir est trop flou, trop distant, l'image qu'il offre est incertaine et fuyante. Et, finalement, pour apprécier sa propre valeur, pour se former une idée de sa performance, de ses erreurs et de ses réussites, le maître ne dispose que d'une source : lui-même. S'il exerce en classe préparatoire, dans un lycée où l'on se bat pour entrer et pour rester, devant un auditoire attentif et choisi, l'intime conviction est probablement suffisante. Mais s'il se retrouve face à une classe difficile, hétérogène, fort en peine d'ingurgiter les programmes conçus à mille lieues de là, c'est une autre histoire. Il devient impossible d'éviter les cahots, les ratages, les accrocs. Et le bon élève qu'est le professeur se demande s'il est si bon que ça. Il se le demande *in petto*, ne pouvant questionner personne.

L'ouverture du collège et, dans une moindre mesure, du lycée à des populations qui en étaient auparavant exclues, complique singulièrement la vie intime des enseignants. Idéologiquement, la plupart d'entre eux ont approuvé et même réclamé cette ouverture. Professionnellement, leur existence quotidienne est devenue plus inconfortable et moins gratifiante. Mais la raison pour laquelle ils supportent de plus en plus mal les obstacles, les conflits liés à cette grande aventure – dont on ne rappellera jamais assez qu'elle a massivement élevé le niveau des connaissances générales –, c'est que l'intime conviction devient éminemment instable dans un environnement pareil. Les maîtres d'école goûtent les exercices tirés au cordeau, notés à la décimale près, appréciés sans discussion (la célébration de l'encre violette et de l'instituteur en blouse grise, sûr de son bon droit quoi qu'il advienne, n'a pas d'autre source). Or c'est très exactement ce qui leur est refusé aujourd'hui. Ils enseignent avec de fortes marges d'incertitude, ils sont contraints à l'improvisation permanente, et les résultats qu'ils obtiennent sont malaisés à décrypter. Doit-on être « déçu » quand le taux de passage en seconde générale d'une population scolaire très défavorisée est faible ? Où se situent l'acceptable, l'inadmissible, le remarquable ? L'intime conviction n'a pas de réponse à ces questions. Et le doute ronge, mine, angoisse.

Faute de critères partagés et robustes, les professeurs sont livrés (et se livrent eux-mêmes) à ce qu'ils redoutent par-dessus tout, ce contre quoi ils édifient des murailles en papier : l'arbitraire. Au bout du compte, la « cote » d'un enseignant s'établit à la rumeur. Il paraît que Mme Unetelle… N'acceptant pas le regard de l'autre dans leur classe, tentant de réduire le principal ou le proviseur au rôle d'agent administratif, les maîtres amplifient la portée des bruits de couloir. Ils savent pourtant que rien n'est plus injuste qu'une réputation. Vous êtes nommé à Henri-IV et vous voici grand prof. Vous surchargez vos élèves de devoirs et l'on vous dit exigeant. Sans compter l'absurde classification symbolique selon laquelle la dignité des professeurs s'aligne sur l'âge des élèves : il serait plus noble ou plus difficile d'enseigner la philosophie en terminale que l'espagnol en cinquième. Il suffit quelquefois d'un incident, d'une prise de bec pour qu'une réputation s'installe ou s'effondre. L'extrême réactivité des enseignants à des péripéties, qui, vues de l'extérieur, semblent plutôt anecdotiques, ne s'explique pas autrement. En un sens, ils ont raison : comme la calomnie, la réputation est à la fois diffuse et poisseuse.

L'inspection devrait fournir l'antidote. Il n'en est rien. Cela ne signifie pas que l'inspecteur est forcément désagréable ou désinvolte. Nombre de mes interlocuteurs l'ont jugé sympathique. Certains ont même vu en lui, quoique rarement, un recours contre un chef d'établissement qui l'était moins. Mais la cérémonie, elle-même, ne convainc guère. « J'ai été inspectée trois fois en vingt-quatre ans ; à chaque fois, ça a été le néant, le vide absolu... » « L'inspecteur débarque. Il est coupé de la réalité. Il pond un rapport. Point. Il n'y a aucun suivi. La procédure est convenue et inutile... » « Rien n'est réellement sorti de mes inspections de l'ordre d'un infléchissement pédagogique. Il n'y a eu aucun dialogue lors de l'entretien. L'inspecteur pratique la langue de bois et ce qui lui manque, c'est qu'il n'enseigne plus... » « L'inspecteur est une courroie de transmission des avis du Ministère. Il n'a aucune notion de ce qu'est la vraie recherche en pédagogie ou en didactique... » « Les inspecteurs, on les voit comme des agents de l'administration. Ils devraient déceler les besoins en formation, on devrait pouvoir les appeler à l'aide si on rencontre des difficultés... » Quelle avalanche [1], et quelle symphonie !

Les inspecteurs eux-mêmes sont au diapason. Dominique Borne, leur doyen, qui n'est pas homme à limer les arêtes, estime carrément, en une belle formule, que le monde enseignant est « sur-administré et sous-encadré [2] ». Le Haut Conseil de l'évaluation [3], pour sa part, conclut que le dispositif actuel « n'est pas juste », « est peu efficace », « n'incite pas à l'autoévaluation »,

1. Florilège recueilli par Yves Chassard et Christian Jeanbrau, *L'Appréciation des enseignants, diagnostic et propositions*, rapport au HCEE, avril 2002. Tous les témoignages que j'ai recueillis sont de la même eau.

2. Entretien avec l'auteur.

3. Rappelons que les syndicats y sont représentés. Ils ont ratifié l'avis qui a été émis.

« engendre malaise et parfois souffrance » à la fois chez l'évalué et chez l'évaluateur. Il déplore que la finalité individuelle de l'inspection ne débouche pas « sur une véritable gestion des ressources humaines », et souhaiterait « articuler l'évaluation des personnels et celle de leur école ou établissement d'exercice[1] ». Un vrai jeu de massacre. Et une question : pourquoi des convergences aussi marquées dans le diagnostic n'entraînent-elles pas des transformations effectives ? Parce que la tradition est la plus forte ? Elle paraît, en tout cas, assassine.

Témoins, poussant jusqu'à son terme le paradoxe, les couples d'épithètes que l'on est en droit d'accoler aux enseignants. Privilégiés mais démunis. Protégés mais angoissés. Inamovibles mais tâtonnants. Leur souffrance n'est pas un état d'âme, pas plus que le sentiment de mépris éprouvé par maints élèves n'en est un. Ils souffrent, c'est un fait. Et l'explication qui inscrit ce fait au compte de fonctionnaires infantilisés et douillets à l'excès, même si elle comporte une part de vérité, néglige l'essentiel. Les professeurs sont agressifs et défensifs, assurément, mais non sous l'emprise d'une paranoïa spéciale qui frapperait le milieu comme un virus accable, soudain, tel pays ou tel continent. Ils ne sont pas plus paranoïaques que d'autres, les enseignants. Mais ils rencontrent une extrême difficulté à forger, asseoir, entretenir l'*estime de soi*. Pour une part, la responsabilité leur en incombe collectivement : leur culture dominante est hostile à ce qui pourrait les délivrer. Mais, pour une autre part, leur impuissance est effective car ils sont confrontés à des obstacles inédits.

En cas de crise, l'isolement est-il rompu ? Au fil des témoignages, la réponse me semble globalement néga-

1. Avis n° 6 du HCEE, *op. cit.*, janvier-février 2003.

tive. Prenons l'exemple d'un élève qui insulte ou menace physiquement son professeur. Plusieurs de mes interviewés ont eu à connaître cette situation – en collège et en lycée professionnel. La diversité de leurs réactions est instructive et le comportement du groupe ne l'est pas moins.

Éliane Strudel, professeure de lettres dans un collège « sensible » de la banlieue parisienne, très à distance des faits : « Une fois, j'ai eu peur. Un grand garçon de troisième s'est levé brusquement et j'ai cru qu'il allait me frapper. Il ne l'a pas fait, il est parti, j'ai poursuivi mon cours. J'ai ensuite appris qu'il est descendu en larmes. Il s'est excusé, j'ai rencontré sa mère. Je n'ai pas demandé de conseil de discipline, j'ai estimé qu'il avait juste eu un conflit passager avec moi – il est d'ailleurs demeuré très calme jusqu'à la fin de l'année. Je ne pense pas que j'avais, moi, provoqué ce conflit, je pense qu'il ne supportait pas mon autorité. »

Olivier Garde, certifié de mathématiques, qui occupe son premier poste en Picardie, a, lui, porté plainte : « C'était un élève que je ne connaissais pas. Il a frappé à ma porte pendant un cours, il cherchait un renseignement, les coordonnées d'une prof, et, au moment de sortir, il a lâché quelque chose que je n'ai pas entendu mais qui a fait rire toute la classe. Je l'ai suivi à l'extérieur et ça a très mal tourné. Il m'a traité de fou, il m'a menacé : "Tu vas voir, toi, espèce de grosse merde..." Il y avait des témoins, du personnel de direction. J'ai décidé que ça ne suffirait pas de régler l'affaire avec trois heures de colle. Je ne veux pas qu'on banalise l'insulte, c'est la position que je défends à la commission vie scolaire. Il a fallu que je trouve un commissariat qui accepte ma plainte, ce qui n'était pas si simple. L'élève ne s'est pas excusé. Sa mère est venue me voir sans prendre rendez-vous et m'a supplié de retirer ma plainte. J'ai hésité mais je n'ai pas cédé, et les parents ont été condamnés à une amende. L'administration du collège ne m'a ni dissuadé ni encouragé. Certains collègues ont été ravis qu'une plainte aboutisse, d'autres ont manifestement pensé que ça ne se faisait pas. »

Antoine Mariano, qui a trente-cinq ans et exerce au nord de Paris, est passé maître en arts martiaux : « Des situations limites, j'en ai connu plusieurs. Certains élèves, des garçons, des caïds qui dealent à l'extérieur, ont du prestige, un rang à tenir. Au moment où l'on va taper sur la table, ils sont prêts à voir jusqu'où on est capable d'aller, ils sont même obligés de monter pour ne pas se déconsidérer aux yeux de leur public – le “respect”, comme ils disent. Ça m'est arrivé de me retrouver face à un élève qui avait deux têtes de plus que moi (il avait déjà été exclu temporairement pour avoir insulté un enseignant) et qui m'a demandé, comme ça, sans hausser le ton, quelle serait ma réaction s'il m'insultait. J'ai répondu non moins calmement que ça ne se faisait pas, que je serais en droit de porter plainte (il a ri aux éclats, il savait que ces plaintes ont rarement des suites), qu'il devait se rasseoir et laisser les autres travailler. Il s'est, au contraire, avancé vers le bureau. Je n'ai pas bronché. La formation aux arts martiaux, c'est utile. Je ne suis pas enclin à tendre l'autre joue, mais le contrôle, à cet instant-là, c'est décisif : j'avais décidé de ne pas me battre. Lui était rendu à son point maximum. Il s'est arrêté. »

Sylvie Gomez, enfin, qui enseigne la comptabilité dans un lycée professionnel du Midi, a eu l'occasion de tester son sang-froid : « C'est très rare que je travaille la peur au ventre. J'ai du métier, maintenant, j'ai appris beaucoup de choses. J'ai appris, par exemple, que le tutoiement n'est pas *a priori* un signe d'insolence. Un coup, ça a dérapé. Un élève me tournait ostensiblement le dos. Je l'ai interpellé une fois, deux fois, trois fois. Rien. Ça a fini par m'agacer, je suis allée vers lui, je l'ai attrapé par son blouson et je lui ai dit : "Maintenant, ça suffit, tu te lèves et tu t'en vas chez le CPE." Le fait que je l'aie touché, il l'a très mal vécu, et c'était d'ailleurs une erreur de ma part. Il a lancé sa chaise en l'air. J'ai essayé de rester calme et je lui ai demandé son carnet. Il me l'a tendu, me regardant avec fureur. Je suis retournée à mon bureau, me suis assise, ai écrit un mot sur le carnet, et j'ai demandé à un autre élève de l'accompagner chez le conseiller d'éducation. Lui a commencé à s'énerver : "Vous n'avez pas à me toucher, je vais porter plainte, pour qui tu te prends ?", etc. Et il s'est mis à m'insulter gravement. La classe est entrée en ébullition. "Ouais, c'est chaud, m'dame, c'est chaud !" L'élève, ça lui plaisait bien, cette ambiance, il s'est senti tenu d'aller plus loin, il s'est avancé jusqu'à moi et a levé la main. C'était un grand gaillard. Je l'ai regardé droit dans les yeux et je lui ai dit posément : "Vas-y, frappe-moi." Ils ne sont pas idiots, ils savent que s'ils frappent un prof, ça leur coûte très cher. Je n'ai pas trahi de peur dans ma voix, j'avais plus de colère que de peur. Sa main est retombée. Et j'ai eu beaucoup de chance parce que la sonnerie a retenti. Ça aurait été très dur de s'en sortir autrement. Une fois les élèves partis, j'ai tremblé et j'ai pleuré. J'ai fait un rapport, l'élève a été convoqué et exclu pour une semaine. En fait, il s'est déscolarisé de lui-même. On ne le voyait plus. »

Quatre histoires analogues, dont chaque témoin précise qu'elle est exceptionnelle dans sa carrière. Quatre histoires où chacun se débrouille suivant son intuition, sa maîtrise de soi, son courage, son talent, son expérience, ses convictions. Elles n'arrivent pas tous les jours, loin s'en faut. Mais, dans les endroits concernés, elles sont possibles tous les jours, elles sont présentes, comme une éventualité, à l'esprit de tous les acteurs de l'établissement. Ce qui est impressionnant, plus encore que la violence latente ou l'incivilité si communément répandue, c'est l'absence de référentiel. Alors que les comportements rapportés sont extrêmement similaires, on a l'impression qu'ils n'ont pas été analysés, prévus, débattus. Chaque maître se débrouille, improvise, gère la crise de son mieux (et, en la circonstance, plutôt bien). Et les conséquences sont très diverses. L'une ne demande pas de suite, l'autre exige un juge et des gendarmes, le troisième s'en sort par l'aïkido, la quatrième réclame et obtient un conseil de discipline. Que dit le projet d'établissement ? Quelle est la position de l'encadrement, de l'ensemble des adultes, des associations de parents d'élèves ? Qu'en pense le principal ou le proviseur ? Le rectorat se préoccupe-t-il de ce genre de choses ? Et les inspecteurs ? Dans les récits des enseignants, la dimension collective est quasi absente, la réaction de l'institution est une sorte d'épiphénomène. Et, surtout, l'encadrement apparaît comme un paramètre lointain, sorte de puissance assez neutre, assez molle, qui accorde ou n'accorde pas la sanction appropriée.

Ce qui m'a peut-être le plus déconcerté est que les doléances majeures s'élèvent fréquemment des lieux où on les attendrait le moins : les territoires « intermédiaires », ni glorieux ni violents. Collèges tranquilles, lycées moyens – c'est là qu'on geint beaucoup. Dans les « grands » lycées nantis, on jouit de sa position éminente, on intrigue, quand on est agrégé et travailleur, pour décrocher la lune, c'est-à-dire une classe préparatoire. Dans les secteurs « tragiques », on est « en pays de mission ». Personne ne viendra vous importuner parce que les scores de la maison ne sont pas ceux des établissements d'élite. Une bonne planque pour les paresseux, un lieu de torture pour certains maîtres incapables d'affronter la population locale (mais ceux-là souffrent et meurent sans parler), et aussi un terrain excitant : là-bas, et là-bas seulement, j'ai rencontré des enseignants qui m'ont dit « je m'éclate ! » (on notera qu'ils parlent « jeune », et pour cause). Finalement, c'est dans l'espace indécis que la frustration paraît la plus sonore, que l'on en veut à tout et à tous, au ministre, à l'opinion, aux parents, aux élèves. D'abord surprenant, ce comportement obéit à une sorte de logique. On attendrait de ces établissements sans histoires une performance plus assurée. Mais les classes sont suffisamment hétérogènes pour que les résultats demeurent indécis. Les profs, qui aiment bien avoir 20 sur 20, qui ont horreur de ces fluctuations et approximations, qui sont jaloux, aussi, des espaces préservés, du « meilleur lycée de la ville » qui regarde de haut les collègues inférieurs, obéissent au réflexe ordinaire : ils dénoncent le manque de moyens, la politique ministérielle, les menaces qui pèsent sur le service public, etc. Bref, tout ce qui les exonère d'une autoévaluation dérangeante.

Étrange relation, et fort ambivalente, que celle des enseignants avec leur hiérarchie. Ils ne veulent pas de patron. Mais ils se sentent, fréquemment, « lâchés » et reprochent alors au patron de ne pas l'être assez, et de trahir. Ils agissent à leur guise. Et cependant ils prêtent à l'opinion de leur principal ou de leur proviseur une attention fascinée. Leur rapport à l'autorité s'inscrit dans le droit-fil de leur rapport à l'évaluation : contradiction interne, frustration, concertation minimale.

La note administrative, on l'a montré, est une formalité rituelle et sans importance. Mais elle revêt une valeur symbolique incroyable. « D'un côté, explique Jérôme Lallemand, proviseur languedocien, ils se fichent de l'appréciation qui accompagne cette note et n'en tiennent aucun compte dans la vie concrète. Mais si un adjectif leur déplaît, ils déboulent dans mon bureau et me mettent en demeure, toutes affaires cessantes et très douloureusement, de justifier l'épithète. N'étant jamais sortis du système où tout est verrouillé, ils accordent au moindre jugement, si léger et amical soit-il, une énorme portée. Donner une note à des adultes ou prétendus tels, c'est complètement ringard mais l'Éducation nationale ne sait pas concevoir autre chose et les syndicats ne font preuve, c'est le moins qu'on puisse dire, d'aucune imagination. Moi, je préférerais aller vers un rendez-vous qui ne soit pas annuel, une sorte d'entretien bilan qu'on soignerait un peu, tous les trois ou quatre ans. Au lieu de ça, il faut que je note, chaque année, mes 140 profs. A quoi ça rime ? En plus, les inspecteurs de la vie scolaire me conseillent de ne jamais émettre un reproche au moment de la notation parce que c'est une période trop délicate, trop crispée. Autrement dit, non seulement il faut que je note, mais il faut que je m'excuse de noter et que je laisse passer trois mois avant d'expliquer le sens de la note. Du délire. Les parents pensent que nous avons une grande autorité sur les professeurs. Mais la vérité, c'est que ce sont eux qui ont le pouvoir sans jamais l'admettre. »

Le pouvoir pédagogique, certainement. Reste que le chef d'établissement possède une arme efficace : c'est lui – ou son adjoint, sous sa responsabilité – qui attribue les classes, les sections, qui prépare les emplois du temps. Formidable monnaie d'échange pour se faire des alliés. « Certains de mes collègues jouent l'*establishment*, ironise Geneviève Brun, qui dirige un collège près de Bordeaux. La méthode est éprouvée. Pour avoir la paix, il suffit de donner les meilleures classes aux grandes gueules, aux pontes syndicaux, aux piliers de la maison qui sont là pour la vie. Ou alors, de diviser pour régner, accordant ici, refusant là. Moi, je ne pratique pas le donnant donnant. Je défends les nouveaux mutés, et ça m'a valu quelques ennuis – on me salue différemment pendant toute une année. Je casse souvent les propositions qui me sont faites car elles réservent traditionnellement le meilleur à ceux qui sont le mieux installés. L'an dernier, j'ai, au milieu d'un excellent emploi du temps, confié deux heures de STT à une dame en fin de carrière. Elle a pleuré… »

C'est un bon critère pour déterminer la valeur d'un patron et d'une maison. Ou bien les coordonnateurs pédagogiques négocient entre eux, dégagent un consensus équilibré, et l'on évite le clientélisme, les rentes de situation, les petits complots et les grandes manœuvres. Ou bien le chef d'établissement distribue les postes enviables selon son bon plaisir, et « l'équipe enseignante » est déjà morte avant la rentrée. « Cela dit, sourit Gilbert Laroque, proviseur dans la région d'Amiens, il n'est pas défendu d'être habile. Quand un professeur joue le jeu, s'investit, organise des sorties scolaires, accepte d'être le professeur principal d'une classe difficile, accueille les parents, je ne vois pas pourquoi je me priverais de lui renvoyer l'ascenseur. »

Elle est complexe, multiple et ambiguë, la tâche du chef d'établissement. La responsabilité légale qu'il endosse est considérable. Devant les tribunaux, le maire et lui sont les premiers répondants. Sa responsabilité pédagogique, même s'il n'a pas autorité sur les professeurs, est patente : la manière de constituer les classes, de peser en faveur du développement ou non d'une section, l'élaboration d'un véritable projet (ou la rédaction d'un document passe-partout pour avoir la paix avec l'Inspection générale), tout cela entraîne des conséquences fortes. Et puis, le statut de l'élève a évolué. Les adolescents ont appris que la citoyenneté est partagée, que le professeur a pouvoir sur eux en tant que détenteur du savoir mais qu'il n'est qu'un citoyen, comme eux, dans la République une et indivisible. Il y a trente ans, les chefs d'établissement étaient des professeurs en fin de carrière, un peu fatigués, las des élèves, qui bouclaient leurs trente-sept ans et demi d'exercice en bénéficiant d'un titre, d'une prime et d'un logement de fonction. Il y a vingt ans, on leur a demandé de se muer en *managers*, et certains y ont pris goût. Il y a quinze ans, le *manager* a été prié de ne pas oublier qu'il est prestataire de formation. Et maintenant, il est tout à la fois, sans aucune des prérogatives qui lui permettraient d'aller au bout de chacun de ses rôles.

Florence Bayard est la proviseure d'un des quinze lycées qui sécrètent l'élite suprême de la France. Ce ne fut pas son premier poste. La grande banlieue, elle connaît. Et elle-même a suivi un itinéraire accidenté puisqu'elle est entrée par la petite porte, simple maîtresse auxiliaire – l'université qui l'a réellement façonnée, dit-elle, c'est la recherche pédagogique. « Le décrochage est spectaculaire entre les limites concrètes et juridiques de notre fonction, et l'attente des enseignants et des parents. Il faut avoir les épaules larges et la tête forte, croyez-moi. Quand je dis que je suis proviseure, le regard de l'autre change. Ce qui est intéressant, c'est que certaines de nos décisions ont un effet de réalité. J'ai les moyens de modeler mon établissement. Ce qui est pénible, c'est qu'il est assez rare d'avoir avec les enseignants des rapports adultes. C'est très empreint de hiérarchies feutrées, de salamalecs qui n'ont rien de fonctionnel. Je suis obligée, statutairement, de mal gérer mes personnels. Ce système a tendance à fonctionner pour lui-même, les profs ont moins le sens du service public même si c'est ce qu'ils affichent sur leurs banderoles quand ils ont un truc à défendre. La vérité, c'est que le mode de nomination est conçu pour le personnel, pas pour le service public. J'aimerais, en tant que proviseure, pouvoir intervenir dans ces nominations, pouvoir interpeller les enseignants qui demandent à venir chez nous, pouvoir construire des équipes. Ils me gonflent, mes profs. Ils sont plutôt ponctuels et consciencieux mais ils n'arrivent pas à admettre l'évolution de la jeunesse et de la société tout en gardant l'essentiel de ce qu'ils sont. Complexés, ils sont complexés, perpétuellement plaintifs. Ils se vivent comme des prolos sous prétexte qu'ils ne sont plus sanctifiés, qu'ils ne sont plus la source unique de la connaissance. Je me tue à leur dire qu'il y a des choses qui ne dépendent pas d'eux, et qu'il faut vivre avec, mais qu'il y en a beaucoup qui dépendent d'eux, et qu'il serait temps de se secouer. »

« Ils me gonflent… » Sachant qu'un chef d'établissement est lui-même, en règle quasi générale, un enseignant, la formule paraîtra un peu raide. Franchement, elle me semble hautement représentative de ce que pense l'encadrement. Les proviseurs et les principaux que j'ai interrogés adorent les chantiers de sécurité, le bardage de la toiture, les négociations avec les collectivités territoriales, la rencontre d'architectes, de pompiers, de chefs d'entreprise, d'élus. Bref, tout ce qui se passe au-dehors, tout ce qui les arrache à leur lycée ou leur collège. Mais le corps professoral, leur corps d'origine, ils en parlent avec un mélange d'agacement et de condescendance. Ni les concierges ni les agents n'ont droit à ce traitement. « De toute manière, observe

Mireille Bianchini, principale à Marseille, les profs ne savent pas et ne veulent pas savoir que, dans la maison, il y a des gens qui changent les ampoules, qui repeignent les cloisons ou qui discutent le prix des carottes avec les fournisseurs. La décentralisation de la gestion des personnels de service, ça les passionne parce qu'ils ont peur qu'un jour l'embauche des enseignants, comme cela se produit dans d'autres pays, notamment en Angleterre, soit confiée aux chefs d'établissement ou à un échelon de proximité. Mais la réalité des choses, l'organisation quotidienne, ça n'est pas dans leur champ de vision. Pour eux, le collège existe quand leur emploi du temps les y amène et cesse d'exister quand la sonnerie leur permet de repartir.»

Pas tendre, la hiérarchie. Mais pas tendre, non plus, envers elle-même. Il y a vingt ans, le monde de l'encadrement m'avait semblé clairement partagé en deux blocs : ceux qui fonctionnaient «à l'ancienne», attendant la retraite assez paisiblement, et ceux qui montaient au créneau, qui étaient intéressés par l'idée que l'établissement puisse et doive définir, avec une certaine latitude, une certaine dose d'autonomie, sa personnalité propre, son caractère. J'avais rencontré nombre de quadragénaires qui se sentaient une vocation d'entrepreneur (jusqu'au pittoresque, parfois : ainsi ce proviseur versaillais qui vendait de la formation permanente à tout-va, investissait dans une écurie de courses, et avait installé un bar au milieu de son bureau). Mes interlocuteurs d'aujourd'hui semblent inquiets, flottants à l'occasion. La procédure de recrutement a changé : la cooptation sur liste d'aptitude a été remplacée par un concours suivi d'un «grand oral». Mais ils ne sont pas convaincus que le niveau monte. Florence Bayard, qui participe aux jurys d'audition, s'interroge : «J'aimerais penser que le niveau de l'encadrement monte comme a monté celui de nos élèves, mais je n'en suis pas convaincue. Les gens qui se présentent ne sont pas si jeunes et c'est mauvais signe, cela laisse entendre qu'ils prennent cette option plus par lassitude d'autre chose que par détermination énergique. Et puis je reste étonnée qu'on recrute des cadres sur la base de diplômes universitaires, de concours où il faut cracher la dissertation *ad hoc*. Qu'est-ce que c'est que ce mode de sélection ? Pourquoi faudrait-il être agrégé pour diriger un gros lycée ? Qu'est-ce que l'agrégation apporte en matière de sens de la décision, de la négociation ? Rien du tout. En outre, la manière dont sont réparties les affectations est scandaleuse. Si quelqu'un est brillant, on lui donne un lycée tranquille. S'il a moins brillé, on lui donne un collège difficile. Qu'est-ce qui demande le plus de talent ? Le lycée tranquille ou le collège difficile ? Nous marchons sur la tête. »

Au Ministère, l'un des principaux responsables du recrutement s'interroge lui aussi. « Le concours n'est pas vraiment probant. Les gens préparent si bien l'épreuve écrite qu'ils nous livrent du prêt-à-penser. Et notre principal souci, c'est la faiblesse du vivier. Pour l'instant, les chefs d'établissement sont plutôt meilleurs qu'auparavant – et cependant, ils souffrent davantage. Mais cela va-t-il durer ? Ce sont les catégories un peu périphériques qui nous procurent des candidats. Les professeurs de lycée professionnel qui ont envie de prendre du galon. Les maîtres d'éducation physique et sportive qui jugent qu'il n'est pas très facile de vieillir dans cette spécialité. Les germanistes dont la matière fait moins recette. Les profs de technologie qui se sentent, dans leur collège, la cinquième roue du carrosse. Les conseillers d'orientation psychologues, les documentalistes. Des gens très estimables mais qui ont souvent un problème d'identité professionnelle. Et pas assez de professeurs classiques. Ils conservent, eux, de cette activité une image périmée : la logistique, "l'administration", sans voir ce qu'il y a de stimulant dans la possibilité de prendre des responsabilités pareilles. Ni le discours managérial ni le discours valorisant l'animation pédagogique ne mordent sur eux : ils ne veulent pas de chef, ils ne veulent pas être chef. Nous menons, en direction des très jeunes enseignants, des campagnes de sensibilisation qui passent assez bien. Mais comprendront-ils qu'ils ont un boulevard devant eux, un véritable instrument de mobilité professionnelle ? Ce n'est pas gagné. »

Non, ce n'est pas gagné. D'abord parce que les avantages et les inconvénients ne s'équilibrent pas. « Je préfère dire que je suis devenu proviseur pour épater ma femme qui enseigne en khâgne, blague un de mes témoins. Parce que le passage de trente-cinq à soixante-dix heures est si brutal que personne ne comprendrait… » Mais ce n'est pas l'argument le plus invoqué. L'argument fort, c'est le rapport à la hiérarchie, aux échelons supérieurs. « L'Éducation nationale, observe Guy Lambrichs, proviseur en Bretagne, a manifesté le souci d'avoir de meilleurs professionnels à la tête des établissements, tant au niveau administratif qu'à celui de la gestion des personnels. Très bien. La fonction s'est transformée de manière incroyable. On nous réclame plus de temps pour comptabiliser les violences qu'on ne nous en donne pour les traiter. On nous demande de dresser des statistiques, de répondre aux enquêtes, d'assurer l'avenir des filières et l'entretien des bâtiments. Une foule de choses. Pourquoi pas ? Ce qui est inadmissible, c'est que nous ne pouvons pas compter sur notre hiérarchie. Ce que veut l'administration des rectorats, c'est la paix, pas de vagues. Un bon établissement est un établissement dont on n'entend pas parler. Si un proviseur demande à débattre, à discuter, c'est qu'il ne contrôle pas bien sa boîte, donc qu'il n'est pas à la hauteur. Moi je suis d'accord pour prendre des responsabilités, pour assumer un pouvoir. Ça m'intéresse. Mais j'aimerais, sous mes pieds et au-dessus de ma tête, rencontrer autre chose que du vide.» A Paris, au Ministère, Roger-François Gauthier, l'inspecteur général de l'administration sur qui pèse la lourde charge d'organiser le concours, de constituer les jurys, ne s'exprime pas différemment: «Les chefs d'établissement sont seuls, trop seuls. Ils sont très peu aidés par le rectorat, par l'inspection pédagogique régionale. Dans la plupart des pays voisins, ils ont autour d'eux une équipe de référents disciplinaires. Mais chez nous, les syndicats sont hostiles à tout ce qui pourrait apparaître comme une hiérarchie intermédiaire. Les étrangers n'en reviennent pas. Je me rappelle ce proviseur de New York, en quartier défavorisé, qui me disait: "Je ne suis pas un scientifique, moi. Comment voulez-vous que je réponde aux enseignants scientifiques si je n'ai pas un adjoint compétent?" Il avait raison. En France, on laisse les gens se débrouiller dans la nature. Si nous voulons recruter à hauteur des besoins, il va falloir que ça change[1].»

Seuls. Les professeurs sont seuls. Et leurs chefs – enfin leurs collègues qui sont leurs chefs sans être tout à fait leurs chefs mais à qui l'on demande néanmoins de l'être avec tact – sont seuls. Parcourant la chaîne hiérarchique, on finit par conclure que cette machine étrange qui fonctionne malgré tout est fort vertueuse pour résister, vaille que vaille, à une telle planification de l'incohérence, à une telle désarticulation de chaî-

1. Entretien avec l'auteur.

nons qu'on attendrait, logiquement, assemblés. Et pourtant elle tourne. Voilà qui mérite 40 sur 40 de note administrative.

Entre le dispositif égalitaire supposé infaillible et la réalité prosaïque, la distorsion est exaspérante pour les personnels. Voici, parmi cent autres, l'histoire de l'angliciste Ghislaine Régent. Elle enseigne dans un collège difficile de la Seine-Saint-Denis, difficile mais non classé « sensible » ni situé en ZEP – aucun capital de points exceptionnels ne lui est donc alloué. Elle est enceinte. Et soudain, l'entreprise de son mari, qui travaillait sur Paris, l'expédie à Nantes. Elle consulte l'inspection académique puis le rectorat. Et la même réponse lui est apportée : demandez votre mutation, mais vous ne l'aurez pas. En désespoir de cause, elle se présente au Ministère, rue de Grenelle. Les huissiers lui refusent l'accès des étages mais le concierge veut bien lui passer, au téléphone, une personne compétente. « J'ai d'abord eu quelqu'un qui m'a envoyée sur les roses. Puis une seconde personne, responsable des anglicistes, qui m'a conseillé, très aimablement, de solliciter une mise à disposition[1]. J'ai repris espoir. Ce n'était pas fini. La supérieure de cette dame est descendue, agressive. Elle avait entendu notre conversation et m'a dit qu'il n'était pas question que je quitte mon poste en banlieue parisienne, qu'il fallait pour cela un changement de situation – mariage, grossesse, lieu de travail du mari, etc. J'ai expliqué que, précisément, j'étais mariée, enceinte, et que le job de mon époux

1. L'intéressé se retrouve « à la disposition d'un recteur », sans poste attribué, et, au dernier moment, palliera une absence, une urgence soudaine.

était délocalisé. Elle n'a rien voulu admettre. Mais la première dame, en douce, a arrangé mon cas. Je me suis retrouvée dans l'Ouest, sans affectation précise. A la rentrée, je m'apprête à effectuer un remplacement quand je reçois un courrier qui m'ordonne de regagner la Seine-Saint-Denis, qui m'accuse d'abandon de poste et me menace de radiation. J'ai tenu bon, j'ai invoqué ma mise à disposition. Et finalement, la chef de service m'a téléphoné en disant : “Bravo, vous nous avez bien eus…” Pour elle, apparemment, c'était un jeu, comme le poker ou le Monopoly. Un jeu complètement inhumain. »

Le système des points a été conçu pour éviter l'arbitraire, le passe-droit à la tête du client. Fort bien. Mais l'excès de règle tue la règle. En l'occurrence, le hasard d'une rencontre, la querelle entre deux bureaucrates, la bonne volonté d'un concierge ont été les véritables éléments déterminants de la bifurcation d'une carrière. La « ressource humaine » ne pesait pas lourd.

Que ces contrariétés ubuesques – et entretenues – soient source de mécontentement, nul ne s'en étonnera. Mais pour comprendre le malaise [1] des professeurs, pour comprendre cette espèce de rancune qui les habite, ces bouffées de colère qui les dévastent, il faut creuser plus avant. Et souligner ceci : rien n'est pire que d'encourir des sanctions exclusivement symboliques. Si vous travaillez dans le commerce, si vous essayez de pénétrer un marché, vous gagnez ou vous perdez, vous savez où vous en êtes, vous affichez des résultats probants. Gratifiante ou blessante, la sanction symbolique n'est jamais de cet ordre. La victoire, la défaite, et

1. Cf. l'ouvrage d'Anny Cordié, *Malaise chez l'enseignant, l'éducation confrontée à la psychanalyse*, Paris, Éd. du Seuil, coll. « Champ freudien », 1998.

toutes les étapes intermédiaires restent éternellement sujettes à caution, telles les bonnes ou mauvaises critiques adressées à un livre ou à un film – nul n'ignore que *Casque d'or*, de Jacques Becker, fut descendu en flammes au point que Serge Reggiani, dont les cinéphiles saluent aujourd'hui le talent, fut boudé par tous les studios. Hors évaluation sérieuse, le « bon » prof ne sait pas ce qu'il en est vraiment, le médiocre ne souhaite pas le savoir, et personne n'est content. La rage de noter et d'être noté, alors que le barème de notation n'est pas fiable et ne trompe aucun acteur, trahit le souci d'introduire la fiction d'une mesure. Mais cette mesure étant fictive, et le secret de Polichinelle étant éventé, son effet est plus démoralisateur qu'autre chose. Et la moindre épithète, le moindre chuchotement créent une souffrance hors de proportion.

Sept ans après les faits, je reste sidéré par l'impact qu'a eu, dans la profession, la déclaration de Claude Allègre, alors ministre, concernant l'absentéisme des enseignants. En septembre 1997, il avait déclaré tout de go, emporté par sa verve polémique, que « 12 % d'absentéisme, c'est beaucoup trop ». Ce disant, il commettait à la fois une erreur et une faute. Une erreur parce que l'absentéisme n'est pas la somme des absences (dont certaines sont parfaitement légitimes), et que, sur ce dossier, les professeurs peuvent marcher la tête haute. Tous les travaux [1] montrent qu'ils comptent parmi les personnels les plus assidus de la fonction publique. En revanche, la gestion des absences est fréquemment désastreuse, qu'il s'agisse des petites

1. Notamment le rapport du recteur Daniel Bloch remis au Sénat en 1998. Il conclut que 6 % des cours ne sont pas assurés au collège et 9 % au lycée, et met en cause, non les individus, mais le système des remplacements.

absences courtes qui devraient être palliées par l'introuvable « équipe éducative » au niveau de l'établissement, ou des absences longues (congés de maternité, par exemple) que la rigidité de la machine transforme en casse-tête. Une faute parce que Claude Allègre ne s'exprimait pas en qualité d'essayiste et d'intellectuel, mais en tant qu'employeur. Qu'adviendrait-il si le patron d'ELF, de Citroën ou de Saint-Gobain interpellait ses salariés de manière aussi désinvolte sur la foi de données fantaisistes ? La levée de boucliers serait générale.

Reste qu'un ministre possède un pouvoir de nuisance assez faible. Ce qu'il dit voire ce qu'il décrète n'a, sur le terrain, que des effets limités et provisoires, d'autant que la cogestion syndicale est vigilante. Une fois encore, le rapport à l'autorité prend une tournure suspecte. On peut ne pas apprécier les écrits de Luc Ferry, on peut contester l'autopromotion de ses libelles, mais déchirer ces derniers en place de grève apparaît indigne d'une corporation qui a toujours combattu la censure et qui revendique l'accès au livre comme une liberté fondamentale.

Pourquoi tant d'énervement, de blessures à vif, de clameurs virulentes ? Au printemps 2003, dans les manifestations comme dans les assemblées générales, je crois pouvoir écrire que j'ai été le témoin de transes collectives, si fébriles que la question de confier ses enfants à des énergumènes pareils devenait pertinente. Qu'on s'énerve à chaud, c'est très humain, et, sur ce registre, je crains de n'être pas le dernier. Mais ce qui m'a étonné, c'est la manière dont les syndicats traditionnels qui jouaient une partie fort convenue – la défense d'avantages acquis, comme d'habitude – étaient prestement contournés ou débordés par des éléments qui portaient à son apogée la thèse du complot.

Non, la réforme des retraites ne visait pas à équilibrer la répartition. Non, la décentralisation n'avait pas pour objet de confier à l'échelon départemental ou régional la gestion de certains corps de métier. Tout cela participait d'un vaste mouvement, porté par la vague du libéralisme le plus débridé, afin de mettre en pièces, de démembrer, de vendre à l'encan le service public en général et l'Éducation nationale en particulier. La défense des acquis, ainsi présentée, n'était plus la volonté classique de préserver ses avantages catégoriels, à la manière dont les conducteurs d'autorail se proclament si épuisés qu'ils veulent continuer à prendre leur retraite dès cinquante ans. C'était Stalingrad, c'était le dernier pont avant la défaite, le combat au corps à corps avec l'hydre mondialiste. J'ai vu gonfler, d'un coup, une sorte de radical-corporatisme mêlant des sensibilités très composites (extrême gauche, trotskistes « lambertistes » influents à Force ouvrière, altermondialistes fort jeunes, reliés entre eux par la Toile), qui, tout à la fois, étaient prêts à mourir pour le *statu quo* le plus conservateur et à pourfendre les ennemis, à nos portes, de l'école du peuple.

Je sais que le rouge n'est pas la couleur favorite de Xavier Darcos. Et que Luc Ferry ne s'est jamais remis d'être allé à la pêche, en garçon bien élevé qu'il est, quand Daniel Cohn-Bendit chevauchait le lion de Belfort. Mais enfin… la thèse du complot ! Du « complot international » comme disaient, naguère, ceux qu'effarouchaient tant la faucille et le marteau. Qui donc, dans le personnel politique français susceptible d'exercer réellement le pouvoir, songe à démanteler l'enseignement secondaire public ? C'est plutôt lui qui, ces temps-ci, expédie des clients vers le privé – presque 30 % des parents y recourent, et pas tous nantis, loin s'en faut.

Pourquoi une aile du monde enseignant éprouve-t-elle le besoin de se construire un adversaire fantasmatique aussi redoutable ? Pourquoi le refus global de descendre sur terre, de nommer au meilleur endroit celui ou celle qui est le mieux taillé pour cet exercice, de construire un arsenal de sanctions et de gratifications raisonnables, de remplacer les fausses hiérarchies par des rouages efficaces, les évaluations bidons par un accompagnement éclairé, le cloisonnement méticuleux par des équipes solidaires ? Pour ne pas « passer au réel » ?

La réponse m'est donnée par Clarisse Monteil, professeure agrégée de mathématiques dans un collège lillois. « Nous refusons collectivement de passer au réel, m'explique-t-elle, nous nous fabriquons même des alibis en béton contre cette révolution culturelle, pour une raison simple : la réalité n'est pas supportable. Je crois que nous avons tous, plus ou moins, le sentiment de vivre une imposture. Le collège unique, actuellement, ça n'existe pas. L'orientation fiable, ça n'existe pas. La fameuse égalité des chances, ça n'existe pas. L'équivalence, en qualité, des établissements scolaires, ça n'existe pas. Et l'idée que les profs sont interchangeables parce qu'ils sont tous fonctionnaires et qu'ils ont passé les mêmes examens, ça ne tient pas non plus. A force de camouflages et de demi-mensonges, nous sommes parvenus à un point de non-retour. Ou on met les choses à plat et l'imposture éclate. Ou on ne touche à rien en espérant donner le change encore un peu. C'est l'attitude dominante du milieu. Mais chacun sait, au fond de lui-même, qu'elle ne sera pas éternellement défendable. »

Il me semble que mon interlocutrice, avec un grand courage intellectuel, touche à l'essentiel. Les enseignants ont le sentiment d'être à la fois victimes et coupables de cette « imposture » dont elle parle. Victimes parce qu'ils ne l'ont pas voulue, au contraire. Coupables parce qu'ils ont adopté un système de défense qui paralyse ou biaise le débat, qui récuse, par avance, le changement. La « victimisation » à laquelle ils cèdent si aisément est la meilleure manière de gommer leur culpabilité. Ils sont au pied de la tour Eiffel avec le sentiment que, si l'on desserre la moindre vis, tout s'écroulera aussitôt. Ils méritent mieux. Les élèves aussi.

5

Marge de manœuvre
(le champ du possible n'est pas si étriqué)

En janvier 2003, le Conseil national des programmes a eu la bonne idée d'organiser, à la Sorbonne, un colloque sur l'ennui scolaire. Pédagogues de toutes obédiences, biologistes, psychanalystes, historiens, ethnographes ont très sérieusement débattu de ce « vide du temps », de ce « vide du moi » que connaissent inévitablement les maîtres et les disciples. Les intervenants ont souligné qu'un adulte qui s'ennuie fait retraite du réel mais que, chez un jeune, « l'ennui menace ce qui n'existe pas encore, une identité non construite ». Ils ont également insisté sur le fait que l'ennui « est à l'école ce que la pesanteur est à l'écorce terrestre », à la fois nécessaire et désagréable [1]. Toute la question est de savoir si professeurs et élèves vivent l'ordre scolaire comme assez légitime, assez pertinent, pour que la contrainte soit tolérée ou acceptée.

Vue du fond de la classe, la chose n'est nullement acquise. Je ne saurais trop recommander à tous ceux qui parlent de l'école, ou qui y travaillent, de s'offrir l'expérience très simple que j'ai pratiquée en plusieurs endroits : s'asseoir parmi les élèves et partager trois ou

1. Un ouvrage est issu de ces travaux sous la direction de Jean-Didier Vincent : *L'Ennui à l'école*, Paris, Albin Michel – Les débats du CNP, 2003.

quatre de leurs journées, au rythme de l'emploi du temps prévu. Cette expérience ne coûte rien, ne perturbe pas le travail (à compter du deuxième jour, votre présence est oubliée). Et l'on apprend énormément. Je sais fort bien que mon regard, depuis quelque temps déjà, n'est plus celui d'un adolescent. Et que ma cervelle, ma culture ne sont pas neutres. Il n'empêche : avant d'inviter les professionnels et les usagers de l'école à des stages complexes, avant d'assener aux enseignants des cours de didactique pointus et jargonnants, voilà une démarche à la portée du plus commun des mortels et il est impossible d'en ressortir intact.

La première leçon que j'en tire m'est octroyée par mon corps. La personnalité de l'enseignant qui surgit n'est qu'un paramètre très secondaire par rapport à cette donnée fondatrice. Aucun être vivant, sauf peut-être certains reptiles, certains iguanes dont l'espèce est tragiquement menacée, ne peut rester immobile si longtemps. L'ankylose se manifeste, au début, par une sorte d'agacement du muscle, de tressaillement des fesses, d'étirement de la colonne. Mais rien de plus, rien de grave. C'est après la deuxième heure que cela s'insinue pour de bon, au point de grignoter l'entendement. Cela s'opère sans vraie transition. Soudain, on donnerait n'importe quoi pour avoir le droit de s'étirer, d'occuper l'espace, de marcher. Et la lutte contre ce besoin, lutte dont on sait qu'elle va demeurer constante, qu'elle ne souffrira pas d'interlude, devient un labeur en soi, un effort d'athlète. A l'ankylose s'ajoutent les fluctuations stomacales, peut-être les plus incontrôlables. A onze heures quinze, je plonge, à quatorze heures, j'émerge, mais à quinze heures vingt, je sombre.

Là-dessus vient le reste qui devrait être l'essentiel et qui ne l'est pas : le cours proprement dit, le discours. C'est souvent intéressant, je me suis instruit de mon mieux. Le problème est que le professeur ne considère pas qu'il succède à un autre professeur qui enseigne autre chose. Il le sait mais il ne le sait pas – ce qu'il subodore, au vrai, c'est qu'un emploi du temps, conçu par « l'administration », régit l'ensemble. Il ne tient donc aucun compte de ce qui précède, serait en peine de dire si les élèves viennent d'avoir un contrôle, par exemple. Il enchaîne et entend que le public soit frais. Pour lui, ce cours est la suite directe du cours qu'il a donné la veille ou trois jours plus tôt, et il est très étonné si, au quart de tour, l'assistance n'est pas inscrite dans cette continuité. Plus qu'étonné : déçu, un brin trahi. J'avais oublié cette gymnastique décomposée, ce kaléidoscope tournoyant. Depuis mes années de lycée, je suis passé par l'université – où l'on s'occupe, en gros, de choses connexes au fur et à mesure qu'on avance –, puis par des lieux de formation encore plus ciblés où l'on traite d'une seule chose à la fois. Il est assurément plus difficile d'être auditeur au collège de Carpentras que de l'être à Sciences-Po. L'enseignement y est déversé comme si le menu pléthorique ne comportait pas d'ordre, pas de rythme, pas de progression des saveurs, juste une avalanche de mets, en vrac.

Je demande pardon au lecteur pour le caractère rustique et intellectuellement fruste de pareilles constatations. Mais, à défaut de profondeur, elles me semblent avoir le mérite de rappeler des vérités premières dont l'oubli ou le déni sont lourds de conséquences. La grande majorité des enseignants que j'ai interrogés emploie, pour dépeindre son activité – et la fatigue spéciale qu'elle engendre ainsi que le plaisir qu'elle procure lorsque tout va bien –, une métaphore théâtrale. Ils se comparent à des acteurs, des virtuoses du *one man show* qui doivent emporter le morceau, faire chavirer la salle, repartir à chaque heure pour la *standing ovation*. Quelques-uns vont encore un peu plus loin et empruntent au discours amoureux : ils aiment séduire, conquérir. « Aujourd'hui, je les ai eus ! » m'a dit triomphalement une professeure de lycée professionnel, avec, dans la voix, la pointe d'orgueil de la femme fatale qui a épuisé son amant et qui, elle-même, est à bout de forces, ou de la diva qui a tiré de sa gorge le contre-ut absolu.

Vue du fond de la salle, la prestation est d'autant plus remarquable que tout est conçu pour qu'il n'en aille pas ainsi. Sans parler des publics difficiles, très hétérogènes, défavorisés, je témoigne, moi qui suis bon public, qu'installé de cette manière, étourdi de tant d'heures torrentielles, barbouillé de changements de décor et d'intrigue éclairs, les chances de s'émerveiller sont faibles. Et je comprends que les maîtres invoquent une dépense nerveuse excessive, leurs vacances abondantes servant de compensation à l'intensité de l'énergie consommée.

Les pédagogues chevronnés sont extrêmement sceptiques lorsqu'ils entendent un tel langage. « Cette métaphore du comédien, explique Anne Lelièvre, agrégée d'allemand dans un lycée d'Aquitaine, sert à masquer l'indigence de notre formation pédagogique. Elle centre tout sur le narcissisme de l'enseignant, sur son talent, son dévouement, sa sueur, son plaisir. Mais le public n'est qu'une masse sombre qui n'applaudit pas à la fin et dont personne ne sait ce qu'il a vraiment ressenti et assimilé. Or, le public, il n'est pas là pour servir de faire-valoir au professeur qui exécute son numéro. Il est là pour apprendre. La pédagogie – on peut ensuite discuter des méthodes, des techniques – n'est rien d'autre que cela : la manière de faire en sorte que les élèves s'approprient le savoir qui est enseigné. Le savoir n'est pas une personne, il n'est pas centré sur le discours du prof comme l'inspecteur qui vérifie si l'inspecté suit exactement le programme. Le but est que le savoir parvienne à l'élève. Si l'on veut mettre le savoir au centre de l'école, et c'est pertinent, il faut en finir avec la comédie du prof, il faut se centrer sur l'élève et être capable de dire s'il a appris quelque chose, ce qu'il a appris, quand il l'a appris, s'il l'a appris durablement. C'est ça, la pédagogie. Et c'est ça le métier. »

En 1984, passant par Creil, j'avais découvert, au collège Gabriel-Havez (où éclata la première affaire de voile islamique), un enseignant très tranquille, parlant bas, nommé Jean-Michel Zakhartchouk. Je ne le connaissais pas, j'assistais à son cours en suivant un groupe d'élèves. C'était une classe difficile, non pas agressive mais apathique. Et puis j'ai vu entrer ce professeur de lettres qui traînait un peu les pieds, qui ne haussait jamais le ton, et qui procédait, manifestement, étape par étape, suivant un plan connu de lui seul. A ma vive surprise, les élèves si mornes se sont éveillés, ont levé la main, ont répondu au maître, et ne se sont pas contentés de jouer avec ce dernier une partie de ping-pong : ils se parlaient entre eux et paraissaient savoir pourquoi ils étaient là, quel était le sens de l'exercice. A la sortie, j'ai questionné Jean-Michel Zakhartchouk et lui ai demandé la raison du miracle. « Justement, m'a-t-il dit, le truc, c'est qu'il n'y a pas de miracle. Il n'y a pas de magie, pas de "charisme", pas de gourou. Mais un travail assez soigneux, l'appui sur des méthodes d'apprentissage que je teste, évalue et réévalue, aidé par d'autres enseignants, notamment dans le cadre collectif d'un mouvement pédagogique. Où, en particulier, on essaie de mieux connaître la manière dont les élèves fonctionnent, s'intéressent, s'ennuient, mémorisent, oublient pour en tenir compte dans notre façon d'enseigner. »

Je le retrouve, vingt ans plus tard, responsable des *Cahiers pédagogiques*[1]. Il persiste et signe. Il exerce toujours à Creil, en collège défavorisé. C'est un choix, une passion intellectuelle et sociale. Il consacre la moitié de son temps à la formation des jeunes (ou moins jeunes) enseignants – et il organise, à chaque rentrée, l'accueil des nouveaux nommés en Picardie afin que les « parachutés » atterrissent sur un sol plus meuble et balisé. « Les professeurs, dit-il, adorent le cours magistral qu'ils jugent, par ailleurs, si fatigant, parce que c'est un cours où l'on s'écoute parler, où l'on obtient, plus ou moins, un silence rassurant, où l'on s'imagine que les élèves se sont instruits parce qu'ils se sont tenus tranquilles. Tous les travaux montrent que les enseignants sous-estiment leur temps de parole, découvrent avec un certain effarement, si on leur tend un miroir, qu'ils monopolisent la parole en permanence. Occuper totalement le terrain, faire à la fois les questions et les réponses leur paraît plus sécurisant pour eux mais est moins efficace pour les élèves. Nos collègues étrangers, en particulier nordiques et anglo-saxons, sont très étonnés par cette propension à faire son numéro au détriment des apprentissages. Savoir gérer le temps dans la classe, être capable d'organiser le travail des élèves en groupes, ou de leur donner des exercices différents – si un élève a eu 17, la correction ne lui apprend rien, mieux vaut qu'il consacre ces minutes à un autre exercice – suivant leurs capacités, voilà ce que nous étudions, ce que nous avons un peu mieux appris à

1. La plus ancienne revue française spécialisée, issue d'un mouvement qui a largement dépassé son cinquantenaire, le CRAP (Cercle de recherche et d'action pédagogiques), réseau bénévole d'enseignants, chercheurs et autres acteurs du système éducatif. Cf., par exemple, le numéro spécial *Faire la classe au quotidien*, septembre 2002.

maîtriser. Le grand *show* magistral, c'est la solution paresseuse, la solution de facilité.»

L'inspecteur général Roger-François Gauthier, passionné par ce dossier[1], a eu l'idée d'aller observer les élèves et les maîtres de l'École allemande de Paris (qui offre l'avantage d'être pleinement germanique mais dont les jeunes connaissent fort bien les pratiques françaises). «Les élèves, consigne-t-il dans sa relation de l'expérience, écrivent peu, seulement à certains moments de la séquence... L'oral est naturellement prépondérant; le désordre qu'il crée temporairement est réputé normal; la spontanéité de l'expression est importante; la régulation appartient au maître dans la forme, au groupe dans le fond, qui veille à ce que la question avance. La tension des "heures" de cours, qui ne durent que quarante-cinq minutes, est décrite comme collectivement plus forte et individuellement moins stressante que dans la classe française. L'idée est que chaque individu trouve, dans le cadre, décrit comme sécurisant, du travail du groupe, un entraînement à sa propre autonomie... Du côté des professeurs, le plus immédiatement étonnant est sans doute de constater l'unisson pédagogique. Quant aux programmes, la réglementation reconnaît que tout sera vu mais ne sera pas traité avec autant d'approfondissement, qu'on a droit aux changements de rythme, à une polyrythmie explicite vis-à-vis des élèves. Comme on accepte d'aller plus vite sur beaucoup de choses, on peut se permettre de creuser beaucoup plus sur certaines.»

«Dire, ironise l'inspecteur général, que, pour aller jusque-là, il n'est pas nécessaire de franchir le pont de Kehl: celui de Saint-Cloud suffira...»

1. Entretien avec l'auteur.

La France a le singulier privilège d'avoir été ravagée (il en subsiste encore quelques éclats) par une polémique biscornue opposant les « savants » aux « pédagogues », polémique qui laisse interdits les observateurs du monde entier. Les premiers soutenaient que le savoir, étant à lui-même sa propre fin, intègre les outils de sa transmission, et qu'il suffit que le maître soit magistral pour que cette transmission soit assurée. Les seconds objectaient, et objectent encore, qu'il n'en est rien, et que savoir transmettre le savoir est un savoir spécifique digne d'étude et nécessaire à tout enseignant. Les premiers ont rétorqué que l'idée d'inciter le savant à s'enrichir d'un savoir-faire amoindrit sa dignité et disqualifie ce savoir fondateur au profit de techniques subalternes. Les seconds ont tenu bon, arguant que l'expérience est mère de la victoire. Les premiers ont raillé cet empirisme de bas étage, et ainsi de suite…

Cela ressemble à la célèbre querelle, contée par Jonathan Swift dans *Les Voyages de Gulliver*, qui oppose farouchement les grosboutistes (partisans de manger les œufs par le gros bout) aux petitboutistes (partisans du contraire). Mais, comme chez Swift qui a l'élégance de rire en temps de peste, l'affaire est malheureusement sérieuse. Car le mépris envers la pédagogie, mépris qui devient chez d'aucuns une sorte de haine, nuit gravement à la performance scolaire. Souvent, ce sont les mêmes qui l'agressent (sans d'ailleurs la connaître, curieuse façon de se vouloir savant) et qui entonnent la complainte du niveau-qui-baisse. S'ils rencontraient, sur le fameux terrain, les jeunes professeurs en charge des classes de collège, ils auraient du mal à contourner ce que m'ont dit ces derniers au sujet des IUFM. La plupart se montrent assez critiques envers la première année de formation (celle qui prépare au concours) et très inégalement satisfaits des leçons de didactique qu'ils ont reçues, mais sans rejet global. En revanche, la deuxième année, qui comporte un stage sous la houlette d'un tuteur, a toutes leurs faveurs et ils en redemandent. A condition que le stage ne s'effectue pas dans un établissement qui n'a rien à voir avec ce qui les attend. A condition, aussi, que le tuteur et les intervenants de l'IUFM évitent le langage « politiquement correct » du style « ne dramatisons pas, tout va très bien se passer ». A condition, encore, d'être initiés à un minimum de connaissance ethnographique et culturelle des populations d'où sont issus leurs futurs élèves. A condition, enfin et surtout, d'être munis d'un solide viatique pour aborder une classe hétérogène. Ce qui est utile au collège, mais aussi au lycée où tant de maîtres s'en vont répétant « Je n'ai pas été formé pour ça »...

D'où vient donc tant d'aigreur contre les pédagogues [1] alors que la pédagogie fait cruellement défaut ? C'est d'abord, comme l'explique Antoine Prost [2], l'héritage d'un trait profond de la culture française où le savoir est porté aux nues et le savoir-faire traîné dans la boue. Autant les nations anglo-saxonnes valorisent l'expérimentation, les compétences acquises, autant nous sommes encombrés par la cléricature, condamnons à jamais ceux qui n'ont pas franchi les étapes canoniques de la qualification initiale, et considérons les talents qui

1. Le record, digne d'être estampillé Guinness, a été atteint par Alain Finkielkraut dans son essai *Une voix vient de l'autre rive* (Paris, Gallimard, 2003). Il y insulte Philippe Meirieu, alors directeur de l'Institut national de la recherche pédagogique, coupable, comme tous les pédagogues qui assassinent les élèves sous prétexte de les instruire, de bâtir une « usine de la mort », un Auschwitz de la culture où périront, victimes du « nivellement par le bas », les jeunes générations...

2. *Éloge des pédagogues*, Paris, Éd. du Seuil, 1985.

ont éclos par d'autres voies comme des valeurs de deuxième choix, des aptitudes roturières – le sort réservé à l'enseignement professionnel, l'orientation négative vers cette voie l'illustrent cruellement.

Il faut ensuite évoquer mai 1968. Non pas les faits, la crise sociale, la crise des valeurs, le réajustement général, à travers maintes convulsions, d'une société entière, de la famille, des relations entre le soignant et le soigné, entre le savant et l'ignorant, entre les sexes, entre l'employeur et l'employé, entre le juge et le justiciable, entre le geôlier et le prisonnier. L'examen historique n'intéresse personne, et n'est d'ailleurs guère entrepris. Peu importent le défilé d'adieu des communismes, l'épuisement de la révolution, l'abandon de la guerre juste comme instrument du changement social, l'éparpillement de la classe ouvrière messianique, le triomphe de l'État de droit. Nos polémistes n'ont que faire de l'épaisseur du moment, de ses contradictions innombrables. Ils emballent le tout dans une toile grossière, rassemblent les quatre coins, serrent le nœud au maximum, et décrètent que ce paquet « est » 68. C'est-à-dire une atteinte à l'ordre. L'idée que cette période fut aussi éprise de respect (respect pour la femme violée, respect pour l'immigré, respect pour l'ignorant, respect pour le malade mental) ne les atteint guère. L'idée que le plaisir est nourri d'exigence, qu'il réclame plus d'efforts que la renonciation, ne les concerne pas. L'ordre fut en danger, voilà tout. Et dans l'ordre scolaire, les pédagogues prétendaient introduire, entre le maître souverain et le disciple soumis, une médiation habile. Honte sur eux.

Le troisième facteur d'explication est la longue guerre de tranchées que se livrèrent, des années 1950 à la fin du XXe siècle, instituteurs et professeurs. La lutte entre le SNI et le SNES, qui s'est terminée à l'avantage du dernier, fut à la fois une bataille idéologique (socialistes contre communistes), corporative (maîtres du premier degré contre maîtres du secondaire), pédagogique (les instituteurs préconisaient un cycle qui aille jusqu'à la troisième, les professeurs défendaient leur territoire et souhaitaient que la sixième demeurât une frontière) et financière (le réseau associatif et mutualiste de la « puissante FEN[1] » constituait un magot convoité, et les socialistes se protégeaient de l'entrisme « stalinien » grâce à la cooptation franc-maçonne). Une chaude ambiance de camaraderie vigilante.

L'avènement du « collège unique » suscita un tel appel d'air qu'on mobilisa des instituteurs d'origine pour former, en toute hâte, le corps des PEGC. La qualité universitaire de ces recrues n'était pas clairement avérée. De plus, ils acceptèrent d'être bivalents – d'enseigner deux matières. Ce fut, pour le SNES alors dirigé par des militants communistes, le branle-bas de combat (les « instits » montaient à l'assaut). Mais aussi une manne prodigieuse : il devenait possible de récuser l'adversaire au nom de la qualité, d'opposer licences, maîtrises, CAPES, agrégations à ces professeurs improvisés. Lesquels situèrent leur réplique sur le terrain de la pédagogie : s'ils n'étaient point des mathématiciens haut de gamme, du moins étaient-ils les meilleurs techniciens de l'apprentissage, les meilleurs connaisseurs de l'enfant.

En un sens, ils avaient raison. Les maîtres du primaire ont accumulé une somme de connaissances pratiques et psychologiques dont ceux du secondaire ont

1. Fédération de l'Éducation nationale, à présent disparue, au sein de laquelle se menait une bataille de tendances communistes et socialistes enseignants ayant décidé, en 1947, quand éclata la CGT, de continuer à cohabiter.

toujours été tragiquement démunis. Il est fort à déplorer que l'art des instituteurs des « classes de fin d'étude », qui savaient accueillir les laissés-pour-compte et leur façonner un bagage de savoirs fondamentaux avant de les lâcher vers la vie active, n'ait pas été transmis aux générations ultérieures – nous en aurions, par les temps qui courent, grand besoin. Reste que la compétence universitaire des premiers PEGC était effectivement trop mince, et que l'espèce de troc qui fut suggéré – savoir académique contre savoir-faire pédagogique – eut un effet désastreux. Aujourd'hui encore, en fustigeant les pédagogues (malgré une complète méconnaissance de leurs travaux contemporains), en ironisant, comme le fit mon ami Jacques Julliard, dans les colonnes du *Nouvel Observateur*, sur les « pédagogos », nombre d'intellectuels, d'universitaires, de professeurs de classes préparatoires continuent à pourfendre ce qu'ils imaginent être une vague de laxisme au niveau des diplômes, un bricolage psychologisant au niveau des méthodes, bref, l'éternel retour des PEGC – quoique ces derniers aient disparu de la scène. Ce n'est même plus un combat d'arrière-garde. C'est une sorte de simulacre rituel, à la manière dont on mime l'épopée des grands Anciens. Mais en attendant, l'œuvre de recherche accomplie par des enseignants – tout ce qu'il y a de plus diplômés – qui s'appliquent à transmettre leur savoir est malmenée, négligée, calomniée, tournée en dérision. Au nom de la *qualité*, ce qui est un comble et un aveu : les gens « de qualité », qui se pensent comme l'aristocratie universitaire, brocardent ceux du commun soupçonnés de transformer le maître en animateur. Fantasme paresseux, fantasme démagogue, mais fantasme récurrent.

Il existe pourtant, bel et bien, une ligne de démarcation entre « pro » et « anti »-pédagogie. Cette ligne-là, elle, n'est pas un fantasme, une humeur, une ligne Maginot qui se contourne en deux temps trois mouvements. Elle sépare ceux qui approuvent et ceux qui récusent la démocratisation de l'école avec son cortège de tracas. Les pédagogues acceptent de faire front, acceptent de considérer qu'il leur incombe de prendre en charge l'hétérogénéité d'un public par définition plus composite. Ils acceptent l'idée que, pour transmettre le même savoir, il convient d'épouser, suivant le destinataire, des parcours différents, des rythmes différents, des procédures différentes, des sanctions différentes. A quoi les « anti » opposent que le maître doit être le maître quel que soit l'auditoire, et qu'il s'abaisse – et abaisse son savoir – lorsqu'il consent à s'adapter, à modifier son discours en fonction de l'élève. La haine de mai 1968 et de ce qui s'ensuivit est, dans cette logique, parfaitement cohérente. La révolte d'alors exprimait l'aspiration du grand nombre à pénétrer l'université, à violer l'enceinte des lycées napoléoniens. L'élite s'est sentie agressée : elle l'était. Elle continue de le penser : à bon droit. Heureusement, et pourvu que ça dure.

Ce qu'ils refusent d'entendre, les « anti », c'est qu'il puisse exister, entre le professeur et l'élève, une part, une zone de négociation. Non pas sur le savoir lui-même qui n'est pas négociable, mais sur ses canaux d'accès. Et que cet espace de négociation est aussi l'espace de l'éducation, de l'apprentissage de la vie collective, du respect, de ce qui fonde l'autorité, de ce qui légitime le pouvoir.

Ils me font penser, les « anti », au succès tonitruant du film de Peter Weir *Le Cercle des poètes disparus*, film « culte » mettant en scène un professeur charismatique, joué par Robin Williams, qui fascine ses élèves, monte sur les tables, conduit ses cours comme on joue

Shakespeare, entraîne l'auditoire dans un tourbillon qui, d'abord, paraît fantaisiste et libre, puis se donne pour ce qu'il est: non point l'éveil de l'esprit critique mais une longue et impitoyable séance de dressage assez analogue à ce que John Wayne peint, en pleine guerre du Vietnam, chez les Bérets verts. Dans les deux cas, à la fin du film, le maître obtient du disciple un regard non seulement fixe mais hypnotisé, une soumission ivre d'elle-même, une renonciation à faire appel de quoi que ce soit. *Le Cercle des poètes disparus* me paraît le film anti-pédagogique par excellence. Parce qu'il vante l'absolue dépossession de l'élève. Parce que, entre le disciple et son mentor, la distance est tantôt infinie, abyssale, tantôt nulle, l'élève se noyant dans un flot d'admiration passionnelle où il se dissout.

Une fois de plus, je constate une forte analogie entre mon voyage parmi les enseignants et mon séjour de deux années chez les médecins. Assistant aux consultations, aux examens, à ces rendez-vous particuliers et denses où le diagnostic tombe, où la souffrance est annoncée, j'avais conclu qu'il est très difficile, pour un clinicien scrupuleux, de trouver la « bonne distance » avec celui qu'il soigne. Les uns, qui ne veulent pas avouer leur trouble devant le corps, devant la mort, se drapent dans leur blouse blanche. Mais d'autres cèdent à l'empathie sans retenue, vampirisent leur interlocuteur, frémissent pour toutes les patientes qui ont de beaux seins, meurent avec les mourants, les étouffent sous leur compassion et les privent du droit de vivre leur propre mort. Il m'a semblé qu'un « bon » médecin est une femme ou un homme capable de s'approcher de l'autre mais aussi de le quitter, de le soigner avec dévouement mais de comprendre que, sitôt guéri, il s'enfuira illico, tel un ingrat soulagé.

Le pouvoir de l'enseignant, expliquent les pédagogues que j'ai rencontrés, est du même ordre et requiert le même doigté, la même générosité, la même capacité à faire son deuil d'une gratitude méritée. Séduire n'est pas l'objectif. Charmer n'est pas l'objectif. Obtenir, même, le silence et l'approbation de l'élève n'est pas l'objectif. Mais éduquer et instruire, oui. Avec un souci supplémentaire qui n'est pas mince : transmettre du savoir, c'est savoir ce qu'on a transmis ; c'est considérer que le professeur n'est pas l'unique agent de la transmission des connaissances ; c'est enfin veiller à ce que l'acquisition de ces connaissances ne soit pas une fin en soi, mais le socle permettant l'acquisition de *compétences*. Eh oui, on pense beaucoup chez les « pédagogos »…

Je ne m'aventurerai certes pas ici à définir ce qu'est un « bon » enseignant. Au fond de la classe, je suis passé par tous les sentiments de la terre, de l'admiration à la perplexité. Mais je ne suis ni inspecteur, ni élève, ni professeur, ni surtout pédagogue. Il m'a semblé que certains cours peu spectaculaires pour le visiteur, par exemple ceux où les adolescents travaillent en groupe, comptaient parmi les plus féconds, même si le « théâtre » s'en trouvait amoindri. Je n'aurai donc pas l'outrecuidance de camper le « bon » prof. Mais j'aimerais inclure dans ce livre l'autoportrait d'une jeune femme, une débutante – elle avait vingt-trois ans quand nous nous sommes croisés, et c'était sa deuxième année d'exercice dans un collège « sensible » de la région parisienne – qui m'a paru un modèle d'équilibre. Elle s'appelle Babette Raynaud, elle est mathématicienne, elle a grandi dans la banlieue lyonnaise. Et s'était portée volontaire pour répondre à mes questions.

« J'ai voulu être prof. Vraiment. Ça aurait pu être

instit, physicienne ou angliciste – je me suis orientée vers les maths parce que j'ai des facilités, j'ai l'esprit scientifique. Mais j'ai la chance de ne pas éprouver de passion exclusive pour ma discipline. Je suis devenue prof de maths pour le mot prof, pas pour le mot maths. Sinon j'aurais visé autre chose. Un mordu de maths pures, il déprimerait avec les élèves qu'on a. Moi pas. J'aime enseigner les maths, mais j'aime aussi faire l'éducatrice, l'assistante sociale par moments. Certaines fois, c'est un peu lourd. Mais je m'ennuierais si je n'avais affaire qu'à des équations. Je n'aimerais pas, pour l'instant, avoir une terminale S dans un lycée comme le lycée du Parc[1]. Je suis devenue prof, aussi, parce que c'est un métier qui permet de respirer, d'avoir du temps à soi. Travailler, je suis partante, mais je ne veux pas que ma vie soit dissoute dans le travail.

« A l'IUFM, on nous a bourrés de théories qui ne sont pas sans attrait mais qui n'ont pas grand-chose à voir avec le terrain. La didactique, quant au fond, c'est intéressant, mais ce qu'on souhaite, nous, c'est une préparation concrète à ce qui se passe dans la classe. Chaque fois que je posais une question, on me répondait que ça n'arrivait jamais – or ça arrive, ce qui "n'arrive jamais". J'en témoigne.

« J'ai essayé de bien prendre ma nomination. J'avais vingt et un ans, je me suis dit que j'aurais le dernier truc qui traîne au fond de l'académie de Créteil, que je serais remplaçante. Au moins, j'ai décroché un poste fixe, c'était toujours ça de pris. Le premier soir, j'ai dormi à l'hôtel Campanile, dans une ambiance bizarre, entourée de familles entières de sans-papiers qui regardaient en coin cette touriste improbable. Là, j'ai bien déprimé. Mon ami, qui est spécialiste de génie biolo-

1. Qui est, en quelque sorte, le Louis-le-Grand lyonnais.

gique, n'a pu me rejoindre qu'un an plus tard – nous nous retrouvions le week-end. Mais dès que je me suis intégrée à l'ambiance de l'établissement, le moral est revenu. Ici, on n'a pas le choix. Il faut s'entraider. C'est plein de jeunes, l'atmosphère est bonne, et le principal a les pieds sur terre : il m'a longuement expliqué le coin, les différentes communautés. Et je me suis lancée.

« La banlieue, je connais, j'en viens. Les Africains, les Maghrébins, c'étaient déjà mes voisins. Mais il est vrai que cette banlieue-ci est beaucoup plus dure, plus compliquée. Les élèves, les garçons en particulier, ne sont pas habitués à "travailler" au sens où nous entendons ce terme. Moi, j'étais dans une culture du travail, mon père était technicien en électronique, ma mère était employée de banque. Je viens d'une autre planète. Eux, les gosses d'ici, l'avenir, c'est quelque chose qu'ils n'imaginent pas, ils n'ont aucun moyen de voir que les études, ça peut leur servir. Qu'ils ramènent 2 ou 17 à la maison, qu'est-ce que ça change ? Ils ont tellement d'autres soucis. Avec les parents, ça se passe plutôt bien, mais les parents qu'on voit, ce sont ceux que, d'une certaine manière, on a moins besoin de connaître que les autres, ceux dont les enfants traduisent les mots. L'an dernier, en cours, un élève africain a dit à un autre "Nique ta mère !", et un troisième s'est levé en protestant "T'insulte pas ma tante !"… Nous n'avons aucune formation ethnographique, ça m'intéresserait beaucoup.

« Il n'y en a pas plus de deux par classe qui pourraient faire des études réellement longues. Mais la plupart des autres ne perdent pas leur temps à l'école. J'ai du mal à faire cours pour tout le monde, j'utilise l'heure de remédiation qui nous est accordée pour prendre à part les plus faibles, pour travailler la numération. Quelquefois, ça ne donne rien, absolument rien.

J'ai une petite, même la plus simple des consignes, elle ne la comprend pas – et c'est pareil en éducation physique, elle pique des sprints n'importe quand. Les emplois du temps sont incroyablement trop chargés pour eux par rapport au primaire, il y en a qui finissent à six heures du soir deux fois par semaine. Quand j'étais en stage d'IUFM, je me suis rendu compte combien c'est dur d'être élève, je me tortillais sur ma chaise, je n'en pouvais plus. C'est rude, le métier qu'on leur fait faire. J'exige qu'ils soient attentifs pendant mon heure, mais si chaque prof en exige autant, c'est quasiment impossible.

« Le plus violent, ce sont les notes. Quand un gosse a travaillé et qu'on lui rend un carton, c'est violent. Moi, je ne dis pas les notes à voix haute, je me contente d'un commentaire. Ce serait les humilier exprès. De la même façon, je ne classe jamais les copies. Je ne sais pas comment font les autres profs. D'ailleurs, entre profs, même si les relations sont bonnes, on ne partage pas les trucs du métier. Certains sont d'accord pour le bandana, d'autres pas. Certains sont d'accord pour qu'ils mangent en classe à l'heure où est rompu le jeûne du ramadan, et d'autres pas. Il serait temps que les adultes parlent, sinon de la même voix, du moins sans se contredire.

« Les problèmes de discipline, les incivilités, je ne veux pas que ça m'atteigne. Si j'ai un conflit avec un élève, je pense que c'est la prof qui est visée, pas moi personnellement. Je ne crie jamais, ça me casse la voix et ça ne fait aucun effet, ça n'embête que moi. Je ne mets pas d'heures de colle non plus, je dois les surveiller donc c'est moi qui me punis. La punition, dans 90 % des cas, ils ne la font pas. On la double. Ils ne la font pas. On met un mot sur le carnet. Il n'est pas signé. On s'enquiquine et ça n'est pas rentable. Moi, je prends l'élève à part, tout seul, et je vois avec lui ce qui cloche. Des fois ça marche bien, des fois non, mais ils apprécient toujours qu'on leur parle et qu'on ait de l'intérêt pour eux – même s'ils ne le montrent pas. Si ça coince encore, j'essaie de voir les parents, je discute avec les professeurs principaux.

« En classe, il ne faut pas se lancer dans un conflit à deux avec un élève. Sinon, il faut impérativement qu'on gagne, nous les profs, et ça n'est pas toujours évident. J'essaie de faire, tout de suite, retomber les choses. Si c'est vraiment tendu, je sors l'élève, et je règle ça ensuite chez le conseiller d'éducation, jamais devant la classe. Quelquefois, il faut cogner fort et sans délai. J'ai exclu un élève qui jouait devant moi avec un couteau à cran d'arrêt. Je sépare ceux qui se battent. On ne peut pas laisser passer des choses pareilles. Mais dans la mesure du possible, il est bon de faire intervenir une tierce personne. Être une femme n'est pas un inconvénient, mais être un homme, c'est peut-être un avantage. A partir de la quatrième, je suis la plus petite de la classe, je ne peux écrire que sur les deux tiers du tableau.

« Pour être prof, il faut passer un concours, et pour le passer, il faut s'y inscrire. On ne peut pas devenir prof par accident. Ceux qui geignent, j'ai envie de leur dire de changer de boulot. Il est plein d'avantages, ce métier. On a beaucoup de temps, on travaille quand on veut, c'est souple, on est bien payé. C'est ma deuxième année et je gagne chaque mois entre 1 550 et 2 100 euros, selon les primes. Ça n'est pas si mal. Plus les vacances. Sur les dix jours de la Toussaint, j'en ai passé sept sans bosser. Celui qui ne profite pas de ses vacances, c'est qu'il est mal organisé. Peut-être que je ne râle pas parce que je n'ai pas de profs dans ma famille – j'ai du recul.

« Je n'ai pas encore été inspectée et je m'en passe très bien – sauf que j'ai besoin de points, comme tout le monde. C'est quand même le chef d'établissement qui est le meilleur témoin de notre travail, qui connaît le mieux la population scolaire à laquelle nous avons affaire. Quand je suis arrivée, trois ou quatre collègues m'ont mise en garde contre le principal, et patati et patata. Moi, je trouve qu'il fait correctement son boulot et je serais d'accord pour qu'il ait plus de pouvoir. Il y a des choses qui me scandalisent. L'an dernier, on avait un collègue de maths (il est parti en retraite) qui n'aimait pas la géométrie – alors il ne faisait pas de géométrie et personne ne pouvait rien lui dire sauf qu'il a fallu, ensuite, qu'on récupère les élèves. Je souhaiterais qu'un chef d'établissement ait cette possibilité d'intervenir. Dépendre d'un pouvoir proche, c'est plus une chance qu'un risque : on sait à qui parler. Mais j'ai l'impression que les profs ne voient pas plus loin que le bout de leur nez.

« Voilà, j'ai encore trente-huit ans à courir et, pour l'instant, ça ne me fait pas peur. Les élèves changent tous les ans, et les élèves, ça change tout. Une classe marche, l'autre non. C'est à nous d'éviter la routine, de ne pas ressortir le même cours à chaque rentrée. Je vais rester ici quelques années puis redescendre vers Lyon. Le système des points est stupide. Mais sans garantie de retour ou de mobilité, qui viendra ici ? »

J'ai conservé, dans sa longueur, ce compte rendu d'entretien parce que, sans aucun effet oratoire, il me semble porteur de signes forts. Voilà, pour commencer, une jeune femme qui, dès le départ, a compris que le choix de l'enseignement est un choix distinct de la seule passion disciplinaire. Aujourd'hui encore, 58 % seulement des professeurs déclarent « avoir choisi leurs études pour devenir enseignant », les autres regardant leur activité présente comme une conséquence de leurs études, et deux maîtres sur trois citent pour « premier moteur d'accès au métier » l'amour de leur discipline, le contact avec les élèves ne venant qu'ensuite et ne concernant qu'un professeur sur deux [1]. Babette Raynaud, elle, n'aura pas à faire son deuil de la recherche ou d'un environnement scientifique de haut niveau : elle y a pensé avant. De même, elle n'est guère entamée par le mythe de l'interchangeabilité des fonctionnaires. A ses yeux, il est patent qu'exercer en collège est un métier spécifique, même si le concours est un et indivisible.

Ma deuxième observation est son aptitude à épouser le point de vue de l'élève. Ses propres origines l'y aident, sans doute, mais l'explication serait trop courte. Babette Raynaud n'est pas, que je sache, militante d'un quelconque mouvement pédagogique. Reste que, spontanément, elle prend en compte la culture familiale, les difficultés sociales, le rapport au travail, etc. Et elle en déduit toutes sortes de précautions utiles concernant ce qui serait vécu comme une humiliation, concernant la gestion des conflits. Il ne s'agit pas, pour elle, de céder à une compassion missionnaire, d'excuser les incivilités ou de ne pas appeler une mauvaise copie par son nom. Mais elle ne proteste pas qu'on lui a refilé un public indigne de son talent, qu'elle déchoit en se consacrant à des enfants très faibles. La médiocrité des résultats obtenus, elle ne la vit pas comme son échec mais comme l'échec de certains élèves et de l'institution. Tout au plus déplore-t-elle une relative incohérence des adultes. L'ensemble est placé sur le terrain de l'efficacité, du savoir qui sera ou ne sera pas acquis.

Enfin et peut-être surtout, j'ai salué la « bonne dis-

1. Enquête DEP, *Enseigner en lycée et collège*, *op. cit.*

tance» qu'elle sait mettre entre elle-même et sa fonction. «C'est la prof qui est visée, dit-elle, pas moi.» J'avoue être assez impressionné qu'à vingt-trois ans elle ait si clairement compris (et pratiqué) ce que tant d'autres, en fin de carrière, n'ont pas encore entrevu. Combien de maîtres, parmi mes interviewés, déroulent inlassablement le fil amer du conflit qu'ils ont noué avec deux ou trois éléments, conflit qui dévore non seulement leur vie professionnelle, mais leur vie intime, leur sommeil, et jusqu'à l'image qu'ils se sont formée d'eux-mêmes ?

Je dirai que Babette Raynaud pense et agit en professionnelle. La chose devrait aller de soi, mais nous sommes loin du compte. Le propre de beaucoup d'enseignants est de ne point parvenir à traiter un problème comme une donnée technique et collective. L'individuel et l'émotionnel prévalent fréquemment. Le meilleur poste d'observation, en la matière, est le conseil de classe. Fabrice Martial, proviseur adjoint dans un lycée parisien, préside les séances rituelles de fin de trimestre. «J'ai souvent l'impression, dit-il, que ce ne sont pas les élèves mais les profs qui sont sur la sellette. On ne peut rien dire aux enseignants sans qu'ils se croient remis en cause. Quand on parle d'un élève, le professeur a l'impression qu'on parle de lui. Si l'élève déçoit, il est déçu, il se croit, lui-même, en perte de vitesse. Pas moyen d'obtenir des maîtres qu'ils se dégagent de leur éternelle culpabilité, qu'ils acceptent l'idée que nous procédons par essais et par erreurs, que nous pouvons nous tromper, que ce n'est pas un drame, et que la meilleure manière de nous prémunir contre cela, c'est le fonctionnement collectif et la maîtrise de soi. Il est normal, par exemple, que des élèves ou des parents contestent ou récusent l'avis du professeur. Quand celui-ci agit lui-même en tant que parent, il ne se comporte pas autrement. Mais il n'y a rien à faire : au premier conflit, le réflexe professionnel disparaît, la réaction défensive et épidermique prend le dessus. Nous devons admettre que nous vivons et travaillons avec des gens qui ne nous aiment pas forcément, qui ne sont pas forcément d'accord avec nous, qui n'avalent pas nos verdicts et nos sanctions sans états d'âme, qui ne sont pas tenus d'être rationnels dans leurs attitudes puisque, précisément, ils ne sont pas des professionnels. Nous avons, sur ce terrain, une révolution culturelle à faire. »

Sa consœur Danielle Mancini, principale de collège, est plus critique encore : « Ce qui me rend malade, c'est la question des redoublements. Nous savons que ces redoublements sont rarement profitables à l'élève, toutes les recherches, tous les travaux concluent dans le même sens. Un redoublement, c'est envisageable pour un enfant qui a été malade, qui a subi un traumatisme personnel ou familial, qui a connu une panne identifiée – encore est-il souhaitable qu'il redouble ailleurs, car recommencer la même chose au même endroit est démotivant et inefficace. Quand je dis ça, j'ai l'impression que certains professeurs se sentent dépossédés d'un pouvoir, et peut-être même d'une arme [1]. Un élève n'a rien fichu, a été désagréable, alors ils se vengent.

1. Cf. les déclarations fort imprudentes du ministre François Fillon – soucieux de caresser les enseignants les plus conservateurs dans le sens du poil – à la veille de la rentrée 2004. « Aucune étude », a-t-il affirmé, ne contredit un renforcement du pouvoir des maîtres sur l'obligation de redoublement. Il se trompe. Les derniers travaux vont exactement à l'opposé. La plupart des pays européens le confirment. Le Royaume-Uni, la Norvège et la Suède ont carrément aboli le redoublement sans perte d'efficacité, loin s'en faut. Mais ils ont transformé leurs méthodes en conséquence…

Ils se vengent comme des enfants. Mais nous ne sommes pas des enfants, nous autres. Nous sommes une communauté d'adultes qui n'est pas payée pour régler ses comptes, pour passer ses nerfs – si légitimes soient les motifs de l'énervement –, mais pour analyser calmement, de manière distanciée, ce qui est le meilleur pour l'élève. Même pour un élève antipathique ou indolent, ça n'a rien à voir. Si je suis infirmière, je ne refuse pas de soigner les gens qui ont les pieds sales, qui puent ou qui délirent, quoique je préfère, et de beaucoup, les patients proprets et polis. Nous sommes un service public, nous ne choisissons pas nos élèves, c'est notre raison d'être, et nous devons donc être préparés à vouloir le bien de clients qui nous empoisonnent la vie, à prendre à froid nos décisions. »

Dans les collèges « sensibles », un solide critère de professionnalisme, selon les personnels expérimentés, est le nombre des conseils de discipline. Là où « l'équipe éducative » n'est pas une fiction, où le groupe des adultes est cohérent, où le système de sanctions a été débattu – inscrit dans un véritable projet d'établissement –, où les conflits entre maîtres et élèves ne s'enveniment pas en aparté mais sont pris en charge par la communauté scolaire, les conseils de discipline sont rares même si l'ambiance est chaude. Ce n'est pas affaire de laxisme, au contraire. Le laxisme, c'est de laisser filer la vigilance quotidienne, de laisser pourrir les situations, et de n'avoir plus ensuite, pour porte de sortie, que des procès à répétition dont les verdicts sont plus ou moins pertinents et opérants.

L'implication des enseignants dans « les choses de la vie » est déterminante. Le professionnalisme, chez les maîtres aguerris, c'est de ne pas se juger exclusivement comptable de ses propres élèves aux heures où l'on a classe avec eux mais d'intervenir, dans le couloir ou dans la cour, dès qu'on est témoin d'un acte délictueux, d'une empoignade qui va mal tourner. « Ce n'est pas mon boulot, disent certains, je suis là pour enseigner l'histoire-géographie, point à la ligne. » Ils ont, en un sens, raison : ce n'est pas explicitement consigné dans l'obligation de service, et nombre d'entre eux considèrent qu'ils ont à s'occuper de « leurs » élèves plus qu'à se sentir membres d'un établissement et concernés par l'ensemble de ce qui s'y déroule. Mais, aux yeux des adolescents, cela change tout. Si les adultes ont, *grosso modo*, les mêmes réflexes dans les mêmes situations, la plupart des crises sont déminées ou calmées. S'ils contournent l'incident, s'ils détournent les yeux, la voie est ouverte, les jeunes s'y engouffrent. Et le jour où un conflit soudain les oppose à un de « leurs » élèves, ils se retrouvent seuls et meurtris, et exigent en toute hâte que « l'administration » convoque le ban et l'arrière-ban pour laver l'affront.

De manière analogue, j'ai observé que les plus investis des chefs d'établissement (et de leurs adjoints) ne laissent pas aux seuls conseillers d'éducation la tâche écrasante de réguler les mouvements, les flux. Ils sont là, à l'entrée, le matin. Ils sont là, à la sortie, le midi, le soir. Ils circulent à la récréation de dix heures. Ils se montrent. Ils incarnent, de la façon la plus concrète qui soit, l'autorité, le cercle des adultes. C'est assurément une tâche écrasante, pénible, une espèce de devoir d'ubiquité. Tout l'inverse du proviseur d'autrefois, cantonné dans son bureau, qu'on entrevoyait sur une estrade le jour de la distribution des prix.

Quand la France s'est enflammée sur la question du voile islamique, ces chefs d'établissement très attentifs étaient passablement effarés, me confiaient-ils, par les certitudes plombées des hommes publics, les oukases des intellectuels, les retournements *in fine* de membres de la commission Stasi. Moi qui me trouvais, à l'époque, au cœur de ces collèges et lycées professionnels où l'affaire est aiguë, j'ai eu la très nette impression que le problème, localement, était empiriquement sous contrôle, et que, plus on s'éloignait des zones sensibles, plus le discours devenait péremptoire. La gauche et la droite voulaient une loi, l'opinion, majoritairement, voulait une loi, et le chef de l'État voulait ce que voulaient ses électeurs – qui furent ingrats. Mais, pas plus qu'on ne change une société par décret, on n'évacue un dilemme en claquant des doigts à l'Assemblée nationale. « Nous jugeons utile, me disait alors un des principaux fortement impliqués, un de ceux qui, chaque matin, accueillent les élèves et récusent les couvre-chefs, qu'il y ait un rappel clair et net de ce qu'est la laïcité qui est pour nous tous une valeur fondatrice. Nous jugeons sain, également, que nos chers collègues qui jouent à la patate chaude, qui évitent de prendre position en espérant que la crise tombera sur l'établissement voisin, reçoivent mission d'avoir un point de vue. Mais, de grâce, soyez fermes sur les principes et laissez-nous gérer les modes d'application concrète de ces principes. Cette année [1], on ne dénombre pas plus de vingt cas vraiment difficiles et quatre exclusions. Si la loi nous retire notre marge d'appréciation et de négociation, nous allons multiplier les conflits, les musulmans se penseront stigmatisés – et le seront, d'ailleurs –, et nous allons susciter bien des vocations pour lemartyre. Nous allons envenimer ce que nous essayons de conjurer. Je prends le pari que nous aurons sur les bras un accroissement des affaires, et que le dénouement, au cas par cas, sera plus difficile à trouver. »

On a vu la suite : la courageuse prise de distance des associations enseignantes majoritaires, les inquiétudes

1. Propos recueillis en décembre 2003.

du syndicat des principaux et proviseurs (favorable à l'idée de la loi mais consterné par sa tournure finale), et l'inénarrable débat sur le décret d'application – le bandana sera-t-il laïque jusqu'à 78 mm, la croix sera-t-elle discrète au-delà d'un demi-pouce, le turban sikh devra-t-il se travestir en résille, et le port du béret sera-t-il assimilé à une alliance objective avec l'ETA ? Finalement, cela se jouera « sur le terrain ». Comme d'habitude.

La tradition enseignante voudrait que le maître, le clerc, n'ait rien à voir avec les histoires de bandana, de couteaux à cran d'arrêt, de filles qui se déplacent à deux parce que seule, « ça craint », de vols de blouson, de joints trop chargés. Mais c'est ainsi. Passer professionnel, aujourd'hui, intègre cette dimension-là, intègre le caractère bigarré de l'auditoire, et la nécessité, pour se faire entendre, de le connaître, cet auditoire, et pas seulement de se jucher sur une estrade. Encore néglige-t-on des pans entiers du monde adolescent. On parle beaucoup des couteaux – qui ne sont heureusement pas le souci de la très grande majorité des établissements. Mais j'ai été frappé qu'en deux ans de pérégrinations, le suicide, première cause de mortalité des jeunes, ait été quasi absent des entretiens. Et que la sexualité se résume, dans les conversations, à la durée, raisonnable ou non, d'un baiser public (ou à des querelles sociologiques assez ridicules concernant l'effet de la mixité sur la performance scolaire, comme si l'apprentissage de la mixité elle-même n'était pas un apprentissage majeur). Pas un seul de mes interlocuteurs n'a prononcé le mot « homosexuel », ou « homosexualité ». Imagine-t-on le vertige et la souffrance d'un adolescent qui découvre son homosexualité dans la plus absolue solitude ? Objection ! hurlent les anti-pédagogues, pareille question n'a pas sa place à l'école. Vraiment ? Qu'on adopte le langage du juge ou celui du psychanalyste, cela porte un même nom : le déni.

Plus qu'il y a vingt ans, nettement plus, le comportement des professionnels, là où ils exercent, creuse les écarts, fait la différence. Il est passablement absurde de croire que la centralisation jacobine est garante d'uniformité et d'équité. En 1984, on dénombrait quatre lycées pour mille élèves dans les Alpes-Maritimes, et un et demi dans l'Oise – le transfert de l'initiative vers les collectivités régionales a partiellement corrigé le tir. Mais on aurait également tort de sous-estimer la marge de manœuvre dont disposent les établissements et les personnels au sein de ces derniers.

A quatre cents mètres de distance, j'ai visité deux collèges « sensibles » dont les populations scolaires étaient identiques. Le *turn-over* des jeunes enseignants, dans le premier, était de 10 à 12 % par an. Dans le second, c'était 40 % – une hécatombe. Pourquoi ? Qualité de l'encadrement, de l'accueil, solidarité ou non de « l'équipe éducative ». Le principal du premier collège bichonnait ses jeunes, négociait afin que les moins jeunes ne s'attribuent pas le monopole des bonnes classes, organisait les emplois du temps en tenant grand compte des impératifs privés (vie de couple, liens avec la famille) des nouveaux nommés. Celui du second collège appuyait assez paresseusement son pouvoir sur le noyau de ses protégés, et laissait filer les autres. Pour les profs, c'était le jour et la nuit. Pour les élèves, c'était pire.

Cette latitude accordée, de fait, aux acteurs du système n'est pas nouvelle. En 1989, par exemple, le sociologue François Dubet a dirigé une enquête portant sur trois collèges de Gironde dont les caractéristiques (milieu, effectifs, année de création, composition du corps enseignant, etc.) étaient aussi proches que possible. Les variables étaient essentiellement pédagogiques : mobilisation collective dans le premier, train-train dans le deuxième, situation conflictuelle dans le troisième. Résultat : les élèves de sixième inscrits au premier collège avaient exactement trois fois plus de chances d'atteindre le lycée général que ceux du dernier établissement…

Mais le potentiel d'initiative (avec sa contrepartie : les conséquences de l'inertie) a encore crû. La responsabilité de l'encadrement, sur ce terrain, est écrasante, et, n'en déplaise aux soixante-huitards d'hier ou aux libertaires d'aujourd'hui, il est clair que l'initiative vient généralement d'en haut. J'ai rencontré des interlocuteurs très imaginatifs, tel ce principal fraîchement nommé dans un collège de la banlieue sud de Paris. Pas un collège « tragique », mais un collège en train de perdre la clientèle des pavillons environnants au profit des seules tours s'élevant un peu plus loin. Effrayées par ce voisinage, les classes moyennes commençaient à déserter l'établissement. Non loin de là se trouvait un conservatoire national de musique, riche en jeunes talents qui ne demandaient qu'à se produire. Il a eu l'idée de transformer son hall d'entrée en salle de concert hebdomadaire à des prix défiant toute concurrence. De la musique classique, avec programme et coussins sur les chaises. C'est rassurant, la musique classique, rien de commun avec les teufs techno. Chaque mercredi, ravis de l'occasion culturelle, les habitants des pavillons ont convergé vers le collège. Sur les coussins, à côté du programme Debussy-Ravel, un autre papier : le projet maison. Et ça a marché. Un collège qui héberge Mozart ne saurait être foncièrement mauvais. Sa « réputation », à présent, est excellente, et la mixité sociale a été sauvée.

J'en ai vu de toutes les couleurs. J'ai vu, en pleine cambrousse, au milieu des betteraves, un tout petit collège pauvre dont les enfants, ruraux, étaient particulièrement déshérités. Il fonctionnait, ce collège, de façon radicalement originale. Plus de classes traditionnelles mais des « groupes de besoin ». Untel n'était pas inscrit en 5eB. Il était, en anglais, dans le groupe trois, mais, en mathématiques, dans le groupe deux, ailleurs dans le groupe un ou cinq, l'ensemble étant mobile, ajusté chaque trimestre, non sur la base de notes ou de compositions, mais d'une évaluation constante – par lui-même, l'élève suivait sa courbe et se déplaçait en fonction de son niveau et de ses résultats. Pas de miracle, à la sortie : un taux de passage en seconde générale un peu supérieur à la performance attendue. Mais aucun redoublement, aucun décrochage, et une bonne humeur collective qui n'était pas feinte. « La différence, ici, m'a dit une enseignante, c'est que si on a un chagrin d'amour ou une déprime, on vient bosser pour compenser. »

J'ai vu un autre collège – parfaitement urbain, celui-là – qui combinait classes de niveau et groupes de niveau. Deux des sixièmes étaient des « classes TGV » : elles accueillaient les élèves rapides et les effectifs y étaient lourds (trente-deux). En revanche, deux autres classes étaient lentes mais les effectifs étaient allégés (dix-huit et seize). Parallèlement, en langues, en mathématiques, en français et en éducation physique, des groupes de niveau étaient aménagés pour que chacun bénéficie d'un soutien approprié, et notamment d'études dirigées nichées dans les trous de l'emploi du temps. « Ce ne sont pas des filières, m'a juré le principal. Nous évaluons scrupuleusement et tout est mobile durant le premier trimestre. En outre, quatre fois dans l'année, hors des réunions classiques, nous arrêtons les cours à quatorze heures et nous mettons tout à plat. Tous les profs sont là et les parents sont invités.» Et il a ajouté: «L'égalitarisme, j'en ai soupé. On n'a pas le droit de gâcher les meilleurs, pas plus qu'on n'a le droit de laisser tomber les autres. D'ailleurs, j'ai demandé moi-même à avoir une SEGPA [1]. Nous y formons des plombiers, en lien étroit avec les PME du secteur, et aucun gosse ne reste sur le carreau.»

Je n'ai pas compétence pour juger la validité de telle ou telle méthode. Ce que je voudrais mettre en évidence est plus rudimentaire: il est possible d'essayer, de tester, de fonctionner autrement. Le «mammouth», selon la plaisante image de Claude Allègre, est à géométrie variable, infiniment plus que sa masse ne le laisserait penser. Évidemment, ce type d'entreprise requiert un leadership fort et une adhésion réelle des personnels. La conjonction des deux est nécessaire – et c'est probablement elle qui est la plus difficile à obtenir.

J'ai vu, dans le Nord, un collège ouvert en permanence, tous les jours toute l'année (sauf le 1er janvier), utilisant à plein, pour mille sortes d'emplois, des locaux qui restent généralement inutilisés la moitié du temps, et tissant, de ce fait, une relation féconde avec l'environnement. J'ai vu des établissements recourir à des «adultes-relais», médiateurs entre l'institution et les familles, entre les professeurs et des élèves, entre élèves eux-mêmes. J'ai vu fonctionner, à Creil, l'association APRES [2], qui organise le soir, de dix-sept heures à dix-huit heures trente, des séances d'aide aux

1. Section d'enseignement général et professionnel adapté, destinée aux élèves en vive détresse scolaire et/ou psychologique.

2. Agir Pour la REussite Scolaire, agréée par le ministère de l'Éducation nationale, soutenue par la mairie de Creil et inscrite au projet d'établissement du collège Jean-Jacques-Rousseau.

devoirs avec la participation d'animateurs adultes, les uns légèrement rétribués, les autres bénévoles. Parmi ces derniers figurent des professeurs : ils déclarent que l'observation de leurs élèves hors de la classe, hors de l'établissement, change profondément leur connaissance et leur perception des difficultés de leurs ouailles. Une expérience analogue, dans les quartiers nord de Marseille, a donné des résultats encourageants et a été suivie par les chercheurs de l'université d'Aix-en-Provence[1] : là aussi, l'investissement de professeurs a été jugé déterminant – ce que confirment des travaux étrangers, notamment canadiens.

J'ai même vu des « équipes enseignantes » qui n'étaient pas un euphémisme mais une réalité tangible. En Bretagne, des professeurs de seconde, toutes disciplines confondues, ont décidé d'étudier le temps que mettent leurs élèves à faire les devoirs exigés, et la perception des consignes. Ils sont allés de surprise en surprise, et ont découvert que leurs estimations ne correspondaient nullement aux faits. Tel devoir, dont ils gageaient qu'il serait vite expédié, mobilisait longuement les élèves, mais tel autre, qu'ils auraient cru plus difficile, les retenait beaucoup moins. Et le volume de travail qu'ils pensaient avoir demandé était à cent lieues de sa taille effective. Cette évaluation a profondément transformé leur manière de travailler. Chacun, jusque-là, procédait de façon traditionnelle, donnant devoirs et compositions à sa convenance, courant de vacances en vacances avec le souci d'avoir « sa » note à l'échéance mais non de répartir la charge globale des élèves – obéissant à la logique singulière des rythmes français où l'on galope vers la sortie, stoppe quinze jours, et galope à nouveau, ce qui est peut-être une

1. Entretien avec Roger Establet.

bénédiction pour l'industrie du ski alpin mais un désastre pour la majorité des enfants.

A terme, l'évaluation a nourri un projet plus ambitieux. Il a été proposé aux éléments les plus faibles d'accomplir le parcours seconde-première en trois ans. Les résultats ont été positifs : à la place de redoublements mal vécus, redondants, et fréquemment inefficaces, une progression souple a été instaurée. Chacun, maître et élève, y a trouvé son compte. Au prix, pour les professeurs, d'une conversion culturelle importante : mise en commun des tâches, appréciation concertée des investissements et des résultats, réunions fréquentes, travail sous le regard d'autrui [1].

C'est possible. Ils l'ont fait. Mais, peu après, alors que l'équipe avait trouvé son souffle et assis sa méthode, elle a été démembrée, désagrégée par des mutations, détachements et mesures de carte scolaire. Quand les ressources humaines ont de la ressource, on leur refuse l'essentiel : la durée.

Robert Josse, pour sa part, n'a pas l'intention de construire sur le sable. J'ai déniché son lycée professionnel dans une ville minuscule et ancienne, Quintin, non loin de Saint-Brieuc, une ville où tout sent la campagne. Un internat de 150 pensionnaires, voués aux

1. Cf., au chapitre des expériences pédagogiques originales, l'enquête de Catherine Bédarida, *L'École qui décolle. De la maternelle à la fac, cinq façons nouvelles d'enseigner*, Paris, Éd. du Seuil, 1991. Par principe, je m'en suis tenu ici aux innovations conduites dans des établissements « ordinaires », laissant de côté ceux qui possèdent un statut expérimental – et qui mériteraient une étude distincte. On peut lire, sur ce registre, le témoignage de Marie-Danielle Pierrelée (qui inventa, en Seine-Saint-Denis, « l'auto-école ») : *L'Insurgée*, Paris, Éd. du Seuil, 2000.

métiers du bâtiment. Les locaux sont d'une banalité qui atteint, dans son genre, une sorte de perfection. Mais c'est peut-être l'établissement le moins banal que j'aie visité. A l'entrée, des chefs-d'œuvre : avant de partir pour Bruges, Munich, ou Notre-Dame de Paris, les tailleurs de pierre ont laissé leur trace, leurs sculptures, avec un commentaire personnel. Et, aux murs, de grands panneaux, chacun orné d'une photographie, relatent les itinéraires d'élèves qui, de diverses manières, en marchant tout droit ou en empruntant un chemin sinueux, ont dessiné leur propre « parcours de réussite » : l'un construit des autoroutes, l'autre fabrique des vérandas, un troisième est cadre dans une menuiserie industrielle, *via* le CAP, le BEP, le bac, etc. Les élèves qui arrivent là sont fréquemment en rupture de ban, chassés d'ailleurs, décrochés, découragés. La première chose qu'ils aperçoivent, c'est le visage de leurs devanciers, des élèves comme eux, ni plus ni moins, et qui ont trouvé leur voie.

La moustache joviale, la cravate ornée de Mickeys sautillants, Robert Josse, le proviseur, m'explique que la clé de sa vocation est son activité de sapeur-pompier bénévole – il a le grade de capitaine. La formation la plus marquante qu'il ait reçue, dit-il, c'est le feu. « Un jour, mon camion a été entouré par les flammes. J'allais probablement mourir et j'ai été sauvé par deux types qui n'étaient pas bacheliers mais qui avaient de l'expérience. Je n'ai jamais dit à un gars qu'il était mauvais en orthographe quand il pondait un rapport intelligent. J'en ai connu qui rédigeaient mal mais qui pensaient bien, qui ont donné d'excellents sous-officiers et qui sont devenus de meilleurs formateurs que moi. »

Le principe est simple : il ne refuse personne. « Ici, précise-t-il cependant, nous ne sommes pas un refuge, un institut de remédiation pour les gosses en détresse.

Ils sont bienvenus chez nous, mais, chez nous, c'est un lieu de formation professionnelle. Il y en a marre de cette orientation qui conçoit le LP comme un débarras sanctionnant les troubles du comportement. 10 % des élèves ont servi à fabriquer 90 % de l'image négative de nos sections. J'appelle ça une faillite, un dépôt de bilan. Notre langage, à nous, est d'expliquer aux arrivants que le CAP, c'est un parcours possible, que le bac pro, c'est un parcours possible, et que les parcours, il en existe autant que d'individus pourvu qu'ils retrouvent confiance. Un gamin qui ne parvient pas à obtenir son CAP de maçon, on lui trouve un boulot et son CAP, il l'aura, peu à peu, par la validation des acquis de l'expérience, la VAE. On lui dit : vas-y, sors du lycée, bosse cinq ans et reviens-nous ensuite. Ça marche. Ça marche neuf fois et demie sur dix. »

Pendant que nous bavardons, je découvre les ateliers (PVC alu-verre, taille de pierre, charpente, dessin assisté par ordinateur) et je comprends pourquoi la façade a besoin d'un ravalement : c'est ici que l'argent a été injecté, les machines sont du dernier cri, le conseil régional ne mégote pas et les chefs d'entreprise font la queue pour que leurs hommes se familiarisent avec le matériel de pointe. « Le CAP de tailleur de pierre, poursuit Robert Josse, vaut bien un bac pro. Nous avons 50 % de reçus mais tous les autres ont un emploi. En BEP bois, et au bac pro menuiserie ou alu-verre, c'est 100 %. En maçonnerie, 95 %. Les élèves de CAP qui nous arrivent ont généralement un fort retard mais on les pousse quand même à monter. Le savoir et la compétence, ça n'est pas identique. Le jour où les profs de collège se seront mis ça dans leur petite tête, on aura franchi une étape importante. Un garçon qui ne sait pas calculer va toujours trouver une surface quand il en a besoin. Pour déterminer une quantité de ciment, il faut bien penser en trois dimensions. Et tous les menuisiers sont géomètres. Ce qui les paralyse, les gosses, c'est le tableau noir. Tous ces jeunes gens qu'on nous expédie parce qu'ils sont plus ou moins "nuls", ils ne sont plus nuls quand ils partent travailler chez Autostar[1] où ils deviennent chefs d'équipe.»

Mon interlocuteur s'échauffe, s'enthousiasme. «J'étais prof de sciences économiques et sociales et j'aurais pu me laisser porter par le tapis roulant, mais je me serais ennuyé. Comme proviseur, je touche le salaire d'un agrégé. Ça me va très bien. Ma gratification, c'est le plaisir de tirer des projets, c'est la liberté que j'ai de travailler à ma guise. Ce n'est pas le concours qui m'a fait proviseur; le concours, c'est de la rigolade, une belle dissertation et ça roule, c'est comme les agrégés qui connaissent Chateaubriand par cœur mais qui s'effondrent devant des petits sixièmes. Moi, c'est parce que j'étais sapeur-pompier que j'ai été jugé apte à devenir proviseur. Et je m'éclate. Les lycées professionnels, c'est là qu'on s'éclate, c'est là qu'on prend l'élève tel qu'il est. La querelle savants contre pédagogues, ça me laisse parfaitement rêveur. Quant aux profs à états d'âme, ceux qui ont du mal à dissocier le comportemental et l'affectif du réel, je les aide à obtenir leur mutation – tranquillement, sans heurt. Nous sommes notre propre DRH, et aujourd'hui l'équipe tourne. Je négocie directement avec la région, et, dans l'administration rectorale, j'essaie de repérer les personnes merveilleuses qui transgressent les règles pour que ça fonctionne.»

Il s'interrompt pour accueillir un grand lascar timide entre ses parents qui semblent frapper, passant le seuil,

1. Filiale du groupe Trigano, voisine du collège, gros fabricant de camping-cars haut de gamme.

à la porte de la dernière chance. Et me revient une heure plus tard. Il ne veut pas que je reparte sans connaître son grand projet, sa grande affaire. « Mes collègues enseignants continuent de voir le maçon avec son litre de rouge, de voir le bâtiment comme un secteur qui manque de bras, point barre. Moi, je voudrais contribuer à la fierté de ces travailleurs-là. Monter un mur, c'est grand, c'est noble. Nous avons imaginé de réaliser ici un plateau technique sécurité – environnement – hygiène. Les chefs d'entreprise ont compris qu'il faut entrer dans l'ère de la sécurité, qu'il ne faut pas laisser ça dormir dans les textes. Ils ont compris, aussi, que la gestion des déchets sur les chantiers, ça va devenir une affaire majeure. Moi, je raisonne en pompier : pourquoi, nous autres, avons-nous si peu d'accidents ? Parce qu'on s'équipe, on s'entraîne, on a des scénarios, on sait que les morts sont dus à des excès de confiance. D'où l'idée de transposer. Mettre en œuvre, concrètement, ce qui figure dans les référentiels et n'est pas appliqué. Accueillir tous les jeunes des lycées du bâtiment, du maçon à l'ingénieur, les apprentis, les gens des centres de formation pour adultes. Et utiliser notre beau plateau technique comme j'utilise le camion rouge pour susciter des vocations. »

Avant que nous ne nous séparions, il me remet la « charte du lycée Jean-Monnet ». C'est un contrat qui est signé par le professeur principal et par l'élève. « La loi protège, la loi se respecte », annonce la charte. Et, point par point, les normes de la vie commune sont détaillées. Savoir cohabiter (politesse, tenue correcte, salut, respect de l'hygiène et de la propreté, respect des matériels et des locaux). Savoir travailler avec rigueur (ponctualité, ordre, présentation des copies, du cahier de textes, du cahier d'appel, remise des documents dans les délais). Savoir appliquer le règlement (justification des absences, assiduité, connaissance du règlement intérieur et des sanctions). On s'éclate, au lycée Jean-Monnet. Mais, précisément, pour s'éclater, on joue dans les règles.

Sur le chemin du retour, heureux que mon voyage ne soit pas seulement parsemé de souffrances et de frustrations, une phrase de Robert Josse ne cesse, toutefois, de m'obséder: *c'est le tableau noir qui les paralyse*. Je songe aux travaux innombrables sur l'illettrisme, notion dont le sens paradoxal doit être clairement établi: est illettré celui ou celle qui, à la différence de l'analphabète, a fréquenté l'école, a eu l'occasion d'apprendre à lire et à écrire, mais ne possède pas, ensuite, ces compétences fondamentales[1]. 75 000 jeunes gens sortent chaque année du système scolaire en situation d'illettrisme, soit 11,6 % (13,9 % de filles et 8,6 % de garçons[2]). A l'entrée au collège, 14 à 15 % des élèves se trouvent en difficulté sérieuse (ce qui ne veut pas dire qu'ils ne savent pas déchiffrer, mais que leurs compétences ne sont pas à la hauteur des exigences de notre monde), et, sur 100, 94 seront toujours en difficulté parvenus en troisième.

Le phénomène n'est ni nouveau – c'est la mesure qui l'est – ni spécifiquement français. Il est plus apparent depuis que l'accès à l'école s'est généralisé. Il est plus choquant lorsque le niveau moyen s'élève. Il est présent dans l'ensemble des pays développés. La France, en 1979, a inauguré une politique d'évaluation, à partir

1. Marie-Thérèse Geffroy et Valérie Grasset-Morel, *L'Illettrisme, mieux comprendre pour mieux agir*, Agence nationale de lutte contre l'illettrisme, Paris, Milan, coll. « Les essentiels », 2004.

2. Chiffres de 2001. Cf. Alain Bentolila, *Le Propre de l'homme : parler, lire, écrire*, Paris, Plon, 2000.

du cours préparatoire, sur 20000 élèves. Dix ans plus tard, Lionel Jospin, alors ministre, a lancé un diagnostic national, d'abord en CE2 et en sixième. Début 2002, une évaluation complexe a été entreprise en début de cinquième – beaucoup de spécialistes l'estiment difficile à pratiquer et à interpréter. Enfin, la journée d'appel et de préparation à la défense (JAPD) est l'occasion de tester la totalité des jeunes âgés de dix-sept ans : 6 % sont en très grande difficulté, avec un risque d'illettrisme, et autant en « difficulté grave ».

Avant de hurler au scandale et à la décadence, ce qui est l'éternel réflexe devant pareille catastrophe, il est bon de mettre ces chiffres en perspective. Des grandes enquêtes compara- tives internationales, dont les premières remontent à la fin des années 1950, nous y aident fortement. Le programme PIRLS [1] a situé le score de la France un peu au-dessus de la moyenne des trente-cinq pays concernés, et à un rang médiocre si l'on se cantonne aux nations de standing équivalent, après la Suède, les Pays-Bas, ou l'Angleterre. Le programme PISA [2], d'initiative plus récente, soumet aux jeunes des problèmes situés dans un contexte proche de la vie quotidienne et leur demande d'argumenter. La France obtient un score voisin de la moyenne (mais il faut noter que les tests sont conçus en anglais). Il ressort que, dans l'ensemble des nations concernées, 6 % des jeunes peuvent être qualifiés d'illettrés – c'est le taux que l'on retrouve lors des JAPD françaises.

1. Progress in International Reading Literacy Study, développé par une équipe de l'International Study Center of Boston College (États-Unis) pour mesurer les performances en lecture des élèves de neuf à dix ans dans trente-cinq pays.

2. Programme international d'évaluation des acquis des élèves de quinze ans, mis en œuvre dans une trentaine de pays et coordonné par l'Australian Council for Educational Research.

On ne constate donc pas, dans notre pays, une situation beaucoup plus alarmante qu'ailleurs. Mais – et c'est sur ce point que je retrouve Robert Josse – les enfants et les adolescents français sont moins performants que les anglo-saxons (notamment britanniques et américains) pour une raison bien identifiée : contrairement à ces derniers, ils ne répondent pas à nombre de questions si la réponse doit être construite, ils se dérobent quand ils doivent s'exprimer personnellement, aborder une question ouverte, réfléchir librement sur les textes, donner un point de vue. Ils s'arrangent très bien des questionnaires à choix multiples – cocher la bonne case – et sont saisis de panique si une certaine latitude leur est laissée. Les experts en concluent que la pédagogie usuelle, telle qu'elle est pratiquée en France, dresse les élèves à ne prendre la parole que s'ils possèdent, à coup sûr, la bonne réponse, et les dissuade d'essayer. C'est, disent-ils, le contraire d'une saine « pédagogie de l'erreur », de la *felix culpa*. Le silence des intéressés, leur blocage devant les questions ouvertes, signifie que cette pratique néglige « l'erreur fructueuse » au profit de « l'erreur rentrée »[1]. Dans le doute, l'élève français n'ose pas ouvrir la bouche et manque l'opportunité de s'instruire, *paralysé par le tableau noir*.

Un autre exemple éclatant de cette paralysie est la contre- performance des jeunes Français dans l'apprentissage de la langue anglaise. En 1996, trois pays européens (Espagne, France et Suède) avaient résolu de comparer les aptitudes de leurs ressortissants âgés

1. Marie-Thérèse Céard, Martine Rémond et Michelle Varier, *L'Appréciation des compétences des élèves et des jeunes en lecture et en écriture, et l'évolution de ces compétences dans le temps*, rapport au HCEE, décembre 2003.

de quinze-seize ans sur ce terrain, à l'aide d'un protocole d'évaluation commun. La Suède était arrivée en tête, et de loin, et la France faisait à peu près jeu égal avec l'Espagne. En 2002, l'expérience a été renouvelée, mais cinq autres pays s'y sont joints : l'Allemagne, le Danemark, la Finlande, la Norvège et les Pays-Bas. Bilan : les lycéens français se classent bons derniers, et, pire, leurs compétences sont inférieures à celles de 1996 (tandis que les Espagnols, eux, ont progressé).

Comment expliquer semblable déroute ? Les spécialistes notent que c'est dans la compréhension de l'écrit que les élèves français sont le moins médiocres. Ils notent aussi qu'ils se déclarent « motivés » (apprendre l'anglais leur paraît important et intéressant) mais qu'ils sont passifs en classe – plus que quiconque en Europe – et estiment, à 50 %, que « l'enseignant mobilise la parole ». Le rapport de synthèse est sévère : « Alors que, depuis 1997, les programmes affirment officiellement que l'accent doit être mis sur les situations de communication, sur les savoir-faire, sur les activités permettant de créer un maximum de liens pour accéder au sens du texte, du dialogue, etc., il semblerait que ces instructions soient peu prises en compte dans la pratique des classes[1]. » Les professeurs de notre pays « corrigent en permanence les élèves », ce qui se traduit par « un recours abusif au français ». Ils utilisent le manuel et des cassettes audio, mais peu la vidéo, les logiciels, les journaux, les laboratoires. Surtout, ils sont tellement soucieux de « perfection » que les élèves n'osent pas parler.

Oserai-je, pour ma part, suggérer que les anglicistes français s'accordent un stage chez M. Josse, au lycée

1. Gérard Bonnet et Jacqueline Levasseur, synthèse d'évaluation de la DEP, mars 2004.

professionnel du bâtiment, à Quintin ? Et oserai-je sourire quand les « anti-pédagogues » pleurent la mort du maître ?

Les acteurs du système éducatif ont pourtant à leur disposition, s'ils veulent se tracer une ligne de conduite professionnelle, des instruments qui étaient, voilà vingt années, inexistants ou balbutiants. Un club d'esprits curieux – notamment Claude Seibel, Jean-Pierre Boisivon, Claude Thélot – et l'influence de chercheurs étrangers ont suscité l'apparition, en France, de méthodes d'évaluation inconnues jusqu'alors. L'idée a surgi de ne pas se contenter des notes pour apprécier le niveau des élèves mais de les soumettre à des tests réguliers permettant à la fois de l'appréhender globalement et d'en saisir les variations. Dans le même temps, on s'est soucié de construire des outils aidant à connaître le profil et la performance d'un établissement, d'une académie. « Aujourd'hui, dit Claude Thélot, l'un des pères fondateurs, la perspective d'évaluer l'école sur ses résultats, c'est-à-dire sur les progrès des élèves, n'appartient plus à la recherche mais est devenue opérationnelle [1]. »

Le monde anglo-saxon avait ouvert la voie, mais en recourant – cela reste sa politique – à des organismes indépendants chargés d'apporter de l'extérieur un bilan critique. En France, ce ne pouvait être qu'une décision d'État et il revient à René Monory (fortement encouragé par son directeur de cabinet, Guy Bourgeois) d'avoir créé, en 1987, rue de Grenelle, une « Direction de l'évaluation et de la prospective [2] » (DEP), laquelle

1. Entretien avec l'auteur.

2. L'appellation actuelle a connu, en cours de route, quelques variations.

publie désormais une foule de brochures, de notes, et de documents de synthèse tels que *L'État de l'école* ou la *Géographie de l'école* annuellement mis à jour. Lionel Jospin, François Bayrou et Jack Lang ont particulièrement joué le jeu. Si bien qu'à présent n'importe quel citoyen désireux de parler en connaissance de cause peut consulter, sur le site Internet de l'Éducation nationale, les données et rapports disponibles. N'importe quel citoyen, même enseignant ou parent d'élève.

C'est un extraordinaire antidote contre la rumeur, la polémique futile, l'approximation péremptoire. Claude Thélot a, par exemple, eu l'idée de faire passer à des élèves de 1995 les épreuves du certificat d'études de 1920. L'expérience requiert quelques précautions. D'abord les programmes ont changé. Ensuite, en 1920, les instituteurs ne présentaient au sacro-saint « certif » que la crème de leurs élèves, guère plus de la moitié. Ces réserves faites, il en ressort que les jeunes (non écrémés, eux) de la fin du XXe siècle sont un peu meilleurs en rédaction, commettent (surtout les garçons) deux fois et demie plus de fautes d'orthographe, font jeu égal pour les questions de dictée portant sur l'intelligence du texte ainsi qu'en calcul (avec une faiblesse du côté des multiplications : les cristaux liquides sont passés par là). En d'autres termes, les jeunes testés en 1995, dont le bagage de connaissances est beaucoup plus étendu que celui de leurs devanciers, sont en perte de vitesse sur un point et un seul : l'orthographe.

C'était la « science des instituteurs ». C'est le talon d'Achille de nos contemporains. Plus ou moins consciemment, ce savoir-là a été rangé au magasin des accessoires, les célèbres et savoureuses dictées de Bernard Pivot lui conférant un parfum rétro, un statut d'objet de collection. Il est vrai qu'aucun effort sérieux de réforme minimale débarrassant la langue des bizarreries incohérentes n'a été entrepris. Les cris d'orfraie qui s'élèvent à chaque tentative[1] trahissent l'usage symbolique de ces anomalies : elles servent à fabriquer de la distinction, à éloigner le tout-venant. Il est vrai que, si l'écriture *texto* (Pro G 2 Tre-T 1stituan 1 Konstutu6on poor l'€P[2]) portait la signature de Queneau ou Perec, les mêmes applaudiraient à tout rompre. Mais il est vrai aussi, selon le mot d'un de mes interlocuteurs enseignants, que « ce savoir-là, s'il n'est pas convenablement maîtrisé, ne pénalise guère l'intelligence mais handicape la vie sociale ».

Ce qui est absurde quoique abondamment répandu, c'est de croire que ce relâchement incontestable engendre un effondrement du reste. De la lecture, par exemple. Là encore, les évaluations sont précieuses pour dissoudre les idées reçues. Non, malgré la télévision, les DVD, les Cd-Rom, les fichiers MP3, les jeunes n'ont pas abandonné le livre[3]. Ils lisent mais, grossissant le trait, on serait tenté d'écrire qu'ils lisent malgré le lycée. Ils lisent au collège et, surtout, à ce stade, ils lisent pour eux-mêmes et des œuvres entières, leur lecture personnelle et la culture scolaire ne s'opposant nullement. Au lycée, en revanche, c'est une autre affaire. La lecture personnelle et la culture scolaire

1. Voir l'accueil polémique réservé aux très sages suggestions du groupe de linguistes et d'instituteurs qui avaient publié, sous la direction de Philippe Cibois et Jacques Leconte, un recueil de modestes propositions : *Que vive l'orthografe !*, Paris, Éd. du Seuil, 1989.

2. « Projet de traité instituant une constitution pour l'Europe ». Cf. le plaisant dossier du *Monde de l'éducation*, « La Qltur va TL cracker sous la Pre6on malsN des SMS ? », mai 2004.

3. Enquête menée pendant quatre ans auprès de 1 200 élèves par Christian Baudelot, Marie Cartier et Christine Detrez, publiée sous le titre *Et pourtant ils lisent...*, Paris, Éd. du Seuil, 1999.

divergent. Les uns « lisent utile », c'est-à-dire se contentent des morceaux choisis inscrits au programme qu'ils parcourent à la manière dont le patineur exécute les figures imposées. Et d'autres lisent pour lire, indépendamment de la consigne, parce que c'est leur choix comme ils choisiraient de pratiquer le basket-ball ou le hip-hop. Plus longtemps les élèves séjournent à l'école et moins ils lisent pour eux-mêmes – on peut briller dans les études et ne pas lire, on peut aussi lire et ne pas briller. « L'institution scolaire, concluent les enquêteurs, se condamne à l'échec si elle se crispe sur des modèles humanistes et formels dépassés, mais elle réussit dès lors qu'elle permet à ses élèves de transférer des apprentissages vers d'autres supports. Souvenons-nous que les humanistes de la Renaissance se sont battus contre la scolastique… »

Le fruit de ce type de travaux est-il utilisé par les enseignants ? Non. La réponse tombe lourdement, sans appel. Sur mes trois cents interviewés (auxquels s'ajoutent maints autres, croisés en salle des professeurs, à la cantine, lors de réunions diverses), il n'en est pas plus d'une dizaine qui m'ont déclaré avoir consulté les documents de la DEP ou visité le site dédié, sur la Toile. Certains documentalistes prennent soin d'archiver et de proposer cette ressource mais ils parviennent à la même conclusion : les brochures dorment sur les étagères. Quand je m'en étonne, je n'obtiens que des réponses évasives ou des haussements d'épaules, comme si les enquêtes rigoureuses n'avaient pas de valeur plus pérenne que les sondages d'opinion trois mois avant une élection.

Je ne conçois qu'une interprétation de cette attitude : la volonté de ne pas savoir, de ne pas se mettre en situation de devoir procéder à des corrections si les faits sont désagréables, bref de ne pas se mettre en débat ou en danger. Ainsi, concernant l'orientation, deux professeurs sur trois estiment « que les décisions sont tout à fait équitables » et « qu'ils connaissent suffisamment les élèves pour les prendre ». Et ils ajoutent « qu'on parle en conseil de classe comme ils aimeraient qu'on parle de leurs enfants » – à noter, et ce n'est sûrement pas un hasard, que leurs collègues qui exercent en ZEP ou en lycée professionnel sont infiniment plus critiques et ne s'accordent guère un satisfecit aussi majoritaire [1]. Si les maîtres consentaient à se référer aux études qui mettent en évidence la discrimination sociale, sexiste et ethnique clairement perceptible dans les procédures d'orientation, nul doute que leur belle assurance (de façade, car mes entretiens en tête à tête sont autrement nuancés) serait profondément écornée, et que les signaux d'alarme fournis amélioreraient la qualité des délibérations et des choix.

Il est toujours dangereux de se pencher au-dehors, et plus confortable de s'accommoder des idées reçues. Ainsi, les trois quarts des professeurs (à l'exception des néophytes) jugent-ils insuffisant leur niveau de salaire et attribuent-ils aux cadres du privé des revenus hors de proportion – ils m'ont paru très étonnés, voire sceptiques, quand je leur ai dit, par exemple, qu'un jeune journaliste n'est pas mieux payé qu'un enseignant débutant, bien qu'il ait, généralement, un statut excessivement précaire. Ou que la rétribution d'un éditeur – profession dont l'accès est fort malaisé – est analogue, ni plus ni moins, à celle d'un certifié ou d'un agrégé.

Le plus surprenant est la manière dont les maîtres paraissent indifférents à l'évaluation de leur propre établissement – c'est-à-dire de leur performance collective. En ce domaine, et plus spécialement au niveau des

1. Enquête DEP, *Enseigner en lycée et collège*, *op. cit.*

lycées, les progrès accomplis par la DEP sont instructifs. Tout est parti du désir qu'éprouvaient les consommateurs d'école, les parents, de sortir du non-dit, de connaître les résultats comparés des élèves fréquentant telle ou telle maison. C'est Jean-Michel Croissandeau, alors rédacteur en chef du *Monde de l'éducation*, qui a, le premier, voilà deux bonnes décennies, violé le tabou. Avec les moyens du bord, questionnant les proviseurs, les inspections académiques, les rectorats, il a peu à peu réuni les scores (déclarés) de chaque lycée, puis de chaque section, au baccalauréat. Il était parfaitement conscient des pièges que tendait un palmarès aussi élémentaire, mais il lui semblait, et l'avenir lui a donné raison, que la rétention d'information était la pire des politiques et le plus meurtrier de tous ces pièges. Ainsi fut dressé un palmarès annuel. Il avait le mérite d'exister et de récuser la fiction d'une école où tout se vaut, d'un service public uniforme. Mais il avait l'inconvénient de comparer des données qui n'étaient pas comparables. Entre le lycée bourgeois et le lycée populaire, le lycée accueillant et le lycée discriminant, les chances n'étaient certes pas égales ni les chiffres transparents. 100 % de réussite quand on élimine, en cours de route, les éléments les moins bons, n'est-ce pas le couronnement de la facilité plutôt que celui de l'instruction efficace ?

La DEP s'est employée à sortir de la culture du palmarès pour lui substituer une véritable évaluation qualitative. Aujourd'hui, les 4 211 lycées publics et privés sous contrat (dont 1 837 établissements professionnels) sont l'objet d'une radiographie attentive. Le critère initial, le taux de réussite au baccalauréat, a été doublé d'un second critère, plus complexe : le taux d'*accès* au baccalauréat. Cet indicateur inscrit au compte du lycée concerné la capacité qu'il offre à ses élèves de se hisser jusqu'à l'examen, y compris au travers de vicissitudes et redoublements. En clair, les établissements de prestige, du type Henri-IV à Paris, Clemenceau à Nantes, le Parc à Lyon, Thiers à Marseille, etc., qui orientent, en fin de seconde, un élève vers une première STT (section absente de l'établissement), ce qui est une manière polie de le mettre dehors et de le repasser aux confrères, aura un excellent taux de réussite et un médiocre taux d'accès puisqu'il ne conserve pas l'intégralité de sa population sur la durée du parcours.

A cela s'ajoute encore le *taux attendu*. Cette fois, c'est la nature de la population scolaire qui est considérée, en fonction de l'âge, de l'origine sociale des élèves, et de la comparaison entre leurs résultats et la moyenne de leur classe d'âge au niveau national. Un lycée qui prend en charge, à l'orée de la seconde, des jeunes défavorisés et/ou « en retard » ne saurait rivaliser avec un autre dont la clientèle est issue des couches supérieures et avance rapidement. L'écart entre le taux brut et le taux attendu permet de déterminer si le lycée en question apporte à ses élèves une *valeur ajoutée*, obtenant d'eux de meilleures performances que ce qui était escompté. Obtenir le meilleur des meilleurs est une tâche estimable. Mais obtenir le meilleur des moins bons est une prouesse. On ne s'étonnera donc pas que, selon cette grille d'appréciation, un établissement d'excellence, tel que Lakanal, soit gratifié d'un score global moins glorieux qu'un autre beaucoup plus obscur mais qui tire vers le haut, sans rejeter quiconque, un groupe fort hétérogène.

Après onze ans de recherches constamment perfectionnées[1], la DEP, lors de sa dernière évaluation natio-

1. L'ensemble de la méthode est décrit sur le site http://indicateurs. education.gouv.fr.

nale, a partagé les lycées en quatre profils. 40 % des établissements se rangent parmi « les plus performants » en termes de réussite et d'accès au baccalauréat. A l'opposé, selon ces mêmes critères, 13 % sont considérés comme « les moins performants ». Et entre ces extrêmes prennent place deux autres profils. Les lycées « sélectifs » (22 %) privilégient la réussite au détriment de l'accès, rejetant nombre d'élèves surtout en fin de seconde – très souvent, ils ne proposent que des filières S, ES et L. Enfin, les lycées dits « accompagnateurs » – qui sont à mes yeux, si l'on veut revenir à l'idée du palmarès, les « meilleurs » de notre pays – présentent un indice de réussite brute moins élevé mais offrent à leurs élèves un maximum de chances de réussite.

Voilà, pour les parents, un instrument précieux, mille fois plus précieux que les bribes de « réputation » colportées au gré du vent mauvais, un instrument récusant la rumeur qu'on ne trouvera, dans sa ville, qu'un seul et unique lycée de qualité. Assurément, une maison classée parmi les moins performantes n'est guère à rechercher (la DEP souligne, toutefois, que ces maisons-là hébergent souvent les plus démunis). Mais ensuite, le choix est ouvert. Si votre enfant est (vraiment) une bête de course, optez pour l'établissement « sélectif » – en sachant que, lorsque votre hypothèse est erronée, votre fils ou votre fille tombera de plus haut et endurera une sanction sévère. Si votre enfant passe au gabarit sans autre difficulté ni ambition spéciale, un lycée « performant » l'accueillera sans douleur et avec le minimum de risques. Mais si cet enfant n'est pas conforme au modèle standard, s'il connaît des hauts et des bas, pas de doute : c'est la maison « accompagnatrice » qu'il lui faut. Comme quoi le meilleur n'est pas meilleur en soi mais meilleur pour un élève donné.

S'il existait une esquisse de DRH à l'Éducation nationale, on imagine sans peine combien cette évaluation nuancée serait précieuse pour les personnels eux-mêmes, comment ils pourraient, sur cette base, construire un itinéraire professionnel. Le métier n'est pas le même selon qu'on adopte le profil « sélectif » ou le profil « accompagnateur ». Dans le premier cas, la passion disciplinaire prévaut, dans le second, le talent pédagogique l'emporte. Dans le premier cas, le travail solitaire est plus fréquent. Dans le second, le travail d'équipe est indispensable.

Mais il est une autre leçon de la méthode, la moins prévisible peut-être. Pour la première fois, en 2004, les évaluateurs ont montré que les profils des lycées ne sont pas figés. En l'espace de six ans, 9 % d'entre eux, seulement, n'en ont jamais changé. 55 % ont oscillé entre deux catégories et 5 % ont même balayé tout le champ du possible (on s'inquiétera vivement des 3 % qui figurent, de toute éternité, parmi les plus faibles). Cela signifie que les établissements détiennent réellement la possibilité de bouger, de changer, de conduire une politique, d'agir sur leurs élèves. Un lycée sélectif peut introduire une dose d'accompagnement. Un lycée accompagnateur peut se doter d'une filière d'élite. Si les « projets d'établissement » n'étaient pas, trop fréquemment, un chiffon de papier rédigé par le proviseur pour être en règle avec son administration de tutelle – l'Inspection générale n'a pas de mots assez durs envers cette prose indigente, bâclée, qui n'engage à rien, qui n'engage personne –, s'ils étaient sérieusement débattus et partagés – ce qui arrive aussi –, les critères fournis par la DEP permettraient aux lycées de définir la stratégie la mieux adaptée à leur clientèle et au savoir-faire de ceux qui y exercent. Ils permettraient aussi de tirer le bilan de la politique engagée, de modifier, au besoin, la trajectoire, bref de rapporter les intentions aux résultats. « Il existe, affirment les experts en évaluation, 390 façons d'être un lycée en France, 390 combinaisons de formations proposées, mais plus de la moitié des établissements ne proposent que dix d'entre elles seulement [1]. »

Le pouvoir est là. Le pouvoir est à prendre, ou plutôt, car il est pris, à exercer judicieusement. Le sort des élèves ne se joue pas rue de Grenelle, il se joue dans la classe, dans le collège, dans le lycée, et ces derniers ont une grande latitude, plus grande qu'ils ne le jugent souvent, plus grande qu'ils ne veulent, peut-être, le penser, d'emprunter une voie ou une autre. Encore conviendrait-il de s'emparer des instruments mis à disposition. Et ce n'est pas, pour l'instant, le sens de la pente. Car ce serait ébranler le système traditionnel (la note administrative toute formelle, l'inspection individuelle clairsemée, les rapports épisodiques des inspecteurs de l'administration) pour entrer dans une autre logique : la définition collective d'objectifs et la vérification que ces objectifs sont atteints.

Les Espagnols, les Suédois, les Britanniques le font, chacun à leur manière. En Angleterre, dès 1992, le noble corps des HMI (Her Majesty's Inspectors) a laissé place à une agence indépendante, OFSTED (Office for standards in education), qui visite les établissements scolaires tous les six ans, rend un rapport et préconise des remédiations. Quelques timides initiatives, en France, baptisées « inspections croisées » sont entreprises ici et là (notamment dans l'académie de Lille), plus ou moins bien vécues par les personnels et les syndicats. Philippe Joutard et Claude Thélot [2] ont

1. Fanny Thomas, *Les 390 Façons d'être un lycée*, note d'évaluation de la DEP, mars 2004.

2. *Réussir l'école*, *op. cit.*

défini quatre principes pour mener à bon terme cette validation et l'institutionnaliser : marier le général et le spécifique (la ligne ministérielle et les particularités locales), marier le quantitatif et le qualitatif, marier l'interne et l'externe (le même rapport d'évaluation doit être transmis au chef d'établissement, aux enseignants, aux parents, aux élus, à la hiérarchie de l'Éducation nationale), et, sur cette lancée, marier l'usage interne (que faut-il faire évoluer au sein de l'établissement ?) et l'usage externe (que faut-il faire évoluer dans la conduite des politiques publiques ?). Si l'évaluation, en effet, n'a qu'une fonction d'éloge ou de blâme et ne débouche pas sur un pilotage, sur des décisions [1], elle manque sa cible principale.

Pour l'heure, dans notre pays, nous n'avons rien de tel. Les données existent, elles sont accessibles. Mais (hormis certains chefs d'établissement) les personnels ne s'en emparent guère, et le fameux « pilotage » (comme « terrain », « pilotage » appartient au vocabulaire récurrent des spécialistes mais se perd dans l'abondante floraison des vœux pieux) n'en est que faiblement altéré. Claude Thélot, qui fut longtemps le Bonaparte de la DEP, constate et ne désespère pas : « C'est vrai qu'aucun indicateur ne figure dans les documents que produisent les collèges et lycées à l'usage du monde extérieur. C'est vrai que nous avons fabriqué des indices plus fiables et qu'ils restent mal utilisés. C'est encore vrai que nous n'avons pas réussi à faire entrer l'évaluation des unités dans la politique, comme les Suédois ou les Anglais. J'ai vainement essayé de convaincre plusieurs ministres de passer des

1. Comme l'ont trop pratiqué les États-Unis et le Canada. Cf. Pierre Dasté, *Les Évaluations des lycées et les usages de ces évaluations,* rapport au HCEE, janvier 2002.

contrats avec divers lycées, sous la houlette de deux ou trois recteurs : on donne à des établissements des moyens spécifiques et flexibles, puis on évalue le bon usage de ces moyens. Jack Lang était partant pour une première expérience mais il n'a pas eu le temps de la mettre en œuvre. Jospin m'a fait confiance au départ, Bayrou était de très bonne volonté, Allègre refusait de m'entendre. Ce que j'ai compris, c'est qu'il faut d'abord introduire une culture de l'évaluation avant d'en faire un usage politique. Depuis 1987, nous avons bâti cette culture. Maintenant, nous sommes au seuil de la deuxième étape : elle sera l'un des enjeux des années qui viennent[1]. »

L'existence de critères solides, fiables, si elle était reconnue, aurait maints avantages. Loin de menacer les professionnels comme une épée de Damoclès, elle les arracherait à leurs sempiternels états d'âme et à leurs doutes intimes. Connaissant la *valeur ajoutée* de leur action suivant la population qui leur est confiée, ils posséderaient enfin le moyen de porter sur cette action un regard technique et critique distancié. Ils auraient aussi la faculté de partager avec leurs collègues, beaucoup plus qu'aujourd'hui, l'appréhension de ce qui marche et de ce qui ne marche pas, de ce qui n'est que gesticulation épuisante et de ce qui suscite un progrès tangible des élèves. Les jeunes professeurs que j'ai rencontrés m'ont paru demandeurs : les situations difficiles qu'ils connaissent, le gouffre vertigineux entre les programmes et ce qu'il est concrètement possible d'étudier les rendent disponibles à la quête de repères moins flottants. Il en va de même dans de nombreux lycées professionnels où la culture d'évaluation est présente presque par définition. Mais ailleurs, dans les zones

1. Entretien avec l'auteur.

plus confortables, on goûte l'indécision, le flou, et le « théâtre ».

Ces critères auraient également l'utilité de fournir une grille de lecture commune aux maîtres et aux parents. Le moins qu'on puisse dire, c'est que cette grille, pour l'instant, fait sérieusement défaut. Même si les grandes associations de parents d'élèves[1] (qui sont assez peu représentatives, la participation électorale étant sur le déclin, là comme ailleurs, aux alentours de 30 %) veillent à ne pas apparaître comme des lobbies ou des mouvements de consommateurs et mènent une réflexion suivie sur l'intérêt général, au niveau des établissements, l'irruption des usagers est assez mal admise par le gros des troupes enseignantes. C'est l'engrenage du soupçon et du doute. Les usagers soupçonnent les professeurs de prononcer des verdicts contestables. Et les professeurs, se sentant soupçonnés (et n'échappant pas à un doute intime), se cabrent, se raidissent, regrettent le temps où les conseils de classe et d'orientation se déroulaient sans témoins.

Sur les parents, j'en ai entendu de toutes les couleurs. « Ils ont tous les droits... » « Maintenant, il faut constamment qu'on se justifie... » « Les conseils, c'est devenu un lieu où l'on déballe les amours de tout le monde, les querelles de famille... » « De toute manière, ce qu'on décide, c'est rectifié en appel... » Ce qu'on aime, chez les profs, quand on parle des parents, c'est les *convoquer*. Mais se rendre à leur invitation est une autre histoire. « Ici, a dit devant moi un tout jeune professeur frais nommé à Montataire (Oise), ce qu'il y a de bien, c'est qu'on n'est pas embêtés... » Sous-entendu : les

1. La FCPE (Fédération des conseils de parents d'élèves) revendique plus de 300 000 adhérents et devance de peu sa rivale, la PEEP (Parents d'élèves de l'enseignement public).

parents sont si démunis et intimidés qu'ils ne se manifestent guère. J'ai même, record national, trouvé un collège finistérien qui annonce, l'an 2003, en ces termes la grande réunion parents-enseignants du trimestre : « Durée de chaque entretien 7 minutes, rendez-vous avec le professeur de français à 17 h 59, avec le professeur de mathématiques à 18 h 13, avec le professeur d'anglais à 18 h 27. » Le principal, paraît-il, est féru d'informatique. Et en 2004, la durée des rendez-vous a été ramenée à 5 minutes chrono, les maîtres ayant protesté qu'ils restent trop tard le soir. J'ai assisté à des réunions où les parents sont assis à la place de leurs enfants, devant les pupitres, tandis que les professeurs s'installent sur l'estrade et que leur porte-parole, pour détendre l'atmosphère, clame tout de go que le niveau n'a jamais plongé aussi bas… Et je me suis demandé dans quel camp la proportion d'adultes était la plus faible.

Pas facile. Quand ils sont trop présents, les parents, ce sont des importuns. Quand ils sont trop absents, ils sont démissionnaires. Les enseignants jugeraient normal qu'ils soient les précepteurs de leurs enfants, et, souvent, ne songent pas que leur temps de transport, leur propre travail, leurs aptitudes culturelles ne le permettent pas. Simultanément, les pédagogues soulignent combien il est important, sans charger la barque, qu'un élève ait un peu de devoirs à faire chez lui et que son père ou sa mère s'en assure – les spécialistes de la délinquance, dans les quartiers sensibles, observent une corrélation entre les délits et l'absence de toute activité scolaire hors l'école.

Depuis la loi de juillet 1975, autant dire depuis l'instauration du « collège unique », les parents sont inclus dans la « communauté scolaire ». Une décennie plus tard, un décret les caractérise comme « usagers d'un service public avec tout ce que cela comporte d'obligations pour l'administration». Enfin, la loi Jospin de 1989 parle de «coéducation». Le message est clair. Il exprime fortement que «l'institution scolaire n'a plus le monopole de l'expertise et du savoir[1]». Révolution culturelle aussi radicale que l'irruption des malades et de leurs associations dans la politique de la santé, l'organisation des soins, l'évaluation des résultats, la contestation juridique de ces derniers. Révolution sociale: le plus nouveau n'est pas l'émergence d'un contre-pouvoir, c'est que le phénomène déborde les milieux «bourgeois».

Majoritairement, les professeurs réagissent par la rétention de l'information. Une des lectures les plus navrantes qui soient est celle des bulletins trimestriels. «Un peu de relâchement...» «Il faut vous reprendre...» «J'attendais mieux...» «Trop de bavardages...» «Décevant à l'oral...» «A faibli en février...» L'énumération de ces banalités paresseuses donne l'impression que, si l'on souhaitait que ni l'élève ni sa famille ne puissent tirer le moindre usage pratique de ces messages convenus, mous, inexploitables – et fréquemment couronnés d'une appréciation non moins cotonneuse du chef d'établissement –, on n'agirait pas différemment. L'institution entend conserver le monopole du dernier mot comme les médecins de Molière (c'est-à-dire les médecins de toujours) s'abritent derrière leur jargon et ne livrent au commun des mortels que les transcriptions bêtifiantes d'un savoir éthéré.

Reste qu'ils ont besoin les uns des autres, et que la qualité de leur vie respective est amplement fonction de

1. La formule est de Bernard Maccario (Direction de l'enseignement scolaire) cité par Caroline Brizard, *Le Nouvel Observateur*, 29 août 2002.

celle du lien qui sera ou ne sera pas noué. Robert Ballion, expert en consumérisme parental, et fort critique envers les dérives de ce phénomène nouveau, demeure catégorique : « J'ai toujours constaté que la participation des parents d'élèves entraînait de meilleurs résultats scolaires[1]. » Effectivement, si les collèges et les lycées « sans histoires » boudent l'intervention des usagers, dans les secteurs difficiles, principaux et proviseurs luttent pour que les habitants de la zone s'impliquent dans l'établissement.

Trop ou trop peu. Telle est la conclusion de Claude Thélot. « Je crois, dit-il, que l'intrusion des parents est et sera excessive tant que nous n'aurons pas une véritable évaluation des enseignants. Faute de cette dernière, les parents sont tentés d'intervenir directement et c'est une erreur de l'école que de ne point parvenir à réguler tout cela. Si l'on avait fait évoluer l'inspection vers une évaluation sérieuse des professeurs (ensemble et/ou séparément) qui tienne compte de leurs résultats et de leur activité réelle, qui les aide à évoluer et qui les fasse évoluer, qui joue dans leur carrière, qui soit fréquente et moderne, le système ne serait pas déséquilibré et les usagers ne seraient pas rongés par le soupçon[2]. »

Les établissements et les personnels d'enseignement ont le choix. Quand un maître ne fait pas son travail, n'assure pas correctement la préparation de ses élèves à l'examen, et que le parent qui s'en inquiète auprès du professeur principal obtient pour toute réponse : « Je n'y peux rien, c'est un collègue, voyez le proviseur », puis, se tournant vers le chef d'établissement, obtient à nouveau pour réponse : « Je sais (soupir !), mais je ne

1. *Ibid.*
2. Entretien avec l'auteur.

suis pas l'inspecteur… », rien d'étonnant que le parent soit frustré ou agressif. Il dépend des professionnels de l'éducation que pareille politique soit invalidée. Ils en ont les moyens. S'ils s'en servent, les parents abusifs seront vite récusés. Mais veulent-ils s'en servir ?

6

Eux ou nous
(maintenant il faut choisir)

Au terme d'un voyage, force est de ramasser le discours, d'essayer de répondre à une question telle que « c'est comment, le Japon ? ». Question terrible où tout se contracte, s'assèche. Je ne vais pourtant pas l'éluder, je vais essayer de dresser mon bilan. J'exprimerai, au final, une inquiétude : le monde enseignant s'émiette, son identité se dilue, son syndicalisme est trop défensif ; un constat : le « manque de moyens » (financiers) est une revendication qui masque l'essentiel ; une conviction : le débat sur le « collège unique », débat mal engagé, n'en est pas moins crucial ; et un diagnostic : trois « verrous » nous empêchent de progresser vers une école à la fois plus efficace et plus démocratique, car l'un et l'autre me paraissent couplés.

Depuis vingt ans, depuis cinquante, depuis cent ans et plus, l'omniprésence du mot n'a pas varié d'un pouce : collègue (du latin *collega*). D'autres corps de métier l'emploient, et dans le Midi, il est devenu synonyme, ce mot, de camarade plus qu'il n'évoque l'univers du travail. Mais l'Éducation nationale détient, en la matière, le record absolu. Un million de collègues, qui dit mieux ? Émile Littré, toujours subtil, distingue soigneusement entre collègue, qui est revêtu des mêmes fonctions et qui est investi de la même mission, et confrère, qui indique l'appartenance à la même société (académie, profession) sans autre engagement particulier au nom de cette société. Je me rappelle l'époque où la MAIF[1] incitait ses membres à placer un autocollant sur la lunette arrière de leur véhicule, non seulement pour promouvoir la mutuelle, mais parce que, en cas de panne ou de difficulté, un collègue passerait sûrement, et, repérant un collègue en détresse, lui apporterait une aide immédiate (mon mauvais esprit m'a toujours fait m'interroger sur le comportement du mutualiste qui n'aperçoit pas l'autocollant distinctif: passe-t-il son chemin, laisse-t-il, baignant dans le sang ou dans l'huile, le non-collègue sinistré ?). Même chez les toutes jeunes recrues, la tradition est déjà installée: à les entendre, dès la première saison, les voici collègues de leurs collègues.

J'ai pourtant observé, comme deux décennies plus tôt, le même phénomène paradoxal: tout collègues qu'ils sont, les profs disent «les profs» quand ils parlent des profs. L'appartenance collégiale est rappelée à chaque coin de phrase. Mais, simultanément, le témoin prend ses distances, comme s'il craignait d'être noyé dans l'océan des collègues, océan qu'il décrit avec une férocité certaine. «Je n'ai pas l'impression d'appartenir à la famille des profs, ils sont dans leur monde, ils gémissent pour un rien…» «Le service public, pour moi, ça signifie quelque chose, mais le corps professionnel, ça m'indiffère…» «Je ne supporte pas de manger à la cantine, c'est un milieu qui stagne, corporatiste, étroit…» «Ce qui m'épate, c'est l'infantilisme, le manque de curiosité…» «Je pense que les profs, c'est un milieu confronté aux mêmes problèmes mais

1. Originellement MAAIF, Mutuelle d'assurance automobile des instituteurs de France.

incapable de les regarder ensemble… » « Je suis choqué par l'intolérance et la désinformation. Soit on est de gauche soit on est un monstre… » « Voir ces gens qui arrivent épuisés le jour de la rentrée, c'est effarant… » « Quand je les écoute, en salle des profs, c'est toujours affreux. Et devant le chef ou devant les parents, tout baigne. Ils ont peur de leur ombre… » « Je n'appartiens pas vraiment à un corps de métier. Un agrégat d'ego, voilà tout le milieu… » « Je ne m'éternise pas au lycée, dès que possible je m'éclipse, je les ai assez vus… » « C'est des gagne-petit, il n'y a pas de générosité, alors qu'on a les moyens, quand même… » « J'ai longtemps cru que le milieu était rebelle à tout changement par une sorte de paresse. Aujourd'hui, je pense que c'est pire que ça : c'est une affaire d'inculture… » « Les gens défendent leur bifteck de manière plus ou moins sournoise… » « Moi je fais de l'éco, de la gestion, de l'informatique, je coordonne les stages en entreprise, je vis en réseau, et après je tombe sur des profs que ça rendrait malades de panacher les lettres et l'histoire. Qu'est-ce que j'en ai à faire, de ces gens-là… ? » « Je me sens complètement en décalage. L'autre jour, j'ai entendu un prof de maths dire que dans sa matière, quand on est bordé, c'est pour la vie. Ça me fait honte… » « Chez les profs, vous savez, il y a 10 % de fantômes… » Et ainsi de suite.

Je certifie que ce florilège n'a rien d'anecdotique ni d'appuyé. Les profs n'aiment pas « les profs », les profs goûtent leur métier, gardent souvent le feu sacré, mais détestent la paroisse. Ce n'est pas, dans les propos recueillis, un accident, un dérapage, une coquetterie : c'est une attitude récurrente, inchangée depuis vingt ans. Ils insistent d'eux-mêmes, dans les entretiens, pour prendre de la distance, pour se détacher du lot. Ils tiennent à montrer que, contrairement à ce qu'expriment banderoles et sondages, il entre dans leur vie de la fantaisie, de l'originalité, de l'imprévu, de l'indépendance d'esprit, de l'aptitude à s'extraire du moule. Ils semblent ne plus nourrir aucune illusion sur le fait qu'ils ne sont, collectivement, pas présentables. Alors ils « jouent perso », pour parodier le vocabulaire sportif, ils tentent leur propre échappée, essayant d'obtenir pour eux-mêmes l'amour ou l'estime dont ils désespèrent que la corporation soit un jour l'objet.

Le terrain sur lequel j'ai entendu les propos les plus sévères n'est pas anodin : il s'agit de la culture. Nombre d'enseignants reprochent à leurs collègues de ne pas se cultiver, ou plutôt de ne point se cultiver hors du champ de leur spécialité. Ce qui est globalement exact – les travaux des sociologues révèlent que les professeurs ont les mêmes comportements que les cadres moyens correspondants, qu'ils ne lisent pas plus ni moins de livres, qu'ils n'écoutent pas plus ni moins de musique et ne fréquentent ni plus ni moins les salles obscures. Un comportement de techniciens soucieux d'être à jour dans leur domaine, mais qui ne s'aventurent au-dehors que par inclination personnelle pour Stan Getz ou Conrad. « La première chose qui m'a frappée, rapporte Corinne Laurence, jeune agrégée de philosophie, c'est que les profs ne sont, en règle générale, pas des intellectuels. Ils lisent peu. Une tribune de *Libé* par-ci, une émission littéraire par-là, l'essai à la mode. Surtout, ils n'ont pas de point de vue intellectuel. Pour eux, être cultivé, c'est obéir aux prescriptions de *Télérama* (ce journal est le prof des profs, en quelque sorte). C'est regarder Arte. La qualité au sens où *Que choisir ?* définit la qualité : le bon rapport culture/prix, l'investissement sérieux, le voyage "culturel". L'idée qu'on se cultive en regardant *James Bond*, *Columbo*, un film porno ou MTV, qu'il y a là-dedans matière à réfléchir, ça leur échappe. J'essaie de dire que ce n'est pas l'objet qui qualifie celui qui s'y intéresse, qu'on peut aborder d'un œil parfaitement intellectuel le péplum, la collection Harlequin ou *Alerte à Malibu*. Mais non, la culture, pour eux, c'est ce qui est inscrit au programme, le programme, c'est ce que *Télérama* a inscrit au programme, et être intello, c'est faire le programme. Ils aiment aussi le yoga, la naturopathie, les carottes bio, la marche avec Terres d'aventure, le *Guide du routard*. Mais si je prononce le nom de Malebranche ou si j'avoue que j'adore les thrillers et le reggae, j'ai le sentiment de les agresser. Pire que ça : lorsque quelques autres me répondent, engagent la conversation, nous avons l'impression de former un cénacle un peu snob, dérangeant ou condescendant, prétentieux au milieu de la grisaille réglementaire. »

Elle est trompeuse, cette grisaille, trompeuse comme le *fog* londonien qui réduit chaque passant à une silhouette, qui fond dans un même *no man's land* Jekyll et Hyde. Mais c'est vrai qu'elle existe dès que le groupe est assemblé, et qu'elle paraît conforme à une règle non écrite. « Le fond de l'affaire, explique un ancien recteur qui a connu tous les postes clés du Ministère, c'est que les enseignants, cela représente un million d'individus. Qui plus est, un million d'individus en mal d'affection. Pour faire avaler leur individualisme farouche, pour cacher leur violent besoin d'être aimés, ils tirent les rideaux, ils baissent la lumière, ils se réfugient dans un clair-obscur d'où rien, apparemment, ne dépasse. »

Pourquoi n'est-elle donc pas plus rassurante ni rassurée, pas plus accueillante, la grande famille ? Après tout, grâce aux réformes statutaires – essentiellement la loi de 1989, proposée par Lionel Jospin –, l'éclatement du corps en parcelles rivales a été limité et son apparence est plus homogène. Professeur des écoles, de collège, de lycée général ou technologique, de lycée professionnel, ce n'est pas exactement le même travail, mais c'est une communauté de fonction. En vérité, ce ne sont pas les pierres qui se sont effritées, c'est le ciment qui a lâché. Malgré ses rivalités, ses joutes, ses tendances, la planète enseignante, voilà vingt ans, s'inscrivait dans un cercle magique : celui de la FEN, la Fédération de l'Éducation nationale. Ce n'était pas uniquement une matrice syndicale, c'était l'héritage des ancêtres, le patrimoine commun, incarnés dans une architecture complexe de sociétés d'entraide – banque, assurance maladie, assurance automobile, centres de loisir, coopérative d'achats, groupements de campeurs ou œuvres laïques, et j'en passe. Le monde enseignant formait réellement un monde. On se soignait prof, on roulait prof, on prenait l'apéritif dans un canapé prof, on partait en vacances prof sur des campings prof, on obtenait au guichet prof un crédit pour bâtir une maison prof. Autour du CCOMCEN (Comité de coordination des œuvres mutualistes et coopératives de l'Éducation nationale), sigle peu connu du grand public, gravitaient plusieurs millions d'adhérents liés à une soixantaine d'associations. Et, pour comble, la première organisation de parents d'élèves, la FCPE, était plus qu'amie : aux réunions de famille, elle occupait une place d'honneur.

Aujourd'hui, c'est fini. Certes, la MGEN prélève toujours les cotisations sociales à la source (et n'échappera pas aux soucis qui affectent le régime général, au basculement des générations), la MAIF continue de se proclamer « assureur militant » et reste efficace, la CASDEN[1] offre des prêts avantageux, et la CAMIF,

1. Caisse d'aide sociale de l'Éducation nationale, liée au réseau des Banques populaires.

après avoir frôlé le dépôt de bilan, s'est recentrée, pour l'essentiel, sur l'ameublement[1]. Mais, outre que ces derniers organismes cherchent maintenant des clients tous azimuts, ce qui manque, sans retour, c'est l'âme, l'idéologie fédératrice, le lien rudimentaire. Il se rompt définitivement, ce lien, en décembre 1992, quand la FEN explose. Le courant « Unité et action », dont le SNES est le fer de lance, devient majoritaire et crée une nouvelle fédération, la FSU[2]. Et le courant « Unité, indépendance et démocratie », porté par le SNI, le syndicat des instituteurs, donne naissance à l'UNSA (Union nationale des syndicats autonomes), essayant de regrouper dans un large Syndicat des enseignants (SE) les maîtres du primaire et du secondaire réunis. Officiellement, c'est la FEN qui exclut le SNES. En pratique, c'est le SNES qui a gagné. D'où la plongée de la FEN et la fracture inévitable. « Les autres l'ont emporté, si l'on veut, commente Jean-Claude Barbarant, qui fut le dernier secrétaire général du SNI[3]. Mais je dirai plutôt que nous nous sommes effondrés sous nous-mêmes. Nous avons défendu la continuité de la maternelle à la troisième, puis la continuité professionnelle de la maternelle à la terminale. Nous avions raison, je crois, mais les valeurs que nous portions étaient à l'exact opposé des valeurs montantes, de l'irrésistible ascension des savoirs livresques et disciplinaires, d'une société ivre de compétition où l'on proclame, à tous les étages, "Malheur aux vaincus". Notre humanisme était

1. Et a engagé, en novembre 2003, un rapprochement avec 3 Suisses International.

2. Avec son propre syndicat du primaire, le SNUipp (Syndicat national unitaire des instituteurs professeurs du primaire). En revanche, le syndicat de l'enseignement professionnel, le SNETAA, ne tardera guère à prendre son autonomie.

3. Entretien avec l'auteur.

enraciné dans une France rurale et populaire, il se battait pour l'idée laïque et y puisait sa première identité. Nous n'avons pas été capables de survivre, nous étions à côté de la plaque. En milieu urbain, autrement dit partout, nous étions petit à petit grignotés. Nous tenions encore l'appareil, mais la coque était vide.»

La domination de la FSU est indéniable. Le SNES, aux élections professionnelles, recueille *grosso modo* les suffrages d'un enseignant sur deux [1] dans le second degré – non sans connaître une érosion préoccupante. Et la nouvelle fédération marque des points dans le primaire [2] (mais les lycées professionnels la boudent). Elle s'est sans doute réjouie de constater que l'UNSA, héritière de la majorité de la FEN qu'on disait puissante et éternelle, a totalement raté sa cible. Seulement un quart des maîtres du premier degré s'y rallient, et, dans le secondaire, l'échec est complet, à peine plus de 5 %. Je me rappelle, en 1984, à Niort, où siègent tant de mutuelles, ce banquet d'anniversaire, bon enfant, francmaçon, jovialement désuet, où les pontifes de l'empire trinquaient pour les siècles des siècles. Il en est allé de la FEN comme du cognac face au whisky : le parfum n'était pas sans charme, le terroir n'était pas sans ressources, mais les patrons des grands crus se sont pensés en pays conquis avant de se découvrir encerclés, de relever le pont-levis puis d'amener le drapeau.

Le SNES l'a emporté (faisant oublier ses origines communistes) parce qu'il est apparu comme le défenseur du secondaire, le défenseur de la qualification universitaire, et parce qu'il a manifesté une pugnacité

1. A noter que le taux d'abstention concerne un maître sur trois et tend à grimper.

2. Avec un syndicat qui n'hésite pas, sur le plan pédagogique, à se démarquer fortement du SNES.

corporative hors pair. Lors des nominations, dans les commissions paritaires, il s'est avéré le plus performant, le plus intransigeant. Bien implanté dans les lycées puis dans les collèges, il a démontré qu'on peut être corporatiste et moderne, qu'on peut se cramponner à ses intérêts comme au radeau de la Méduse tout en créant un excellent site sur la Toile, en diffusant des brochures avenantes, en ayant un journal qui ne ressemble nullement aux parodies de prospectus pharmaceutiques dont la presse syndicale est coutumière. Mais surtout, il a gagné parce qu'il s'est révélé la meilleure machine à dire non. Non à tout ce qui pouvait entamer, de près ou de loin, le statut libéral de l'enseignant. Non à une transformation de l'évaluation des maîtres, à une quelconque autonomie des établissements ou de groupes d'établissements, à une évolution significative des conditions d'exercice du métier ou du mode de nomination. Et une machine à réclamer toujours plus de moyens, toujours moins d'élèves par classe. Enfin, une machine à cogérer le système, en coulisses le plus souvent. Ce n'est certes pas une coïncidence si la volcanique Monique Vuaillat, après dix-sept années de règne, a intitulé son livre de souvenirs *J'ai connu sept ministres de l'Éducation nationale*[1]. L'aveu est de taille. Il dit sans fard qu'un ministre qui veut la paix doit l'acheter, cette paix (ce que fit François Bayrou et que refusa Claude Allègre). Il exprime aussi la conviction, réitérée par Gisèle Jean, aujourd'hui cosecrétaire générale du syndicat, que « la mémoire de l'institution, tandis que défilent les ministres, c'est nous qui l'avons[2] ».

1. Paris, Plon, 2001.
2. Entretien avec l'auteur. La direction du SNES, pour l'heure, est assurée collégialement.

Le SNES a gagné contre le SNI et la FEN, mais le syndicalisme enseignant est-il aussi prospère qu'on l'imagine au-dehors ? Ce serait une erreur que de le penser. L'écroulement de la maison commune, quand bien même les luttes fratricides étaient saignantes, n'a pas fini de porter des fruits amers. Le corporatisme prospère mais ne suffit pas à unifier la corporation. La planète enseignante connaît une profonde crise d'identité que les réflexes défensifs pavloviens ne réussiront pas à occulter ou à guérir : quelle est notre mission ? Quels élèves devons-nous prendre en charge, et comment ? L'ambition de démocratiser l'école ne fut-elle qu'un slogan, qu'un moment de la société française, qu'une séquelle des Trente Glorieuses, qu'une promesse imprudente de la gauche, qu'une utopie des soixante-huitards ? Nul n'est à l'aise, là-dessus, et le SNES moins que quiconque. Et pour cause : il est à la fois bénéficiaire et victime de son double langage. En théorie, ses positions n'ont guère varié : il est un syndicat idéologiquement situé, partisan – il vient de le rappeler – de l'ouverture du collège aux larges masses. En pratique, il perd des voix, il court après sa clientèle comme la plupart des formations syndicales, or cette fidèle clientèle lui demande, essentiellement, de défendre « les acquis », si ce n'est de revenir en arrière, de jeter aux orties le (supposé) « collège unique ». Quand la FSU a commandé un sondage sur ce dernier point, près de deux professeurs sur trois ont récusé les collèges hétérogènes – dans les lycées, la réponse était nettement plus nuancée. Si un syndicat est fort, il peut tirer sa base vers le haut. S'il est faible, il cherche des voix, il s'abandonne au plus grand dénominateur commun.

Et le SNES n'est pas fort, sauf pour dire non. Parce que la distance est trop grande entre ce qu'il affiche et ce qu'il pratique. Parce que la raison de son succès contredit les valeurs qu'il brandit. Et parce que la désyndicalisation, qui frappe toutes les catégories des salariés français, n'épargne pas l'Éducation nationale. La mutation démographique qui s'amorce, le renouvellement qui atteindra 40 % en très peu de temps, est un rendez-vous inéluctable et menaçant. Parcourant les collèges (où sont concentrés les jeunes professeurs), je m'attendais à une prise de distance envers le syndicat ou à une relation très fonctionnelle, très consumériste. J'ai trouvé autre chose, à peu près partout : l'expression d'une agressivité forte, presque d'une aversion, assez comparable au discours ordinaire contre la société politique et ses écuries partisanes. « Les syndicats ? Je les trouve soit immobilistes soit engagés sur de mauvais fronts… » « Ils se servent du mot insécurité comme les politiques le font, pour faire peur au peuple… » « Si nous mentons, qui croira aux valeurs qu'on transmet ? Je suis étonné que la grève au sifflet, ça marche encore… » « Ce qui me choque, c'est ce qui est ressassé sur la décentralisation, sur le soi-disant abandon du service public, sur le tableau rose qui est dressé *a posteriori* de ce même service public, sur le complot européen et mondial contre l'école, sur la thèse jacobine qui voudrait que les profs éclairés, emmenés par leurs leaders syndicaux, possèdent la science infuse et montrent au bon peuple le chemin de la lumière… » « Mon opinion sur les syndicats risque de ne pas être très polie. L'année de stage, on est inondé de prospectus. Ils n'ont qu'un seul point commun : rien n'est positif, on fait un métier pénible, on est mal payé, on a des emplois du temps pas possibles. Le SNES est le pire à cause de son monopole. Mais je ne suis pas un mouton… » « Je me sens de gauche mais je ne suis plus syndiquée. Les clivages de boutique n'ont rien à voir avec les problèmes concrets du métier… » « Moi j'ai commencé par être syndicaliste. Mais après les grèves du printemps 2003, ce sont mes troisièmes qui ont réglé l'addition pendant que les profs pleuraient parce que le méchant Ferry ne voulait pas les payer quand ils restent à la maison. Jamais, dans mon collège, le pourcentage de passage en seconde n'a été si faible que cette année-là. Et ça, je ne vais pas l'oublier de sitôt... » Je ne force pas le trait, je pourrais encore noircir des pages et des pages.

Dans les lycées, c'est tout autre chose. Une lassitude un peu désabusée, mais rien de belliqueux. Je dirai qu'il y a vingt ans l'étiquette, la tendance étaient prépondérantes, et qu'aujourd'hui la personne prévaut – un délégué charismatique est un délégué pour qui l'on vote. En revanche, j'y insiste, du côté des arrivants, c'est un autre monde. Les bagarres « historiques » entre UID (Unité, dépendance et démocratie) et U&A (Unité et action), les congrès de feu la FEN, les anarcho-syndicalistes de l'École émancipée, pour eux, ce n'est même pas la messe en latin, c'est la guerre de Cent Ans. J'ai vu un jeune homme, admirateur de Philippe de Villiers, hué et boycotté au printemps, puis tête de liste et élu à l'automne. Les seuls noyaux un peu consistants sont les noyaux gauchistes, essentiellement trotskistes, et les radicaux-corporatistes de Sud-Éducation (qui n'obtiennent que 5 % des suffrages mais sont capables, en assemblée générale, de prendre l'ascendant à l'applaudimètre).

La faille entre les générations m'a paru béante au cours du fameux printemps 2003. Les militants du SGEN-CFDT (un peu plus de 13 % des voix), ordinairement à la pointe de l'initiative pédagogique et du souci de faire prévaloir l'intérêt général, l'intérêt citoyen, sur la seule défense des acquis, se sont retrouvés en porte-à-faux par rapport au discours confédéral qui approuvait la réforme des retraites. Quant au SNES, il m'a semblé carrément débordé en maintes circonstances, ramant après ses troupes ou du moins après ceux qui étaient censés les fournir, exaspéré par les surenchères des « lambertistes » de FO ou des altermondialistes débridés. « Heureusement qu'on avait Sarkozy, m'a glissé, en aparté, un dirigeant de la FSU. Sans lui, sans le lest qu'il a lâché sur la décentralisation, on ne contrôlait plus personne… » Le style protestataire, par moments, n'a ressemblé à rien de connu. Même dans les années qui suivirent mai 1968, où chaque printemps se devait d'être « chaud », il n'a jamais, au grand jamais, été question de compromettre la validation du travail des élèves. Cette transgression-là (il s'en est fallu de fort peu que l'affaire dégénère) est sans précédent. Elle révèle à quel point la famille n'a plus ni père, ni mère, ni charte, ni maison, ni dieux lares ni boussole. Restent quelques processions rituelles contre les postes manquants ou les mesures de carte scolaire, quelques pardons et pèlerinages. Mais la foi, mes frères, la foi ne sera plus ce qu'elle était.

Si agacé que je puisse être par le conservatisme des éternels « statutaires », cette désaffection syndicale me paraît fort préoccupante. Comme dans la plupart des secteurs de la fonction publique, les syndicalistes majoritaires ont, à l'Éducation nationale, abusé de l'impunité dont ils jouissaient, abusé d'une position fausse qui les promeut au grade de copilote cependant qu'ils vitupèrent le commandant de bord, abusé de formules démagogiques toutes cuites pour stériliser le débat et disqualifier par avance des expérimentations prometteuses : « On sait où ça commence, on ne sait pas où ça finit[1]… » Plus encore, ils n'ont cessé de soutenir un

1. Argument que démonte François de Closets in *Le Bonheur d'apprendre*, Paris, Éd. du Seuil, 1996.

adage d'airain que les parents d'élèves – le phénomène, bizarrement, n'a pas complètement disparu [1] – ont avalé comme le saint sacrement: ce qui est bon pour nous est bon pour vos enfants. Le jour où j'entendrai des professeurs, ou des cheminots, ou des gaziers déclarer qu'ils bloquent le fonctionnement ou l'adaptation du service public parce que le droit de grève est un droit et qu'ils revendiquent tel ou tel avantage, je les écouterai volontiers. Mais, de grâce, qu'ils ne fassent plus grève *pour moi* – je m'en charge. Les larmes de crocodile et la « défense du service public » réunies aboutissent à un effet des plus pervers: ce service public tant chéri, qui appartient à la collectivité, devient propriété privée de ses agents qui transforment leur pouvoir de nuisance, leur pouvoir de blocage, en arme absolue: belle convulsion de l'histoire et médiocre manipulation.

Oui, ils ont usé et abusé, ils usent et abusent, ils useront et abuseront. Mais leur étiolement, leur désagrégation, serait un désastre. Quels que soient ses défauts, incapacité de faire la part du politique et du syndical, empâtement bureaucratique, arrogance magistrale, multiplication des prés carrés catégoriels, le syndicalisme enseignant a une vertu forte. Même s'il s'y prend mal, et c'est le cas, il fournit au conglomérat d'individualités éparses que rassemble de manière abstraite, selon un contrat de travail antédiluvien, le ministère de l'Éducation nationale, un cadre d'assemblée professionnelle. Il n'en est pas d'autre. On a beaucoup daubé sur les

1. L'ambivalence des parents d'élèves est patente, par exemple, dans ce sondage CSA réalisé en mai 2003. 88 % considèrent que « l'exercice du droit de grève ne doit pas empêcher les élèves de passer leurs examens ». 56 % estiment que « les syndicats enseignants interviennent trop dans l'organisation du système scolaire ». Mais 59 % admettent que « les syndicats enseignants sont soucieux de l'intérêt des élèves ».

anciennes « Écoles normales » d'instituteurs, sur ces « séminaires laïques » où les hussards venaient réciter leur bréviaire et découvrir les codes et les normes de la fonction. On s'est amusé des recommandations du « code Soleil » (œuvre de Joseph Soleil, directeur au Ministère) qui incitait les maîtres à faire l'amour, de préférence, le mercredi soir – le jeudi était alors chômé – pour garder intactes leurs forces les journées suivantes. Reste que les IUFM ne jouent nullement ce rôle d'intégration, que la tendance serait à les rapprocher plus encore de l'université, à fragiliser la trop maigre formation professionnelle qu'ils dispensent. En d'autres termes, rien, hors l'association syndicale, n'est susceptible, à brève échéance, de créer, d'entretenir, de nourrir le lien nécessaire entre les acteurs de l'instruction publique.

Or il y a doublement urgence. D'abord parce qu'un ample secteur de ce service public est en grande difficulté, et que les maîtres qui y exercent ont besoin d'un viatique professionnel cohérent. Ensuite, parce que la société tout entière ne saurait demeurer dans une sorte de flou hypocrite. La question est simple à poser si la réponse est difficile à donner : oui ou non, souhaitons-nous, dans notre pays, une école ouverte, avec toutes les perturbations que cela induit, tous les ajustements que cela suppose, tous les investissements que cela requiert, ou bien préférons-nous nous accommoder d'une sorte d'apartheid scolaire qui n'est pas la conséquence de l'inégalité des talents et des performances mais bel et bien d'une pratique ségrégative multiforme qui n'ose pas dire son nom ?

Les seuls syndicalistes « heureux » que j'ai croisés sont ceux de droite. Eux ont le sentiment que l'histoire travaille pour leur compte. Le SNALC[1] reste fortement

1. Syndicat national des lycées et collèges.

minoritaire, mais avec 15 % des voix chez les agrégés et 9 % chez les certifiés, son influence n'est pas négligeable. Et il ose clamer fort ce que beaucoup chuchotent : l'idéal du collège unique doit être jeté aux orties. Pourquoi ? Parce qu'il « rend les élèves individuellement responsables de leur propre échec puisqu'ils sont persuadés, ayant reçu le même enseignement que tous les autres, dans les mêmes classes, d'avoir eu les mêmes chances » (le rédacteur du texte ne doit guère avoir interrogé la population concernée comme je l'ai fait : sur l'égalité des chances, j'en témoigne, ses illusions sont tôt perdues). Et parce que « les meilleurs élèves y perdent leur temps et leur désir d'apprendre, compte tenu du nivellement obligatoire vers le bas ». *Hic iacet lepus*[1], comme on disait au bon vieux temps. Quel serait le recours ? Très prévisible : l'abandon des classes hétérogènes au profit de filières, un palier d'orientation dès la cinquième en direction du lycée professionnel et de l'apprentissage, des classes ou des ateliers-relais pour les éléments violents ou prédélinquants (à noter que ces sections existent déjà). Bref, un complet virement de bord, un franc retour en arrière. Je rajeunis de vingt ans.

Quoi qu'il en soit, pareil discours a l'avantage d'être limpide. Au lycée de Saint-Brieuc, j'ai rencontré François Portzer, agrégé, passionné d'histoire ancienne. La quarantaine chaleureuse, cet homme-là n'évoque nullement les barbichus à nœud papillon dont le SNALC était traditionnellement le refuge. Fils d'une institutrice et d'un policier (communiste, ce qui lui valut des ennuis sous la guerre d'Algérie), mon interlocuteur est d'abord passé par le SNES où il fut même

1. « Là gît le lièvre », locution latine désignant le cœur du débat, de la difficulté.

secrétaire de section. Il est aussi passé par la banlieue, la vraie – Aubervilliers, Mantes-la-Jolie –, dont il garde bon souvenir des maîtres et des élèves, et mauvais de la mécanique enclenchée: « L'orientation en fin de cinquième, le passage automatique dans la classe supérieure sous la houlette du chef d'établissement, fabriquait une espèce de système cylindrique, avec une hypocrisie incroyable due au jeu des options. J'ai eu d'excellents élèves, j'ai essayé de les faire entrer à Condorcet mais il fallait un dossier appuyé par le consul du Sénégal. Le problème est de donner la possibilité à ceux qui en ont les moyens d'arriver au plus haut niveau. Si on le baisse, le niveau, pour se fixer un objectif tactique et l'atteindre, ça me va. Mais qu'on le dise et qu'on le sache, qu'on cesse de raconter que tous les élèves font la même chose et sont capables de la faire. »

Partisan d'une méritocratie déclarée, François Portzer a rejoint le SNALC (il en est aujourd'hui président académique et membre du bureau national). Au lycée Rabelais, où la tradition est fortement à gauche, il a marqué des points: onze voix, la première année, lors de l'élection du conseil d'administration, dix-sept l'année suivante… « Quand on a vu le SNES, dit-il, payer l'IFOP pour constater que 64 % des professeurs sont hostiles au collège unique, on s'est marrés doucement. A la base du SNES, plein de gens ont les mêmes idées que nous. Le collège unique, non seulement ne permet pas de dégager des élites, mais plombe l'enseignement professionnel. Nous, notre ligne de défense est strictement corporatiste. Notre doctrine, c'est la liberté du prof, le primat des horaires disciplinaires, le droit de fonctionner comme une profession libérale. Personnellement, la pédagogie, je m'y investis, même si je râle contre ceux qui se sont servis des sciences de l'éducation comme de fromages pour déguiser en universitaires les instituteurs qu'ils sont restés. Mais je veux que chaque collègue ait le choix. Le SNES, lui, développe une ligne politique, adore renverser les ministres. Moi je sais qu'il est coincé entre sa ligne et ses adhérents, et je prends le pari que nous aurons le dernier mot. »

Il a de l'abattage, François Portzer. Et il a des arguments. C'est vrai que le « collège unique » est hypocrite. C'est vrai que son agencement appelle la critique. C'est vrai que des professeurs de très bonne volonté m'ont dit leur découragement, après un conseil de classe, à l'idée que l'élève qu'ils viennent de propulser dans la section supérieure va probablement y souffrir. Cela dit, la méritocratie ne nous renseigne guère sur ce qu'il advient du « rebut ». Soutenir que l'élite est brimée n'est pas une cause difficile à plaider. Mais que faire des autres ? Là-dessus, rien de nouveau sous le soleil du SNALC. Pourtant, le point aveugle se situe à cet endroit précis et nulle part ailleurs. En Finlande, un « bon » établissement est celui qui facilite la réussite des moins bons. C'est loin, la Finlande…

Il ne s'agit pas seulement de banlieues, de zones à risques, de situations limites. Le débat sur le prétendu collège unique est, fatalement, l'alpha et l'oméga d'un voyage tel que le mien. Ce qu'il brasse, ce qu'il met en jeu, c'est la nature d'une école démocratique, c'est-à-dire la possibilité même de cette dernière – sujet qui concerne aussi bien les élèves du lycée Montaigne que ceux de Clichy-sous-Bois.

Si nous voulons progresser dans cette réflexion, laissons derrière nous la revendication de toujours : les « moyens » (financiers). Sur tous les tons, sur tous les modes, le slogan a été rebattu, parfois légitimement, souvent travesti en alibi universel, en cache-sexe de toutes les inerties. Quand on aura les moyens, on verra ce qu'on verra. Eh bien, on les a, les moyens, maintenant. Et l'on voit que le nécessaire et le suffisant ne coïncident pas à merveille. Dans son rapport consacré au système éducatif, la Cour des comptes[1] souligne qu'en vingt-cinq ans la dépense d'éducation a doublé, et que sa croissance annuelle a été plus rapide que celle du produit intérieur brut. En outre, cette croissance n'a pas ralenti quand la démographie scolaire s'est orientée à la baisse. En 2002, l'effort financier global était de 103,6 milliards d'euros, le second degré étant le mieux loti. La Cour, en effet, comparant la dépense moyenne annuelle par élève du secondaire dans l'ensemble des pays de l'OCDE, ainsi qu'aux États-Unis et au Japon, place la France sur la troisième marche du podium, légèrement derrière l'Amérique et le Danemark, et bien avant l'Italie, l'Allemagne, le Japon, les Pays-Bas, le Royaume-Uni et l'Espagne. Ironiquement, elle relève aussi que les jeunes Tchèques, avec une dépense globale deux fois moindre, réussissent mieux, lors des tests internationaux, les épreuves de mathématiques et de sciences que leurs homologues français. Comme quoi les moyens et l'usage de ces moyens paraissent deux notions distinctes…

Où va-t-elle, cette manne ? D'abord aux personnels (77,3 %), ensuite aux frais de fonctionnement (15 %), enfin aux dépenses en capital (constructions, etc., à hauteur de 7,7 %). Il est à noter que l'impact des plans de revalorisation des carrières – la fameuse « revalo » accordée par Lionel Jospin en 1989 – est évalué, sur la période 1990-2007, à 4 milliards d'euros. Cela signifie

1. *La Gestion du système éducatif*, *op. cit.*, avril 2003.

que, même si l'enveloppe est gigantesque, même s'il s'agit du plus gros poste budgétaire, et même si les collectivités territoriales sont de plus en plus sollicitées, une fois payés les salaires, la marge de manœuvre est courte. En un temps où l'ensemble des systèmes gérés par répartition (retraite, sécurité sociale) sont fragiles et déséquilibrés, on peut écrire que l'école est « riche » mais qu'elle a atteint le plafond de ses ressources légitimes – sauf l'enseignement supérieur, scandaleux parent pauvre de notre édifice.

Quémander des moyens supplémentaires n'est plus raisonnable. En revanche, s'interroger sur l'affectation de ces moyens l'est éminemment. Un excellent exemple est le thème du nombre d'élèves par classe. Au lendemain de la Seconde Guerre mondiale, et durant les années d'expansion accélérée de la scolarisation, il n'était pas rare que l'on s'entasse à trente-cinq, trente-huit, dans des préfabriqués si « provisoires » qu'ils ont, parfois, vécu deux décennies. Et il paraissait alors sage, évident, logique, de postuler que si le maître avait moins d'élèves, son attention et sa disponibilité seraient plus grandes et le bénéfice de l'apprentissage mieux assuré. On a donc réclamé, à chaque occasion et sur l'air des lampions, des effectifs moins lourds. Le bon sens même.

Là encore, la France a entendu le message. Au fil des trente dernières années du XXe siècle, le nombre moyen d'élèves par cours est tombé à 24,2 dans le premier cycle du second degré, et 28,8 dans le second. De 1990 à 1995, on est passé d'un ratio de 13,8 élèves pour un enseignant à 11,8 – soit une diminution de 17 %. Et actuellement, plus du tiers des heures d'enseignement ne sont pas dispensées en division entière mais en groupe[1]. Reste à savoir si cet énorme investissement,

1. Note de la DEP, août 2003.

particulièrement coûteux, est rentable. La réponse est négative. L'ensemble des travaux scientifiques français et étrangers concluent « qu'il semble exister un effet positif – mais faible – sur les progrès des élèves, effet observé presque uniquement dans les petites classes de l'enseignement primaire[1] ». Pour être efficace, seule une politique de réduction ciblée est souhaitable. En revanche, « la pratique de la réduction de la taille des classes "au fil de l'eau" ou délibérée, telle qu'elle a été réalisée ces dernières années en mettant à profit la baisse démographique », n'a pas produit d'effet positif mesurable[2]. En d'autres termes, la demande indéfinie d'une diminution des effectifs est une demande de confort pour les professeurs (moins de copies à corriger, gestion du groupe éventuellement plus aisée), pas une garantie de valorisation des apprentissages. Qui plus est, c'est le moins bon rapport qualité / prix qui soit. Pour le même coût, voire pour moins cher, d'autres expériences, d'autres techniques sont plus profitables aux enfants. En particulier le recours à des structures très souples, certains exercices se pratiquant à quarante et d'autres à huit. Belle démonstration que ce qui est bon pour les maîtres (dont on comprendra aisément les motivations) n'est pas automatiquement bon pour les disciples.

Un autre exemple éloquent est celui des « postes manquants ». A chaque rentrée, voire en cours d'année, on s'indigne, à bon droit, que tel poste n'est pas pourvu, que telle absence longue n'est pas palliée. En conséquence, les parents d'élèves et les syndicats ensei-

1. *L'Effet de la réduction de la taille des classes sur les progrès des élèves*, rapport de synthèse coordonné par Denis Meuret à la demande du HCEE. Avis n° 1 du HCEE, *op. cit.*, mars 2001.

2. *Ibid.*

gnants réclament, indéfiniment, la création de nouveaux postes – même dans des secteurs où la démographie chute ou dans des matières dont la fréquentation s'effondre. Mais sait-on que l'administration centrale évalue de 2000 à 4000 (l'amplitude même de l'évaluation laisse songeur) les enseignants qui ne travaillent pas ou qui travaillent moins de 6 % de leur temps statutaire ? Sait-on que la multiplication des formations excessivement « pointues », dans les lycées professionnels, amène certains professeurs à n'avoir devant eux que quatre ou cinq élèves (en 2003, on en a dénombré 480 qui travaillaient moins d'une heure par semaine) ? Sait-on que, dans les filières technologiques, le chiffre grimpe à 800 ? Sait-on, surtout, que la France détient le record mondial, sans équivalent aucun, des options en tous genres, dont certaines n'attirent qu'une clientèle étique ? Chaque fois qu'il est question de mettre un peu d'ordre et de rationalité financière dans ce menu gargantuesque, le chœur des protestations est vibrant, et l'idée même qu'on se soucie d'utiliser à bon escient les deniers publics est dénoncée comme un pas de plus sur la voie de la « marchandisation » ou du renoncement : compter serait déjà trahir. En attendant, des postes de certifiés ou d'agrégés sont consacrés à sept ou huit auditeurs. Les maîtres dépourvus d'élèves sont parfois affectés à des emplois théoriques de titulaires remplaçants. Mais, leur discipline n'ayant aucun public et les barrières disciplinaires ne connaissant guère de souplesse, ils ne remplacent personne cependant qu'à côté on attend désespérément un remplaçant de français ou d'histoire. Ainsi propose-t-on l'option ourdou à trois éventuels passionnés mais mendie-t-on, sans résultat, un agent de service. Ainsi éclate l'affaire des emplois jeunes (dont il faut rappeler que, pour les deux tiers, les occupants ne fréquentaient plus l'université, se contentant de leur paie, et ressemblaient donc fort peu aux surveillants traditionnels) et se trouve-t-on en manque d'encadrement adulte. Ainsi, faute de prévision convenable, laisse-t-on croître imprudemment le nombre des candidats au concours d'éducation physique et sportive, lesquels sont furieux, et on les comprend, quand le recrutement ne correspond pas à leur attente – mais doit-on recruter parce qu'on a besoin de maîtres dans cette discipline ou parce que les candidats ont besoin de postes ? En termes vulgaires : les élèves sont-ils là pour justifier l'existence des profs ?

Férocement, dans un rapport sur la fonction publique, la Cour des comptes met les points sur les *i*[1] : « Aucune des académies contrôlées n'est en mesure de fournir à une date donnée le nombre exact des enseignants qu'elle est chargée de gérer et leur répartition en fonction de leur affectation et de leur discipline… Paradoxalement, la souplesse ainsi obtenue ne garantit pas pour autant la satisfaction des besoins d'enseignement. Le nombre des disciplines (350) et leur cloisonnement, la lourdeur des procédures d'affectation, le fait que les enseignants soient de plus en plus "monovalents" et refusent d'enseigner dans des disciplines proches de la leur, la difficulté pour les chefs d'établissement d'obtenir des heures supplémentaires sont autant de causes qui expliquent que puissent coexister des professeurs sans élèves et des élèves sans professeurs. » Moyennant quoi, on s'en va répétant que la centralisation est notre ultime rempart contre le désordre et l'iniquité…

Nous sommes passablement « riches ». Nous avons « de l'argent ». Mais comment est-il réparti ? Suivant

1. *La Gestion de certains personnels dans six ministères*, synthèse du deuxième rapport public particulier sur la Fonction publique de l'État, avril 2001.

quels choix ? Comment sont définies les priorités ? Est-il possible d'accoler à ces priorités le financement nécessaire ? Le navire est-il, selon l'expression consacrée, « piloté » ? Yvon Robert, doyen de l'Inspection générale de l'administration [1], et hier directeur des personnels, m'avait dressé, deux décennies plus tôt, un tableau sombre des rigidités de la « Centrale » (ainsi désigne-t-on, en jargon de métier, le cœur de l'administration ministérielle). Il ne mâche toujours pas ses mots : « En vingt ans, le seul fait réellement nouveau, c'est la déconcentration, vers les rectorats, des affectations et des promotions. Pour le reste, depuis 1984, la Centrale n'a pas profondément changé. Le Ministère souffre toujours des mêmes maux : une extraordinaire dispersion, un manque de cohérence, une confusion entre le politique et l'administratif. La politique pédagogique est pensée d'un côté, les personnels sont gérés de l'autre, et seul le cabinet du ministre essaie de coordonner les deux. Or le ministre vit dans l'événementiel, son temps est compté, fugitif, il veut donner l'impression qu'il va modifier quelque chose tout de suite, dans les semaines qui viennent. Alors on pond des circulaires, il va de soi que les idées émises sont les meilleures, et, plus tard, des rapports épais et solides constatent que la parole du ministre n'a nullement atteint les établissements, que ces derniers évoluent suivant le flux d'un processus général mais non au doigt et à l'œil, et qu'il en va de même pour les enseignants : ils bougent, leur métier se transforme parce que les élèves se transforment, mais ils ne changent pas de pratique parce que le ministre change de discours. »

J'entends aussitôt, comme en écho, la voix d'un historien de Marseille. Il est indigné, il en a marre de tout,

1. Au moment de l'entretien, en 2003.

des ministres, des proviseurs, des inspecteurs, des syndicats, et des élèves avec. Il dit que les réformes pleuvent, tourbillonnantes, insupportables. L'ECJS, par exemple, l'éducation civique, juridique et sociale (on l'appelait, autrefois, « éducation civique » tout court). « C'est le dernier truc branché, et ça nous bouffe des heures alors que le programme d'histoire est démentiel. » Je lui demande de quelle manière il s'en accommode, finalement. La réponse tombe aussi sec, sur le ton de l'évidence. « Mais je ne la fais pas, l'ECJS, réplique-t-il, toujours remonté à bloc. Je la remplace par un cours d'histoire. Est-ce qu'il existe une meilleure éducation citoyenne qu'un bon cours d'histoire ? » Je souris mais il ne me rend pas mon sourire…

La contradiction est flagrante et les chercheurs François Dubet et Marie Duru-Bellat l'exposent brillamment. « Le système scolaire français, écrivent-ils [1], est soumis à deux critiques opposées et pourtant étroitement mêlées. D'un côté, il apparaît comme un animal préhistorique paralysé par son poids et par ses routines… De l'autre côté, l'école semble prise dans une frénésie de réformes. Toutes les rentrées scolaires déversent un flot de notes et de directives nouvelles, les rapports des experts et de l'inspection s'accumulent et souvent se répètent, les innovations et les expérimentations se bousculent et se heurtent. » Le paradoxe, poursuivent-ils, n'est qu'apparent : en fait, l'école digère les réformes, les absorbe, les détourne « en fonction de ce que les acteurs veulent bien accepter ». Plus ça change, plus c'est pareil : « L'école change en s'adaptant mais en étant incapable de se réformer… »

1. *L'Hypocrisie scolaire, pour un collège enfin démocratique*, Paris, Éd. du Seuil, 2000.

En haut comme en bas, l'initiative est pourtant concevable. Nous avons vu Robert Josse, le proviseur pompier, métamorphoser son lycée professionnel (c'est d'ailleurs de ce côté que j'ai rencontré les acteurs les plus gratifiés). Mais au Ministère même existe un cercle assez informel de passionnés, pas ronds-de-cuir pour deux sous, peu dépendants des clivages partisans, qui parlent la même langue même s'ils n'ont pas le même avis, possèdent une image forte du service public et en incarnent la continuité : au gré des alternances, l'un se retrouve membre du cabinet et l'autre en charge d'un rectorat, l'un conduit, pour le compte de l'Inspection générale, une enquête sulfureuse, et l'autre recrute les chefs d'établissement. Ce n'est pas une mafia, c'est un club. J'avoue avoir perçu, chez ces hauts fonctionnaires, plus d'audace, plus de goût du risque et parfois de l'aventure, qu'on ne l'attendrait au spectacle des énarques en chemise bleu clair et costume sombre. « Nous avons la mémoire de l'institution », disent les syndicalistes. Eux aussi.

Christian Forestier (que le journal *Le Monde* a baptisé, non sans humour, « l'insubmersible ») est de ceux-là. Actuel président du Haut Conseil de l'évaluation, il a été le plus jeune recteur de France (à Reims, puis à Dijon, Créteil et Versailles, pas moins), directeur des lycées et collèges, et patron du cabinet de Jack Lang. Bien qu'il fût marqué à gauche, François Bayrou l'a ménagé. C'est un talent. « La première chose qui frappe, à la Centrale, dit-il, c'est la monstruosité du monstre. Même pas le rendement d'une machine à vapeur. Le temps, par exemple, qui est consacré à la rédaction d'une circulaire de rentrée que personne ne lira est phénoménal. Les syndicats ont une influence sur la préparation des textes dont les gens du terrain n'ont aucune idée – je trouve ça surréaliste. Mais ça ne veut pas dire que c'est fichu d'avance, qu'on ne peut rien faire. Quand nous avons créé, au cabinet de Jack Lang, l'appellation "sensible" accordée à certains collèges, je me suis bagarré pour qu'on ne se contente pas de donner des primes aux profs, mais qu'on accorde 20 % de crédit d'heures supplémentaires aux établissements eux-mêmes, et pas n'importe lesquels : en identifiant les besoins. De même, quand j'étais recteur de Créteil, en 1988, j'ai ouvert une classe de maths sup' au lycée Paul-Éluard de Saint-Denis – et ça a marché, ça a produit trente gosses qui deviennent ingénieurs chaque année. J'ai inventé les PEP (postes à exigences particulières). On repère les cent collèges où le *turn-over* est affolant, où le pourcentage de non-titulaires est anormal. Et l'on dit aux jeunes profs : posez vos conditions pour y aller, venez avec votre copine, avec vos copains, avec ce qui vous aidera à vous sentir bien. C'était une violation parfaite de toutes les règles, il a fallu que je rassure les syndicats en leur garantissant que l'expérience s'arrêterait là. Mais je les ai trouvés, mes volontaires. Et aujourd'hui, un ministre un peu malin, il tirerait sur ce fil-là. On peut faire des choses. A condition de savoir que l'Éducation nationale, ça se pilote à l'affect, pas avec des coups de pied au cul. Quand je suis arrivé rue de Grenelle après le départ d'Allègre, j'avais l'impression d'être dans une forêt au lendemain de la tempête de l'an 2000 [1]. »

L'erreur de Claude Allègre, en effet, a été conjointement psychologique et tactique. Lui qui connaissait bien – contrairement à d'autres ministres, fussent-ils, comme lui, universitaires – le dossier scolaire et l'appareil administratif, lui qui avait un réel point de vue sur l'inadéquation entre l'élève et l'école, entre l'ambi-

1. Entretien avec l'auteur.

tion républicaine et le fonctionnement effectif, s'est immédiatement disqualifié aux yeux de ses interlocuteurs fondamentaux. Il s'est tout de suite coupé de son administration – un ministre, dans ce cas, n'est plus qu'un homme assis à son bureau mais dont le téléphone n'est raccordé à aucun réseau. Et il a tenté de contourner ses personnels en se gagnant l'opinion publique de façon provocatrice : l'effet a été radical, il a perdu le pouvoir bien avant d'avoir, contraint et forcé, rendu son tablier. L'attitude de Christian Forestier, quand il fut recteur de l'académie de Créteil, la plus difficile de France, a été radicalement inverse. « Nous avions, là-bas, une sorte de proconsul[1] », plaisante Antoine Prost (alors conseiller de Michel Rocard à l'hôtel Matignon). Oui, mais le « proconsul » s'est lui-même déplacé pour rencontrer l'intégralité des professeurs principaux des collèges relevant de lui, et leur prêcher, en personne, la mission de service public qui leur incombait. De la même manière, à Versailles, il a accueilli, toujours en personne, les nouveaux arrivants.

La « grande réforme » édictée du sommet, votée au Parlement, et imposée aux professionnels sans leur assentiment profond ne fonctionnera jamais. Le pouvoir réel n'est pas à Paris, il est dans les classes. Et l'un des drames français est que les rectorats sont des relais administratifs et non des entités intermédiaires dotées d'une vraie liberté de poursuivre, par des voies différenciées, les objectifs fixés nationalement. C'est la conséquence du jacobinisme français. C'est également celle du refus, par nombre de syndicats, de tout ce qui pourrait ressembler à l'ébauche d'une décentralisation sérieuse et non d'une déconcentration technique. A quoi s'ajoute le fantasme purement idéologique de minorités qui voient dans

1. Id.

le moindre transfert de compétence l'avancée chafouine d'intérêts libéraux plus ou moins occultes. En Suède, où l'institution éducative était fortement centralisée, une transformation radicale a été décidée, accomplie, et évaluée. Avec des résultats flatteurs. Mais, chez nous, rapprocher la prise de décision de ceux que cette décision concerne n'est décidément pas le sens de la pente. La sacralisation du centre (contre la périphérie) est parfaitement désuète et improductive. Mais elle permet de se fabriquer un ennemi lointain et fantasmé qui excuse toutes les inerties et endosse la responsabilité des échecs.

La résistance des professeurs aux réformes et innovations est pointée du doigt par l'Inspection générale – qui s'est elle-même beaucoup réformée. « Le scepticisme ou les réticences devant le changement pédagogique, note un rapport de synthèse [1], sont à peu près partout présents. » A l'appui, sont citées les objections venant de Limoges (quelle est la logique des réformes successives ?), d'Amiens (accumulation et disparité des injonctions reçues), de Rennes (va-t-on casser ce qui marche au profit d'actions nouvelles ?), de Lyon (où l'on ne s'intéresse carrément plus aux réformes et où l'on méconnaît royalement les textes officiels). « On mesure, concluent sèchement les inspecteurs, les limites du pilotage national, de ses modalités, de sa lisibilité, et de ses résultats. »

L'étau se resserre. D'une part un pouvoir central qui donne les ordres mais ne pilote pas. D'autre part, un corps professionnel qui n'entend pas être piloté mais qui n'accepte, pour pilote, que le pouvoir central [2]. On

1. *Les Académies sous le regard des inspections générales*, *op. cit.*, non publié, juin 2003.

2. Cf. l'ouvrage d'Emmanuel Davidenkoff, *Peut-on encore changer l'école ? Des échecs de la gauche aux embarras de la droite*, Paris, Hachette, 2004.

est fort tenté de jeter l'éponge et de conclure que, décidément, l'école n'est pas amendable.

Et pourtant elle tourne – mal ici, plutôt bien là, mais elle tourne. Depuis vingt ans, depuis mon dernier périple, rappelons-le, les lycées professionnels sont méconnaissables, et dans le bon sens. L'environnement des collèges difficiles s'est dégradé, mais ces collèges dont nul ne parlait jadis, ont, eux, progressé. Et puis le grand bond en avant s'est vraiment produit. L'effort a été fourni, le risque a été pris. Ce serait donc possible ? « Oui, répond Claude Thélot [1], beaucoup de choses sont possibles. La métaphore traditionnelle qui compare l'Éducation nationale à un pétrolier lancé sur son erre, et dont on ne parvient ni à freiner la course ni à corriger la trajectoire, est gravement erronée. Notre système est extrêmement réactif à la manière dont il est conduit. Un professeur est extrêmement réactif à la manière dont il est évalué. N'importe quel parent d'élève est capable de vérifier qu'un établissement est susceptible de s'effondrer si une équipe éducative se dissout, si un chef d'établissement s'en va, ou de se redresser dans l'hypothèse contraire. Quand vous conduisez une politique déterminée, vous obtenez des résultats. La IIIe République avait une politique explicite de maîtrise de l'orthographe, elle a obtenu les résultats correspondants. Nous, notre orthographe est moins bonne mais nous apprenons autre chose. L'école réussit ce sur quoi on insiste. L'important est de choisir nos priorités. Le pétrolier suivra. »

Claude Thélot, me semble-t-il, a raison. Avant d'envisager telle ou telle réforme, la volonté politique de la Nation doit être clairement exprimée. Et, pour cela, il faut sortir du double langage, il faut déchirer l'espèce

1. Entretien avec l'auteur.

de camouflage grossier qui habille (mal) notre système actuel. Cette école à plusieurs vitesses qui s'est mise en place hypocritement, cette école polymorphe qui creuse actuellement les écarts tout en refusant de le dire, voulons-nous, oui ou non, qu'elle soit officiellement institutionnalisée ? Voulons-nous, oui ou non, des filières nobles et des filières de deuxième, troisième, quatrième choix ? Voulons-nous éjecter du collège dès la cinquième, comme cela se pratiquait autrefois, les enfants qui nous dérangent, que nous n'avons pas appris à encadrer ? Voulons-nous, à l'inverse, tenter le collège unique (qui n'a jamais été mis en place, qui est éventuellement à construire et non à détruire), sachant que cette tentative suppose une transformation importante de nos méthodes et de notre organisation ? Voulons-nous continuer à utiliser l'enseignement professionnel, et l'apprentissage, comme la bretelle de dégagement des éléments moins doués ou non conformes ?

Ce n'est pas une question d'argent, c'est une question d'investissement, c'est une représentation de l'avenir. Une affaire de volonté politique qui engage conjointement les gouvernants, les professionnels et les citoyens usagers. Si un seul des contractants est défaillant, aucune option forte ne sera posée. Quand la France a décidé d'élever massivement le niveau de formation moyen de ses jeunes, tout le monde a suivi : les représentants du peuple, les familles, les professionnels. Nous sommes, à présent, devant un choix analogue : élitisme cynique ou démocratie complexe. Et ne pas choisir, c'est encore choisir, c'est laisser filer la situation, laisser les écarts se creuser. Si les parents d'élèves des classes moyennes et supérieures n'ont nulle intention de partager avec les plus défavorisés, si les maîtres, dans leur majorité, renoncent à l'ambition d'une école ouverte parce que cela bouscule trop leurs acquis et leurs habitudes, si les gouvernants n'ont pas le courage d'appeler les choses par leur nom et de formuler une option claire (la droite s'en est gardée, mais la gauche ne s'y est guère risquée), la cause est entendue : nous aurons, *grosso modo*, une filière d'excellence où l'on retrouvera les enfants de l'élite, un ventre mou, et une école parking où s'entasseront les relégués.

Quels sont les obstacles à une politique de démocratisation efficace ?

Levons d'abord une hypothèque et laissons les basses polémiques au vestiaire. Il ne s'agit évidemment pas de promettre à tous le baccalauréat, la licence, le doctorat et les félicitations du jury – cela, c'est la caricature, intellectuellement lamentable, qu'offrent de la démarche ceux qui ont, une bonne fois, opté pour une ségrégation dont tous les travaux montrent l'injustice. Il s'agit d'accepter ou non une part de mixité sociale et de gagner en qualité, en ambition, dans la gestion de cette dernière.

Les chercheurs – et singulièrement Marie Duru-Bellat – ont démontré ceci, qui résume tout. Si vous formez une classe homogène ne comprenant que des bons élèves et si vous réunissez les autres dans une section distincte, les scores des bons élèves seront excellents et ceux des autres seront médiocres. Si vous formez une classe hétérogène, brassant les bons élèves et les autres, les scores des bons élèves seront très bons quoique légèrement inférieurs à ce qu'ils auraient été dans le cas de figure précédent. En revanche, ceux des autres élèves seront considérablement améliorés.

Le choix – ce qu'on appelle, à l'emporte-pièce, le débat sur le collège unique – est là. Les parents d'élèves brillants et/ou privilégiés sont-ils prêts à échanger un très faible déficit de performance, pour leur enfant, contre un très net gain de performance pour les enfants moins bien lotis ? Et les professeurs de ces élèves sont-ils prêts à accepter, pour le gain du plus grand nombre et des plus faibles, un inconfort supérieur, la nécessité d'acquérir des savoirs pédagogiques qui, pour la plupart, leur échappent, ainsi qu'une organisation du travail adaptée ?

Beaucoup des enseignants que j'ai interrogés, ou dont j'ai suivi les cours, m'ont dit que l'hétérogénéité leur pèse (moins, toutefois que l'homogénéité faible), qu'ils s'interrogent sur la validité de cette politique et la pertinence des résultats obtenus. Je les comprends, à plus d'un titre. Dans l'état actuel des choses, de l'organisation des cours, des programmes, des formes de concertation, de l'évaluation, de l'orientation, des rythmes, on s'efforce et souvent l'on s'épuise à faire coïncider un système et des populations qui ne peuvent, effectivement, coïncider. De deux choses l'une : ou l'on se débarrasse des enfants (c'est la solution paresseuse, laxiste, c'est la solution de facilité, c'est la demande des maîtres partisans du *statu quo*) ou l'on entreprend de modifier sérieusement l'édifice et le métier.

Dans l'académie de Créteil, par exemple, qui est une zone test entre toutes, le dernier rapport d'évaluation[1] de l'Inspection générale est alarmant et soutient qu'on est dans l'urgence : « Créteil est une académie où l'on innove et où l'on explore des approches adaptées. L'on y trouve cependant encore trop de professeurs passifs, découragés ou sceptiques, voire tentés de s'accommoder d'exigences minimales et de résultats médiocres en rejetant sur un environnement défavorable la responsabilité exclusive des échecs. » Déplorant « qu'une culture de la négligence menace de s'installer », les ins-

1. *Évaluation de l'enseignement dans l'académie de Créteil*, *op. cit.*, janvier 2003.

pecteurs ajoutent : « L'hétérogénéité, à quelques remarquables exceptions près, n'a pas suscité une différenciation correspondante des pratiques. » Ils s'indignent enfin que, lors des commissions diverses qui les rassemblent, les professeurs se préoccupent d'eux-mêmes, se plaignent abondamment, mais négligent leurs troupes : « Les procès-verbaux des séances montrent que trop d'intervenants ne parlent pour ainsi dire jamais d'élèves ni de pédagogie. La quasi-totalité des débats tourne autour des problèmes d'emploi ("Il faut créer des postes...") et des obligations de service qu'il conviendrait évidemment de "diminuer pour que nous puissions travailler autrement"... »

Ce qui s'appelle le fond d'une impasse. Pour envisager d'en sortir, il ne suffit pas d'ajouter une foultitude de « remédiations », selon le vocabulaire en usage, un vocabulaire qui sent l'hôpital, au système existant. Elles ont, certes, une utilité plus ou moins avérée. Les classes-relais, instituées en 1998, hébergent pour quelques mois des collégiens en danger de marginalisation. Les crédits d'heures, les dédoublements de classe, les « indemnités spéciales de sujétion » versées aux enseignants sont bons à prendre. Mais ce saupoudrage caritatif forme-t-il une politique ? Jean-Michel Zakhartchouk, dans son collège picard, en doute fortement : « Nous avons parfois obtenu des moyens considérables, beaucoup plus que nous ne pouvions l'imaginer voilà vingt ans, mais les améliorations de notre enseignement, elles, ont été nettement moins spectaculaires. Parce que le changement reste trop souvent virtuel. Parce que la concertation reste à l'état d'ébauche. Parce qu'on a l'impression que tout le fric du monde ne remplacera pas la nécessaire transformation des pratiques, qui se heurte aux dogmes de la profession. » Sur le même registre, Daniel Zarka, principal chevronné qui connaît sa ZEP sur le bout des doigts, reste perplexe: «Je ne crache pas dans la soupe, je suis demandeur. Mais ces billets qui volent, où atterrissent-ils exactement? Nous avons, par exemple, deux professeurs principaux par classe au lieu d'un. Ça veut dire qu'il y en a un des deux qui ne fait rien de spécial et qui passe à la caisse. Autre exemple: les entrants dans le métier bénéficient, sur ce secteur, d'une décharge de deux heures pour compléter leur formation. Parfait, ils en ont bien besoin: ils maîtrisent le disciplinaire mais leur pratique pédagogique ne suit pas, ils ne savent pas transmettre professionnellement leurs connaissances. Question: pourquoi, alors qu'ils sortent d'IUFM, ont-ils besoin qu'on leur paie une formation pédagogique? Où est le pilote, dans tout ça?»

Peu à peu, sur ma route, je suis parvenu à l'évidente conclusion qu'une ouverture démocratique de l'école, pour être effective et efficace, est incompatible avec la tradition professionnelle enseignante telle qu'elle demeure conservée. Quelques solides verrous condamnent le système. Ils ne sont guère difficiles à identifier. Quant à les faire sauter, c'est une autre entreprise: si ces verrous sont à ce point grippés, prisonniers de la rouille, c'est que le milieu résiste (majoritairement) à la moindre tentative pour les desserrer.

Le premier est l'interchangeabilité des fonctionnaires, la nomination à l'aveuglette, la moulinette à points. Tant qu'on n'affectera pas les personnels en fonction de leurs qualités intrinsèques, tant qu'on ne les préparera pas à l'exercice du métier en fonction de leur destination, tant qu'on ne sollicitera pas leur adhésion à un type de poste, bref, tant que l'introuvable DRH ne sera pas née, on pourra distribuer à tout-va primes et remédiations : on partira perdant. La carte scolaire est trop éclatée pour que survive la fiction d'une compétence tous azimuts. Le plus grotesque est le discours des dames d'œuvre qui rêvent de nommer « les professeurs expérimentés » (entendons les agrégés de cinquante ans) dans les ZEP. J'aimerais les y voir, les « expérimentés » ! Heureusement que ce sont des jeunes profs qui vont à la rencontre de ces jeunes-là. Encore conviendrait-il qu'ils n'y aillent point par défaut, qu'ils y trouvent pleinement leur compte et leur plaisir. La chose n'a rien d'impossible : j'ai plus rencontré de maîtres heureux dans les ZEP que sous les éteignoirs, mais ceux qui étaient malheureux l'étaient horriblement et ne devaient pas rester là.

Un de mes interlocuteurs de la rue de Grenelle, un membre du « club » dont je parlais plus haut, a réfléchi sur la question, depuis des années. « Le Ministère, dit-il, est capable de faire dans la dentelle, contrairement à ce qu'on croit. Il suffit de regarder ce qu'il se passe du côté des classes préparatoires. Tous les enseignants de prépa sont choisis, un par un, par les inspecteurs généraux. Avec un vrai regard individualisé : même à Henri-IV, il faut des jeunes, des gens qu'on récompense d'être remarquables et qu'on repère parfois dès le jury d'agrégation. Là, on est dans la gestion des ressources humaines, classe par classe, et c'est comme ça qu'on assure la formation d'une élite. Ce qui me choque – car je crois qu'il faut former des élites –, ça n'est pas que ce système existe, c'est qu'il n'existe que pour les prépas. Dans l'immédiat, on ne parviendra pas à gérer de la sorte 400 000 enseignants du secondaire. Mais pour 10 à 20 % des établissements, on peut initier le processus. Il ne s'agit pas simplement de trouver des volontaires pour les boîtes difficiles, et de négocier avec eux des avantages en contrepartie d'une certaine stabilité, d'une certaine durée dans le poste. Ce serait assez hypocrite de s'en tenir là, et pas forcément rassurant sur la qualité. Une DRH réussie, ce serait, bien sûr, une administration qui négocie avec les intéressés, mais ce seraient aussi des inspecteurs qui ne visitent pas les profs pour leur donner une note, qui dénichent les enseignants adéquats, qui repèrent leurs qualités, qui leur proposent un contrat de sept ou huit ans et la rémunération qui va avec. Nous l'avons fait pour convaincre certains chefs d'établissement. Et inversement, il faut faciliter le départ de ceux qui souffrent trop, les aider à se recaser sans qu'ils se jugent en échec ou humiliés. La question à un million est : les syndicalistes joueront-ils le jeu ? »

A priori, la réponse est non. Gisèle Jean, cosecrétaire générale du SNES, ouverte à maintes recherches pédagogiques, et qui ne refuse aucun dialogue, ne mollit pas sur ce dossier-là : « On défend l'égalité par les points et le fait que tout fonctionnaire peut se retrouver dans n'importe quel établissement. Le profilage des postes rompt cette égalité. On ne défend pas le mode de toujours. Ce qu'on défend, c'est un système équitable face à une administration imprévisible. On ne dit pas que ce système est le meilleur, mais il a l'avantage d'être lisible par tous et d'être anticipé par tous[1]. » Le SNALC ne s'exprime pas autrement. Seul le SGEN-CFDT laisse la porte ouverte.

Allons jusqu'au bout du syndicalement incorrect. Il suffit de passer trois ou quatre mois dans différents collèges pour vérifier combien l'exercice professionnel y est particulier. *A fortiori* dans des établissements requérant un savoir-faire pédagogique particulier. D'autre part, les recherches et l'expérience de pratiquement

1. Entretien avec l'auteur.

tous les autres pays analogues montrent qu'en France la coupure est trop forte, traumatisante, entre le premier et le second degré, et que la soudaine irruption, dans le champ d'attention des enfants, d'une armée de maîtres est un facteur gravement déstabilisant. L'héritage des querelles anciennes entre le SNI et le SNES a bouté hors du programme des discussions envisageables deux thèmes qui étaient chers à la FEN : l'existence d'un corps de professeurs de collège, et la bivalence de ces derniers (l'enseignement de deux matières, la physique et les mathématiques, par exemple). La bivalence est répandue à peu près partout dans les pays développés, avec un bénéfice pédagogique appréciable. Et l'idée, non pas de créer un corps fermé (il resterait possible de migrer vers le lycée, ou inversement), mais de considérer, à égale dignité universitaire et salariale, le travail en collège comme une spécialité qui se forge et se cultive, agite beaucoup d'experts et d'évaluateurs. Là encore, nous nous heurtons au sacré : la monovalence, dans notre pays, est article de foi. Et il faudra soulever des montagnes pour que des « postes à profil » incluant une « spécialité collège » soient des mots prononçables.

Mais ce premier verrou n'est pas le plus redoutable. Car le plus farouchement bloqué, le voici : c'est l'inaptitude des professeurs français à travailler en commun. Incapacité qui n'est pas une aberration chromosomique mais le produit d'une culture, la pierre angulaire de leur fameux statut. Depuis trente ans, sous la plupart des ministres, la même perche est tendue dans le même but : amener les maîtres de disciplines différentes à se rencontrer, fût-ce épisodiquement, hors des assemblées rituelles, et à travailler ensemble devant les élèves – instituant du même élan un rapport neuf entre professeurs et un rapport neuf avec leur auditoire. L'initiative la plus audacieuse avait été lancée par Alain Savary : elle consistait à « banaliser » 10 % des heures de cours, les établissements étant libres de déterminer le meilleur usage qui en serait fait. Chaleureusement soutenue par le SGEN (dont les adhérents, à l'époque, doublaient leur activité syndicale d'un engagement pédagogique), elle a connu, selon les lieux, des fortunes diverses. Mais elle a ouvert le jeu. Et, par la suite, moins amples, d'autres projets sont nés, diversement baptisés suivant les ministres et fort voisins en réalité : travaux croisés, parcours diversifiés, modules, aujourd'hui « itinéraires de découverte » au collège, « travaux personnels encadrés[1] » au lycée général, « projets pluridisciplinaires à caractère professionnel » dans les LP (associant les professeurs d'atelier et les autres).

A chaque fois, l'enjeu est de nouer, l'espace de deux heures, un embryon de tutorat, de casser la routine, de s'évader un brin du programme. Ce qui vaut, d'ailleurs, à ces initiatives, des opposants farouches. Les uns rejettent tout ce qui n'est pas cours magistral. Les autres ne récusent pas la démarche mais s'opposent à ce qu'elle soit obligatoire. Le SNES, sur les TPE, a fortement oscillé. Luc Ferry (à qui l'on avait dû décrire ces expériences comme le ver des pédagogos dans le fruit du savoir) avait annoncé leur disparition puis s'est ravisé. Les étrangers nous regardent, en la matière, comme les Gibis regardaient les Shadoks : avec une compassion sincère pour notre frilosité.

Le grand argument, contre ces facéties pédagogiques, est qu'elles détournent de l'unique objet de l'enseignement : le programme. Ou plutôt les programmes – car chaque discipline, non sans arrière-pensée concurren-

1. Les TPE sont pris en compte au baccalauréat.

tielle, définit son territoire suivant sa propre logique (et le Conseil national des programmes, censé mettre un peu de sagesse dans tout cela, ne dispose guère du pouvoir suffisant pour résister aux lobbies). Le résultat, comme chacun sait, est torrentiel. Loin de contribuer à la promotion du savoir, la logique disciplinaire, telle qu'elle est, dans notre pays, poussée à son paroxysme, transforme ce savoir en millefeuille indigeste. Dès la première heure, le premier jour de l'année scolaire, tout élève – même brillant – est postulé inférieur à la tâche : il n'ingurgitera jamais la totalité gargantuesque des connaissances dont il est censé se gaver. Et l'enseignant, lui aussi, est postulé inférieur à la tâche. Quand on assiste aux cours, c'est peut-être l'antienne la plus constamment psalmodiée : nous sommes en retard, mettez-vous ça bien dans la tête car on n'aura pas l'occasion d'y revenir, etc. Au collège, c'est lourd. Au lycée, c'est écrasant. Le plaisir de connaître, le bonheur d'apprendre sont disqualifiés d'avance, remplacés par l'art de repérer, vite fait, le plus vite fait possible, les fragments « utiles », rentables à l'examen, de ce fatras empilé. D'où la floraison, en librairie, de mémos, fiches, résumés, digests, extraits, destinés à survoler le savoir puisqu'il est impossible d'y pénétrer. Pas étonnant que la lecture, au lycée, décline et se transforme en loisir personnel. On ne lit pas, au lycée, on avale. Qui plus est, l'année scolaire, commencée début septembre, s'achève, de fait, début juin (les classes de seconde étant fréquemment privées de plusieurs semaines d'apprentissage, ce qui est, pour l'usager, une forme de vol). Tous les sportifs savent que la pire façon de courir est de se ruer, de stopper net, de se ruer à nouveau. C'est ainsi que courent les lycées français.

A quoi cela sert-il, de « travailler ensemble », de se « concerter » ? S'agit-il de sacrifier à une inclination fusionnelle, à une ferveur communautaire ? Ou à un relent post-soixante-huitard dont le slogan serait « On se met en rond et on arrête la production » ? Certes non. Là où j'ai pu observer une démarche de ce type, j'ai compris qu'elle sert à une chose : ouvrir la boîte noire. Un établissement scolaire « normal », actuellement, est une boîte noire. Personne ne sait vraiment ce qu'il se passe dans la classe voisine. Personne ne sait vraiment quelles connaissances et quelles compétences les élèves ont acquises. Personne ne sait vraiment quel temps serait nécessaire pour que cette acquisition soit durable. Personne ne sait vraiment quel volume de travail est exigé des élèves, ni le volume d'effort qu'ils consentent. Nous fonçons, et nous fonçons dans le noir. Pour prendre un exemple rustique, je me suis aperçu que très peu de professeurs principaux sont informés de la périodicité des devoirs et des contrôles, si bien qu'une classe n'a pas de travail sur table durant quinze jours puis cinq épreuves les trois jours suivants. Chaque enseignant court pour décrocher sa propre médaille, et les élèves suivent – les survivants, du moins : le dieu Bac reconnaîtra les siens. Franchement, quand j'entends des gens « sérieux » se demander s'il convient que l'élève *reste* au cœur du système, je tombe des nues. Quiconque visite, un tant soit peu, les établissements scolaires, vérifiera, comme je l'ai fait, que ce monde est ordinairement pensé pour les maîtres par les maîtres, et que l'élève doit s'adapter à cette inorganisation. S'il ne s'adapte pas, on l'informe qu'il est « mauvais ». On n'oserait pas dire cela d'un chien.

Imaginons ce que pourrait être, dans l'ordre scolaire, une sorte de révolution copernicienne. Imaginons que « travailler ensemble » ne signifie pas, simplement, que le professeur d'histoire étudie le chat (égyptien), celui d'arts plastiques le dessin de la belette, celui de SVT la reproduction des petits lapins, et celui de lettres Jean de La Fontaine. Imaginons que le temps soit considéré comme la mesure de toutes choses. Et qu'on raisonne ainsi. Sachant que nous avons en charge, quarante heures par semaine (les trente-cinq heures sont la loi des adultes, mais cette loi ne s'applique guère aux lycéens), telle population scolaire, que devons-nous et pouvons-nous lui enseigner durant ces quarante heures ? La question est facile à énoncer. La réponse mobilise beaucoup de paramètres. Il faut que les enseignants partagent leurs savoirs en sorte que ce qui sera transmis forme un ensemble cohérent et non une juxtaposition de fragments disciplinaires. Il faut qu'ils identifient les capacités et handicaps des élèves concernés. Il faut qu'ils inventent, suivant la diversité de ces élèves, des itinéraires variés permettant d'atteindre le même objectif. Il faut qu'ils maîtrisent le rythme des apprentissages. Et il faut qu'ensuite ils s'assurent que l'objectif a été réellement atteint, que les connaissances et compétences ont été appropriées par les élèves, et que cette appropriation n'est pas seulement une opinion du professeur. Cette manière de penser et d'agir n'a rien d'exotique en Europe du Nord, aux États-Unis, au Japon ; elle se développe en Angleterre ou en Allemagne (tous pays qui ne sont, par ailleurs, nullement exempts de défauts). Mais nous continuons à fonctionner au rebours. Nous construisons une sorte de pièce montée de savoirs empilés, puis nous l'enfournons, tranche par tranche, dans les cervelles adolescentes. Et nous sommes fort étonnés, à l'arrivée, que ces cervelles manquent de repères, qu'elles ignorent la chronologie, qu'elles n'aperçoivent point les correspondances entre les facettes du programme. Le contraire serait surprenant.

Là où j'ai pu observer des professionnels adoptant cette logique, j'ai également observé qu'ils sont plus à l'aise dans leur métier, qu'ils se sentent moins harassés ou agressés, et que leurs élèves eux-mêmes sont plus détendus, progressent plus vite. Le climat est meilleur. L'ambiance est plus joviale, plus studieuse aussi. Mais surtout, les notions de réussite et d'échec sont complètement redistribuées. Cela dit, la révolution copernicienne a, pour les maîtres français, un coût élevé. Elle implique, sans hésitation, qu'ils passent beaucoup plus de temps sur le lieu de travail (ce qui suppose aussi des salles, des bureaux, des téléphones, des ordinateurs – la machine à café ne saurait, en pareilles circonstances, demeurer l'épicentre de la concertation). Elle implique une redéfinition de leur obligation de service – laquelle se résume, actuellement, au nombre d'heures de cours effectuées devant les élèves. Dans d'autres pays (telle l'Angleterre), l'affaire est entendue. Les maîtres sont présents, en règle générale, une trentaine d'heures. Ils assurent moins de cours magistraux, mais plus de travaux de groupes, d'études encadrées, de suivi individuel, auxquels s'ajoutent l'évaluation, la formation continue, les stages, la réflexion critique sur les choix de l'établissement, etc. En France, ce verrou-là, qui est probablement le plus déterminant, est solidement grippé.

Au cours de mon voyage, j'ai pu mesurer combien les professeurs que j'ai interrogés sont attachés à un « privilège » entre tous : celui, précisément, de disposer librement de leur temps, de fuir le collège ou le lycée sitôt le cours expédié, de travailler chez eux, à leur guise. C'est chez les jeunes enseignants, en collège, en ZEP, et dans les lycées professionnels que j'ai rencontré le plus d'interlocuteurs accessibles à un tel changement – sous réserve de négociation, et aussi d'information sérieuse sur le bénéfice qu'en retireraient les élèves. Dans les lycées généraux, seuls les militants de mouvements pédagogiques et les maîtres investis dans les nouvelles technologies (en particulier l'informatique) m'ont paru intéressés, convaincus d'y trouver un gain substantiel – naissance d'un groupe professionnel, d'une interaction sans précédent entre les maîtres, possibilité d'initiatives plus ample. Mais, lors des entretiens, les trois quarts de mes interviewés ont manifesté une hostilité très ferme, refusant parfois d'entendre l'hypothèse, récusant par avance les expériences étrangères, niant que les élèves en profiteraient.

La gauche, sur ce dossier, a manqué l'occasion du siècle (le XXe). Avant le retour au gouvernement du PS, en 1988, des contacts très étroits furent pris entre Laurent Fabius (alors chargé des questions d'éducation au Parti socialiste) et la direction de la FEN. A l'ordre du jour: la nécessité de revaloriser fortement les conditions de rémunération des maîtres, d'améliorer le déroulement des carrières, et d'unifier les corps de métier. Jean-Claude Barbarant, ancien secrétaire général du SNI, raconte: « C'est nous, les syndicalistes, qui avons dit que nous ne voulions pas de l'argent contre rien. Puisque l'enveloppe était très importante, c'était le moment ou jamais de négocier quelque chose de sérieux. Nous avons proposé, en échange des augmentations qui nous seraient consenties, d'imposer une formation continue validante, et de modifier les obligations de service. Que les profs n'assurent pas plus de douze ou quinze heures de cours mais soient présents trente heures dans l'établissement. Quand les profs jouent collectif, ils vont mieux et ils font mieux. Les programmes auraient évolué d'eux-mêmes. Fabius était d'accord, Allègre était pour. Et le SGEN aussi. Mais, quand Jospin s'est retrouvé au ministère, à la fois pour se démarquer de Fabius et pour donner des gages au SNES (c'est sa propre culture syndicale), il a tout lâché sans contrepartie[1]... »

Faudra-t-il attendre la prochaine « revalo » pour que le dossier soit rouvert ? On peut le craindre. « Ne touchez pas à ça, malheureux ! m'a lancé un haut responsable du Ministère. Si on parle d'obligation de service, il s'en trouvera pour dire qu'ils n'ont pas bénéficié des trente-cinq heures... » Je ne « touche » à rien, tel n'est pas mon office. Je ne suis, dans cette affaire, qu'un modeste passant. Mais je crois, au terme de mon enquête, que la solitude des enseignants ne sera pas dissipée sans une mesure de cet ordre, sans une levée de ce tabou, et qu'un gain de qualité substantiel est à ce prix – un prix moins élevé que ne le jugent les intéressés : travailler ensemble, c'est de la liberté en plus, mais, pour le vérifier, l'unique moyen est d'essayer.

Le troisième verrou de notre système concerne l'évaluation. La recherche de la qualité n'en fera pas l'économie. Les instruments sont à notre portée, ils se perfectionnent de jour en jour. La question est de savoir si nous avons vraiment l'intention de nous en servir. Cela vaut, d'abord, pour l'évaluation individuelle. Sur l'inspection, tout a été dit, à commencer par les inspecteurs eux-mêmes qui souhaitent, pour beaucoup, travailler mieux et différemment (ceux qui ne travaillent pas, et il en est, ne devraient point continuer à bénéficier d'une impunité scandaleuse : le mauvais exemple vient souvent d'en haut). Sur la notation administrative, nul, ou presque, ne conteste sérieusement qu'elle n'a, pour effet, que de polluer la vie interne des établissements. Il est temps de construire et d'appliquer une

1. Entretien avec l'auteur.

échelle de sanctions positives et négatives des personnels (avec des procédures d'appel, pourvu qu'elles ne soient pas, comme aujourd'hui, vidées de leur substance). Il est souhaitable que ces sanctions positives et négatives soient prononcées là où l'acte éducatif est accompli : dans les établissements dont les chefs doivent être reconnus pour ce qu'ils sont – des cadres responsables.

Encore convient-il que cet encadrement lui-même soit correctement évalué et sanctionné. Les professeurs n'accepteront pas d'être blâmés ou récompensés par des gens qui ne méritent nullement leur estime, et ils auront raison. Pour l'heure, les critères de recrutement ne sont pas assez fiables. Et surtout, un chef d'établissement décevant court sur son erre, ce qui est désastreux. Ou bien il est taillé pour la charge qui lui incombe, et il faut lui chercher le poste correspondant le mieux à son profil. Ou bien ce n'est pas le cas, et, plus encore que lorsqu'il s'agit d'un professeur, il est criminel de ne pas agir, de le laisser poursuivre en le sachant médiocre. De la même manière que le chef d'établissement devrait avoir, au moins, un pouvoir suspensif quand un enseignant est défaillant, absent, perturbé, de même un chef d'établissement qui n'est pas à la hauteur devrait être rapidement retiré du circuit : les dégâts sont trop lourds.

En d'autres termes, la qualification à vie, c'est pernicieux et ringard. Parce qu'un professeur a réussi, quand il avait vingt et un ans, un concours difficile, il est apte à entrer dans la carrière (après formation pédagogique, y compris pour les agrégés dont on ne voit pas pourquoi ils planeraient au-dessus de ces basses contingences), mais cela ne certifie pas que, vingt ans après, il reste compétent. La fonction publique est assez vaste pour qu'une DRH intelligente, sans priver quiconque de son emploi, protège les élèves de maîtres qui ne sont pas en état d'exercer.

L'évaluation, c'est aussi la clé d'une gestion astucieuse des personnels. Si les établissements sont mieux connus, plus fréquemment visités, soumis à des audits rigoureux, il devient plus aisé de chercher l'adéquation entre la maison et ceux qui y travaillent. Tel enseignant est attiré par une structure où l'expérimentation pédagogique est développée, tel autre veut une destination plus classique, tel autre encore se sent une vocation « sociale » : une grille de lecture leur est fournie, les éléments d'un choix sont réunis. Un choix réciproque – pourquoi ne pas imaginer qu'un établissement recherche certains profils de maîtres tandis que certains maîtres recherchent tel profil d'établissement ? Un choix qui doit être réversible : la plupart des professeurs m'ont dit que la routine les effraie ou leur pèse, qu'ils aimeraient connaître une mobilité bien tempérée.

L'évaluation, c'est encore la nécessaire béquille de l'autonomie. De plus en plus, les collèges (mais aussi les lycées) doivent prendre en charge des populations scolaires très différenciées et fortement hétérogènes. Il faut laisser à chaque unité (ou à un groupement d'unités) la possibilité de construire un projet original adapté à sa clientèle. L'uniformité, on le vérifie chaque jour, ne crée pas de la cohérence et de l'équité, mais du désordre et de l'injustice. Laissons les professionnels (avec les parents, avec les élèves eux-mêmes) inventer le meilleur chemin, qui ne sera probablement pas droit, entre les enfants et l'objectif qu'ils doivent atteindre. Si l'objectif est le même pour tous, le chemin doit être différencié à loisir. L'évaluation sert, précisément, à valider le choix du bon chemin, à corriger l'erreur, à vérifier si l'autonomie de l'établissement ne l'entraîne pas hors du cahier des charges. Le mot « autonomie » déclenche, dans certains secteurs de la planète enseignante, un réflexe d'aversion idéologique : il serait, ce mot, le cheval de Troie du libéralisme, le fourrier de la concurrence entre les établissements. Vertueuse précaution. Comme si cette concurrence, actuellement, ne battait pas son plein, comme si les consommateurs d'école ne s'y jetaient pas à fond, comme si les enseignants eux-mêmes, dans leur majorité, ne recherchaient pas la meilleure adresse. L'autonomie appuyée sur l'évaluation, loin d'accentuer cette pente, est le moyen de la redresser[1].

L'évaluation, c'est enfin l'instrument pour trouver, entre professeurs et usagers, entre maîtres et parents, un langage commun. Plus le service public sera transparent, plus ses performances et ses méthodes seront analysées et commentées, moins les conflits nourris de rumeurs auront la faculté de croître et d'embellir. La boîte noire, évoquée plus haut, doit s'ouvrir à la fois aux professionnels et aux usagers. Ce qui permettrait de remplacer le contournement sauvage des secteurs officiels par le choix de profils pédagogiques différenciés. Ouvrir la boîte noire est une piste intéressante pour réintroduire de la mixité sociale en diversifiant les figures de l'excellence et de la qualité.

Certaines évaluations très techniques seront assurément réservées au « pilotage » de l'institution. Mais les grandes évaluations qualitatives doivent être acces-

1. C'est une des thèses que développe Jean-Michel Zakhartchouk dans son ouvrage (dont la tonalité, dit-il en conclusion, est d'un « optimisme bien tempéré ») *Enseignant : un métier à réinventer*, Barret-sur-Méouge, Éd. Yves Michel, 2002. Parmi les rapports officiels, celui de Jean-Pierre Obin, *Enseigner, un métier pour demain*, Paris, La Documentation française, 2003, offre une bonne synthèse sur l'attrait de la profession et les débats qu'il soulève.

sibles au public – c'est d'ailleurs la tendance actuelle. L'école a suffisamment de vertus pour jouer la transparence. Dans le même esprit, une évaluation plus fine, moins « pifométrique » des élèves, de leurs aptitudes, de leur niveau, de leurs résultats, sera précieuse en matière d'orientation et limitera, là encore, l'inquiétude ou le soupçon des parents. Si un élève de collège est expédié en classe-relais, on doit être sûr qu'il ne s'agit pas, simplement, de s'en débarrasser. Si on lui recommande, au moment des grands choix, une bifurcation vers la formation professionnelle, on doit pouvoir justifier cette option autrement que par un relevé d'inaptitudes. Certains pays européens vont plus loin : ils n'hésitent pas à proposer aux jeunes, quand leur rapport à l'école devient trop antagonique, une sortie du système, fût-ce avant le terme de l'obligation scolaire – mais cette sortie est accompagnée d'une évaluation scrupuleuse et assortie d'un droit au retour, d'un crédit de formation durablement offert. Qu'attendons-nous pour ouvrir nos fenêtres ?

La question n'est pas d'abord, concernant l'évaluation, de bousculer un acquis du monde enseignant. Elle est d'initier une culture nouvelle – qui aura, certes, des répercussions sur les usages, les réflexes, mais ne constitue nullement une « menace », contrairement à ce qu'imaginent quelquefois les intéressés. Sur ce terrain, au moins, sachant qu'il faut accorder du temps au temps, je crois pouvoir exprimer un certain optimisme ou nuancer mon pessimisme. C'est plutôt vers le sommet de l'État qu'on a envie, cette fois, de se tourner. Le défilé des ministres donnant à croire (ou, pire, aimant à croire) que l'institution est leur œuvre, qu'elle commence à l'instant où ils foulent le tapis rouge, n'est plus de saison. Un ministre a peu de temps devant lui. S'il veut effectivement piloter la machine, s'il veut inscrire son action dans la durée, il doit se montrer capable d'identifier rapidement les priorités et donc s'emparer des outils qui lui sont présentés. L'évaluation n'est pas une politique, elle en est aujourd'hui l'instrument le plus accompli, l'aide à la décision la plus précieuse. A condition de s'en servir avant d'agiter.

Trois verrous. Si l'on regarde calmement les choses en face, deux d'entre eux, au moins, paraissent bloqués. Il est à craindre que les parents répugnent à une dose, même sagement mesurée, de mixité sociale. Il est à craindre que les enseignants, dans leur majorité, se cramponnent à ce qu'ils ont toujours connu plutôt que d'expérimenter une nouvelle culture professionnelle où ils auraient, pourtant, beaucoup à gagner. Il est à craindre que les gouvernants se contentent de suivre les uns et les autres (une partie de la droite est prête à sacrifier l'ambition d'un collège démocratique, et une partie de la gauche – y compris de la gauche enseignante – serait soulagée que la droite endosse pareille responsabilité). Au retour de mon voyage, tel est mon diagnostic.

Mais mon pronostic est plus ouvert. Il y a vingt ans, accomplissant le même périple, je n'avais pas pressenti que les lycées professionnels bougeraient à ce point en aussi peu de temps. Je n'avais pas pressenti non plus que l'élévation du niveau serait aussi nette, volontariste, avec la participation de tous les acteurs. Un changement générationnel va s'opérer à brève échéance. C'est un risque, c'est aussi une chance.

La réforme a cessé depuis belle lurette de s'accomplir par seul décret. J'ai rencontré des maîtres qui sont attachés aux valeurs démocratiques de l'école républicaine – des « vieux » mais des « jeunes » aussi. J'en ai rencontré qui goûtent le métier, que les élèves intéressent – tous les élèves. Je ne crois pas qu'une grande réforme soit possible et que les verrous sauteront tel jour à telle heure. Je ne crois pas que le SNES (pour ne parler que du syndicat majoritaire) va mettre en péril son fonds de commerce et changer de discours comme les apôtres à la Pentecôte. Mais je n'exclus pas que, sur ce fameux « terrain » qui vaut le déplacement, le secteur le plus fragile de notre école, le plus en difficulté, devienne le laboratoire des recherches les plus fécondes – adhérents du SNES inclus. Là-bas, il va bien falloir qu'on invente une DRH, qu'on travaille en équipe, qu'on évalue.

Tel est mon pari. Je parie que les pauvres instruiront les riches, que les faibles éduqueront les forts, que ceux de la périphérie gagneront le centre. Je parie qu'entre « eux » et « nous », entre l'intérêt des enfants et l'intérêt corporatiste, ils sauront choisir. Je les salue.

Merci

Le sujet de ce livre a le don de susciter la polémique, voire l'exaspération. Assurément, il ne plaira guère, en tout ou en partie, à nombre de ceux qui ont bien voulu m'accueillir et me parler. Je ne m'excuserai pas de ce que j'écris, qui n'est dicté que par l'observation et la conviction, mais je souhaiterais que chacun de mes interlocuteurs – professeur, chef d'établissement, conseiller d'éducation, inspecteur –, qu'il partage ou non mes conclusions, reçoive ici l'expression de ma gratitude et de mon respect. Tous m'ont instruit. Tous mes interviewés, sans aucune exception, y compris les élèves que j'ai vus travailler et qui m'ont fait cadeau de leurs confidences.

Je ne suis pas un expert et ne prétends pas l'être. Je remercie donc ceux, nombreux, qui ont pris le temps d'éclairer ma lanterne. D'abord mes collègues français et étrangers du Haut Conseil de l'évaluation de l'école. Et puis les chercheurs qui m'ont expliqué leurs travaux, particulièrement Christian Baudelot, François Dubet, Marie Duru-Bellat, Roger Establet, Antoine Prost, Claude Thélot. Au Ministère, à la Cour des comptes, dans les rectorats, plusieurs de mes témoins m'ont demandé la discrétion et j'honore ma parole tout en les remerciant. Divers acteurs qui conduisent ou ont conduit la politique éducative m'ont été très précieux, tels Guy Bourgeois, Dominique Borne, Christian Forestier, Roger-François Gauthier, Yvon Robert.

Françoise Peyrot, mon éditrice, qui a tant voulu ce livre, m'a généreusement et efficacement encouragé. Je ne l'oublierai pas.

Table

DU MÊME AUTEUR

L'Affaire Alata
Pourquoi on interdit un livre en France
Seuil, « L'Histoire immédiate », 1977

Les Porteurs de valises
La résistance française à la guerre d'Algérie
Albin Michel, 1979
et Seuil, « Points Histoire », n° 59

L'Effet Rocard
Stock, 1980

Les Intellocrates
Expédition en haute intelligentsia
Ramsay, 1981
et Complexe Poche, 1985

La Deuxième Gauche
Histoire intellectuelle et politique de la CFDT
Ramsay, 1982
et Seuil, « Points », n° P1051

Tant qu'il y aura des profs
prix de l'Association des journalistes universitaires
Seuil, « L'Épreuve des faits », 1984
et « Points Actuels », n° A76

Génération
prix Gutenberg
T. 1 Les Années de rêve
Seuil, 1987
et « Points », n° P497
T. 2 Les Années de poudre
Seuil, 1988
et « Points », n° P498

Tu vois, je n'ai pas oublié (Montand)
Seuil/Fayard, 1990
et « Points », n° P445

Montand raconte Montand
Seuil, 2001

(Tous les ouvrages qui précèdent en collaboration avec Patrick Rotman)

Crète
Seuil, « Points Planète », 1989

La Cause des élèves
(avec Marguerite Genzbittel)
Seuil, 1991
et « Points », n° P478

Nos médecins
prix Médec
Seuil, 1994
et « Points », n° P193

Les Bancs de la communale
Éd. Du May, « Album de famille », 1994

Je voudrais vous dire
(avec Nicole Notat)
Seuil, 1997
et « Points », n° P552

Besoin de mer
grand prix Queffélec du livre maritime
prix de l'Association des écrivains de langue française
Seuil, 1997
et « Points », n° P607

L'Abeille d'Ouessant
prix de l'ACORAM
coupe du Chef d'état-major de la Marine nationale
Seuil, 1999
et « Points », n° P736

Le Voyage à Brest
(hors commerce)
Éditions Quelle belle journée, 2001

Au bout de la remorque

(avec Charles Claden)
prix du Cercle de la mer
Seuil, 2001

Le Livre des tempêtes : à bord de l'Abeille Flandre

(photographies de Jean Gaumy)
prix Nadar
Seuil, 2001

Petits Propos irresponsables concernant l'école

(Chroniques du Monde de l'éducation*)*
Éditions du Télégramme, 2001

Le Vent du plaisir

Seuil, 2001
et « Points », n° P988

Cargo
Travaux et rêveries portuaires

(peintures et dessins de Anne Smith)
Seuil, 2005

De l'Abeille à l'Abeille
La relève de l'Abeille Flandre

(peintures et dessins de Anne Smith)
Seuil, 2006

RÉALISATION : PAO ÉDITIONS DU SEUIL
IMPRIMERIE : BRODARD ET TAUPIN À LA FLÈCHE
DÉPÔT LÉGAL : SEPTEMBRE 2006. N° 89088 (37046)
IMPRIMÉ EN FRANCE

Collection Points

DERNIERS TITRES PARUS

P968. Manuel de peinture et de calligraphie, *José Saramago*
P969. Dans le nu de la vie, *Jean Hatzfeld*
P970. Lettres luthériennes, *Pier Paolo Pasolini*
P971. Les Morts de la Saint-Jean, *Henning Mankell*
P972. Ne zappez pas, c'est l'heure du crime, *Nancy Star*
P973. Connaissance de la douleur, *Carlo Emilio Gadda*
P974. Les Feux du Bengale, *Amitav Ghosh*
P975. Le Professeur et la Sirène
Giuseppe Tomasi di Lampedusa
P976. Éloge de la phobie, *Brigitte Aubert*
P977. L'Univers, les dieux, les hommes, *Jean-Pierre Vernant*
P978. Les Gardiens de la vérité, *Michael Collins*
P979. Jours de Kabylie, *Mouloud Feraoun*
P980. La Pianiste, *Elfriede Jelinek*
P981. L'homme qui savait tout, *Catherine David*
P982. La Musique d'une vie, *Andreï Makine*
P983. Un vieux cœur, *Bertrand Visage*
P984. Le Caméléon, *Andreï Kourkov*
P985. Le Bonheur en Provence, *Peter Mayle*
P986. Journal d'un tueur sentimental et autres récits
Luis Sepúlveda
P987. Étoile de mère, *G. Zoë Garnett*
P988. Le Vent du plaisir, *Hervé Hamon*
P989. L'Envol des anges, *Michael Connelly*
P990. Noblesse oblige, *Donna Leon*
P991. Les Étoiles du Sud, *Julien Green*
P992. En avant comme avant !, *Michel Folco*
P993. Pour qui vous prenez-vous ?, *Geneviève Brisac*
P994. Les Aubes, *Linda Lê*
P995. Le Cimetière des bateaux sans nom
Arturo Pérez-Reverte
P996. Un pur espion, *John le Carré*
P997. La Plus Belle Histoire des animaux, *Boris Cyrulnik, Jean-Pierre Digard, Pascal Picq, Karine-Lou Matignon*
P998. La Plus Belle Histoire de la Terre, *André Brahic, Paul Tapponnier, Lester R. Brown, Jacques Girardon*
P999. La Plus Belle Histoire des plantes, *Jean-Marie Pelt, Marcel Mazoyer, Théodore Monod, Jacques Girardon*
P1000. Le Monde de Sophie, *Jostein Gaarder*
P1001. Suave comme l'éternité, *George P. Pelecanos*
P1002. Cinq Mouches bleues, *Carmen Posadas*

P1003. Le Monstre, *Jonathan Kellerman*
P1004. À la trappe !, *Andrew Klavan*
P1005. Urgence, *Sarah Paretsky*
P1006. Galindez, *Manuel Vázquez Montalbán*
P1007. Le Sanglot de l'homme blanc, *Pascal Bruckner*
P1008. La Vie sexuelle de Catherine M., *Catherine Millet*
P1009. La Fête des Anciens, *Pierre Mertens*
P1010. Une odeur de mantèque, *Mohammed Khaïr-Eddine*
P1011. N'oublie pas mes petits souliers, *Joseph Connolly*
P1012. Les Bonbons chinois, *Mian Mian*
P1013. Boulevard du Guinardó, *Juan Marsé*
P1014. Des lézards dans le ravin, *Juan Marsé*
P1015. Besoin de vélo, *Paul Fournel*
P1016. La Liste noire, *Alexandra Marinina*
P1017. La Longue Nuit du sans-sommeil, *Lawrence Block*
P1018. Perdre, *Pierre Mertens*
P1019. Les Exclus, *Elfriede Jelinek*
P1020. Putain, *Nelly Arcan*
P1021. La Route de Midland, *Arnaud Cathrine*
P1022. Le Fil de soie, *Michèle Gazier*
P1023. Paysages originels, *Olivier Rolin*
P1024. La Constance du jardinier, *John le Carré*
P1025. Ainsi vivent les morts, *Will Self*
P1026. Doux Carnage, *Toby Litt*
P1027. Le Principe d'humanité, *Jean-Claude Guillebaud*
P1028. Bleu, histoire d'une couleur, *Michel Pastoureau*
P1029. Speedway, *Philippe Thirault*
P1030. Les Os de Jupiter, *Faye Kellerman*
P1031. La Course au mouton sauvage, *Haruki Murakami*
P1032. Les Sept Plumes de l'aigle, *Henri Gougaud*
P1033. Arthur, *Michel Rio*
P1034. Hémisphère Nord, *Patrick Roegiers*
P1035. Disgrâce, *J.M. Coetzee*
P1036. L'Âge de fer, *J.M. Coetzee*
P1037. Les Sombres Feux du passé, *Chang-rae Lee*
P1038. Les Voix de la liberté, *Michel Winock*
P1039. Nucléaire Chaos, *Stéphanie Benson*
P1040. Bienheureux ceux qui ont soif…, *Anne Holt*
P1041. Le Marin à l'ancre, *Bernard Giraudeau*
P1042. L'Oiseau des ténèbres, *Michael Connelly*
P1043. Les Enfants des rues étroites, *Abdelhak Sehrane*
P1044. L'Île et Une nuit, *Daniel Maximin*
P1045. Bouquiner, *Annie François*
P1046. Nat Tate, *William Boyd*
P1047. Le Grand Roman indien, *Shashi Tharoor*

P1048. Les Lettres mauves, *Lawrence Block*
P1049. L'Imprécateur, *René-Victor Pilhes*
P1050. Le Stade de Wimbledon, *Daniele Del Giudice*
P1051. La Deuxième Gauche, *Hervé Hamon et Patrick Rotman*
P1052. La Tête en bas, *Noëlle Châtelet*
P1053. Le Jour de la cavalerie, *Hubert Mingarelli*
P1054. Le Violon noir, *Maxence Fermine*
P1055. Vita Brevis, *Jostein Gaarder*
P1056. Le Retour des caravelles, *António Lobo Antunes*
P1057. L'Enquête, *Juan José Saer*
P1058. Pierre Mendès France, *Jean Lacouture*
P1059. Le Mètre du monde, *Denis Guedj*
P1060. Mort d'une héroïne rouge, *Qiu Xiaolong*
P1061. Angle mort, *Sara Paretsky*
P1062. La Chambre d'écho, *Régine Detambel*
P1063. Madame Seyerling, *Didier Decoin*
P1064. L'Atlantique et les Amants, *Patrick Grainville*
P1065. Le Voyageur, *Alain Robbe-Grillet*
P1066. Le Chagrin des Belges, *Hugo Claus*
P1067. La Ballade de l'impossible, *Haruki Murakami*
P1068. Minoritaires, *Gérard Miller*
P1069. La Reine scélérate, *Chantal Thomas*
P1070. Trompe la mort, *Lawrence Block*
P1071. V'là aut' chose, *Nancy Star*
P1072. Jusqu'au dernier, *Deon Meyer*
P1073. Le Rire de l'ange, *Henri Gougaud*
P1074. L'Homme sans fusil, *Ysabelle Lacamp*
P1075. Le Théoriste, *Yves Pagès*
P1076. L'Artiste des dames, *Eduardo Mendoza*
P1077. Les Turbans de Venise, *Nedim Gürsel*
P1078. Zayni Barakat, *Ghamal Ghitany*
P1079. Éloge de l'amitié, ombre de la trahison
Tahar Ben Jelloun
P1080. La Nostalgie du possible. Sur Pessoa
Antonio Tabucchi
P1081. La Muraille invisible, *Henning Mankell*
P1082. Ad vitam aeternam, *Thierry Jonquet*
P1083. Six Mois au fond d'un bureau, *Laurent Laurent*
P1084. L'Ami du défunt, *Andreï Kourkov*
P1085. Aventures dans la France gourmande, *Peter Mayle*
P1086. Les Profanateurs, *Michael Collins*
P1087. L'Homme de ma vie, *Manuel Vázquez Montalbán*
P1088. Wonderland Avenue, *Michael Connelly*
P1089. L'Affaire Paola, *Donna Leon*
P1090. Nous n'irons plus au bal, *Michelle Spring*

P1091. Les Comptoirs du Sud, *Philippe Doumenc*
P1092. Foraine, *Paul Fournel*
P1093. Mère agitée, *Nathalie Azoulay*
P1094. Amanscale, *Maryline Desbiolles*
P1095. La Quatrième Main, *John Irving*
P1096. La Vie devant ses yeux, *Laura Kasischke*
P1097. Foe, *J.M. Coetzee*
P1098. Les Dix Commandements, *Marc-Alain Ouaknin*
P1099. Errance, *Raymond Depardon*
P1100. Dr la Mort, *Jonathan Kellerman*
P1101. Tatouage à la fraise, *Lauren Henderson*
P1102. La Frontière, *Patrick Bard*
P1103. La Naissance d'une famille, *T. Berry Brazelton*
P1104. Une mort secrète, *Richard Ford*
P1105. Blanc comme neige, *George P. Pelecanos*
P1106. Jours tranquilles à Belleville, *Thierry Jonquet*
P1107. Amants, *Catherine Guillebaud*
P1108. L'Or du roi, *Arturo Perez-Reverte*
P1109. La Peau d'un lion, *Michael Ondaatje*
P1110. Funérarium, *Brigitte Aubert*
P1111. Requiem pour une ombre, *Andrew Klavan*
P1113. Tigre en papier, *Olivier Rolin*
P1114. Le Café Zimmermann, *Catherine Lépront*
P1115. Le Soir du chien, *Marie-Hélène Lafon*
P1116. Hamlet, pan, pan, pan, *Christophe Nicolas*
P1117. La Caverne, *José Saramago*
P1118. Un ami parfait, *Martin Suter*
P1119. Chang et Eng le double-garçon, *Darin Strauss*
P1120. Les Amantes, *Elfriede Jelinek*
P1121. L'Étoffe du diable, *Michel Pastoureau*
P1122. Meurtriers sans visage, *Henning Mankell*
P1123. Taxis noirs, *John McLaren*
P1124. La Revanche de Dieu, *Gilles Kepel*
P1125. À ton image, *Louise L. Lambrichs*
P1126. Les Corrections, *Jonathan Franzen*
P1127. Les Abeilles et la Guêpe, *François Maspero*
P1128. Les Adieux à la Reine, *Chantal Thomas*
P1129. Dondog, *Antoine Volodine*
P1130. La Maison Russie, *John le Carré*
P1131. Livre de chroniques, *António Lobo Antunes*
P1132. L'Europe en première ligne, *Pascal Lamy*
P1133. Les Nouveaux Maîtres du monde, *Jean Ziegler*
P1134. Tous des rats, *Barbara Seranella*
P1135. Des morts à la criée, *Ed Dee*
P1136. Allons voir plus loin, veux-tu ?, *Anny Duperey*

P1137. Les Papas et les Mamans, *Diastème*
P1138. Phantasia, *Abdelwahab Meddeb*
P1139. Métaphysique du chien, *Philippe Ségur*
P1140. Mosaïque, *Claude Delarue*
P1141. Dormir accompagné, *António Lobo Antunes*
P1142. Un monde ailleurs, *Stewart O'Nan*
P1143. Rocks Springs, *Richard Ford*
P1144. L'Ami de Vincent, *Jean-Marc Roberts*
P1145. La Fascination de l'étang, *Virginia Woolf*
P1146. Ne te retourne pas, *Karin Fossum*
P1147. Dragons, *Marie Desplechin*
P1148. La Médaille, *Lydie Salvayre*
P1149. Les Beaux Bruns, *Patrick Gourvennec*
P1150. Poids léger, *Olivier Adam*
P1151. Les Trapézistes et le Rat, *Alain Fleischer*
P1152. À livre ouvert, *William Boyd*
P1153. Péchés innombrables, *Richard Ford*
P1154. Une situation difficile, *Richard Ford*
P1155. L'éléphant s'évapore, *Haruki Murakami*
P1156. Un amour dangereux, *Ben Okri*
P1157. Le Siècle des communismes, *ouvrage collectif*
P1158. Funky Guns, *George P. Pelecanos*
P1159. Les Soldats de l'aube, *Deon Meyer*
P1160. Le Figuier, *François Maspero*
P1161. Les Passagers du Roissy-Express, *François Maspero*
P1162. Visa pour Shanghai, *Qiu Xiaolong*
P1163. Des dahlias rouge et mauve, *Frédéric Vitoux*
P1164. Il était une fois un vieux couple heureux *Mohammed Khaïr-Eddine*
P1165. Toilette de chat, *Jean-Marc Roberts*
P1166. Catalina, *Florence Delay*
P1167. Nid d'hommes, *Lu Wenfu*
P1168. La Longue Attente, *Ha Jin*
P1169. Pour l'amour de Judith, *Meir Shalev*
P1170. L'Appel du couchant, *Gamal Ghitany*
P1171. Lettres de Drancy
P1172. Quand les parents se séparent, *Françoise Dolto*
P1173. Amours sorcières, *Tahar Ben Jelloun*
P1174. Sale Temps, *Sara Paretsky*
P1175. L'Ange du Bronx, *Ed Dee*
P1176. La Maison du désir, *France Huser*
P1177. Cytomégalovirus, *Hervé Guibert*
P1178. Les Treize Pas, *Mo Yan*
P1179. Le Pays de l'alcool, *Mo Yan*
P1180. Le Principe de Frédelle, *Agnès Desarthe*

P1181. Les Gauchers, *Yves Pagès*
P1182. Rimbaud en Abyssinie, *Alain Borer*
P1183. Tout est illuminé, *Jonathan Safran Foer*
P1184. L'Enfant zigzag, *David Grossman*
P1185. La Pierre de Rosette, *Robert Solé et Dominique Valbelle*
P1186. Le Maître de Pétersbourg, *J.M. Coetzee*
P1187. Les Chiens de Riga, *Henning Mankell*
P1188. Le Tueur, *Eraldo Baldini*
P1189. Un silence de fer, *Marcello Fois*
P1190. La Filière du jasmin, *Denise Hamilton*
P1191. Déportée en Sibérie, *Margarete Buber-Neumann*
P1192. Les Mystères de Buenos Aires, *Manuel Puig*
P1193. La Mort de la phalène, *Virginia Woolf*
P1194. Sionoco, *Leon de Winter*
P1195. Poèmes et Chansons, *Georges Brassens*
P1196. Innocente, *Dominique Souton*
P1197. Taking Lives / Destins violés, *Michael Pye*
P1198. Gang, *Toby Litt*
P1199. Elle est partie, *Catherine Guillebaud*
P1200. Le Luthier de Crémone, *Herbert Le Porrier*
P1201. Le Temps des déracinés, *Elie Wiesel*
P1202. Les Portes du sang, *Michel Del Castillo*
P1203. Featherstone, *Kirsty Gunn*
P1204. Un vrai crime pour livres d'enfants, *Chloe Hooper*
P1205. Les Vagabonds de la faim, *Tom Kromer*
P1206. Mister Candid, *Jules Hardy*
P1207. Déchaînée, *Lauren Henderson*
P1208. Hypnose mode d'emploi, *Gérard Miller*
P1209. Corse, *Jean-Noël Pancrazi et Raymond Depardon*
P1210. Le Dernier Viking, *Patrick Grainville*
P1211. Charles et Camille, *Frédéric Vitoux*
P1212. Siloé, *Paul Gadenne*
P1213. Bob Marley, *Stephen Davies*
P1214. Ça ne peut plus durer, *Joseph Connolly*
P1215. Tombe la pluie, *Andrew Klavan*
P1216. Quatre Soldats, *Hubert Mingarelli*
P1217. Les Cheveux de Bérénice, *Denis Guedj*
P1218. Les Garçons d'en face, *Michèle Gazier*
P1219. Talion, *Christian de Montella*
P1220. Les Images, *Alain Rémond*
P1221. La Reine du Sud, *Arturo Perez-Reverte*
P1222. Vieille Menteuse, *Anne Fine*
P1223. Danse, danse, danse, *Haruki Murakami*
P1224. Le Vagabond de Holmby Park, *Herbert Lieberman*
P1225. Des amis haut placés, *Donna Leon*

P1226. Tableaux d'une ex., *Jean-Luc Benoziglio*
P1227. La Compagnie, le grand roman de la CIA, *Robert Little*
P1228. Chair et Sang, *Jonathan Kellerman*
P1230. Darling Lilly, *Michael Connelly*
P1231. Les Tortues de Zanzibar, *Giles Foden*
P1232. Il a fait l'idiot à la chapelle !, *Daniel Auteuil*
P1233. Lewis & Alice, *Didier Decoin*
P1234. Dialogue avec mon jardinier, *Henri Cueco*
P1235. L'Émeute, *Shashi Tharoor*
P1236. Le Palais des Miroirs, *Amitav Ghosh*
P1237. La Mémoire du corps, *Shauna Singh Baldwin*
P1238. Middlesex, *Jeffrey Eugenides*
P1239. Je suis mort hier, *Alexandra Marinina*
P1240. Cendrillon, mon amour, *Lawrence Block*
P1241. L'Inconnue de Baltimore, *Laura Lippman*
P1242. Berlinale Blitz, *Stéphanie Benson*
P1243. Abattoir 5, *Kurt Vonnegut*
P1244. Catalogue des idées reçues sur la langue
Marina Yaguello
P1245. Tout se paye, *Georges P. Pelacanos*
P1246. Autoportrait à l'ouvre-boîte, *Philippe Ségur*
P1247. Tout s'avale, *Hubert Michel*
P1248. Quand on aime son bourreau, *Jim Lewis*
P1249. Tempête de glace, *Rick Moody*
P1250. Dernières Nouvelles du bourbier, *Alexandre Ikonnikov*
P1251. Le Rameau brisé, *Jonathan Kellerman*
P1252. Passage à l'ennemie, *Lydie Salvayre*
P1253. Une saison de machettes, *Jean Hatzfeld*
P1254. Le Goût de l'avenir, *Jean-Claude Guillebaud*
P1255. L'Étoile d'Alger, *Aziz Chouaki*
P1256. Cartel en tête, *John McLaren*
P1257. Sans penser à mal, *Barbara Seranella*
P1258. Tsili, *Aharon Appelfeld*
P1259. Le Temps des prodiges, *Aharon Appelfeld*
P1260. Ruines-de-Rome, *Pierre Sengès*
P1261. La Beauté des loutres, *Hubert Mingarelli*
P1262. La Fin de tout, *Jay McInerney*
P1263. Jeanne et les siens, *Michel Winock*
P1264. Les Chats mots, *Anny Duperey*
P1265. Quand j'avais cinq ans, je m'ai tué, *Howard Buten*
P1266. Vers l'âge d'homme, *J.M. Coetzee*
P1267. L'Invention de Paris, *Eric Hazan*
P1268. Chroniques de l'oiseau à ressort, *Haruki Murakami*
P1269. En crabe, *Günter Grass*
P1270. Mon père, ce harki, *Dalila Kerchouche*

P1271. Lumière morte, *Michael Connelly*
P1272. Détonations rapprochées, *C.J. Box*
P1273. Lorsque la nature parlait aux Égyptiens
Christiane Desroches Noblecourt
P1274. Le Tribunal des Flagrants Délires 1
Pierre Desproges
P1275. Le Tribunal des Flagrants Délires 2
Pierre Desproges
P1276. Un amant naïf et sentimental, *John le Carré*
P1277. Fragiles, *Philippe Delerm et Martine Delerm*
P1278. La Chambre blanche, *Christine Jordis*
P1279. Adieu la vie, adieu l'amour, *Juan Marsé*
P1280. N'entre pas si vite dans cette nuit noire
António Lobo Antunes
P1281. L'Évangile selon saint Loubard, *Guy Gilbert*
P1282. La femme qui attendait, *Andreï Makine*
P1283. Les Candidats, *Yun Sun Limet*
P1284. Petit Traité de désinvolture, *Denis Grozdanovitch*
P1285. Personne, *Linda Lê*
P1286. Sur la photo, *Marie-Hélène Lafon*
P1287. Le Mal du pays, *Patrick Roegiers*
P1288. Politique, *Adam Thirlwell*
P1289. Érec et Énide, *Manuel Vázquez Montalbán*
P1290. La Dormeuse de Naples, *Adrien Goetz*
P1291. Le croque-mort a la vie dure, *Tim Cockey*
P1292. Pretty Boy, *Lauren Henderson*
P1293. La Vie sexuelle en France, *Janine Mossuz-Lavau*
P1294. Souvenirs obscurs d'un Juif polonais né en France
Pierre Goldman
P1295. Dans l'alcool, *Thierry Vimal*
P1296. Le Monument, *Claude Duneton*
P1297. Mon nerf, *Rachid Djaïdani*
P1298. Plutôt mourir, *Marcello Fois*
P1299. Les pingouins n'ont jamais froid, *Andreï Kourkov*
P1300. La Mitrailleuse d'argile, *Viktor Pelevine*
P1301. Un été à Baden-Baden, *Leonid Tsypkin*
P1302. Hasard des maux, *Kate Jennings*
P1303. Le Temps des erreurs, *Mohammed Choukri*
P1304. Boumkœur, *Rachid Djaïdani*
P1305. Vodka-Cola, *Irina Denejkina*
P1306. La Lionne blanche, *Henning Mankell*
P1307. Le Styliste, *Alexandra Marinina*
P1308. Pas d'erreur sur la personne, *Ed Dee*
P1309. Le Casseur, *Walter Mosley*
P1310. Le Dernier Ami, *Tahar Ben Jelloun*

P1311. La Joie d'Aurélie, *Patrick Grainville*
P1312. L'Aîné des orphelins, *Tierno Monénembo*
P1313. Le Marteau pique-cœur, *Azouz Begag*
P1314. Les Âmes perdues, *Michael Collins*
P1315. Écrits fantômes, *David Mitchell*
P1316. Le Nageur, *Zsuzsa Bánk*
P1317. Quelqu'un avec qui courir, *David Grossman*
P1318. L'Attrapeur d'ombres, *Patrick Bard*
P1319. Venin, *Saneh Sangsuk*
P1320. Le Gone du Chaâba, *Azouz Begag*
P1321. Béni ou le paradis privé, *Azouz Begag*
P1322. Mésaventures du Paradis
Erik Orsenna et Bernard Matussière
P1323. L'Âme au poing, *Patrick Rotman*
P1324. Comedia Infantil, *Henning Mankell*
P1325. Niagara, *Jane Urquhart*
P1326. Une amitié absolue, *John le Carré*
P1327. Le Fils du vent, *Henning Mankell*
P1328. Le Témoin du mensonge, *Mylène Dressler*
P1329. Pelle le Conquérant 1, *Martin Andersen Nexø*
P1330. Pelle le Conquérant 2, *Martin Andersen Nexø*
P1331. Mortes-Eaux, *Donna Leon*
P1332. Déviances mortelles, *Chris Mooney*
P1333. Les Naufragés du Batavia, *Simon Leys*
P1334. L'Amandière, *Simonetta Agnello Hornby*
P1335. C'est en hiver que les jours rallongent, *Joseph Bialot*
P1336. Cours sur la rive sauvage, *Mohammed Dib*
P1337. Hommes sans mère, *Hubert Mingarelli*
P1338. Reproduction non autorisée, *Marc Vilrouge*
P1339. S.O.S., *Joseph Connolly*
P1340. Sous la peau, *Michel Faber*
P1341. Dorian, *Will Self*
P1342. Le Cadeau, *David Flusfeder*
P1343. Le Dernier Voyage d'Horatio II, *Eduardo Mendoza*
P1344. Mon vieux, *Thierry Jonquet*
P1345. Lendemains de terreur, *Lawrence Block*
P1346. Déni de justice, *Andrew Klavan*
P1347. Brûlé, *Leonard Chang*
P1348. Montesquieu, *Jean Lacouture*
P1349. Stendhal, *Jean Lacouture*
P1350. Le Collectionneur de collections, *Henri Cueco*
P1351. Camping, *Abdelkader Djemaï*
P1352. Janice Winter, *Rose-Marie Pagnard*
P1353. La Jalousie des fleurs, *Ysabelle Lacamp*
P1354. Ma vie, son œuvre, *Jacques-Pierre Amette*

P1355. Lila, Lila, *Martin Suter*
P1356. Un amour de jeunesse, *Ann Packer*
P1357. Mirages du Sud, *Nedim Gürsel*
P1358. Marguerite et les Enragés
Jean-Claude Lattès et Éric Deschodt
P1359. Los Angeles River, *Michael Connelly*
P1360. Refus de mémoire, *Sarah Paretsky*
P1361. Petite Musique de meurtre, *Laura Lippman*
P1362. Le Cœur sous le rouleau compresseur, *Howard Buten*
P1363. L'Anniversaire, *Mouloud Feraoun*
P1364. Passer l'hiver, *Olivier Adam*
P1365. L'Infamille, *Christophe Honoré*
P1366. La Douceur, *Christophe Honoré*
P1367. Des gens du monde, *Catherine Lépront*
P1368. Vent en rafales, *Taslima Nasreen*
P1369. Terres de crépuscule, *J. M. Coetzee*
P1370. Lizka et ses hommes, *Alexandre Ikonnikov*
P1371. Le Châle, *Cynthia Ozick*
P1372. L'Affaire du Dahlia noir, *Steve Hodel*
P1373. Premières Armes, *Faye Kellerman*
P1374. Onze Jours, *Donald Harstad*
P1375. Le croque-mort préfère la bière, *Tim Cockey*
P1376. Le Messie de Stockholm, *Cynthia Ozick*
P1377. Quand on refuse on dit non, *Ahmadou Kourouma*
P1378. Une vie française, *Jean-Paul Dubois*
P1379. Une année sous silence, *Jean-Paul Dubois*
P1380. La Dernière Leçon, *Noëlle Châtelet*
P1381. Folle, *Nelly Arcan*
P1382. La Hache et le Violon, *Alain Fleischer*
P1383. Vive la sociale !, *Gérard Mordillat*
P1384. Histoire d'une vie, *Aharon Appelfeld*
P1385. L'Immortel Bartfuss, *Aharon Appelfeld*
P1386. Beaux seins, belles fesses, *Mo Yan*
P1387. Séfarade, *Antonio Muñoz Molina*
P1388. Le Gentilhomme au pourpoint jaune
Arturo Pérez Reverte
P1389. Ponton à la dérive, *Daniel Katz*
P1390. La Fille du directeur de cirque, *Jostein Gaarder*
P1391. Pelle le Conquérant 3, *Martin Andersen Nexø*
P1392. Pelle le Conquérant 4, *Martin Andersen Nexø*
P1393. Soul Circus, *George P. Pelecanos*
P1394. La Mort au fond du canyon, *C. J. Box*
P1395. Recherchée, *Karin Alvtegen*
P1396. Disparitions à la chaîne, *Åke Smedberg*
P1397. Bardo or not bardo, *Antoine Volodine*

P1398. La Vingt-septième Ville, *Jonathan Franzen*
P1399. Pluie, *Kirsty Gunn*
P1400. La Mort de Carlos Gardel, *António Lobo Antunes*
P1401. La Meilleure Façon de grandir, *Meir Shalev*
P1402. Les Plus Beaux Contes zen, *Henri Brunel*
P1403. Le Sang du monde, *Catherine Clément*
P1404. Poétique de l'égorgeur, *Philippe Ségur*
P1405 La Proie des âmes, *Matt Ruff*
P1406. La Vie invisible, *Juan Manuel de Prada*
P1407. Qu'elle repose en paix, *Jonathan Kellerman*
P1408. Le Croque-mort à tombeau ouvert, *Tim Cockey*
P1409. La Ferme des corps, *Bill Bass*
P1410. Le Passeport, *Azouz Begag*
P1411. La station Saint-Martin est fermée au public
Joseph Bialot
P1412. L'Intégration, *Azouz Begag*
P1413. La Géométrie des sentiments, *Patrick Roegiers*
P1414. L'Âme du chasseur, *Deon Meyer*
P1415. La Promenade des délices, *Mercedes Deambrosis*
P1416. Un après-midi avec Rock Hudson
Mercedes Deambrosis
P1417. Ne gênez pas le bourreau, *Alexandra Marinina*
P1418. Verre cassé, *Alain Mabanckou*
P1419. African Psycho, *Alain Mabanckou*
P1420. Le Nez sur la vitre, *Abdelkader Djemaï*
P1421. Gare du Nord, *Abdelkader Djemaï*
P1422. Le Chercheur d'Afriques, *Henri Lopes*
P1423. La Rumeur d'Aquitaine, *Jean Lacouture*
P1425. Un saut dans le vide, *Ed Dee*
P1426. En l'absence de Blanca, *Antonio Muñoz Molina*
P1427. La Plus Belle Histoire du bonheur, *collectif*
P1424. Une soirée, *Anny Duperey*
P1429. Comment c'était. Souvenirs sur Samuel Beckett
Anne Atik
P1430. Suite à l'hôtel Crystal, *Olivier Rolin*
P1431. Le Bon Serviteur, *Carmen Posadas*
P1432. Traité de savoir-vivre à l'usage des jeunes Russes
Gary Shteyngart
P1433. C'est égal, *Agota Kristof*
P1434. Le Nombril des femmes, *Dominique Quessada*
P1435. L'Enfant à la luge, *Chris Mooney*
P1436. Encres de Chine, *Qiu Xiaolong*
P1437. Enquête de mor(t)alité, *Gene Riehl*
P1438. Le Château du roi dragon. La Saga du roi dragon I
Stephen Lawhead

P1439. Les Armes des Garamont, La Malerune I
Pierre Grimbert
P1440. Le Prince déchu, Les Enfants de l'Atlantide I
Bernard Simonay
P1441. Le Voyage d'Hawkwood, Les Monarchies divines I
Paul Kearney
P1442. Un trône pour Hadon, Le Cycle d'Opar I
Philip-José Farmer
P1443. Fendragon, *Barbara Hambly*
P1444. Les Brigands de la forêt de Skule, *Kerstin Ekman*
P1445. L'Abîme, *John Crowley*
P1446. Œuvre poétique, *Léopold Sédar Senghor*
P1447. Cadastre, *suivi de* Moi, Laminaire…, *Aimé Césaire*
P1448. La Terre vaine et autres poèmes, *Thomas Stearns Eliot*
P1449. Le Reste du voyage et autres poèmes, *Bernard Noël*
P1450. Haïkus, *anthologie*
P1451. L'Homme qui souriait, *Henning Mankell*
P1452. Une question d'honneur, *Donna Leon*
P1453. Little Scarlet, *Walter Mosley*
P1454. Elizabeth Costello, *J.M. Coetzee*
P1455. Le maître a de plus en plus d'humour, *Mo Yan*
P1456. La Femme sur la plage avec un chien, *William Boyd*
P1457. Accusé Chirac, levez-vous !, *Denis Jeambar*
P1458. Sisyphe, roi de Corinthe, *François Rachline*
P1459. Le Voyage d'Anna, *Henri Gougaud*
P1460. Le Hussard, *Arturo Pérez-Reverte*
P1461. Les Amants de pierre, *Jane Urquhart*
P1462. Corcovado, *Jean-Paul Delfino*
P1463. Hadon, le guerrier, Le Cycle d'Opar II
Philip José Farmer
P1464. Maîtresse du Chaos, La Saga de Raven I
Robert Holdstock et Angus Wells
P1465. La Sève et le Givre, *Léa Silhol*
P1466. Élégies de Duino *suivi de* Sonnets à Orphée
Rainer Maria Rilke
P1467. Rilke, *Philippe Jaccottet*
P1468. C'était mieux avant, *Howard Buten*
P1469. Portrait du Gulf Stream, *Érik Orsenna*
P1470. La Vie sauve, *Lydie Violet et Marie Desplechin*
P1471. Chicken Street, *Amanda Sthers*
P1472. Polococktail Party, *Dorota Maslowska*
P1473. Football factory, *John King*
P1474. Une petite ville en Allemagne, *John le Carré*
P1475. Le Miroir aux espions, *John le Carré*
P1476. Deuil interdit, *Michael Connelly*

P1477. Le Dernier Testament, *Philip Le Roy*
P1478. Justice imminente, *Jilliane Hoffman*
P1479. Ce cher Dexter, *Jeff Lindsay*
P1480. Le Corps noir, *Dominique Manotti*
P1481. Improbable, *Adam Fawer*
P1482. Les Rois hérétiques, Les Monarchies divines II
Paul Kearney
P1483. L'Archipel du soleil, Les Enfants de l'Atlantide II
Bernard Simonay
P1484. Code Da Vinci: l'enquête
Marie-France Etchegoin et Frédéric Lenoir
P1485. L.A. Confidentiel : les secrets de Lance Armstrong
Pierre Ballester et David Walsh
P1486. Maria est morte, *Jean-Paul Dubois*
P1487. Vous aurez de mes nouvelles, *Jean-Paul Dubois*
P1488. Un pas de plus, *Marie Desplechin*
P1489. D'excellente famille, *Laurence Deflassieux*
P1490. Une femme normale, *Émilie Frèche*
P1491. La Dernière Nuit, *Marie-Ange Guillaume*
P1492. Le Sommeil des poissons, *Véronique Ovaldé*
P1493 La Dernière Note, *Jonathan Kellerman*
P1494. La Cité des jarres, *Arnaldur Indridason*
P1495. Électre à La Havane, *Leonardo Padura*
P1496. Le croque-mort est bon vivant, *Tim Cockey*
P1497. Le Cambrioleur en maraude, *Lawrence Block*
P1498. L'Araignée d'émeraude, La Saga de Raven II
Robert Holdstock et Angus Wells
P1499. Faucon de mai, *Gillian Bradshaw*
P1500. La Tante marquise, *Simonetta Agnello Hornby*
P1501. Anita, *Alicia Dujovne Ortiz*
P1502. Mexico City Blues, *Jack Kerouac*
P1503. Poésie verticale, *Roberto Juarroz*
P1506. Histoire de Rofo, Clown, *Howard Buten*
P1507. Manuel à l'usage des enfants qui ont des parents difficiles
Jeanne Van den Brouk
P1508. La Jeune Fille au balcon, *Leïla Sebbar*
P1509. Zenzela, *Azouz Begag*
P1510. La Rebellion, *Joseph Roth*
P1511. Falaises, *Olivier Adam*
P1512. Webcam, *Adrien Goetz*
P1513. La Méthode Mila, *Lydie Salvayre*
P1514. Blonde abrasive, *Christophe Paviot*
P1515. Les Petits-fils nègres de Vercingétorix, *Alain Mabanckou*
P1516. 107 ans, *Diastème*
P1517. La Vie magnétique, *Jean-Hubert Gailliot*

P1518. Solos d'amour, *John Updike*
P1519. Les Chutes, *Joyce Carol Oates*
P1520. Well, *Matthieu McIntosh*
P1521. À la recherche du voile noir, *Rick Moody*
P1522. Train, *Pete Dexter*
P1523. Avidité, *Elfriede Jelinek*
P1524. Retour dans la neige, *Robert Walser*
P1525. La Faim de Hoffman, *Leon de Winter*
P1526. Marie-Antoinette, La Naissance d'une reine. Lettres choisies, *Evelyne Lever*
P1527. Les petits Verlaine suivi de Samedi, dimanche et fêtes *Jean-Marc Roberts*
P1528. Les Seigneurs de guerre de Nin, La Saga du roi dragon II *Stephen Lawhead*
P1529. Le Dire des Sylfes, La Malerune II *Michel Robert et Pierre Grimbert*
P1530. Le Dieu de glace, La Saga de Raven III *Robert Holdstock et Angus Wells*
P1531. Un bon cru, *Peter Mayle*
P1532. Confessions d'un boulanger, *Peter Mayle et Gérard Auzet*
P1533. Un poisson hors de l'eau, *Bernard Comment*
P1534. Histoire de la grande maison, *Charif Majdalani*
P1535. La Partie belle *suivi de* La Comédie légère *Jean-Marc Roberts*
P1536. Le Bonheur obligatoire, *Norman Manea*
P1537. Les Larmes de ma mère, *Michel Layaz*
P1538. Tant qu'il y aura des élèves, *Hervé Hamon*
P1539. Avant le gel, *Henning Mankell*
P1540. Code 10, *Donald Harstad*
P1541. Les Nouvelles enquêtes du Juge Ti, vol. 1 *Frédéric Lenormand*
P1542. Les Nouvelles enquêtes du Juge Ti, vol. 2 *Frédéric Lenormand*
P1543. Que faire des crétins ? – Les perles du Grand Larousse *Pierre Enckell et Pierre Larousse*
P1544. Motamorphes – À chaque mot son histoire *Daniel Brandy*
P1545. L'habit ne fait pas le moine – Petite histoire des expressions *Gilles Henry*
P1546. Petit fictionnaire illustré. Les mots qui manquent au dico. *Alain Finkielkraut*
P1547. Le Pluriel de bric-à-brac et autres difficultés de la langue française, *Irène Nouailhac*
P1548. Un bouquin n'est pas un livre – Les nuances des synonymes *Rémi Bertrand*

P1518. Solos d'amour, *John Updike*
P1519. Les Chutes, *Joyce Carol Oates*
P1520. Well, *Matthieu McIntosh*
P1521. À la recherche du voile noir, *Rick Moody*
P1522. Train, *Pete Dexter*
P1523. Avidité, *Elfriede Jelinek*
P1524. Retour dans la neige, *Robert Walser*
P1525. La Faim de Hoffman, *Leon de Winter*
P1526. Marie-Antoinette, La Naissance d'une reine. Lettres choisies, *Evelyne Lever*
P1527. Les petits Verlaine suivi de Samedi, dimanche et fêtes *Jean-Marc Roberts*
P1528. Les Seigneurs de guerre de Nin, La Saga du roi dragon II *Stephen Lawhead*
P1529. Le Dire des Sylfes, La Malerune II *Michel Robert et Pierre Grimbert*
P1530. Le Dieu de glace, La Saga de Raven III *Robert Holdstock et Angus Wells*
P1531. Un bon cru, *Peter Mayle*
P1532. Confessions d'un boulanger, *Peter Mayle et Gérard Auzet*
P1533. Un poisson hors de l'eau, *Bernard Comment*
P1534. Histoire de la grande maison, *Charif Majdalani*
P1535. La Partie belle *suivi de* La Comédie légère *Jean-Marc Roberts*
P1536. Le Bonheur obligatoire, *Norman Manea*
P1537. Les Larmes de ma mère, *Michel Layaz*
P1538. Tant qu'il y aura des élèves, *Hervé Hamon*
P1539. Avant le gel, *Henning Mankell*
P1540. Code 10, *Donald Harstad*
P1541. Les Nouvelles enquêtes du Juge Ti, vol. 1 *Frédéric Lenormand*
P1542. Les Nouvelles enquêtes du Juge Ti, vol. 2 *Frédéric Lenormand*
P1543. Que faire des crétins ? – Les perles du Grand Larousse *Pierre Enckell et Pierre Larousse*
P1544. Motamorphes – À chaque mot son histoire *Daniel Brandy*
P1545. L'habit ne fait pas le moine – Petite histoire des expressions *Gilles Henry*
P1546. Petit fictionnaire illustré. Les mots qui manquent au dico. *Alain Finkielkraut*
P1547. Le Pluriel de bric-à-brac et autres difficultés de la langue française, *Irène Nouailhac*
P1548. Un bouquin n'est pas un livre – Les nuances des synonymes *Rémi Bertrand*

P1477. Le Dernier Testament, *Philip Le Roy*
P1478. Justice imminente, *Jilliane Hoffman*
P1479. Ce cher Dexter, *Jeff Lindsay*
P1480. Le Corps noir, *Dominique Manotti*
P1481. Improbable, *Adam Fawer*
P1482. Les Rois hérétiques, Les Monarchies divines II
Paul Kearney
P1483. L'Archipel du soleil, Les Enfants de l'Atlantide II
Bernard Simonay
P1484. Code Da Vinci: l'enquête
Marie-France Etchegoin et Frédéric Lenoir
P1485. L.A. Confidentiel : les secrets de Lance Armstrong
Pierre Ballester et David Walsh
P1486. Maria est morte, *Jean-Paul Dubois*
P1487. Vous aurez de mes nouvelles, *Jean-Paul Dubois*
P1488. Un pas de plus, *Marie Desplechin*
P1489. D'excellente famille, *Laurence Deflassieux*
P1490. Une femme normale, *Émilie Frèche*
P1491. La Dernière Nuit, *Marie-Ange Guillaume*
P1492. Le Sommeil des poissons, *Véronique Ovaldé*
P1493. La Dernière Note, *Jonathan Kellerman*
P1494. La Cité des jarres, *Arnaldur Indridason*
P1495. Électre à La Havane, *Leonardo Padura*
P1496. Le croque-mort est bon vivant, *Tim Cockey*
P1497. Le Cambrioleur en maraude, *Lawrence Block*
P1498. L'Araignée d'émeraude, La Saga de Raven II
Robert Holdstock et Angus Wells
P1499. Faucon de mai, *Gillian Bradshaw*
P1500. La Tante marquise, *Simonetta Agnello Hornby*
P1501. Anita, *Alicia Dujovne Ortiz*
P1502. Mexico City Blues, *Jack Kerouac*
P1503. Poésie verticale, *Roberto Juarroz*
P1506. Histoire de Rofo, Clown, *Howard Buten*
P1507. Manuel à l'usage des enfants qui ont des parents difficiles
Jeanne Van den Brouk
P1508. La Jeune Fille au balcon, *Leïla Sebbar*
P1509. Zenzela, *Azouz Begag*
P1510. La Rebellion, *Joseph Roth*
P1511. Falaises, *Olivier Adam*
P1512. Webcam, *Adrien Goetz*
P1513. La Méthode Mila, *Lydie Salvayre*
P1514. Blonde abrasive, *Christophe Paviot*
P1515. Les Petits-fils nègres de Vercingétorix, *Alain Mabanckou*
P1516. 107 ans, *Diastème*
P1517. La Vie magnétique, *Jean-Hubert Gailliot*